U0943572

唐缺
TANG QUE
作品

CNS
湖南文艺出版社
HUNAN LITERATURE AND ART PUBLISHING HOUSE

目录

序章之一 诞生之夜/1

序章之二 消失之夜/9

序章之三 远行之夜/15

第一章
神器
1

“这次是一个真正的魔鬼，一个超出人们认知的未知的可怕存在！单凭我们的力量，根本不可能铲除它。我们必须获得这件神器，而且不只是羽族一个种族的神器，而是全部六族的神器！只有集合了这六件神器，我们才有可能击败它，拯救九州的命运！”

第二章
邪书
25

秘术并不是一种无限制的给予，过于强大的秘术，必然会向你自身索取很多东西，这就是为什么很多秘术都被称为邪术的原因。是的，它们的威力的确很巨大，与此同时，它带给你的伤害可能是你难以想象的。所以我犹豫了很久，最后没有下手去拿，还是让它就此在世间毁灭吧。

第三章
欺骗
57

云轻瑶感受到了一种恨意，强烈的恨意，这样的恨意在她的一生中几乎还从来没有产生过。纬翔空，这个年纪轻轻就身居高位的羽族俊杰，这个面目英俊、笑容和蔼的年轻人，在她眼里却有如恶魔。“不管我接下来要去哪儿，”她想，“我和这个人之间的这笔账，一定要算一算。”

第四章
战火将临
89

贵族阶级和非贵族阶级的分化，历史上一次又一次地掀起不安的波澜，尤其在面对外族侵略的时候，这样的内部矛盾经常严重分化我们的实力，使我们羽人陷入内外交困之中。难道你没有看出来吗？羽族的等级划分，看起来固若金汤，实则早已危如累卵，迟早会迎来大规模内乱的那一天！

第五章
血之云
119

无论在哪个时代，都没有人见过或者听说过红色的羽翼。然而现在，成百上千的红色羽翼竟然就这样出现在宁州的蓝天下，出现在杉右城的上空。这些羽翼聚集在一起，像是一片红云，又像是一条缓缓蠕动的鲜血之河。这当中没有美感，没有诗情画意，有的只是带着血腥味儿的残忍杀意。

第六章
战火蔓延
157

杉右是血翼之灾爆发的起点，却远远不是终点，它只是吹响了一声嘹亮的号角，把众多在麻木中昏昏欲睡的下三翼平民都唤醒了。他们头一次意识到，原来自己也可以拿起弓箭，改变自己的命运。

第七章
逆天之罚
197

一夜间，这种希望化为泡影。羽族没有得到振兴，正反，羽族遭受到了巨大到无法想象的打击。五个月的短暂辉煌不过是场可笑的梦，梦醒之后，现实更加黑暗。

目录

尾声
245

君无行思索了很久，这才缓缓地点点头："不错，这只是个开始而已。一个新的纪元已经到来了，我已经听到了那车轮转动的声响，它将会碾过九州大地，把一切化为灰烬。我年轻的时候总是假扮星相师骗钱，对那些真正的星相师从来不屑一顾。现在，我真正有点儿相信星命这种东西了。有些东西的到来，就像是宿命的安排，怎么也阻挡不住的。"

附录
251

名词/252

九州世界设定/256

暗月设定书/263

永翔之绊/275

七姓之殇/280

序章之一
诞生之夜

云轻瑶出生在夜沼。父母双双惨死的那一年，她刚刚四岁。

如果你要问，九州大地上最恐怖的地方在哪里，夜沼绝对会在候选名单里位列前茅。这片位于澜州南部的广阔区域，由一连串瘴气弥漫的湖泊和沼泽地构成，中间夹杂着阴暗的黑森林，据传其中还有各种凶恶狰狞的怪兽出没，历史上向来都是人迹罕至之地。

后来在战争年代，澜州的羽族和人族发生了激战，最终的结局是羽族战败了。一群羽人被人族军队押送着一路南下，将要被驱逐出澜州。当这支奇特的队伍行进到夜沼附近时，那位人族的将军出人意料地停止了进军。

“这里是个好地方啊，”他说，“不必把他们赶出澜州了，夜沼最适合让羽人居住。他们不是喜欢森林吗？这里就有足够广的森林。”

云轻瑶的祖先就在那一批被押送的羽人当中。那些身份卑贱的羽人无处可去，只能在夜沼定居下来，在剧毒的瘴气、恶劣的气候、贫瘠的土地以及杀人的怪兽中艰难地生存下来。几百年过去了，这些羽人并没有绝种，反而顽强地发展成一片繁荣的村落，让偶尔来到此处的游历者们大为吃惊。有一位叫作邢万里的旅者，在他的作品《九州纪行》里这样记录道：

“人们一直以为，瘦弱的羽人离开了他们赖以生存的大森林就会一无是处。但只要来到夜沼，你就能发现，原来这也是个永不屈服的种族，也有着同样坚忍的心。”

没有人能想到，这个象征着羽人精神的村落会在一夜间被一种诡异的方式摧毁。虽然在此之前，这场灾难已经有了一些征兆，但一直到很久以后，人们才知道，这个村落的毁灭与一件足以改变整个九州命运的大事件有关。

那时候云轻瑶正好四岁。她最喜欢做的事情，就是跟着村里的大孩子们到那些冒着气泡的沼泽里去探险，滚上一身泥水回家，然后被父母责打一通。羽人的骨头是中空的，所以身体比人轻灵许多，即便踩到沼泽陷入坑里，也能挣脱出来，这也是羽人们能在人族无法涉足的夜沼生存下来的重要原因之一。

所以父母的责打多半也只是象征性的，挨打之后的小女孩儿毫不在乎，擦干泪水便立即把大人们的训诫抛诸脑后，仍旧跟着别的孩子冒险，乐此不疲。但在这一年的四月，一切都发生了变化。

四月初，夜沼突然来了很多人族，足足有一百多个。这些人大多长袍裹身，遮住头脸，透出一种神秘的气息。他们并没有携带任何武器，却让村子里的人都陷入了恐慌。

“那些都是秘术师啊！”父亲对母亲说，“千万要离他们远一些！”

秘术师？云轻瑶对这个概念不甚了了，父母又不愿意多解释，她只能询问一起玩儿的孩子们。有一个孩子比旁人略略多懂一些事，便向云轻瑶解释说：“秘术师嘛……就是一些怪人，可以在手里变出火焰，变出冰雪，变出雷电。最可怕的是，他们可以用秘术杀人！不管隔多远，只要手轻轻指一下，你就会死！”

好可怕。云轻瑶吓得不轻，从这天起，她就不敢轻易靠近那些秘术师，生怕自己被指一下就变成了尸体。她只是躲在远处观望，看见那些秘术师指挥着带来的工人在沼泽深处筑起一间间的石屋，又用秘术催动一种黑色的藤蔓快速生长，在夜沼圈出了很大一块地盘。当藤蔓形成的围墙严丝合缝地结合在一起后，秘术师们就将自己关在藤蔓的范围内，再也没有出来。

没有人知道他们圈出这块地是为了什么。每隔十来天，就会有车队到来，从围墙上唯一的缺口处送进食物给养，然后迅速离去。眼见秘术师们并没有做出什么威胁村庄的事，村里的羽人心情逐渐放松下来。

一个月之后，一个小孩儿禁不住好奇，悄悄从藤蔓围成的围墙上翻了进去，第二天，他的尸体出现在村口的一棵老树上。尸体上见不到任何伤口，甚至没有流一滴血，但人就这么死了，浑身冰凉，毫无呼吸。传说中秘术师杀人就是这样。

这是一种明白无误的警告。孩子的父亲想要去和秘术师们拼命，被村里的其他男人极力劝阻住了。村长对这位手握弓箭的父亲说："他们如果愿意，可以很轻松地把我们整个村子都夷为平地。我们在这里生活已经很艰难了，不能白白送死啊。"

最终没有人去报复，只是所有的孩子都得到了最严厉的警告：绝不允许靠近围墙半步。孩子们只能离得远远的，和大人一起望着那道代表着死亡的藤蔓之墙，胡乱猜测着里面的人究竟在干什么。秘术师是一种很稀罕的存在，每一个秘术师都是很了不起的，现在一下子上百个秘术师聚集在一起，他们一定是在进行着一桩伟大的事业。

似乎是为了印证羽人们的这种猜测，两个月之后，夜沼区域内开始出现种种异象。仿佛整个澜州的乌云都聚集在了夜沼上空，天空总是一整天一整天晦暗难明，时常有闪电划过。而村民们困惑地发现，他们在贫瘠的土地上辛苦种植的作物忽然长势奇佳，某些本来应该八月甚至九月才成熟的作物，在七月来临时就已经成熟了。动物反倒是越来越少，人们时常可以见到成群结队的沼泽蛙蹦跳着离开这里，鸟群也不断向远方飞去。

很显然，夜沼的环境在发生着一些奇怪的变化，而这些变化毫无疑问和这一帮来此圈地的秘术师有着直接的关系。村民们越来越担心：假如连夜沼这样恶劣的环境都要继续变异的话，他们该去哪里生存呢？

更令人不安的事情还在后头，有更多的秘术师来到了夜沼。他们视羽人们犹若无物，在藤蔓墙之外布置了第二个包围圈，一个个显得神色凝重、心事重重。可以看得出来，他们在期待某些事物，同时也在害怕某些事物，而这当中，害怕的成分占得更多一些。

"两百多个秘术师，可以打败一支军队了……"村民们不安地嘀咕着，"他们跑到夜沼来究竟是想要做什么呢？"

他们完全没有阻止秘术师的能力，所以除了提心吊胆地等待之外，并不能采取任何行动。日子就这样在不安中一天天流逝，直到七月七日的夜里。

每一年的七月七日被称为"七夕"，对羽族而言是一个特殊的日子。羽族飞翔，依靠的是用精神力凝聚而成的羽翼，而这一凝聚过程主要受到明月月力的控制。不同的羽人由于体质不同，飞行能力也不同，大多数羽人只有在每年明月月力最强——也就是七夕这一天才能展翅飞翔，所以七夕又被羽族称为“起飞日”或“展翅日”，是这个飞翔的种族一年一度的盛事。

所以七月七日的夜里，夜沼的羽民无人入睡。他们准备好了鲜花、红绸、新鲜的蔬果——羽族是一个以素食为主的种族——兴奋地庆祝着七夕。当明月光芒最盛的那一刻到来，羽人们站在空地上，感受着明月的召唤。他们的背后慢慢展现出冰蓝色的弧光，那道光越来越亮，逐渐凝聚出羽毛的轮廓。最终，蓝光散去，一双双洁白的羽翼高扬而起，带着羽人们离开地面，飞向空中。按照贵族们的标准，这些生活在夜沼的普通羽民大都属于血统卑贱者，飞行能力普遍较弱，每年只能享受这一次畅快淋漓的飞行。

地面上剩下的只有那些还不到飞翔年龄的小孩儿，以及少部分终生都无法飞翔的无翼民。他们羡慕地看着自己的同族在夜空中自由驰骋，同时也分享着他们的快乐。但当飞行刚刚进行了一小会儿的时候，一个耳朵很灵敏的无翼民首先听到了一些不一般的响动。

“大家安静！我听到了一点儿声音！”他喊道。所有地面上的人都安静了下来，很快，不只是他，其他人也都听到了那个声音。那是一阵若有若无的声音，像是某种低吟，或是夏夜轻风的呢喃，或是一条即将断流的小溪的潺潺之声。但那声音很快开始不断地扩大，声势越来越惊人，渐渐变得像冬日的狂风咆哮，或是无数只野兽聚在一起发出嘶吼。声音的来源确凿无疑——就在那些盘绕的藤蔓之中。

毫无疑问，秘术师们捣腾出了些什么东西。羽人们把视线转向远方，惊讶地发现藤蔓围绕的地域闪亮着一团紫红色的光晕，映亮了半边天空。那道光晕不断变换色彩。在四岁的云轻瑶眼睛里，那闪耀不定的七彩光芒十分美丽，但身边的大人们一个个都显得无比紧张。他们紧盯着那奇特的光团，耳朵里听到那呼啸的声音越来越大、越来越刺耳。

一直站在地面上的村长首先意识到了危险的临近。他年纪太大了，已经没有足够的精神力来凝出羽翼，所以也留在地上。此时，他高昂起头，大喊起来：“快点儿落地！别再飞了，全都下来！”

云轻瑶肯定，飞在天空中的羽人们听到了村长的召唤，但他们一个个在空中盘旋，怎么也落不下来。隐隐约约有叫喊声从高处传来：“我们没法儿控制羽翼了！”“是翅膀带着我们在飞！”“我们不能控制羽翼的凝聚了！”

村长的手死死握住拐杖，看着天空中那些无法降落的村民，虽然满脸焦急，却也无计可施。云轻瑶这时候还不能理解村长的焦急，她只是仰起头，努力在天空中寻找着父母的身影，心里想着：他们要永远这么飞下去，再也不下来了吗？那样倒也挺好玩儿的呀，是不是可以在天上安一个家呢……

她正在出神地遐想着，突然，一声巨大的爆炸声从远处传来，那些从藤蔓的范围内放射而出的七彩光芒陡然变成了刺眼的白光。捂住耳朵的同时，云轻瑶觉得身边的空气都起了某种异样的变化，好像有什么极细微的东西混在了风里，轻轻地擦过皮肤，但要仔细感觉又很难捕捉到。

与此同时，地面上没有起飞的羽人都发出了惊叫。因为随着那一声震耳欲聋的爆炸声，空中的羽人们像是被卷进了一个看不见的旋涡，开始急速地在半空中打转。那是一个无比怪异的场景，天空仿佛被装进了一个透明的水晶鱼缸，而羽人们则成了缸里的鱼，随着水流旋转，完全不能自主。

云轻瑶终于找到了父亲的身影，由于离得太远，她并不能看清父亲的表情，只能看到父亲就像一片无助的树叶，在天空中飘零旋转。他的双翼已经完全停止了挥动，身体却仍然没有半点儿下落的迹象。

“爹！”云轻瑶终于惊呼出声，但什么都不能改变。当那道白光的亮度达到极点时，整个大地都产生了巨大的震动，一股强劲的旋风从夜沼中央刮起，迅速蔓延开来。旋风中带着某种隐隐的灼热，云轻瑶情不自禁地伸手捂住了脸。

接下来的一切她都是从指缝间看到的。飞在天上的羽人们停止了旋转，但也没能够落下来，相反，他们还在不断上升。与此同时，他们的身上开始闪烁出亮蓝色的光芒，与凝聚出羽翼时的光芒相仿，但这次是全身都在发光。

“他们的精神力失控了！”村长的嘶吼近乎哀号，“完了！”

这一声“完了”，正好给接下来的悲剧做了完美的注脚。正当云轻瑶怀疑自己的父母会不会一直上升到月亮上面去时，所有的羽人都在一瞬间爆出了一团极耀眼的蓝色火花。火花散尽之后，他们像石头一样迅速地坠落下来。

在这个起飞日的美好夜晚，羽人们一个个从高空坠下，重重地摔在地面上。即便他们的身体再轻盈，从那样的高空坠下，结局也只能是摔得四分五裂、血肉横飞。

云轻瑶并没有见到父母的尸体，因为羽人们坠落的现场过于惨烈，村长不许孩子们靠近。她只能躲得远远的，看着村里仅剩下的二十来个成年人——其中大多数是老人——收拾着地面的残骸，不时有人忍不住呕吐。七岁以下的小孩儿围在云轻瑶身边，和她一样茫然无措。仅仅是一刻钟的时间，所有的孩子都失去了父母，失去了几乎所有的成年亲人，这样的剧变甚至让他们要到好久之后才顾得上哭泣。而对这个已经延续了一百多年的近乎奇迹的羽人村庄而言，这个夜晚宣告了奇迹的终结。这个村子损失了九成以上的人口，尤其是几乎所有的青壮年。事实上，它已经死了。

幸好这时候九州大地正处在一个相对和平的时期，澜州北部的擎梁半岛也仍然处于羽族的控制之下。老人和无翼民疲惫不堪地掩埋掉所有的尸身之后，村长做了最后的决定。

“你们要离开夜沼，向北方去，”村长躺在树屋里，每说一句话都要咳嗽很久，“向北方去，穿越人族的领地，一直到达澜州北部的擎梁半岛。那里是羽人的家，你们都去那里，才能活下来。”

“可是，这里才是我们的家啊！”云轻瑶说。在所有的孩子中，她是唯一一滴眼泪都没有掉的。

“家……已经没有了。”村长叹息着合上眼睛，枯瘦的双手摇晃着，“你们快走吧！把我留在这里，让我最后一次守护这座村子。”

关于这个晚上所发生的事件，还有一些可以补充的。天明之后，一支人族军队来到了夜沼，他们从那道藤蔓围成的墙里抬出了许多许多尸体，这些尸体正是之前把自己圈在其中的那些秘术师的。他们和在起飞日飞起的羽人一样，遭遇了灭顶之灾。

而原本驻守在外围的秘术师们虽然没有死，但情况似乎比死也好不到哪儿去。云轻瑶悄悄靠近偷听到了一些士兵的对话，虽然她听不太懂，但还是硬记了下来：“……里面离得近的全死了，外面的没死，但全部失去了知觉，能不能活还不知道呢。”“……听说好像是精神力被某些外界因素激发到了最大，然后被吸干了，真是太可怕了。”

此外，他们像筛沙子一样把这片区域仔仔细细地筛了一遍，羽人们不知道他们在寻找什么，但可以看得出来，这样东西一定对他们十分重要。但他们花了很长时间，一直到羽人们开始搬迁的时候都没能够找到。云轻瑶有一种感觉，他们所要寻找的“那个东西”已经逃离了，但它一定还存在，一定还存在于某个地方，等待着时机亮出它尖锐的獠牙。她并不知道“那个东西”到底是什么，不知道那个恐怖的夜晚究竟发生了什么，也不知道它和这些秘术师究竟是什么关系，但她知道，它还活着，它还会再出现。

它还活着，它还会再出现。

序章之二
消失之夜

此事发生在夜沼之夜的十年之后。地点仍然在澜州，距离夜沼不远。

梁纪最后检查了一遍自己的装备，精钢短剑、长钩索、浸过毒的飞针、发射毒针的吹管等等，完全符合一个飞鹰组组员的标准配置。他深吸一口气，努力让自己的心情平静下来，开始猜想这一次的任务究竟是什么。这并不是一个好习惯，因为按照规定，所有飞鹰组的成员只能做到绝对服从上级的命令，而不去打听自己不该打听的事情。

但梁纪还是忍不住好奇，而且他相信自己所有的队友都会感到好奇。从一开始，飞鹰组被带在这支部队里就很奇怪。这原本是一场大规模的军团作战，己方出动了十万人马，敌方的力量虽然稍弱，也有数万之众。按道理来说，双方应当在山地和平原中展开一场场激烈的混战与厮杀，全都是正面相抗，在那样的刀光剑影、万箭齐发当中，飞鹰组这样的特训斥候部队并不能发挥出应有的作用。事实上，战事进行到现在，己方的军队一路大捷，已经稳稳占据了优势，而飞鹰组一次也没有出动过。

奇怪了，难道是要用飞鹰组去暗杀对方的首领？梁纪一直在做着猜测。但也不太像。因为眼前的战事十分顺利，估计不出半个月就能取得大胜，在这种情况下，完全没有必要动用飞鹰组。每一个飞鹰组成员的培训成本，至少是养一个普通士兵花费的一百倍，如无必要，一定会避免折损。所以他只能这样猜想：大概是己方统帅预先认为战况可能不利，于是带来飞鹰组备用，只是现在一切顺利，就

用不着了吧。

然而就在今天中午，飞鹰组接到了密令：养精蓄锐、休息半天，日落后全员出发。多年来的严苛训练让飞鹰组的成员们立即接受了命令，迅速回帐篷准备武器和睡觉，没有人多问一句。但梁纪相信，同袍们都和自己存在着同样的疑问——我们究竟要去做什么？

无论怎样，太阳落山，黑暗慢慢笼罩了大地，出发的时刻到了。所有的飞鹰组成员聚集在一起。他们有些意外地发现，除了往常负责带队的头儿——通常被称为“鹰眼”——之外，还多了一个领队的人。这个人脸上戴着狰狞的面具，让人看不清他的面孔。更让他们意外的是，往常向来对他们满嘴粗口、动辄打骂的鹰眼，竟然对这个人十分尊敬。鹰眼下达的命令更是明白无误地表达出了这一点。

“今天的所有命令，由他下达，他就是今天的首领。”鹰眼说，“你们必须听从他的命令，比听从我的命令更加服从。听明白了没有？”

“明白！”所有的飞鹰都大吼道。但他们心里实在不太明白。飞鹰组基本上是独立于军队系统外的斥候队伍，即便是军队的统帅也不能越权指挥，但这个人能够凌驾于鹰眼之上。

于是疑问由一个变成了两个：我们究竟要去做什么？这个蒙着脸的指挥官是什么人？

组员们把疑问存在心里，默默地跟着这位蒙面的首领出发。队伍进发后不久，组员们产生了第三个疑问：我们要去哪儿？

这位蒙面首领带着所有人，并没有奔向敌人的老巢，也没有奔向情报里提到过的敌方首领可能藏身的三个秘密据点，而是一路朝着夜沼方向疾速进发。夜沼的环境十分恶劣，只有羽人那种轻灵的身躯才有可能在那里勉强存身，人族在那里是待不了太久的。而且也没有任何情报表明，敌方的领袖有可能远离自己的部队，藏身于夜沼之中。

服从命令是飞鹰的天职。虽然他们头脑里疑问重重，但仍然毫不懈怠地在满是泥泞的道路上奔跑着。这是一群经过炼狱般训练的战士，像这样疯狂的高速夜行军，对他们而言根本不算什么。寂静的夜里，只能听到一连串急促而轻微的脚步声，这一大团黑影向着夜沼移动而去。经过半夜的高速行军，这支精锐部队进入了夜沼地带，脚下的路开始变得异常难行。那些泛着泡沫的沼泽地，有些地方可以下脚，有些地方稍有不慎就会让人迅速下陷，遭遇灭顶之灾。而四处纷飞的毒虫以及隐藏在暗处的毒蛇和毒蛙也都给行人带来了巨大威胁。

一边小心脚下的陷阱，一边驱赶着毒虫，还必须在黑暗中寻找方向，体力的消耗非常大。进入沼泽地没多久，飞鹰们个个都发出了急促的喘息声。终于，有一名飞鹰脚下踩错了一步，一下子陷入了沼泽中，身子飞快地下沉。幸好在他身边的同伴反应足够快，赶忙抛出钩索，他抓住了钩索，慢慢被拉了出来，幸免于难。

真是狼狈啊，梁纪想，向来强悍勇武、无往不利的飞鹰组，也会有现在这样满身泥水狼狈不堪的时刻。在这种情况下，更显示出那名蒙着脸的新头领的与众不同之处。一直以来，他都只是一言不发地在前方带队，脚下迅疾如风，并且不时用手势提醒手下们注意着脚下，以便绕开沼泽地。从这个人的举手投足来看，明显带着某种高贵的气质，即便双足沾满了污泥也不能掩盖。另一方面，他又对夜沼非常熟悉，难道之前就已经前来探查过了吗？

又走了大约半个对时，梁纪的脚下突然踩到了干燥坚硬的地面。他仔细一看，发现自己已经来到了一个十分奇特的地方。在周围宽阔的沼泽地的包围下，夜沼里赫然出现了一大片干地。

借着月光，梁纪粗略地观察了一下，发现这片干地的出现非常突兀，不像是自然形成的，反倒很像是某种人为的行动所造成的。就像是有人使用了极度强大的力量，将这一大片沼泽全部蒸发殆尽，又用可怕的高温烧灼泥土，形成了这样一片硬地。他的心里微微一寒，与此同时，蒙面的新头领做了一个手势，该手势明白无误地告诉所有人：当心，危险接近了。

飞鹰们都拔出了随身的短剑。这是一种特制的短剑，剑身分为两截，可以拉长也可以缩短，能够灵活应对不同的武器。同时他们也准备好了吹管，随时可以吹出致命的毒针。但眼前只有一片黑暗和寂静，敌人是谁，又藏在哪里呢？

飞鹰们跟在头领身后，小心翼翼地前进。梁纪发现鹰眼显得无比紧张，和往常指挥若定的时候判若两人，并且仿佛恨不能随时都全身挡在头领的身前。梁纪意识到，这名头领的身份绝对非同小可，搞不好是什么王公贵族。

这块干地的大小毕竟有限，一盏茶的工夫儿，他们就来到了干地的中心。在这里，人们看到了两块奇怪的半球状石块儿，如果把它们合在一起，就能成为一个完整的圆球。蒙面头领当先走近，仔细检查了一下两个半球，忽然失声叫道："不好，它已经发现了！"

没有人听得懂他嘴里所说的这个"它"是什么，但所有人都陷入了极度的震惊中，不是为了可能隐藏的埋伏，而是因为这个人的口音。这是一个他们十分熟悉的口音。

竟然是他！梁纪惊呆了。他实在无法想象，这个人会亲自带着飞鹰组深入夜沼，来寻找这个"它"。但梁纪已经没有太多时间去思考了，随着头领的这一声喊，灾难发生了。

包围着这片干地的沼泽，竟然像涨潮的河水一样凶猛地涌动起来。黑乎乎的泥浆混杂着肮脏的流水，带着令人窒息的腐臭气味，卷向了飞鹰们。虽然飞鹰组里个个都是武艺高强的精锐战士，但面对这违反常识的异动，他们一时也找不到应对的方法。而沼泽泥浆仿佛有生命一般，专门朝着有人的地方猛卷过去，转瞬间已经把十多名飞鹰拖入了深不见底的沼泽里。

而脚下干硬的地面也在这时候突然颤抖起来，地表出现了纵横交错的裂缝，突然冒起了一根根尖锐的石笋。飞鹰们猝不及防，不少人当即被刺穿身体而亡。

梁纪满身大汗，使出浑身解数，躲闪着泥浆和石笋的双重攻击。他用眼角的余光注意到，鹰眼一直尾随着头领，全力保护着他，但头领似乎还在嫌鹰眼碍手碍脚，一伸手推开了鹰眼。

“你出来！你出来啊！”那个再熟悉不过的声音怒吼着，声音即便在泥浆的呼啸中也显得格外清晰，“你给我出来，让我见一见你！快出来啊！”

但除了喷涌的泥浆和致命的石笋之外，并没有任何东西现身回应。就在这时，梁纪注意到，那两个巨大的半球悄悄地晃动起来，他赶忙大叫一声：“小心！”

但已经太晚了，两个半球陡然立了起来，在头领狂呼怒吼之际，一下子合拢，把他关在了里面。与此同时，筋疲力尽的梁纪终于没能躲过毒蛇般的沼泽泥浆的连续袭击，被一股巨大的力量狠狠地拽入了沼泽里。

永恒的黑暗在一瞬间将他吞没。

若干天之后，梁纪的死讯连同所有飞鹰组成员的死讯，传回了他们的亲人那里。这些人无一例外被定性为“战死”，并且连尸骨都没能运回来。在亲人们呼天抢地的泪水中，在军方对飞鹰组全军覆没的痛惜怒骂中，那一夜发生在夜沼的难以解释的惨剧，被悄无声息地彻底掩盖了。

序章之三
远行之夜

第二个十年过去了。某一个夜晚，九州某处。

“它已经诞生，它已经成长，它已经强大。在未来的岁月里，也许九州大地上再也没有能够阻挡它的生物了。”

“您能确定吗，师父？”

“星相的指引是不会出错的。我已经观察六十年了。六十年来的九州星图，从来没有像现在这样混乱，像现在这样危险。暗月的力量正在蓄积，暗月的阴影即将遮蔽整个大地，到那时候，我们都将无路可逃。而这一切，就将通过它的双手来实现。”

“那我们该怎么办，师父？难道我们不能想办法消灭它吗？”

“消灭它，首先需要找到它。但以它的力量，隐匿掉自己的行迹应该是轻而易举之事。即便要找到它，也需要消耗漫长的时间，而这段时间，已经足够它完成阴谋了。”

“什么阴谋？”

“毁灭九州，毁灭六族，毁灭这片大地上的生灵万物。”

“那我们应该怎么办，师父？难道就没有办法了吗？”

“有的，虽然希望十分渺茫，但渺茫的希望也比完全没有要强。而这希望，就落在你的身上了。”

“我的身上？”

“是的，在我的弟子中，我只能把这个希望寄托在你身上，这也是今夜我召你来的原因——你将要承担起我交给你的重任。”

“徒弟万死不辞！”

"你仔细听好了，要对抗它的阴谋，必须依靠神器，而你的职责，就是寻找神器。"

"神器？"

"是的，神器，天神赐予九州的神器，分别庇佑九州六族的神器。"

第一章
神器

“这次是一个真正的魔鬼，一个超出人们认知的未知的可怕存在！单凭我们的力量，根本不可能铲除它。我们必须获得这件神器，而且不只是羽族一个种族的神器，而是全部六族的神器！只有集合了这六件神器，我们才有可能击败它，拯救九州的命运！”

1

“快一点儿！快一点儿！渡船马上就要开了！还能上人！都快一点儿，装满了就开船啦！”

负责收钱的船工站在甲板上声嘶力竭地叫喊着，陆陆续续有人走上这条渡船。此处是澜州最北部的霍苓海峡，隔海与北方的宁州——羽族最大的聚居地——遥遥相望。澜州北部居住的羽人要去往宁州，通常都会选择这条路。而人族一般都从更西边的霍北港出发，取道潍海驶往宁州。两个种族很默契地井水不犯河水。

现在正是正午时分，暖春的太阳晒得人们头昏脑涨。羽人们挤在渡船上，擦着汗等待渡船起航。霍苓海峡实在太宽阔，即便是最强壮的羽人也不可能飞过去，所以跨越海峡的渡船生意相当好。每一条渡船都派出自己最大嗓门儿的船工吆喝拉客，以便能最早地装满船起锚。

终于，有一条船成为这天中午第一个填满船舱的幸运儿。船主看着船吃水的深度，知道这条船已经连一只苍蝇也装不下了，这才遗憾地叹了口气，挥手示意开船。

水手们扬起了帆，船只正准备驶离港口，这时半空中突然传来一声暴喝："停船！不许走！"

随着这一声喊，天空中迅速掠过两个小小的黑影，那是两个正在展翅飞翔的羽人。从装束来看，他们是澜州羽族城邦的正规军官，身份不低。船主自然不敢和他们较劲儿，乖乖地停了船，心里想着：今天怎么这么倒霉啊。

两名军官收了羽翼，落在岸边。他们身上都佩戴着灰色的金属羽翎，按照澜州羽族军中"白蓝灰褐赤黑"的等级排序，灰色羽翎的等级不容小视。船主慌忙迎上来，手里已经捏好了两枚金铢，希望能靠金钱把对方打发走，省点儿麻烦。但军官嘴里说出来的话让他立刻停住脚步，并且偷偷把金铢收了起来。他明白，这件事绝不可能那么轻松地化解掉。

"这条船上混进了人族的斥候。"军官说，"所有人立即下船，接受检查。"

船上混进了人族的奸细，那可是大事。船主没有丝毫办法，只能苦着脸站在原地，看着一个个已经在甲板上挤出位置的乘客又费劲儿地挤下船。羽族是一个等级观念十分森严的种族，两名佩戴灰色羽翎的军官已经足够让一船的人都乖乖听话，不敢有丝毫反抗。

而直到这时，两人的二十来名下属才慢慢飞到，他们的飞行能力不及自己的上司，落在了后面。这些士兵站成队列，对每一个从他们身边战战兢兢走过的平民虎视眈眈。忽然，一名军官伸出手，指向一个佝偻着背、头上戴着帽子的老年羽人："站住！"

老年羽人停住了脚步，慢慢直起腰来。他把帽子摘下来，露出一头银灰色的长发。军官走上前去，伸手一揪，那头银灰色的头发被扯了下来，露出里面的黑发。羽族的发色大多偏淡，多为金色、银色、灰色、褐色等，这样漆黑的头发很少见。很显然，这就是那名被追赶的人族斥候。

"好眼光啊。"斥候叹息一声。

"我们一路追踪着你到这里，"军官得意地说，"虽然你一路上更换了七套行头，但还是瞒不过我的眼睛。"

斥候轻笑一声："这究竟是你的幸运，还是你的不幸呢？你以为凭你们俩，凭你们带来的这些人，真的可以留住我吗？"

说完，他慢吞吞地从怀里掏出一件外形很奇怪的兵刃：形状似刀非刀，刀尖细长如针，手柄十分短小，一看就知道并不适合切削劈砍，而非常适用于近距离的直刺。

"破血锥！"两名军官下意识地向后退出一步，"你是唐国的血蝠！"

"没错，我就是血蝠的成员，出手致命，绝不留情。"斥候微笑着说，"两位在军中的品级恐怕也不算低，只是在我的面前，逃生的希望太小了。"

两名军官迅速拔刀，但当他们的刀刚刚拔到一半的时候，斥候已经像影子一样，忽然就贴到了两人身前。他的右手向前疾挥，在一名军官还没来得及做出任何反应之前，已经把那柄短而锋锐的破血锥插到了军官的小腹，并且向左右一绞。军官惨叫一声，跌跌撞撞地退出十来步，重重地摔在地上。直到此时，伤口处的鲜血才喷涌出来。

另一名军官脸色煞白，举刀向着斥候当头砍下去。但斥候的速度远比他举刀的动作要快，这一刀还没有挨到斥候的头皮，对方的身影就忽然消失了。紧接着，军官突然感到背心一凉，破血锥已经从背后插入他的胸口，刺穿了心脏。

几乎只是一眨眼的工夫，两名灰翎军官就已经命丧斥候之手，剩下的二十多名普通士兵个个两腿发颤，想要上前拼命，又明知不是敌手；想要转身逃跑，又想到临阵脱逃可能带来的严酷后果，一时间个个愣在原地不知所措。

"性命是宝贵的，"斥候冷笑一声，"我建议你们还是让开一条路，白白送命并不好玩。"

说完，他将破血锥横在胸口，径直向前疾奔而去。士兵们犹豫了一下，考虑到毕竟还是性命攸关，竟然为他让开了一条路。眼看这名血蝠就将冲出包围圈，消失在港口复杂的道路与错落的屋宅中，那样就再难有人找到他了。

然而正当他快步把所有士兵都甩在身后的时候，身后突然传来一声急促的破空之响，来势迅疾。他连忙向右一闪，一支长箭划过他的左肋，射在地上，发出嗖的一声，箭身竟然有一大半都没入了地里。虽然此处的地面都是较为松软的泥地，但这一箭的威力也足够惊人了。

斥候还没来得及稳住身体，第二箭又接踵而至，这一箭来势更快，以他那样鬼魅般的身法竟然也无法躲开。利箭贯穿了他的左腿，血花飞溅而出，他摔倒在地上。

这名来自唐国血蝠营的斥候倒也硬气，伸手握住箭，想要硬把这支箭拔出来然后逃生，但是发箭人并没有给他这个机会。他的手刚刚握上箭身，第三支箭已经到了。这一箭瞄准了他的右胸，噗的一声穿入，竟然把他死死地钉在了地上。

这三支箭来势奇快，有如迅雷，无论是士兵还是在场的平民都惊呆了。士兵们愣了好一会儿，才反应过来，这名瞬间夺去他们两名上司的劲敌竟然已经被这连珠三箭射成了重伤，于是连忙赶到他身边，七手八脚地把他制住。

“是谁？这三箭是谁射的？”斥候肺部被射穿，嘴里咳着血，腿上也受了重伤，但仍然仰着头，大声怒吼着，“出来！让我死也死个明白！”

人群忽然向两边分开，一个颀长的身影走了出来，一直走到斥候和士兵们身前。这是一个看上去不过二十岁出头儿的年轻羽人，白衣翩翩，银发披肩，形貌十分潇洒，但脸上的表情冷若冰霜。他的弓早已背在了背上，显然之前的三箭，他已有绝对把握可以制住这名斥候。

士兵们看清楚了年轻人的脸，都很是吃惊，一起躬身：“纬大人！”

“纬大人？”斥候愣了一下，“你姓纬，叫什么名字？”

“你还不配问我的名字。”纬大人淡淡地说了一句，眼睛不再向他看去，而是转向了那些士兵。如果说刚才士兵们在斥候面前显得畏首畏尾的话，现在在纬大人面前则是彻头彻尾地连大气儿都不敢出。不等他开口，两名领头的十夫长自觉地站到了他身前。

这位年纪轻轻的纬大人看了两名十夫长一眼，挥起右手，重重地给了他们一人两记耳光。十夫长丝毫不敢避让，硬挨了这两巴掌。

“这两巴掌是惩罚你们刚才给这个斥候让开了一条道。”纬大人说，“不过，你们毕竟是下层的士兵，犯了罪，最大的责任应该由上司来负。所以我没有救那两个蠢材，而是让他们替你们死了。”

士兵们个个背上都冒出了冷汗。纬大人接着说：“死罪可免，活罪难逃。每人加三个月重劳役，外加四十军棍。”

听完这句话，士兵们竟然个个露出松了一口气的表情，可想而知这位纬大人平时施加的责罚有多重。纬大人走向两名被杀军官的尸体，冷冰冰地说：“知道你们为什么死吗？既然发现了这名斥候，你们就应该好好布置监视，争取抓出和他接头的人。但你们打草惊蛇，在这个人多、障碍物也多的地方动手，差点儿让他逃跑了。你们骨子里不外乎是害怕麻烦，不愿意跟到宁州去，也不想上船和平民挤在一起，所以想稀里糊涂地把他抓走了事，还能请点儿功。就凭这一点，你们就该死。虎翼司出来的人，不能像你们这么没出息。”

只有说到“虎翼司”三个字时，他的言语里才能听出一些骄傲的情绪。那些站得远远的看热闹的羽族平民也开始小声议论：“这个纬大人是什么人啊？年纪轻轻就这么厉害，箭术还这么好？”“要说姓纬的年轻人，最有名气的就是虎翼司的监察使纬翔空，我看啊，就是这个人了。”“听说他是宁州虎翼司总监察纬苍然大人的儿子，虎父无犬子啊！”“他父亲在宁州？那他为什么要来澜州做官呢？”“我听人说，他是为了避嫌，不想让自己沾父亲的一点点光，所以执意要到澜州来，靠自己的实力赢取功名。”“那可真了不起啊！”

这些低声的议论并没有逃过纬大人的耳朵。他听到那些夸赞他厉害的语句，并没有丝毫反应，当听人们提到“纬苍然”这个名字时，嘴角浮现出一丝冷笑。

“老头子吗？”他低声自语，“总有一天我会超过你的，我的父亲。”

2

发生在霍苓海峡的这起事件，不过是近期人羽关系的一点儿小小的缩影。人族和羽族，一直在九州的历史进程中扮演着一对欢喜冤家的角色。把九州六个种族放在一起看，除了外形可凭喜好自创的魅，人和羽大概是外形上最为近似的。但这种近似并没有带来彼此的亲近，反而带来了数不胜数的冲突和仇恨。

在大多数时间里，人族占据着东陆广大的地盘，羽族则盘踞在森林茂密的宁州以及澜州北部，双方时而打得你死我活，时而互派使节、亲密无间。更多的时候，不同的人族公国和不同的羽族城邦相互勾结，尔虞我诈，互相利用，你根本无法说清“正义”这种东西到底属于哪一方。

现在正是人和羽又一个关系微妙的时期。战争在百年前画上了句号，双方暂时又进入了一个相对和平的年代。但这样的和平仍旧是脆弱的，如履薄冰，很难经得起时间的考验。

在这段时间，澜州的几大城邦在长时间的争斗后，终于统一归并在了莱米克城邦的统治下，使得这一片土地上的羽民几百年来首次处于一个统一的政权之下；而莱米克城邦的领主、天氏家族的天恒与则拥有了九州最大的羽族城邦。

尽管如此，他仍然很明智地没有自称“澜州羽皇”，和宁州的羽皇叫板。在这几百年的时间里，宁州皇室也在静默而充满效率地活动着，逐步削弱各城邦的统治力，增强羽皇的权力。在过去，所谓“羽皇”，大抵只是羽族这个采取松散城邦制的种族的名誉之主而已，说白了就是空架子，实权大多掌控在各大城邦的领主手里。领主们每年朝觐羽皇只是表面恭顺，实际上如果真有谁打算不听话，羽皇也毫无办法。

但这一支翼氏王朝，从几百年前就开始开动脑筋，利用各种各样的手段加强皇权，凭借着极度的忍耐、野心、阴谋、残酷甚至无耻，终于把权力握在了如今的羽皇、翼氏家主翼宁安的手里。现在羽皇翼宁安手中直接可以调动的军队，基本和各城邦的兵力总和相当，也就是说，除非所有城邦能联合一起出兵，否则谁都无法奈何羽皇。

在这种情形下，东陆的人族政权明显感到了不安。和羽族相仿，人族虽然多次建立皇权，但皇帝也在长时期内受制于各公国的国主。历史上统一集权的人族皇朝也有过几个，但维持时间不长，最终还是分裂了。

当然了，随着一次又一次战争的不断分化合并，当年的乱世十六国已经有很多被大国兼并，曾经雄踞宛州一时的衍国终于被老对手唐国并吞。现在的东陆，在若干次的分裂—合并—分裂—合并后，虽然还有着某个名义上一统天下的皇朝，但主要势力已经分化到四个互相制衡的大国手中：瓜分宛州的唐国和楚国，分别占据中州南部和北部的梁国和晋国。这四个国家虽然经济实力上有所差异，但军事实力相当，谁也吞不下谁，所以在很长时间内倒也勉强算是相安无事。而天启皇朝虽然所占领地不多，但依靠一支忠心耿耿的军队以及南北两座雄关——秦捷关和殇阳关，依然顽强地生存着。

羽族一步步走向统一却给他们带来了共同的压力。人们不会忘记历史上那些惨烈的血战——当羽族弓箭手们挥动着洁白的羽翼翱翔于云天，居高临下地射出密密麻麻的箭支时，地面上的人族完全就像是待宰的羔羊，几乎毫无还手之力。而当传说中的鹤雪士从遥远的云端精确地射出暗杀之箭时，那一声听不到的弓弦响更成了王公贵族们的噩梦。人族历史上和蛮族、河络、夸父甚至鲛族都发生过战争，但最畏惧的，始终是一个可能出现的强大的羽族。

"所以这两年人族才会和羽族发生那么多摩擦。"说话的是一个人族的老人，他双眼昏花、须眉皆白，"君王们在害怕啊，害怕统一的羽族会带来一支可怕的军队。而羽族，一向都对人族怀有戒心，因为他们的人口比人族少得多，无论占领了多么广阔的土地，人少都是致命伤啊。"

"谢谢您了，我对这些种族之间的纠纷，了解得还真不多，听您讲这些，我长了不少见识。"回答的是一个英气勃勃的青年，他面容俊朗，嘴角总是挂着一丝笑容，看体形外貌应该是个人族。说话的时候，两人正坐着一辆驴车，颠颠簸簸地行进在夜北高原崎岖的山道上。现在两人所处的区域还在人族的控制范围内，但再往前翻过一个山头，就将进入羽族的地盘。

"我不能再往前送你了，"老人勒住了驴子，驴车停了下来，"翻过前面那座山，就是羽人的地盘了，他们现在很不欢迎人族。我年轻的时候还去过他们的村庄里卖货呢，现在可不敢再去了。”

“我明白了，谢谢您！”青年跳下驴车。他的行李很简单，只有一个小小的包袱，外加一柄很不起眼儿的长刀，刀鞘上布满锈迹，就像是随便从哪个铁匠铺里信手捡来的残次品。

“我劝你还是别去了。”老人说，“羽人真不是好惹的，如果他们想要拿箭射你，你根本就不可能躲开。我年轻那阵子，有一个兄弟……”

“您放心吧，”青年拍拍他的肩膀，“羽人也总得讲道理啊，不能见了人就乱放箭吧。”

“唉，你别把他们想象得那么善良……”老人还想要说下去，忽然抬头看见了青年的眼睛。这时候正是早晨，青年的面庞正对着阳光，老人忽然脸色大变，向后退出去好几步。

“你的眼睛……怎么会……泛出蓝光？”老人喘着粗气说，“我听说羽人的瞳孔就能在阳光下显出蓝色，难道你是羽人？”

青年微笑着摇摇头：“您别紧张，我不是羽人。眼睛嘛，世上人那么多，总会有个别异类存在的，这属于自然灾害，我也没法儿控制呀。”

老人的脸色稍微和缓了一点儿，但还是显得很紧张，他不再多说什么，赶起驴车迅速向着来路驶去。青年搔了搔头皮，有点儿无可奈何：“我真的不是羽人啊……我有羽人那么瘦弱吗？”

老人已经听不到他的辩白了，青年只叹了口气，拎着包袱，脚步轻快地向前走。事实上，人族和羽族相互划出势力范围，是会保留一定的缓冲地带的，所以他走了一个多对时，都没有碰上半个羽人。这条弯弯曲曲的山道仿佛是出于人羽两族的默契，始终没有人踏入。

又走了一阵子，太阳逐渐升到了头顶，地面也慢慢扩散出了热力。青年擦了擦额头上的汗，忽然听见前方传来一阵潺潺的水声，连忙循着水声走过去。果然，前方有一条小溪，溪水与山石碰撞，发出诱人的淙淙声。

他三步并作两步来到小溪旁，刚刚挽起袖子，忽然愣住了。他看见原本应当是清亮澄澈的溪水中，掺杂着一种特殊的颜色。

那是血液的颜色，而且从山风中还可以明显闻到一股血腥气，从溪水的源头处飘来。溪水里的红色原本比较浓重，但过了一会儿之后，已经慢慢转淡。这说明如果有什么人或者动物在流血的话，血已经快要流干了。

青年皱了皱眉头，左手握住刀柄，慢慢沿着小溪源头的方向向上攀缘。越往上走，血腥的气味儿越浓烈，而溪水中的红色并没有消失过。

大约走了半刻钟，他一下子停住脚步，神色严肃起来。眼前是一幕惨烈的场景：在溪水旁边，横七竖八躺着十来具尸体。这些尸体上都有很明显的致命伤口，血液就是从这些伤口里流出来的。即便不靠近。他也可以从发色和服饰看出来，这些死者都是羽人。

青年并不急于靠近检查尸体，而是先在周围检查了一遍。地上有一些脚印，但相当齐整，并不凌乱，同时也没有什么拖拽的痕迹，这说明至少在到达小溪旁之前，并没发生过什么动武的事件。

他沿着这群人的足迹还想继续追查他们的来路，突然，从身后传来几声弓弦响和羽箭划过空气的尖锐啸声。他并不回头，左手扬起随身的长刀，叮当几声之后，向他射来的几支箭全都被他用刀鞘弹飞了。

然后他转过身来，看着十来个手里弯弓搭箭的羽人向着他一步步靠近，他不禁苦笑一声："还真让你说对了，他们真的是二话不说弯弓就射啊……"

他提高了声音："喂！我们无冤无仇，干什么一上来就朝着我放箭哪？而且一次就射出五支箭，好狠！不过总算都不是对着要害射的……"

"你是什么人？在这里干什么？"一名领头模样的羽人高声问，其他羽人则四处散开，用弓箭从不同的角度瞄准了他。

青年高高举起双手："各位，别误会啊，我只是碰巧路过这里，这些死者和我并没有关系。"

领头的羽人走到他面前，仔细地打量着他，其他人则快速奔向溪水边的那些尸体。不久，一个羽人一脸悲愤地跑过来，在头领耳边耳语了几句，头领的神色立刻变了。

"你手里拿的是刀，人，"头领说，"而我们的同胞身上的伤口也是刀伤。"

"刀也分很多种啊，"青年说，"如果你怀疑我，可以把我的刀拿过去，比对一下伤口，就能确认是不是这把刀干的了。我倒是建议你，这些人没死多久，敌人可能还在附近，现在抓紧去追还来得及……算啦，来不及了！"

他向周围扫了一眼，颓丧地说。

头领忍不住问："为什么来不及了，人？"

"你的人已经把这一片的地踩得乱七八糟了，"青年伸手一指，"敌人的踪迹都被他们给踩没了。现在，先比对一下我这把刀，然后再慢慢考虑怎么找凶手吧。"

他随手把手中的刀扔给一名羽人，转头对头领说："还有，别老是'人''人'地叫，我有名字的，你可以叫我南鱼，就是'来自南方的鱼'的南鱼。"

片刻之后，羽人们已经比对完了刀口，证明了南鱼的无辜。但他们看向南鱼的目光仍然是冷冰冰的，充满了怀疑和仇视。

"是把好刀，"头领手里把玩着南鱼的那把刀，"虽然外形像块废铁，但是相当锋利。"

的确，这把刀和它的刀鞘一样黑黝黝的，毫不起眼儿，刀背的厚薄都不均匀，看起来连一把寻常的砍柴刀都不如，但拿它往身旁的小树上一劈，碗口粗的树木应声而断。

"你能够随手把刀交给我们检查，倒是有几分气度和胆量，"头领说，"但你的嫌疑仍然没有完全洗清，你需要跟我们回村去，由我们的长老来做决断。"

"我本来就要到你们羽人的村子里去，"南鱼显得很高兴，"那就请你带路吧。"

头领愣了愣，显然完全没有料到南鱼会做出这种反应。他顿了顿，问道："你到我们羽人的村庄里做什么？"

"我的老师委托我到澜州来寻找几位老朋友。"南鱼说，"他年轻的时候曾经到澜州游历，结识了一些羽人朋友，现在年岁大了，时日无多，却还有一些心愿没能完成，需要得到这些朋友的帮助。很凑巧，其中一位就住在这附近的村落里。"

"一个人族，想要寻求羽族的帮助？"头领盯着南鱼，似乎想要看出他是不是在说谎，但南鱼一脸坦诚的笑容，让人看不出底细来。

“好吧，不管怎么说，你先跟我们回村。”头领最终下定了决心，“不过你得先交出你的刀。”

“我的刀一直就在你手里好不好？”南鱼嘻嘻一笑，“你就先替我保管着吧，我正嫌拿在手里太沉了。”

然后他就在前后几名羽人的监视之下，悠悠闲闲地跟在队伍里前行，好像完全不知道自己身边的这些羽人个个对人族恨之入骨。

向前行走了一段，翻过两个相当陡峭的山头，眼前豁然开朗，出现了一大片绿葱葱的森林。南鱼跟着羽人们钻进森林，走了大约一刻钟之后，忽然眼睛一亮，看到了一处平时难以见到的奇特景致。

出现在他眼前的，就是羽族的森林村庄，确切一点儿说，森林就是村庄，村庄就是森林。羽人们有着独特的建筑技艺，从地面到空中依托着林木构建住所，这些房屋堪称杰出的艺术品。

眼前的这座村庄规模不小，占用了上百棵树木。羽人们按照各自的亲缘关系，以家族为单位在每棵树上修建树屋，树屋之间以走道或者绳梯相连，还有方便的吊篮供老幼上上下下。这些树屋连在一起，几乎与森林浑然一体，景致蔚为壮观。

“真了不起！”南鱼仰起头，看着那些在翠绿的枝叶之间若隐若现的树屋，忍不住大声赞美起来。头领的脸色稍微和缓了一些，但仍然没有说话，直接押着他走进一只宽大的吊篮。吊篮上升到大树的中部停了下来，南鱼从中跨出来，发现身前是一间空树屋。

“你将被关押在这里。”头领说，“今晚长老会来询问你。”

南鱼耸耸肩，也不反抗，乖乖地走进这间囚室。头领从外面锁上门，派了几名羽人看守他。南鱼好像对自己遭受什么样的待遇毫不在乎，只是兴致勃勃地坐在墙边，透过装有栅栏的窗户，欣赏着常人难得一见的树屋奇景。

太阳越过头顶，继续向西下沉，终于到了黄昏时分。村寨里的老人和妇孺都走出树屋，目光齐齐望向村口的方向，仿佛是在期盼着什么。终于，一声尖锐的哨声响起，人们都欢呼起来。几十个青年和壮年羽人走回了村子，带回来一些野猪、鹿子、山鸡之类的猎物。

“奇怪，你们羽族不是不吃肉吗？”南鱼看得好奇，忍不住向看守他的羽人发话询问，“为什么要去猎杀这些动物呢？”

他没有得到回答。羽族对人族普遍是仇视的、不信任的，看守甚至看都没有看他一眼，始终保持着沉默。南鱼叹了口气，一屁股坐在地上铺着的草垫子上，嘴里喃喃自语：“但愿你们能有一些待客之道……我饿了。”

又这样待了一个多对时，太阳完全落山，天空中出现了颜色各异的星辰。这时候终于有人来了，把南鱼带出了这间树屋。他被带着在迷宫一般的树屋群中穿行升降，最后来到了一间宽敞的树屋里。这间屋子所在的树木，位于一棵特别粗壮的老树旁边。这棵老树虽然粗大，上面却连一间树屋都没有修建，显得有点儿浪费材料。

“这叫作年木，是羽族村落和城市的中心，通常是不住人的。”一个苍老的声音对南鱼说。南鱼回过头，看见白天抓他回来的头领正陪着一个白发老羽人走进来。老人身躯佝偻，白须垂胸，一张脸皱得好像树皮，但是目光炯炯，眼神中透出一种智慧。看来这就是头领所说的长老。

“先吃点儿东西吧。”长老温和地说。事实上，这是南鱼遇到这一帮羽人之后，听到的最温和的一句话。而随着这一句话，很快就有人给南鱼送来一碗香气扑鼻的肉汤，里面浮动着令人垂涎欲滴的肉块儿。

“我听说，你对我们为什么要打猎十分好奇。”在南鱼狼吞虎咽的时候，长老说，“其实没什么奇怪的。这一带森林里可以寻找到的果实并不多，土壤又不适合种植蔬菜。如果不靠狩猎来补给，我们就只能挨饿了。只有那些城邦里的大贵族，才能真正过上不需要肉食的日子，我们穷人是不行的。”

“你好像……对我挺友善的，”南鱼很快解决了肉汤，擦了擦嘴，“而你的手下们个个眼神看起来都像是想要吞了我。”

“你如果是个普通的人族，也许我根本不会审讯你，直接就会下令处死你。”长老的语声依旧温和，但这种温和当中隐藏着铁一般的坚硬和刀锋一样的寒冷，“不管那些人是不是你杀死的，终归都是人干的，就算把账算到你头上，也一点儿不冤枉。不过，幸好我看到了你这把刀。”

“这把刀怎么了？”南鱼问。

“这把刀原本属于我的一个老朋友。”长老手里握着那把废铜烂铁一样的长刀，“许多年前，我和他有过约定，见刀如见人。现在见到这把刀，我就明白了，你是他派来的。”

“不会这么巧吧？”南鱼张大了嘴。

“就是这么巧，”长老点点头，“我就是你要找的第一个人，汤若林。”

说到宁州最有名的城市，除了绵延千年的第二代皇都雁都城之外，就要数宁南城了。这是一座与羽族传统城市截然不同的新兴城市，摒弃了自古沿用的围绕森林营建树屋的方式，而采用的大多是东陆式的建筑风格，人们来到这里往往会产生错觉，觉得自己还徜徉于东陆的小桥流水之间。

宁南城本来就是依靠和人族通商而逐渐兴起的城市。在历史上的和平时期，这座城市里除了羽族之外还有着大量的人族，甚至河络和夸父也有不少。据说在巅峰时期，宁南城的人口有一半都是羽族之外的异族。

当然了，近些年来，随着人羽关系不断恶化，大部分人族都已经在掂量形势后悄悄撤离了，宁南城内的商铺慢慢地空出了许多。某些房屋还剩了很长的租期，房主不敢轻易转租给别人，怕原来的房客再回来，引发纠纷，索性就任由房子空着，宁南城于是有了“半座空城”的外号。

宁南城的城北有一座小院子，原本住的是一户人族的瓷器商人。由于最近人族和羽族的冲突越来越多，他实在不敢在宁州多待下去，低价处理完所有存货后便举家南渡，离开了宁州。这座院子是他花钱买下来的，走得匆忙来不及脱手，索性就任由它荒弃着了。

这一天清晨，这座已经空置了好几个月的小院外忽然来了一名不速之客。他趁着左右无人，以敏捷的身手翻过院墙，钻进了院子里。大约一刻钟之后，他重新跳墙出来，在院门上画了一个近似羽毛的符号，然后大摇大摆地走掉了。

这一天余下的时间里，一共有六个羽人来到门前。在认清符号之后，他们都找准了机会，越墙而入，进入这间院子里，然后就再也没有出去。

到了夜间，最早画那个羽毛符号的不速之客再次出现。进入院子之后，他径直走向堂屋，先割破手指，滴下一滴血甩在门上，然后才推开门，此前进入的那六个人都已经坐在没有点灯的黑漆漆的堂屋里了。刚刚进门，他的耳边就响起很轻的嗡的一声，他知道，先来者已经提前布置好了秘术，这间屋子完全处于音障术的保护之下，就算屋里面打雷，外面也没人能听到。除此之外，这间屋子周围至少还有十多种不同的秘术，包括刚才他必须流血才能通过的那一道，以保证绝对没有人能偷听。

“人到齐了吗？”这个人问。

“旷氏后人到了。”一个声音回答道。

“霄氏后人到了。”另一个声音说。

“鹄氏后人到了。”

“阳氏后人到了。”

“棠氏后人到了。”

“茳氏后人到了。”

“陆氏后人到了。”发问者最后自己说，“这样的话，七姓后人都到齐了。我们开始吧。”

他来到堂屋里，在主人之位坐下，开口说道：“我们七姓后人，有多长时间没有聚在一起过了？”

“一百三十三年整。”茳氏后人回答说，“事实上，今天发现七姓竟然每一姓都延存至今，实在让我感到有些意外呢。”

大家一起笑了起来。阳氏后人叹了口气：“一百三十三年了，其实又何止这一百多年？两百年、五百年、一千年，我们所图的大事，已经延续了上千年，却从来没能成功。”

“这就是我一直不同意这次聚会的原因，”棠氏后人说，“虽然我还是勉勉强强来了，但来了有什么用？不过又是七姓后人聚在一起，发一些不咸不淡的牢骚，说一些根本不可能实现的豪言壮语，最后各自回家，过着没有丝毫改变的旧日子。”

这番话说出口，马上引来纷纷议论，人们有的附和，有的反对，有的抱怨，有的感慨，乱哄哄地吵作一团。但接下来的一句话，让所有人都鸦雀无声了。

“如果我告诉你们，事情已经迎来了巨大转机呢？”发起号召的陆氏后人冷冰冰地说。

“什么巨大转机？”沉默了好一阵子后，鹄氏后人终于发问说。

“现在还不可说。”陆氏后人回答，“但是你们一定要相信我，这一次再不是那些毫无价值的空话了，我的的确确已经找到了通往成功的桥梁。”

“通往成功的桥梁？那到底是什么？”茳氏后人问。

“现在暂时不能说，回头我的人会分头去找你们，直接告诉你们。这一次，我们将建立起巨大的优势，前所未有的压倒性优势！”

又是一阵沉默。霄氏后人问：“那我们需要做些什么吗？”

“你们只需要等待，做好最常规的准备就行了。”陆氏后人的话语里充满了信心，“我会通知你们具体的时间。相信我，这会是一次致命的打击，一次无人可以阻挡的伟大壮举，一次改写历史前进的举措！我们七姓一直盼望的日子，已经到来了！”

这一夜很快过去，七姓后人在天明前离开了这所荒废的宅院。除了他们七人之外，并没有任何人听到他们的谈话，而他们看起来也像是那些为了生活而艰苦奔波的下层羽民，很快消失在人群之中。

大概是这一夜的会谈让他们太兴奋了，以至于离开时忘记了一件很重要的事情：加在堂屋附近的那些秘术并没有撤销掉。本来假如没有人靠近，这些秘术过几天也就慢慢失效了；不幸的是，恰恰就在他们离开的当天，就有人钻进去了。

那是一名游手好闲的赌徒，由于技术不佳，总是处于缺钱状态，所以练就了一些寻找外财的本事。这一天他突然想到，城北有一座瓷器商的宅院，由于主人迁离，已经很久没人住了。这家的原主人曾经很有钱，会不会在离去时匆忙中漏掉点儿什么值钱的东西呢？

于是当天夜里——也就是七姓后人离开之后的那天夜里，他悄悄翻墙进屋，开始翻箱倒柜地摸索。遗憾的是，各个房间里都只剩下一些不值钱的破烂儿，值钱的东西早都被带走或者卖光了。最后只剩下堂屋还没看，他抱着无可无不可的侥幸心理伸手去推门，手刚刚触及门板，就蓦地发出一声惨叫，浑身瘫软地倒在地上，嘴里鲜血狂喷。

这一声惨叫在寂静的夜里惊醒了附近的很多居民，城务司的几名巡夜捕快很快赶到。他们先是检查了尸体，发现这名赌徒已经完全没有了心跳。接着他们开始在漆黑的院子里寻找凶手，首先想到的就是搜寻离事发地点最近的堂屋。于是一名捕快重演了几乎一模一样的过程，和赌徒一样失去了生命。

“有秘术！别碰那扇门！”剩余的捕快互相提醒着，派人叫醒了他们的上司、宁南城城务司的总捕头。总捕头没有犹豫：“这是秘术方面的问题，快去请云轻瑶！”

天微微亮的时候，名叫云轻瑶的人被捕快们请来了。这是一个年轻貌美的女性羽人，一头金色的长发，肤色略显苍白，看起来像个娇弱的大家闺秀。但捕快们望向她的目光都充满了尊敬，甚至近乎崇拜。

云轻瑶来到堂屋大门前，先闭上眼睛感应了一会儿，然后左手轻轻一挥，一团白色的光雾笼罩住了大门。片刻之后，原本亮白色的雾气颜色已转为深黑。

“这是血缘咒，”她轻声说，“是一种用来保护出入路径的血咒，只有能经过施咒者甄别的血液才能暂时消除这种咒术，让来人进门；否则的话，秘术会直接攻心……”

她从身边的捕快手里接过一把刀，做了一个和她的相貌极不相称的动作——她竟然手起刀落，剖开了地上躺着的赌徒尸体的胸腔，手法干净利落。捕快们瞠目结舌之际，她仍然淡淡地说：“看见了吗？他的心脏已经被秘术击成了碎块儿。如果把这位死去的捕快的胸膛切开，所能见到的也是一样的。”

捕快接过刀，按照她所说的，切开死去捕快的胸腔，果然看到几乎被捣碎的心脏。所有人都惊佩不已，云轻瑶继续施术，嘴里念动咒语。过了一会儿，她伸出手，推开了门。

“这上面的秘术已经全部被我解开了。”她说，“你们快进去搜查一下。这道门上加了那么多禁咒，很有可能是为了保护某些重要的东西。”

听到“重要的东西”，捕快们眼前一亮，都奔进了堂屋。不久，他们一个个都垂头丧气地走出来，小心翼翼地问：“云小姐，您确定这里会藏着什么重要的东西吗？弟兄们都没找到啊。”

“也许是里面还有什么秘术保护的机关，”云轻瑶说，“我进去看看吧。”

她走进堂屋，细细察看了每一处角落，但无论怎么用秘术试探，始终找不到一丁点儿机关暗道的痕迹。她不由得皱起眉头：“这就奇怪了，没有重要的东西，为什么会有人花费那么大力气在门上布置禁咒，发疯了吗？”

她在堂屋里踱来踱去，捕快们都不敢惊扰她，退回到门边等待。忽然，云轻瑶眼前一亮：“有人在这里密会！”

“什么密会？”捕快问。

“一定是有人刚刚在这里进行了某种秘密集会，绝不能让人听到的那种，所以才布置了这些秘术，”云轻瑶说，“这肯定是相当相当重要的集会，布置这些机关的秘术师水准不低。可惜隔的时间已经太久，这些人恐怕早就走远了。”

她的脸上现出了真正惋惜的神情，一名捕快忍不住问：“您对他们的聚会内容很感兴趣吗？”

“不，他们在这里讨论些什么，我半点儿兴趣都没有。”云轻瑶说，“只是这些秘术当中，包含了几种濒临失传的罕见秘术。尤其是这种血缘咒，我虽然会破解，但自己不会施放，所以我很想见见那位或者那几位秘术师。”

一名站得稍远的捕快小声嘀咕了一句：“不愧是宁南城最著名的秘术痴啊……”

做完了这些事之后，云轻瑶坐上城务司派出的马车，被送回了自己的住处。那是位于宁南城南端的树屋区，保存着这座城市仅有的一片羽族传统建筑群。作为这座城里最有名望的年轻秘术师，她本来可以获得一座很不错的东陆风格的宅院，又或者凭借自己优秀的秘术功底和“云”这个姓氏，入住著名的羽族望族——宁南云家。但她放弃了这一切，宁愿住在城南的一间树屋里，似乎是对这种居住方式有着特殊的喜好。

她的那间树屋，虽然只有她一个人居住，但丝毫找不出属于年轻女性的脂粉气息。她的屋子里，除了一些生活必需品之外，剩下的全都是各种各样的秘术书籍，几乎可以把她整个人都淹没。除了偶尔出面帮助宁南城的官家解除一些秘术上的难题，或者在被逼无奈的情况下出手击败一些上门挑战的秘术师——这样的人总是存在——她的全部生活就是把自己关在树屋里，翻阅那些发黄的纸页，钻研永远钻研不尽的秘术。

这反而让她在宁南城更加有名了，关于她的各种流言也早就在城里漫天飞舞。据传她并不是出生于宁州，也不是出生于澜州北部的羽族城邦，而是来自一个位于夜沼的羽族村落，而这个村落已经在二十年前消失了。又传说她深厚的秘术功底并不是羽人传授的，而是学自一个人族秘术师，这又让人对她怀有一些隐隐的担忧。另一方面，由于她出众的容貌，难免会有宁南城甚至其他城市的贵族子弟对她动心，托人提亲的或者直接示爱的着实不少，但这些人无一例外被她坚决地拒绝了。

“我不会嫁人的，”云轻瑶说，“要嫁也得嫁给秘术。”

这完全是一副走火入魔的姿态，所以慢慢地也就不再有人去碰壁了。云轻瑶在宁南城一个人活着，偶尔出面帮忙处理一些秘术方面的难题，总体而言还算清静。但今天，就在她破解了那些保密禁咒后回到家门前的那一刻，平静被打破了，此后她的生活将会被无穷无尽的麻烦所缠绕。

现在门口正站着一个一身白衣的英俊羽人，好像专门在等着她。这个羽人的脸上带着礼貌的微笑，但云轻瑶能够看出，这个人身上的每一根骨头都刻着“骄傲”两个字。

“云小姐，等你很久了。”白衣羽人说，“我来自澜州莱米克城邦，是城邦虎翼司的监察使纬翔空。”

“你是什么官职我并不关心，来自宁州还是澜州也并无所谓，”云轻瑶说，“只要告诉我找我有什么事就行。愿意的话我会去帮，如果不愿意的话……”

“你绝对不会动，是吧？”纬翔空微微一笑，“你的口头禅我早就知道了。其实我这一趟并不是为我自己而来，而是为了我的父亲。我已经调查过一些你的情况，知道你对于秘术之外的一切事情记性都不太好，但我父亲的名字你一定记得，他叫纬苍然。”

云轻瑶的脸上终于现出了微微惊诧的表情，她思索了一会儿：“我明白了。他是我的老师的好朋友，老师曾经说过，羽族的高官贵胄普遍都是王八蛋，但如果纬苍然夫妻有求，一定不能拒绝。”

她顿了顿，接着说：“我也知道你是谁了。虽然我记性不大好，记不清你的名字，但毕竟你是纬苍然的儿子，我还是听说过你的一些事。你年纪轻轻就已经是澜州虎翼司的主管，办案手段很高明，但是一向心狠手辣，尤其在涉及外族的案件中，对外族从不留情，和你父亲的宽和仁厚完全是两码事。”

“宽和仁厚有用吗？”纬翔空耸耸肩，“到头来不过是个纬苍然第二。我可不想一辈子生活在我家老头子的阴影之下。”

“这我不感兴趣。”云轻瑶说，“请告诉我，你父亲需要我做什么事？”

纬翔空叹了口气：“这件事我并不觉得有什么特别，但我父亲对它特别看重，以至向羽皇请命，专门从澜州借我过来，还叮嘱我一定要找你帮忙。其实你如果说你不愿意帮，我会更高兴一点儿。”

“可你已经说明了，这是纬苍然的意思，”云轻瑶说，“我答应老师的话，总得算数。”

“我也一样呀。”纬翔空又是一声叹息，“我虽然拼命想超越老头子，但答应母亲大人的话，总得算数。”

两个人平静地对着话，好像在述说着一些完全与己无关的事情。两人心里都清楚，他们彼此都很不喜欢对方，但又在尊长的束缚下不得不和对方合作。对双方而言，这大概都是一桩苦差事。

“你就是汤若林？”南鱼显得很高兴，“你确实是我需要找的第一个人！”

汤若林点点头，挥退了所有随从，又亲自反锁上了门，转过头来的时候，脸上的表情又是欣喜，又是伤感：“真是没有想到，事隔这么多年，我还能见到他的传人。”

“传人什么的倒也算不上吧，”南鱼搔搔头皮，“师父有很多弟子，我只是其中之一而已。”

“那也很不错了，他挑选出来的徒弟，必定有着过人之能。”汤若林说，“他的身体还好吗？”

“不太好，已经病了好多年，”南鱼说，“所以这一趟他才派我出来完成这件事。他知道，他剩下的时间已经不多了。”

“可这是一件多么庞大、复杂的事情，他只派你一个人来完成吗？”汤若林有些担忧地问。

“因为只有我才具备这样的能力。”南鱼说得很含糊，汤若林也没有再问下去。汤若林坐在桌旁，思索了一会儿，忽然问：“几十年都没有动静了，现在突然开始行动，是不是他掌握了一些什么新的讯息？”

“的确是，他终于找到了一些非常非常关键的要点。”南鱼回答，“如果没有这些新发现，光凭过去的线索，根本不可能行动。”

“那他发现了什么新的线索？”汤若林问。

南鱼有些犹豫，但还是探手入怀，取出一张薄薄的布片儿，递到汤若林面前。正当汤若林伸出手去接这块布的时候，南鱼忽然一把扣住汤若林的手腕，另一只手不知从哪里变出来一柄寒光四射的匕首，抵在了汤若林的咽喉上。

“你这是要干什么？”汤若林面色一变。

“没有人可以把我当成傻子一样糊弄。”一直以来都挂在南鱼嘴角的憨厚笑容不见了，取而代之的是一种冷酷和决绝，“你不是汤若林，你只是个冒牌儿货而已。快带我去见真正的汤若林！”

南鱼押着假汤若林走出了这间树屋。如同他之前所观察到的，这个村庄里的男男女女表情、动作都很不自然，行走的时候，眼神总是有意无意地瞥向他。虽然南鱼知道自己在羽人们中间是个异类，但刚进村子时他已经被擒拿，已然显出服从的姿态，为什么羽人们看着他的眼神里混杂着的不仅有厌恶，还有害怕？

“很显然，真的汤若林已经落入了你的手里，”南鱼说，“而他对这个村庄的人非常重要，所以你才能假扮成他，逼着全村的人配合你演戏，把你我的相遇掩饰成巧合——可惜我一直不太相信巧合。而且现在我也明白了溪水边的那些尸体是怎么来的了，他们一定是你在捉拿汤若林的过程中杀害的这个村庄的战士，你索性用他们的尸体布置成陷阱，以便设计一个理由把我带到这里来。我们的相遇不是巧合，是你提前准备好的一个圈套，我如果按照原定的道路行进，至少还要多花三天才能找到这个村庄。”

“真有你的，我还真把你当成一个淳朴的年轻人了，没想到你的心眼儿这么多。”假汤若林一面领着南鱼在树屋间穿行一面说，“可这些都只是小小的疑点而已，并不足以让你做出准确的判断，认定我是假货。”

“我当然有确切的理由，不过这一点嘛，得等我见到真正的汤若林之后才能告诉你。”南鱼握着匕首的左手始终非常稳定，刀锋紧紧抵在对方的咽喉要害，却连一点儿皮肤都没有擦破，“在此之前，先把‘龙鳞’还给我吧。”

“现在一切都是你掌控着，”假汤若林倒是丝毫不慌乱，“所以你说了算。”

很快地，南鱼拿回了自己的刀，并且被带到了一间真正的囚室当中。在这里，关押着一个秃顶歪嘴的老羽人。就形象而言，他显然不如先前的这位冒牌儿货那样招人喜欢，但南鱼用一个很简单的方法就判定了他的身份。

他走到这个被捆绑在一根木头柱子上的秃顶老人面前，向他近乎示威般地展示了一下自己的佩刀。

老人的反应是激烈的，在短暂的惊愕之后，露出了极度凶狠的表情，好像恨不得张开血盆大口，把南鱼连带着那把刀一口吞进肚子里去。

“你是他派来的！你是他派来的！”他挣扎着，扭动着身躯，如果不是被绳索牢牢地束缚住，恐怕已经全身扑上把南鱼撕成鱼片儿了，“那个浑蛋还没有死吗？他竟然还没有死？”

“现在你看到了吧？”南鱼对假冒的汤若林说，“这就是我为什么那么快就判断出你是冒牌儿货的原因。不错，我师父的确和这些羽人有过生死约定，但你的情报漏掉了最重要的一点，他们不是朋友，从来都不是朋友，他们是死敌啊！面对这件神器，谁都不可能保持达观的心态的。”

他把“神器”两个字说得很重，假汤若林默然不语，微微点头。

接下来的事情就很好解决了，汤若林被救了回来，假的汤若林反而被关押起来，陪同他的还有他带来的几十名手下，包括把南鱼押解回村的那批人。但这个冒牌儿货始终带着一脸镇定自若的神情，好像半点儿也不担心自身的处境，这让南鱼感到，对方一定还掌握着一些什么自己不知道的砝码。但现在一时也顾不得那么多，因为眼前还有更大的难题摆着呢。

“他休想！我绝对不答应！”汤若林吹胡子瞪眼，唾沫横飞，一通剧烈的咆哮，简直让南鱼怀疑他会把整棵树都震倒。

“可是你们当年有过约定的，汤先生，”南鱼说，“我师父帮助你们保住了那件神器，如果他日后想要借用的话，你们不能拒绝他的要求。只是借用而已啊！”

“借用也不行！”汤若林猛捶着桌子，“羽族的神器，只能由羽族自己来保存！外族决不能用！你去找其他种族借吧。”

南鱼哭笑不得：“你这根本就是在耍无赖啊，汤先生。没有羽族的神器，光有其他五族的又能有什么用呢？再说了，你们一起歃血为盟订立的约定，说不算数就不算数了吗？”

汤若林瞪了他一眼：“我就耍赖了，你想怎么样吧？想要杀死我吗？那就只管来吧，反正我们当初使用了契约咒，我违反誓约，本来就该死。”

“可你到现在并没有死啊，”南鱼看着他，“正相反，你的精力还很不错。”

汤若林一时语塞，说不出话来。南鱼接着说：“因为你的内心深处还是不愿意违背诺言的，所以契约咒才没有发作杀掉你。你只是太害怕了，害怕我师父会用这件神器做什么危害你们种族，甚至危害九州的事情。但你大可不必如此担心。”

他来到汤若林面前，很诚挚地说：“你仔细想一想，如果我的老师真想要霸占神器，几十年前他直接抢走就行了，为什么要还给你们？”

汤若林的面色慢慢缓和下来，最后他像一只泄气的皮球一样，一屁股坐在椅子上："可我还是害怕啊，当年有一件叫作'海之渊'的神器，就曾经给万物众生带来了巨大的灾难。而这一件的威力，远远大过了海之渊！虽然我相信你的师父一定是出于善意才要借用它的，可我还是很担心啊……"

"谁都在担心，可我师父所担心的，比你担心的还要远。"南鱼说，"我师父给我详细描述过海之渊。他说海之渊就是一条龙，天神隐藏在深海中的一条巨龙，当世事混浊、天地失色的时候，天神就会放出海之渊来惩戒这一切的邪恶。可天神还是大大低估了世人的力量，上一次海之渊现世之后，竟然被六族合力制伏了。"

"可是也付出了惨重的代价啊。"汤若林说，"那是一段隐秘的历史，知道这段历史的人，无不被它的残酷和悲壮所深深冲击。"

"但这一次，如果不动用这件神器，也许我们会付出更大的代价，"南鱼说，"我师父已经有足够的证据来证明这一点，一个巨大的邪魔正在孕育中——这并不是一种比拟的说法，比如人们总喜欢把某个残暴的君王或者某个血腥的邪教比喻为邪魔，这次是一个真正的魔鬼，一个超出人们认知的未知的可怕存在！单凭我们的力量，根本不可能铲除它。我们必须获得这件神器，而且不只是羽族一个种族的神器，而是全部六族的神器！只有集合了这六件神器，我们才有可能击败它，拯救九州的命运！"

汤若林没有回答。南鱼激昂的语气固然让他受到了一些感染，但更重要的在于，他从这个年轻人的眼神里，看到了一种真正的高尚。南鱼并不是在为了自己的利益或目标而奋斗，也不仅仅是为了保护他自己的种族，那目光中有一种更高远、更深沉的东西存在。许多年前，当他还很年轻时，也曾有过这样的目光。

"好吧，"他终于下定了决心，"我把我所知道的那一部分，全都告诉你。"

第二章
邪书

秘术并不是一种无限制的给予，过于强大的秘术，必然会向你自身索取很多东西，这就是为什么很多秘术都被称为邪术的原因。是的，它们的威力的确很巨大，与此同时，它带给你的伤害可能是你难以想象到的。所以我犹豫了很久，最后没有下手去拿，还是让它就此在世间毁灭吧。

纬翔空和云轻瑶基本上算是近些年来羽族最出名的年轻杰出人才了，但这两人的性格实在差得太远。幸好云轻瑶天生就有一种与世无争的气质，纬翔空固然不讨她喜欢，但也就是不喜欢而已，并不会引发任何冲突。她很快接受了纬翔空的建议，由后者安排了一间很安静的东陆风格的茶室——确切地说，茶室本身不安静，是纬翔空施展手段把一切不安静因素都赶跑了——一边喝茶一边向她详述案情。

“这两个名字你一定听说过吧？”纬翔空说，“鹤南山，雪寒。”

云轻瑶想了想，摇摇头：“有点儿熟，但我记不起来，得查一下。”

她从怀里掏出一个小小的水晶球，贴在额头上，水晶球里搅动起一团紫红色的雾气。很快，她放下水晶球：“那是两位很有名的羽族秘术师，年纪都很大了，早都退隐了。我学艺的时候，曾经跟随我的老师去拜访过他们。”

纬翔空饶有兴味地看着那个重新恢复透明的水晶球：“这是什么玩意儿？”

“除了秘术之外，我一向记性不好，但有些事情又必须得记，”云轻瑶说，“所以很多时候我需要依靠这个水晶球。它能把一些我难以记住的事情存放进去，当我需要的时候，可以从中找到。”

“除了秘术之外……你真是个秘术痴啊！”纬翔空摇摇头，“你多半又忘记我的名字了吧？”

“没那么快，”云轻瑶诚实地说，“至少要过两天才会忘吧。不过既然最近要和你多打交道，你的名字我会放进这个水晶球的。”

“总有一天提到我的名字时，你会用不上这个球的。”纬翔空充满自信地说，“我们还是继续说案情吧。刚才我提到名字的那两位秘术师，都死了，被杀害了。”

云轻瑶的脸上头一次露出了真正惊诧的表情。

鹤南山与雪寒，这是两位既出名又不出名的秘术大师。说他们不出名是因为大多数普通群众从来没听说过他们的名字，相比之下，云轻瑶这样貌美如花加性情怪异的秘术师更能引起他们的关注；说他们出名是因为他们的名字在秘术师中如雷贯耳，人们都知道这两人的厉害之处。

云轻瑶的老师是一个眼高于顶的人，虽然年纪不小了，年轻时轻浮的性子并没有改变多少，经常挂在嘴边的开场白就是“作为九州大地上最优秀的秘术大师”，但当他提到鹤南山与雪寒的时候，居然很难得地表现出了一定的敬意。

“这两个老家伙，虽然脑子都是木头做的，不会转弯儿，但在秘术的研究上还是有一些值得称道的地方，”那时候老师说，“尤其连老子都很佩服的一点是，他们在秘术方面没有种族的偏见，敢于承认羽族的秘术不是最好的……”

“你是不是想说，你们人族的秘术才是最好的？”云轻瑶问。跟着老师学习了这么久，她已经很习惯于老师随时随地大放厥词的性格了。

没想到老师竟然摇了摇头：“我倒是很想这么说，但实事求是一向是我的风格。秘术是一条永无止境的漫长道路，也许在未来的岁月里，人族或者羽族的秘术会占据上风，但至少到你我说话的这一刻为止，九州最强的秘术归于魅族。”

“魅族？”

“不错，魅族，而且他们强出来不是一星半点儿。”老师说，“魅本来就是由精神游丝凝聚而成的种族，他们很容易会产生超越常人的精神力，即便是那些最常见的秘术，在他们手里也有可能发挥出更强的威力。而有一些专属于魅的秘术，其他种族由于精神力不足，根本就难以掌握。”

“专属于魅的秘术？那是什么？”对秘术充满热情的云轻瑶急忙问。

“有一本从上古流传下来的邪书，叫作《魅灵之书》，你听说过吗？”老师问。

云轻瑶摇摇头，老师一脸遗憾的表情：“我看你对秘术那么有热情，还以为你会认真去研究一下秘术史呢。记住，老师不能一辈子扶着你走路，不能事事都告诉你，你要有自己学习的能力。”

这就是老师，抓住机会就要挖苦人几句，当他找不到别人可挖苦的时候，云轻瑶就只能充当沙包的角色。此刻她也顾不得其他了，“上古”“邪书”这两个词深深吸引了她。她瞪大了眼睛，等着老师继续说下去。

“这本书的撰写者是一个魅，一个对异族尤其对人族充满刻骨仇恨的魅。”老师说，“在历史上的某一个时期，魅被外族所仇视，他本来以人族的样貌生活在一个村庄里，却被人揭穿了。村民们赶走了他，他身为人族的妻子坚决离开了他，并且在和他拉扯的过程中因为摔倒而流产了。然后，他的妻子说：‘这样也好，至少我不用为一个魅生下孽种了。’”

云轻瑶微微打了个寒战。虽然严格算起来，她父母的惨死也和人族秘术师有一定关系，但她并没有觉得自己对人族怀有怎样的仇恨。而人族可以恨魅族恨到这个地步，甚至于戕害自己的后代，她觉得实在难以想象。

老师接着说：“当然了，后面的事情你就可以想象了。这位受到刺激的魅族秘术师孤独终老，把后半生全部的精力都放到整理和改进秘术上。他特别搜集了大量近乎禁忌的邪恶秘术，以它们为基础写成了《魅灵之书》，并且在魅族秘术师里一代一代秘密流传下去。”

“我明白了，你所说的鹤南山和雪寒承认羽族秘术不是最强的，就是因为他们承认《魅灵之书》上记载的才是最强的秘术。”云轻瑶说，“可他们是羽人，怎么会接触到这本书呢？”

老师给出了一个令云轻瑶大为吃惊的答案：“因为他们获得了这本书的副本，虽然残缺不全，缺失了很多关键内容，但他们接触到的那些秘术已经足够令他们感到不可思议了。”

不等云轻瑶发问，他继续说下去：“他们获得这个副本是出于某种巧合。当时《魅灵之书》传到了一位魅族秘术师的手里，他的一名弟子背叛了他，悄悄抄录了副本想要逃跑，被他用秘术打入了一条河里。那名弟子后来被人救起来，但已经神志不清、奄奄一息，身上的《魅灵之书》副本也被水浸泡得丢失了很多页。那时候鹤南山碰巧路过该地，用秘术刺激那个魅的脑部，使他在临死前说出了《魅灵之书》的真相。

“鹤南山大为震惊，很快就邀请了雪寒等几位羽族顶尖的秘术大师，一起来研究那个残本。他们怀着强烈的惊佩，把残本上记载的秘术都仔细研究过了，并且还发现并非所有的秘术都是只供魅族修习的，有一些秘术，甚至是专门为了其他种族而创造的，其中就包括几个把他们吓得半死的羽族秘术。所以后来他们研讨的结果是，毁掉那本书，不让其中的任何一桩秘术真正流传于世。”

“吓得半死？那是为什么？威力太大了吗？”云轻瑶问。

“也许是吧，因为我也没能亲自阅读那本残本。”老师很遗憾地说，“不过在毁掉那本书之前，鹤南山曾经专程来找我，征询我的意见。那个老浑蛋，好歹和我也有过不少交情，我找他借那本书看看，他竟然不肯。”

“这对你来说可没什么难的，”云轻瑶说，“论坑蒙拐骗，我不信九州还有第二个人比得上你……”

“什么坑蒙拐骗？”老师一瞪眼，“那叫作生活的智慧！不过嘛，实话告诉你也无妨，我还真动了念头去偷那本书，可是想来想去，还是放弃了。”

“为什么要放弃？”

老师叹了口气，表情难得地严肃起来：“因为我担心我禁不住那种诱惑。秘术并不是一种无限制的给予，过于强大的秘术，必然会向你自身索取很多东西，这就是为什么很多秘术都被称为邪术的原因。是的，它们的威力的确很巨大，与此同时，它带给你的伤害可能是你难以想象的。所以我犹豫了很久，最后没有下手去拿，还是让它就此在世间毁灭吧。”

云轻瑶把自己刚才通过水晶球所取出的这段记忆向纬翔空复述了一遍。纬翔空听完，皱着眉头想了很久，最后他说：“原来这两个人的联系在于此。这样说来，他们俩先后被杀，死因就很值得玩味了，搞不好就和那本《魅灵之书》有关联。”

“很有可能。”云轻瑶站起身来，“那么，再见了。”

“再见？”纬翔空一愣，“你要走？”

“你所询问的，我都告诉你了，”云轻瑶说，“现在我需要回家睡一觉了。”

“你可以回家先睡一觉，这没问题，但恐怕我们俩真的需要再见。”纬翔空说，“如果这两个人的死和《魅灵之书》有关，那他们就不会是最后的死者。我需要知道其余几个和他们一起研究过《魅灵之书》的是什么人，提前找到他们，防止他们被杀。”

“我不知道他们的名字，”云轻瑶说，“我的老师从来没有提过。”

“那我们也许需要去找一下你的老师。”纬翔空仍然坐在桌旁没有起身，但这句话里隐隐包含一点儿强硬的味道。

但云轻瑶完全没有意识到对方话里的含义，她只是很自然地点点头：“是啊，你去找一下我的老师，也许就能得到答案了。”

“我所说的是‘我们’，云小姐，”纬翔空说，“你听不明白我的意思吗？”

云轻瑶想了想：“你是要我给你带路？”

“是的，不然还能有谁能找到你的老师呢？”纬翔空反问。

“很抱歉，不是我不想给你带路，而是我也不知道他在什么地方。”云轻瑶说，“自从我学艺完成离开他之后，我就不知道他的居所了。后来我见过他几次，都是他主动来找我的。他说，作为九州最好的秘术师，一定会有很多阿猫阿狗想方设法地去求他解决问题，但他很不喜欢别人打扰他，所以他一定得隐匿行踪。”

“如果不是对你的性格已经有了初步的了解，我一定会以为你是在故意挖苦我。”纬翔空微微一笑，“既然这样，我就再去想其他办法吧。谢谢你的帮助，我送你回去吧。”

云轻瑶没有拒绝，因为她对于宁南城的地理熟悉度仅限于家门附近方圆两里，超出这个范围的路她一概不认识，所以凡是官府需要她帮忙，都会派车接送，最后一直要把她送进家门才能放心。她跟随着纬翔空走出茶楼，早已为她准备好的马车就停放在门外。纬翔空向车夫交代了两句，眼看着云轻瑶上了车，便转身便走向自己的马匹。猛然间，他像是意识到了有什么不对，又迅疾地转过身来。

“站住！”他大吼一声，追了过去，但那辆马车已经以最快的速度狂奔起来。车夫狠狠甩着马鞭，马蹄踏出令人烦躁不安的响声，带动马车冲过人流已经稠密起来的天明时的街道。人们惊慌地避让着马车，纬翔空则在后面穷追不舍，他敏锐的听力已经听到马车里传来的声音——像是有人在拔刀出鞘。

2

汤若林一番犹豫之后，终于答应了南鱼的请求，这让南鱼十分欣慰。

“我听师父说，你们保藏这件羽族神器的方法是这样的，”南鱼说，“每一个人保留一把钥匙，这把钥匙可以开启一把秘密的锁，获得与神器有关的一部分信息。最后所有人的信息拼凑在一起，才能得到神器的具体埋藏地点。”

“的确是这样。”汤若林说，“我们一共有四个人，四把钥匙，四个对应的藏锁的地方。缺失了任何一把钥匙，都不可能获得完整的信息。不过，你实际上只需要找三个人，因为孟桐已经死了，他的钥匙给了羽腾林。”

“谢谢，这样我就可以少找一个人了。”南鱼说，“但你们就没有想过，万一你们当中有谁出了意外而来不及转交钥匙，该怎么办？”

“如果出了意外，那就让神器永远不能现世好了。”汤若林坚决地说，

"跟我来吧。"

南鱼随汤若林走出树屋，两人立刻就愣住了：在他们的眼前，刚才已经被关押的假汤若林赫然又站在了那里，而在他的身边，不只是他带来的那些"外村人"，本村的羽人们竟然也和他们站在一起。南鱼从他们的眼神中捕捉到了这样的情绪：愤怒、伤心、遭遇背叛，以及强烈的杀意。当然，比这种杀意更直接的，是他们手里已经搭上了箭的一张张长弓。南鱼知道，这是羽人特有的一种弓，以他们逊于人族的肌肉力量，也能发射出速度快、力量大的飞矢。

"你们这是要干什么？"汤若林严厉地喝问道，"你们不知道这个人居心不良，而且已经杀了我们不少人了吗？为什么还把他放出来？"

一个中年羽人从人群中站了出来，看样子在村里地位不低。汤若林看着他："汤行！你是村长，为什么会站在这个恶人的一边？"

汤行缓缓地回答："他杀了我们的人，我们日后自然会和他算账；但现在最要紧的问题，是你。你身为村里最受尊敬的长老，竟然和人族勾结在一起，你知道这样会让我们羽族死掉多少人吗？恐怕是他今天杀掉的几十上百倍吧？"

南鱼明白过来了。怪不得那个假冒的汤若林之前一副胸有成竹的样子，他只需要用最简单的方法就能把局势扭转过来：羽人们的长老竟然和一个外来的人族勾结到一起，这实在能够在转瞬间点燃所有羽人的怒火。假如他再多透露一点点内容，讲出汤若林可能会把羽族的某一样至宝拱手送给南鱼，这种怒火就将轻易地燃得更旺。这种怒火出自种族间仇恨的本能，也是最容易煽动、最容易点燃的一种。它能在瞬间烧掉人们最基本的理智，而让仇恨的黑云笼罩整片天空。

他不由得想起了这一次出发之前，师父对他说的话。那时候，天性乐观的他对于自己承担的艰巨使命并没有感到紧张，师父却显得顾虑重重。

"别的我都不太担心，"师父说，"就是如今的九州，种族间的隔阂太深了，这是你将要面对的最大的问题。羽族、夸父族、河络族……他们都会把你当成是最危险的敌人，而你要深入他们的领地，更是困难重重。你一定要记住，为了保住你的性命，该动手时就动手。”

“为什么要有那么多的仇恨呢？”南鱼很是不解，“为什么总要你杀过来我杀过去，大家各自守在各自的地盘上，和平共处不可以吗？”

“人们要吃饭啊。”师父说，“和平这种事，嘴上说说总是最容易的。九州一共就那么多资源，却有那么多的人口。瀚州发生饥荒了，蛮族人需要饭吃；殇州发生雪灾了，夸父族要找饭吃。更不必说华族那么多国家，那么多渴求扩张土地，占有更多地盘、更多人民的君王。”

“您说得对，没饭吃了就要去抢别人的，仇恨就这样产生了，即便有饭吃的时候也还牢牢记在心里，流淌在血液里。”南鱼说，“您也讲过，九州历史上并不是没有过长达上百年的和平时期，但最终都没能维持下去，就是因为仇恨的火种始终没有彻底熄灭过。”

“所以说，只有真正的六族和平，才是我们追求的目标啊！”师父斩钉截铁地说，“这是一个困难无比的目标，也许穷我的一生、穷你的一生都无法实现。但假如谁都不愿意迈出第一步的话，和平就永远只是一个空谈。”

和平的确很像是一个空谈，南鱼想，我从身边这些群情激愤的羽人身上就能看出来。他们甚至在转瞬间就忘记了自己人是死在谁手里的，而把全部注意力集中到自己这个连他们的毫毛都没伤到的异族身上，仅仅因为自己是异族。

“老师，您说得对，”南鱼自言自语地说，“该动手时就动手。”

他回过头，悄声问身后的汤若林：“你这么大年纪了，还跑得动吗？”

汤若林会意，轻轻一笑：“我年轻时也是在人族的刀枪之下打滚儿出来的，现在虽然老了，逃命的本事多半还留着呢。”

“那好，跟紧点儿！”说完这五个字，南鱼猛地拔出自己的刀，向着头顶抡出了一道弧光。刀光过处，树屋上方那些茂盛的枝叶立即被切断，哗啦啦地坠落下来。趁着这瞬息的混乱，南鱼一把拉起汤若林，从高处直接向地面跳下去。

羽人们立即放出了箭支，但在密密的树丛中，这些箭支很难精确瞄准，多数都被树干树枝挡住了。而南鱼手中的刀挥舞到令人难以想象得快，那些射向他和汤若林的箭，都被他的快刀挡开了。

“还跑得动吗？”南鱼抽空儿问汤若林。

“当然，毕竟这些年轻人都是我看着长大的，射箭时手上也留了力。”汤若林虽然已经气喘吁吁，但仍在竭力坚持，“向西转！”

汤若林对这片森林显然十分熟悉，就像熟悉他自己的手指一样。在他的指点下，两人七拐八绕，渐渐地把追兵甩在了身后。最后他带着南鱼躲到了一片荆棘中，虽然身上被刺出了一些小伤口，但钻进去之后，里面竟然掩藏着一个树洞，两人钻到树洞里，刚好能容身。他们屏住呼吸，耳朵里听到追兵渐渐远去，这才稍微松了一口气。

“幸亏有你带路，不然我在这么大的林子里，多半就迷路了。”南鱼说。但他没有听到汤若林回答，扭头一看，顿时心里一沉。汤若林已经陷入半昏迷状态，他的背后露出一截短短的箭尾。那是一种特制的袖箭，通常只有羽族和人族的上层贵族才用得起，一般的羽族平民是不会配备的。他很快想到了那个假冒汤若林的白发老头儿，也许他未必是真的老人，只不过是化装的，可他的身份到底是什么呢？

他不敢去动那支袖箭，只能往汤若林的嘴里倒入一点儿治内伤的药物。汤若林慢慢睁开眼睛：“我不行了，你快把钥匙拿去。”

他颤巍巍地伸出手，摸向怀里，南鱼忙帮他把钥匙取了出来。这是一把色泽暗淡的钥匙，十分沉重，也很坚硬，不知道是用什么材料打造成的。

“锁在哪里？”他问。

“离这里不远……”汤若林喘息着告诉了南鱼地点。南鱼把地点牢牢记在心里，然后对汤若林说：“很抱歉，我不懂医术，没办法救你的命了。你还有什么遗愿吗？我会尽力帮你去完成的。”

汤若林轻笑一声：“真是个直率的小伙子啊，很像你师父年轻的时候。我们虽然和他争斗不休，其实内心深处还是佩服他的。我脖子上的这串项链，你取下来。”

南鱼依言取下。这是一串用石头雕刻成羽毛形状连缀而成的项链，做工虽然不是很精细，但样貌古朴，看上去也很有些年头了。

“你以后还要继续深入我们羽族的领地，路过任何一个羽人的村庄或者城市，都有可能惹来麻烦。”汤若林说，“戴着这串项链，告诉那些羽人，你是汤若林·杜克尔·海达洛加斯派出的使者，大概一大半的人都会给我这个面子吧。尤其是在渡过海峡的时候，你可以去找一个人……”

“谢谢你。”南鱼把项链也收入怀中，“你真的没有需要我办的事情吗？比如说，帮助你的村民除掉那个假冒你的恶棍。”

汤若林摇摇头：“那不重要了，让他们自己去解决吧。我只求你一件事，如果你真的……真的能够找齐六族神器，请想尽一切办法，让你的师父不要……不要使用它们。”

“为什么？”南鱼问。

“因为太危险。”汤若林的呼吸已经很微弱了，“神器……一直只存在于传说中，没有人知道……它的威力……究竟有多大。即便是为了铲除邪魔……也一定要慎重，否则……”

他的头一歪，不再动了，后面的话没能说出口，但南鱼完全明白他想说什么。南鱼叹了口气，把钥匙藏好，仔细听了听外面的动静，确认附近不再有追兵，这才离开树洞，从荆棘丛里费力地钻出来。他也并没有特意去掩埋汤若林的尸体，那个树洞也许就是羽人最好的归宿。

他先远远地绕了一个圈，以免和追兵们狭路相逢，然后再继续向北行进，朝着羽人的领地越来越深入。两天的时间里，他经过了两个羽人的村庄。羽人们看他的眼光与第一个村庄没什么区别，都是既像在看死敌，又像在看猎物。因为他能出示汤若林的项链，还能报出汤若林的羽族名字，所以羽人们固然很不喜欢他，但也并没有对他真正下手。两天之后，他来到了距离秋叶城不算太远的一片森林里。

按照汤若林的指点，他在森林里寻找了半天，终于找到了一个林间池塘，从池底的淤泥里挖出了一只金属匣子。这只匣子虽然泡在泥水里已经不知道有多少岁月了，却没有半点儿铁锈。钥匙插入锁孔之后，轻巧一转，匣盖应声而开。

这只匣子体积不小，但里面只放着一粒小小的东西，那是一颗聆贝，一种可以用来记录声音的奇特植物。使用的时候，把聆贝放入温水里，就能开始记录声音。而要听声音的时候，则需要把它投进火里。

由于明火对森林可能造成巨大威胁，向来视森林为生命之源的羽人在用火方面相当讲究。但现在南鱼顾不了那么多，生起一个小火堆，把聆贝投入火中。

噼啪一声爆响后，一个嘶哑的声音从火堆里传出："门在毁灭之处。"

只有这一句话，此后再也没有了。南鱼等了很久，直到这个小火堆渐渐燃尽，化为一堆灰烬，再也没有其他话语飘出来。

"门在毁灭之处。"这句话显然是有特殊含义的，但此刻南鱼实在想不出它和寻找神器能有什么关系。他只能把这句话死死记在心里，期待以后的某个日子能够用得上。

他正准备离开，忽然听到不远处有一阵压得很轻的脚步声靠近。他左右看看，附近没有什么可以躲藏的地方，只好转身滑进了那个池塘，把自己的身体隐藏在长长的水草丛中。

来人很快现出了身形，是一队全副武装的羽人，看装束应该是某个城邦的士兵，而绝不是普通的猎户。南鱼有些纳闷儿，这群士兵跑到森林里来做什么呢?

士兵们也发现了那堆刚刚烧过的灰烬，一个士兵上前检查了一下："还是热的！应该没走远！"

士兵们立即四散开来，在附近搜查了一番，并没有见到人。领头的军官摆摆手："算了！可能是个路过这里的猎人吧，不必太在意。赶紧埋伏好！"

士兵们听令散开，有的藏身于树干之后，有的爬上树，躲在密密的枝叶里。南鱼算是看明白了，这些羽族士兵打算伏击什么人。

真是不幸，居然搅进了这一池浑水中。南鱼有些懊丧自己时运不济，但也没有办法，只能继续藏在水里，等这场伏击结束了再离开。他也有些好奇，想要看看这群士兵伏击的对象究竟是什么人。

这一等就是足足半个对时。伏兵们倒也足够有耐心，藏好后始终一动不动。终于，远处传来一阵脚步声，听声音，有一支规模不小的部队正在开过来。南鱼从水草缝里努力看过去，眼前的情景让他十分意外。

来的竟然是一支混编的队伍，外围是羽族，中间是人族，还有一辆豪华的马车被围在中间。南鱼稍微想了想，明白过来：这是某个人族国家派出的使团，一个羽族城邦则派出部队护送。

都说现在人羽关系紧张，没想到还是有人族使团敢访问澜州的羽族城邦啊，南鱼想着。接着他心里一颤：这些伏兵袭击象征和平的人族使团，图的又是什么呢？

没等他想清楚，伏兵已经发起了袭击。一支支利箭从隐藏处激射而出，转瞬间就夺去了十多名士兵的性命。遭到攻击的使团连忙组织防御，但这片林地里的每一个有利位置都被伏兵们占据了。羽族的神射手们居高临下，从树顶上向下倾泻着箭支，四周合围的部队也让使团找不到任何一个方位可以突围逃走。没过一会儿，使团中的羽人士兵就被射杀殆尽，而人族同样也死伤大半，剩余的个个带伤，只能尽量躲闪和抵挡，几乎没有还手之力。

南鱼在心里暗暗地叹了口气，心里只希望这场杀戮可以早一点儿结束。就在这时，从那辆外壁上已经插满箭支的马车里，突然射出了一支箭。这支箭带着破空的呼啸声，好似一道闪电，直直飞向了树顶。一声惨叫，一个伏击的羽人大头朝下栽落了下来。

好箭术！南鱼一惊。紧接着，接二连三的箭支从马车里射出，竟然箭无虚发，每一箭都能射杀一名伏兵。发箭者一直在车厢里没有出来过，但他射出的箭好像长了眼睛，全都朝着隐蔽在树顶的伏兵们射过去。

这时候，南鱼也看清楚了，那辆马车虽然车身上已经插满箭支，但箭头通通只能穿透木板的表层而已，可见车身的材质十分特殊。那位弓箭手躲在车厢里，基本就相当于身处一个碉堡之中，只要注意着窗口方向，就没有受伤害的危险。尽管如此，他那冷酷而精准的箭术还是令人在钦佩中难免带着一丝畏惧。

再经过一轮对射，伏兵已经损失过半，他们也发觉了不对，领头者突然高叫一声：“都冲上去，把他从马车里揪出来！”

这大概是唯一可行的方法了，否则再拖下去，这支伏兵恐怕要全军覆没。羽人们从藏身之处冲出来，不顾一切地杀向那辆马车。车厢里的射手在这短短的时间里连发三箭，又杀死了三名敌人，但第四个羽人已经冲到了车厢前，并且开始伸手拉门。

车门刚刚被拉开，一道耀眼的刀光猛地从空气中划过，刀光过后，这名羽人已经被拦腰砍成了两截！接着一个人影从车厢里跳出来，身手敏捷至极，手起刀落，又把一名羽人砍倒在地。

南鱼惊呆了，不仅仅是因为此人在箭术通神之外还有如此凌厉的刀法，更因为他看清了那个人的脸和衣饰。

这个马车里的冷血杀手赫然是一个女子，一个面容清秀的人族女子。

3

狂奔的马车速度非常快，即便以羽人的速度，光凭双腿也很难追得上。这一天并不是每月明月月力最强的时候，但纬翔空显然具备随时都能展翅飞翔的优秀体质，并且凝出羽翼的速度也快于常人。没跑出几步，他背后的双翼已经凝聚成形，迅速地飞了起来。

白色的双翼带着纬翔空腾空而起，很快追上并超越了马车。纬翔空左手执弓，右手搭箭，毫不犹豫地两箭射出，穿透了车夫的左右双肩。然后他在半空中消去凝聚，双翼消失之后，身体已经稳稳落在了车夫的位置上。

“看来我的行动有点儿多余了啊。”他头也不回地对着车厢里说，“你并不是个不会保护自己的弱女子。”

原来他刚刚落下，就发现这名车夫其实早就已经失去了行动能力，他的整个身体都已经被冻僵了，就像一块儿冰。难怪纬翔空的两箭射穿了他的双肩，却没有血液流出来，因为那里的血液都凝固了。这是印池系驱使冰雪的秘术，能在瞬间使人或物品冰冻起来。

“我听见他拔刀了，知道他的目的根本不是抓我，而是要杀我，所以只好动手了。”云轻瑶平静地解释说，“他并没有死，回头你还可以审讯他，只不过他的身体……恐怕会废掉。”

纬翔空笑了起来：“不久前，你还评价说我是个手段残忍的人，看来你比我也强不了多少啊。”

“这一点，我的老师也经常批评我，他认为秘术对人的伤害太大了，一定要学会手下留情。”云轻瑶说，“但是我……学不会。每次遇到有人想要伤害我的时候，我就会不由自主地出手很重。可能还是因为我极少用秘术进行攻击，遇到和人交手这种事就太紧张，难以随心所欲地驱动秘术吧。”

“是有什么童年阴影吧？”纬翔空一边驾车一边问。

云轻瑶没有回答。纬翔空也不去追问，一路把她送回了她的居所。云轻瑶走下马车后，站在原地没有动，仿佛是陷入了沉思。

“这件事情很不一般，”她忽然说，“我并没有接触过《魅灵之书》，只是知道它的存在而已，也遭到了刺杀。这说明幕后主使的目的并不是为了抢夺《魅灵之书》，正相反，他是想要把所有可能和这本书有关系的人，甚至仅仅是知道这本书存在的人都杀死。”

“我也这么想。”纬翔空说，“所以我想向你提一个交易的建议。”

“什么交易？”云轻瑶问。

“这次刺杀失败，必然还有下一次，我可以保护你的安全，”纬翔空说，“作为回报，你得想办法帮我弄清楚其余的刺杀对象，从你的记忆里尽可能多地挖掘秘术师的下落，以便我尽可能多地保护这些秘术师。”

“我的水晶球里的确有很多秘术师的资料，但你是官家的人，难道连你也找不到他们吗？”云轻瑶问。

“那些依附于朝廷和贵族的秘术师当然好找，我们自然有专门的人员去筛查他们，这种事情还不必劳烦我亲自出手。”纬翔空说，“我要找的，是那些独立存在、不依附于任何势力的自由秘术师。”

“自由秘术师应该也不难找吧？”

“大多数秘术师都不愿意别人知道他们的身份，”纬翔空说，“这毕竟是一个神秘的行当，既能引起他人的羡慕敬仰，但也更容易造成恐慌和不安。这也是为什么我希望你帮我去找他们的另一个原因：有一个秘术师出面，比较好说话，不然说不定见面就会打起来。我想，你是不愿意看到秘术师们受到伤害的吧？”

云轻瑶思索了一会儿，点了点头：“好吧，我同意这个交易。”

纬翔空倒是很意外：“我还以为你会很反感我提供的保护呢。”

“无所谓反感不反感。”云轻瑶说，“但是我的脑子很有限，要思考秘术，就不愿意浪费精力去随时提防着别人的刺杀。你愿意保护我，就是帮我节省了很多精力。即便我并不喜欢你这个人，这样的交易我也一定会同意。”

“你真是坦诚得可爱啊。”纬翔空咧嘴一乐，“成交。”

纬翔空把那名严重冻伤的杀手带回去审问，如他所料，最终什么都没审出来。

“这年头，不少杀手组织都流行在杀手的嘴里放进致命的毒药，通常是固定在牙齿后面。”他向云轻瑶解释说，“当他们失手的时候，就会咬破装毒药的囊，服毒自尽。”

云轻瑶点点头，没有什么表示，显然这个信息对她而言是属于过两天就可以忘掉的那种类型。她只是用极短的时间收拾了一些随身的物品，开始随着纬翔空从宁南城向宁州各地奔波。纬翔空对秘术师心态的揣摩是精确的，这些拥有在举手投足间取人性命本事的人，的确都对自己的身份相当顾忌，不愿意成为让所有人都忌惮的对象，所以他们大多采取了隐瞒自己身份的生活方式；即便在官方的资料里，对他们的记载也是少之又少。

这就必须依靠云轻瑶的记忆了。作为一个对秘术近乎痴迷的人，她装了一脑子各种各样的秘术诀窍，然后把尽可能多的秘术师的资料存入那个奇特的水晶球里面。这些人大多是她的老师告诉她的，有的人她还在老师的带领下亲自去拜访过。当然了，那时候的人羽关系没有现在这么糟糕，加上纬翔空的父亲纬苍然的关系，老师作为一个人族，还可以在羽人的地盘里逍遥地行走。要是换了现在，恐怕就不行了。

“你的老师如果现在出现在宁州，恐怕连我父亲出面都保不了他了。”纬翔空说，“他首先是一个人族，然后还是一个秘术师，一定会非常遭人痛恨。”

“也许吧。”云轻瑶很随意地点点头。

纬翔空看了她一眼："你好像对人族和羽族的争端一点儿都不感兴趣。"

"对我而言，这世上只有两种人，"云轻瑶慢慢吞吞地说，"一种是会秘术的人，一种是不会秘术的人。我只会这么一种分类。除此之外，什么人族、羽族、夸父族的，对我而言是没有什么意义的。"

"我在雁都城有一个朋友——或许不算朋友，只是一个认识的人吧，"纬翔空忽然转换了话题，"他有一次来到宁南城，意外地看见了你。然后他就发疯般地爱上了你，托人前来向你提亲，据说你当时只是很随便地摇了一下头，说：'我不会嫁人。'就这样把提亲的人挡回去了。

"我的朋友很不甘心，大病了一场，之后再次来到宁南城。他找到了你，当着你的面追问，你为什么不愿意嫁给他。你回答说：'没有什么愿意不愿意，我不会嫁人的，要嫁也只能嫁给秘术。'我这位朋友气得差点儿当场吐血……有这回事吧？"

云轻瑶想了想："我记不太清楚了。这样的事，也许有过不少吧，我没有工夫去记住它们。"

"你真是个彻头彻尾的怪物。"纬翔空摇着头，没有再多说。而云轻瑶也很快把这段对话忘掉了。

水晶球里有关秘术师的记忆被一段段地挖掘出来，纬翔空在云轻瑶的指点下，一一找到了这些秘术师，向他们说明了现在可能面临的危险局面，建议他们跟随自己安排的人回到羽族的几座大城市中，由虎翼司对他们进行保护。

"他们能够杀死鹤南山和雪寒这样的秘术大师，显然实力非凡，也许同时会聚了武士和秘术师两种力量，单凭你们个人的力量是很难保护自身周全的。"纬翔空对秘术师们说，"跟我们回到大城市，由国家的力量来保护你们，是最安全的选择。我向你们保证，这种保护只是暂时的，现在我们已经找到了一些敌人的踪迹，正在调查当中。只要铲除了这些藏在黑暗中的杀手，你们就安全了，到时候可以自由地去往你们想要去的地方。"

大多数秘术师都判断出了局势的险恶，同意了纬翔空的建议，由他的下属带领着迁移，离开了原有的居住地。当然也有少部分人性子倔强，不愿意离开，纬翔空也并不勉强。

“我会在附近安排人，尽可能地对你提供保护。”他说。

这一段日子对云轻瑶而言，并不算怎么难受，虽然始终在路上奔波，但纬翔空很照顾她，为她准备了相当舒适的马车，每天晚上都挑选条件最好的客栈住宿。此外在饮食方面她也得到了很多照顾，每一餐都能吃到最新鲜的蔬果，有时候还有昂贵的鱼类。云轻瑶虽然是一个从来对生活条件无欲无求的人，但毕竟身体的舒适是不会骗人的，慢慢地也有点儿习惯了这样的生活。

“是不是觉得我也没有你听说的那么坏？”有一天夜里，用完一顿丰盛的晚餐后，纬翔空忽然问。这时候，两人已经在路上跑了一个来月，和二十多名秘术师接触过了。大多数秘术师都跟随纬翔空的手下去了大城市，使自己置身于国家的保护之下。

如果换了一个其他女子，听到这样的话，难免要惺惺作态忸怩一番。但云轻瑶就是云轻瑶，想到什么就说什么："你说得对，我现在觉得你还算不错，不过不是因为这一路上你都很照顾我，而是你保护了那些秘术师。秘术师是秘术的施放者，是秘术的载体，有了秘术师的存在，秘术才能不断地流传下去。"

“你还真是满脑子只有秘术啊。”纬翔空叹了口气，“难道你的生命里就没有其他可以稍微施加一点儿关注的东西吗？你没有所爱的男人，可你没有家人吗？你的父母呢？你有兄弟姊妹吗？”

云轻瑶愣了愣，努力地回想着："父母？兄弟姊妹？应该……应该是有的吧？可我记不起来了。"

看起来，作为一位人人敬畏的知名秘术师，这样关于父母兄弟的过分世俗的话题，还没有人向她提起过。现在，纬翔空第一个抛出这个问题，让她陷入了深深的困惑当中。

“我的父母？我的兄弟？我……我有过父母和兄弟吗？”她捧着头，努力地挖掘着自己的记忆。过了一会儿，她又拿起那个水晶球，紧贴在自己的额头上。水晶球里紫红色的雾气不断地搅动着，就好像一场巨大的风暴，但无论怎样，她都找不出那段记忆。自己的幼年时期好像只是一片空白，什么都没有的空白。

“我真的记不起来了。”她放下水晶球，满头大汗，显得疲惫不堪。

“记不起来了……”纬翔空意味深长地看了她一眼，“那就别想了，早点儿去休息吧，也许哪一天就能想起来了。”

纬翔空离开了，留下云轻瑶一个人在房间里。夜色渐深，她却无论如何都睡不着，脑子里像开了锅一样，被这个问题深深地折磨着。

我应该是有父母的——废话，人都有父母——可他们是谁呢？为什么我半点儿都想不起来，半点儿都无法回忆起他们的存在呢？他们在哪里，是生是死，为什么我完全不知道呢？

这是云轻瑶第一次被一个与秘术无关的问题所深深困扰。她在床上翻来覆去，一直到天蒙蒙亮的时候才勉强入睡。梦里好像自己变成了一个小女孩儿，在父母的怀抱里笑得很甜蜜，但阳光是那么刺眼，她无论如何都无法看清楚父母的容颜。

第二天，纬翔空绝口不提此事，云轻瑶也努力把这个困扰人的念头抛到一边。车队驶向下一个目的地：雁都城。

一天之后的正午，马车正在一条林间小道上穿行时，突然下雨了。春末的雨水并不大，淅淅沥沥洒下来，把森林里的空气搅得湿润而清新，即便只是一次简单的深呼吸，也能让人有心旷神怡的感觉。云轻瑶坐在马车里，听着雨水敲打在树叶上的沙沙声，不知怎么的就有点儿心动。到了午餐时间，她随便吃了几个水果，就从马车上下来，走到了森林中。纬翔空耸了耸肩，跟在她身后。

“没想到这样的春雨竟然能让你感兴趣，”纬翔空说，“我还以为你一见到下雨，首先想到的是如何用秘术制造雨云呢。”

“因为雨水很干净啊，”云轻瑶说，“从天空中来，无根无涯，那么纯粹，那么洁净。等到落到地上，和泥土混合在一起，就再也不纯净了。”

“可是和泥土混合在一起之后，才是雨水真正有用的时候……”纬翔空说了半截，又摇摇头，“算了，难得你现在看起来像个正常的女人，我还是不说那些让你扫兴的话了。”

云轻瑶没有回答，仰起脸来，任凉爽的雨水点点滴滴打在面颊上，俨然有几分陶醉。就在这时候，她听到半空中传来几声鸟鸣。那声音很是清亮，却显得相当衰弱，好像是叫声的主人受了什么伤。

纬翔空突然伸出手，一把把云轻瑶向后拖去："当心！"

云轻瑶刚刚被拽得退后了几步，就听见头顶上噼里啪啦一阵树枝断裂的声音，紧跟着，一只大鹰从天而降，重重摔在了地上。

这真的是一只鹰，通体雪白，翼展很宽，眼神颇为凌厉。但云轻瑶一眼就看到，它身上的羽毛凌乱不堪，有多处伤口，而最致命的伤口在腹部，已经可以见到肚肠了。

"伤得太重，用秘术也救不回来了。"云轻瑶轻声说。

纬翔空上前一步，从地上双手捧起了一团灰茸茸的东西。云轻瑶一惊："这是……这是一只小鹰？"

纬翔空点点头："伤口是被撕扯开的，并不像是人为的，看来是遇上了什么厉害的天敌，所以它才会带着自己的幼雏，千里迢迢飞到这里。"

"千里迢迢？"云轻瑶不太明白。

"这种雪鹰只生活在宁州北部的大雪山上。"纬翔空说，"它一定是一路躲避着天敌的追杀，逃到这里之后，才终于支撑不住的。"

云轻瑶凑上前去，看清楚了雏鹰的外貌，略略皱了皱眉头。这只雪白的大鹰身姿矫健，羽翼丰满，尽管已经处于垂死之境，仍然带有一种凛然不可侵犯的威猛。但它的幼雏生得相当难看，喙明显长歪了，两只眼睛一大一小，小的那只左眼已经盲了，头顶更是有一个难看的肉瘤。这只雏鹰身上也带着伤，但并不太重，看来一时性命无虞。

"羽毛随着身体的成长会慢慢换成白色，但其他的，都是天生畸形。"纬翔空说，"这只母鹰很是可敬啊，即便自己的幼雏如此丑陋，也决不肯放弃它。"

大鹰挣扎了几下，似乎是想要从纬翔空的手里把雏鹰抢回来，但已经力不从心，只能发出低低的哀鸣声，竟然饱含着乞求的意味。云轻瑶实在看得不忍心，轻挥一下手，秘术发动，杀死了这只鹰，以免它再受痛苦。回过头来，她看着纬翔空，脸上的表情很奇怪。

“真没想到，那样的话会从你的嘴里说出来，”她说，“我还以为你对待任何事情都那么冷酷呢。这可一点儿也不像你的作风。”

“对人，是那样的，”纬翔空说，“但是鹰不同。鹰没有狡诈之心，没有诡计奸谋，不必防范它们。”

“原来你身上的这层冰壳子，就是为了防范？”云轻瑶问。

纬翔空微笑不答，看着在他掌心里蠕蠕而动的丑陋的雏鹰：“你能帮它治好伤吗？”

“当然可以。”云轻瑶说，“不过你打算干什么？养着它？它可长得真够难看的。”

“没有什么不可以的，”纬翔空回答说，嘴角浮现出一丝笑容，“而且你觉得我奇怪，我也觉得你有点儿奇怪了。没想到你也会在意外貌这种东西。可见你身上总还是有那么一点儿女人味道的，也和那些普通的年轻女子一样，喜欢长得乖巧可爱的事物。”

云轻瑶说不出话来，默默接过那只雏鹰，开始用太阳秘术给它疗伤。过了一会儿，秘术渐渐起效，雏鹰舒服地哼唧了两声，用头轻轻蹭着云轻瑶，表示感恩。云轻瑶发了一会儿呆，忽然对纬翔空说：“是不是该给它取一个名字？”

“你救了它的命，你来取吧。”纬翔空大度地说。

云轻瑶想了想，忽然抑制不住一种想要拿纬翔空开开玩笑的冲动：“就叫它……小翔？”

纬翔空哈哈大笑：“真是女孩子给小猫小狗起名字的路数。这种雪鹰长大之后形貌何等威猛，你在前面加个‘小’字，真是委屈它了。不如就叫它‘翔’，如何？”

云轻瑶念了两遍：“翔，翔……是个不错的名字。”

很快来到了雁都城。千年之前，羽族的都城是青都齐格林，但后来在一次战乱中被蛮族人点火焚烧，大半座城市都被烧毁了。在这之后，新的王朝在小城雁丹重新建立，经过多年营造，建成了如今宏伟气派的都城雁都。在之后的岁月里，虽然历经和平与战争的交替，雁都城始终屹立不倒，俨然成为宁州羽人的象征，与东陆的天启城、瀚州的北都城遥相对立。

吸取了齐格林几乎在一夜间被焚毁的教训，雁都虽然也保留了许多传统的树屋建筑，但也在不断地增添砖石结构的建筑。如今的雁都，传统风味与新风尚并举，踏入其中的人们总能有很独特的感受。

在云轻瑶的记忆中，雁都城一共居住着五位颇有实力的秘术师。其中一位已经迁居，暂时无法寻找，但剩下的四位还算是比较顺利地找到了。这当中，有三人都同意了纬翔空的建议，去往雁都城的某处皇家驿馆，由虎翼司统一提供保护。只有第四位秘术师经世常没有同意。

“我已经足够老了，生死并不算太重要了，”经世常说，“所以我实在也懒得动了，就待在这里吧。”

纬翔空没有勉强他，仍然表示将派人对他提供保护。临走之前，经世常忽然叫住了云轻瑶。

“去年我的身子骨儿还行的时候，去探访过你的老师。”经世常说，“他是个很有意思的人物。可惜那次一别之后，就再也没有见面的机会了。如果你有机会见到他，替我向他致意吧。”

云轻瑶答应了，随纬翔空回到驿馆。以纬翔空的身份和身上的任务，他来到雁都城也不必住客栈了，直接住进了条件更好的官家驿馆。至于为什么近在咫尺也不回家去住，纬翔空没有说，云轻瑶也懒得问。安顿好后，纬翔空找到了她：“这一个多月太辛苦了，应该好好休息一下。雁都城是一座不错的城市，我们多待两天，你可以到城里去逛逛。”

“多待两天可以，逛逛就没必要了，”云轻瑶说，“城市就是歇脚的地方，宁南还是雁都，在我眼里都是一样的。”

“要是宁南云氏和雁都风氏也都像你这么想就好了，”纬翔空一笑，“绵延数百年的风云争斗就根本不存在啦。那你就在房间里继续研究你的秘术吧，我这两天得去虎翼司安排一些事情，有事你招呼羽崇。”

羽崇是纬翔空的副手。云轻瑶并不打算找他，这一天剩下的时间里安静地待在驿馆，思考着永远思考不完的秘术难题，偶尔去逗弄一下被起名为翔的小鹰。到了第二天中午，她忽然想到了什么。

“去年我还去探访过你的老师。”这是秘术师经世常说的话。既然他说了

“去探访”，就说明是他去了老师的居住地，也就是说，他知道老师住在哪里。假如这一年中老师没有搬家的话，自己就可以找到他。

然后，自己就可以问一下老师，当初他是怎样收养自己的，自己的父母到底在哪里。这些日子里，她虽然表面上不动声色，但这个问题一直困扰着她，尤其夜晚入梦之后，整晚整晚都会梦见面目模糊的父母。他们抱着自己，陪自己玩耍，哄自己入睡，就如同所有寻常父母应该做的那样。可自己为什么完全没有与他们有关的任何记忆？

老师虽然也未必知道，但至少，他会是最有可能知道答案的人。想到这里，她叫来了羽崇，要求羽崇再带自己去见一见经世常。出乎意料的是，羽崇一脸为难又无比坚决地回绝了她。

“真的很抱歉，云小姐，我不能带你去。”羽崇说，“现在他们都已经被保护起来了，闲杂人等靠近都会受到盘查，很不方便。再说了，我们再去见他，说不定就会暴露目标。”

这一番说辞相当勉强，甚至可以说毫无道理。云轻瑶虽然不怎么通世事，但也绝不是傻子，她看出羽崇在说谎。于是她假装回屋，然后从窗子翻了出去，打算自己去找经世常。

云轻瑶对秘术之外的事情记忆力都不怎么样，好在经世常的居所本来就离驿馆不远，而详细地址已记录在了水晶球里。云轻瑶虽然不认路，但鼻子下面有两片嘴，沿途不断地问路，渐渐也就靠近了目的地。

当她正走过一条宽阔的商业街时，前方忽然发生了一阵骚动。抬眼一看，原来是一群士兵追逐着一个浑身是血的逃犯，追逃中闯入了这条街。路边摆摊儿贩售物品的羽人们赶忙收拾自己的东西，但仍然有很多东西被撞得四散飞溅，整个场面混乱不堪。

云轻瑶自然不太喜欢这样的场景，她左右看看，走入了街边离她最近的一家丝绸店，打算避让过这场风波。就在这时，她的视线无意中瞥到了那名逃犯的脸，不由得一下子愣住了。

那是前一天她刚刚访问过的秘术师，也正是她现在准备去见的那个人——经世常。她又仔细看了一眼，虽然她记性不算好，但前一天刚见过的人总还是记得住的，没错，就是他。按道理说，现在经世常应该待在家里，享受着虎翼司专人的保护。但他如此狼狈不堪地在大街上仓皇逃窜，浑身带着血淋淋的伤口。

云轻瑶的心里陡然一紧，隐隐意识到了什么。眼下也顾不得多想，再不出手干预，只怕经世常就要当场毙命了。她用手指在空气中画出秘纹图案，嘴里念出咒文，一团白色的雾气立即出现在半空中，并且迅速扩大，突然将奔逃中的经世常完全笼罩在其中。

追赶的士兵们见到这团突如其来的白雾都有些不知所措，也不敢轻易闯进去，只能干等在一旁。过了一会儿雾气散去，他们惊讶地发现，被裹进白雾中的经世常已经不见了。

而在紧邻这条街的另一条小巷里，经世常正和云轻瑶在一起。云轻瑶正在用太阳系的秘术帮他治疗伤口，但这类秘术非常消耗精神力，处理完几处箭伤后，她已经满头大汗了。

“省点儿力气吧，姑娘，”经世常说，“都是外伤，不碍事的。”

云轻瑶擦了把汗，问道：“他们为什么要追你？纬翔空不是答应了派人保护你吗？”

经世常苦笑一声：“他答应了保护我？你怎么能把这些当官的答应的事当真呢？这些人今天来找我，不是为了保护我，而是想要把我抓走！”

他顿了顿，看着云轻瑶：“恐怕你是好心办了坏事了，姑娘。如果没有猜错的话，你带着那个人去拜访过的所有秘术师，通通都被他抓起来了！”

4

马车里跃出来的，竟然是一个美貌的女子，这实在出乎南鱼的意料。冷酷的箭术、出众的刀法，似乎很难和柔美的女性结合在一起，但现在，南鱼

的确看到了这样的一幕。此外他还注意到，这个女子的刀法更接近于蛮族人的刀法——简洁利落，不事花哨，但她的脸形和身材更接近东陆人。

不过她毕竟只有一个人，失去了最初利用马车作为掩护的优势，不得已陷入面对面的打斗中，在敌人的重围中很快处于劣势。羽人的力量逊色于人族，但身体轻盈，灵巧性更胜一筹，在人数众多的情况下，攻势更是令人眼花缭乱。

女子陷入了重围中，但她始终没有屈服，倔强的嘴唇抿得紧紧的，手中的弯刀挥舞生风，进行着殊死的抵抗。在这样的绝境中，她的刀法始终章法有度，并没有半点儿凌乱，让羽人们抓不住任何破绽。他们只能在女子身边绕来绕去，伺机进攻，想要等到她体力耗尽的时候再去寻找可供攻击的漏洞。

他们终于还是等到了这个机会。在十多名羽人毫不停歇地轮番缠斗之后，女子已经十分疲惫，气喘吁吁，脚步也一点点地慢了下来。羽人们看到有机可乘，加强了攻势，一柄柄长刀仿佛组成了钢铁的车轮，要把这个女子碾成粉尘。

眼见女子就要抵挡不住了，突然，又一把刀突兀地插入了战局当中，那正是一直隐身于池塘中的南鱼。不知道怎么的，看着那女子倔强的脸，他忽然产生了一种去帮助她的强烈冲动，尽管他对于交战双方到底是什么人一无所知。当他挥刀格挡开一把羽族长刀，并且一脚踢倒一名羽人之后，才隐隐意识到自己连究竟谁正谁邪都还没弄清楚就胡乱出手，实在有点儿不妥。但此时此刻，已经是骑虎难下了。

他没有时间去为自己的鲁莽后悔了，羽人们已经包围上来，他必须以最快的速度击破这个包围圈。他左手握刀，刀锋一振，刀身上隐隐发出一阵潮水奔涌般的声音。第一刀，他劈向了由正面向自己扑击过来的那名羽族战士。这一刀的刀速并不是特别快，羽人横过刀身，挡住了这一招。但两把刀刚刚相撞，羽人的刀立即被砍成了两截，南鱼却刀势不减，刀锋一下子把羽人的头颅劈成两半。

一出手就杀死了一名羽人，南鱼反而镇静下来。他知道，杀一个和杀十个没有太大的分别。周围的羽人已经愤怒了，但这样的愤怒会使他们在进攻中露出更多的破绽，反而为己所用。他头也不回，反手一刀向后撩去，又是一声兵器碰撞后的破碎之声。这一刀再次击折了对方的兵刃，刀锋切开了一名羽人的胸膛。

这并不仅仅是因为南鱼拥有一把锋锐的刀，更重要的在于他的左手展现出来的惊人的力量，那一刀挥出时所带起的无可阻挡的气势，让人感觉即便他手里拿的只是一根朽木，也照样能够发挥出如此威力。

第三刀挥出，横着斩向了一名正在从背后偷袭那女子的羽人。羽人听到风声，情知不妙，想要全身一滚躲开这一刀，发现南鱼的刀势虽看起来不快，但那把黑沉沉的大刀有着笼罩一切的惊人气势，竟然让他避无可避。咔嚓一声，他已经被这一刀拦腰切断。

南鱼一共发出了三刀，就已经有三个羽人毙命于他的刀下。本已经稳操胜券的羽人们顿时慌乱起来。而已到强弩之末的女子精神一振，开始刀刀强攻。南鱼的刀势刚猛，女子的刀法迅捷，两人合力之下，羽人们已经难以抵挡，更重要的在于气势已竭，丧失了继续战斗下去的勇气。在又折损了两个人之后，他们终于撤退了，留下遍地狼藉的尸体。

南鱼把刀收回刀鞘，心里并没有什么喜悦，而是一阵发愁：他是到羽人的地盘寻找神器的，原本应该夹着尾巴做人；现在只因为看到一个漂亮女孩儿被围攻而于心不忍，上手就杀了三四个羽人，万一自己的形象被他们记下来，渲染成跑到羽人地头上挑衅的暴徒，那可怎么办哪?

而且当前最重要的似乎是应该打听清楚，这个女子到底是什么来路。想到这里，他转向那个女子，发现女子也正在打量着他。现在离得很近，他更加确信这是一个东陆女子，那张脸颇带一点儿南淮城烟雨迷离的意味。但她的目光凌厉如刀，很像是草原上那些泼辣凶狠、无所顾忌的蛮族少女。

他正在想该怎么开口、开口之后该说些什么，女子却已经先发问了：“喂，你是谁？为什么要来蹚这浑水？”

这两个问题看起来挺简单，细细一想还真不好答。南鱼搔了搔头皮：“这个，还真不好说。我叫南鱼。我来这里是为了……呃，其实也不为什么。至于为什么蹚这浑水……”

他想了又想，最后谨慎地选择用词："我看见他们很多人围攻一个女性，觉得很不公平，所以……"

女子打断了他："那要是很多女人围攻一个男性，照样也很不公平，你会出手相助吗？"

南鱼被问得瞠目结舌，心里想着：会吗？多半不会吧。那说不定是抓淫贼什么的呢。

"所以你们男人就是这样，"女子摇了摇头，"见色起意，不知所谓。总以为自己是护花英雄，没准儿你出手救的是个女飞贼。不过，今天要是没有你，我还真走不掉，所以好歹也得谢谢你。"

她嘴上说着谢谢，但腔调里真是半点儿也听不出谢意来，见色起意云云更是有点儿直击人心的味道。南鱼也没办法辩驳，倒是被她的话吓了一大跳："女飞贼？不会吧？"

女子轻轻叹了口气："你刀法这么好，人倒是够笨的。你见过女飞贼有这么好的待遇，上百人拿马车护送吗？"

南鱼舒了口气："我说也不像嘛……你是东陆哪个国家派来的使节吧？"

女子这次没有否认："我叫沐沉语，的确是楚国派来出使的——确切地说，是派来联姻的。"

"联姻？你吗？"南鱼一愣。这个叫沐沉语的女子，论容貌什么的倒是绝对够联姻的标准，但看她刚才手刃敌人的凶悍模样，尤其是在马车上展现出来的惊人箭术，实在不像是联姻的正确选择。

"怎么了？看我不像？"沐沉语瞪他一眼。

南鱼想要摇头，但一开口不知怎么的，还是选择了实话实说："确实不像……相当不像。"

"这没办法。"沐沉语耸耸肩，"我本来也希望自己能在东陆的土地上长大，但谁让我生下来就是公主呢？我的身上承担着国家的重担，所以一切倒霉事情都该交给我来扛，即便我向父母抗议也无济于事。很小的时候，我就被扔到北陆去当人质，使得我的国家可以和蛮族人建立某种关系。现在要和羽人联姻，我自然也是责无旁贷。"

这一番身世说起来其实颇为悲惨，但沐沉语信口道来，倒像是在说些和她毫不相关的故事。南鱼也不知道该如何评价，扭头看到遍地的尸体："也就是说，这些来刺杀你的羽人，可能是来阻止这场联姻的？"

沐沉语又耸耸肩："那还能是什么？这一路上我已经遇到不止一次刺杀了，不过这一次最为凶险罢了。"

"最近人羽关系十分紧张，你们两个国家居然还要结姻亲，难怪有羽人要来阻止了。"南鱼说，"那你接下来打算怎么办？"

"没什么怎么办，其他人死了，我还活着，所以我还得继续往那座羽族城市走。叫什么来着……秋叶城？"

"秋叶城离这里已经不远了，不到五里。"南鱼说，"正好我也要去秋叶，我们可以同路。"

"也好，你的刀法的确相当不错，再遇到敌人也能派上用场。"沐沉语看来是个非常干脆的人，半点儿也不忸怩，"我们走吧。"

两人一同向着秋叶城的方向走去。南鱼忍不住问："你不想问问我究竟是来做什么的？"

"我问你，你会说实话吗？"沐沉语反问，"如果你根本不打算说，我又何必问？"

"多半不会。"南鱼干笑一声，"你说话总是这么直白吗？"

"我从小在瀚州草原长大，习惯了，"沐沉语说，"蛮族人都是直肠子，不喜欢像你们东陆人那样，说起话来总有很多弯弯绕绕的东西。"

"其实我也不怎么算东陆人啦。"南鱼发现自己在沐沉语面前好像唯一能做出来的动作就是搔头皮，"不过，你是在蛮族人的地盘长大的，难怪你的弓术和刀法那么好。尤其是弓术……"

沐沉语警惕地看了他一眼："我的弓术怎么了？"

"好像比一般的羽人还好，让我想起了传说中早就消失了的鬼弓骑士。"南鱼说。

"你好像懂得还挺多的，"沐沉语终于扭过头来，正眼看着南鱼，"你到底是什么人？"

"一个……刀客。"南鱼给出了一个无懈可击的答案。沐沉语瞪他一眼，不再说话。两人沉默地走了一阵子，前方忽然出现了一大队羽人的军马，呈急行军的架势急匆匆地向前行。南鱼想要把沐沉语拉到路旁躲避一下，沐沉语却摆摆手。

“他们是秋叶城的人，是来接我的。”她说。

果然，来的这批人的服色和之前保护沐沉语的那批羽人一样。沐沉语迎上前去，把自己的城徽亮给他们看。羽人们看到她安然无恙，都大大松了口气。

“是这个人保护了我，”沐沉语伸手指向南鱼，“我想，他也有资格和我一起进城吧？”

“当然没有问题！”前来迎驾的军官大声说。南鱼向沐沉语感激地一笑，心里想着：这一次闲事总算没有白管，有了沐沉语这把保护伞，自己就可以在秋叶城里自如地行动了。

城邦派出大量人力调查那批试图杀害沐沉语的刺客，但短期内显然很难找到答案。虽然怀疑对象是从宁州的城邦势力到羽族的几个黑帮组织，但找不到确凿的证据，而为此推迟婚期似乎不太明智。这桩婚事本来就是磨了很久、经历了无数扯皮才最终确定下来的，而即将与沐沉语成婚的对象、莱米克城邦领主天恒与的二儿子天惊翼也是莱米克城邦的重要人物。对这种政治婚姻而言，早早完婚把男女双方送进洞房才是重中之重。一旦生米煮成熟饭，之后的死活就不必太在意了。

所以婚礼仍然按照原定计划，在沐沉语和南鱼进城后的第七天举行。第六天的晚上，南鱼在秋叶城的贵宾驿馆里收到了请柬，作为保护人族公主的大功臣，他将会作为特别的嘉宾，受邀参加明天的婚礼。当然，他也会成为婚礼现场唯一的人族嘉宾，因为其他人都在那场森林里的截杀战中被杀光了。而要等到楚国再派出第二支使臣队伍，至少得一两个月，天恒与不愿意再等了。

南鱼一点儿也不觉得荣幸，正相反，他着急得好似热锅上的蚂蚁。当他以英雄的身份进入秋叶城时，他还觉得很不错，但接下来事态的发展就错得相当厉害了。因为拯救了这场重要的政治联姻，立下大功的南鱼受到了特殊待遇，无论去往哪里，都有羽族军官恭恭敬敬地陪同，这使他完全无法自由地行动。他本来计划要在秋叶城拜访一位重要人物，以便从他那里获得与神器有关的第二条信息，但眼下羽人们如附骨之蛆一样紧随左右，他不能做任何事情。

“其实我自己在城里逛逛就行了，”他试图把羽人们支开，“各位不必这么辛苦地跟着我。”

“您是贵宾，我们必须保护您的安全。”负责保护他的羽人脸上没有一丝笑容，“秋叶城是人和羽发生战争最多的地方，在现在这样的敏感时期，您一个人走在城里会有危险的。”

他这句话倒不是凭空胡说。历史上跨越霍苓海峡、将宁州和东陆都牵涉在内的人羽战争并不是很多，人族和羽族的主要战争总是要么在宁瀚边境，要么在澜州，而只要在澜州，秋叶城必是争夺的焦点。在那些战火纷飞的乱世年代，秋叶城经常五月还在人族的手中，十月就臣服于羽人的翼下。在双方不断的争夺与反争夺下，秋叶城的建筑也在偏向人族与偏向羽族之间不断摇摆，最终形成了独特的城市风貌。

反复的争战也使人羽两族的矛盾几近不可调和。某种程度上，可能宁州的羽人反而对人族友善一些。这几天南鱼无事可做，索性真的在城里游览散心。羽人们看他的目光都非常奇怪，像是在考虑用什么方法把他大卸八块做成羹汤，这让他非常不自在。他也明白了，也许这些羽人的确是出于不信任才紧随着他，但客观上也确实保护了他的安全。不然的话，指不定走到某个阴暗角落的时候，就会有一群羽族平民拿着刀枪把他围起来，剁成肉酱。

就这样无可奈何地挨到了婚礼举行的日子。南鱼没有别的办法，只能决定明天先参加完婚礼，然后，明里离开秋叶城，暗里偷偷潜回来。做完这个决定之后，他忽然想到了沐沉语。这个姑娘在他面前一脸的无所谓，但以常理度之，任何一个东陆女子远嫁到异族当道的秋叶城，从此和一个羽人丈夫生活在一起，无论如何都不可能感到快活。更何况虽然不过相处了很短的时间，他也能看得出，这是一个十分倔强且有主见的女子，即便迫于政治压力来到此处联姻，心里恐怕也会十分不痛快。

她真的会情愿嫁给秋叶城里的天惊翼吗？这位丈夫是整个澜州羽人城邦

的领主的儿子，只怕脾气不会太好，两人能够和睦相处吗？现在人族和羽族的关系如此脆弱，虽然双方成了亲家，但如果战争真的爆发，就算是亲兄弟也得同室操戈。假如人羽关系真的恶化到不可开交的时候，孤身一人在澜州的沐沉语又会有什么样的结局呢？

这些原本是和南鱼毫无关系的事情，但不知怎么的，他就是不停地在想着这些莫名其妙、与己无关的问题，并且越想越觉得担心。那清秀而坚强的面容一直在他的眼前闪动不休，让他彻夜难眠。

无论怎么样，南鱼只是一个局外人，他想得再多也不可能改变联姻的事实。到了第二天，他唯一能做的就是走入王宫，作为贵宾参加这场婚礼。

这其实是一座人族风格的王宫，对于羽人们而言也是无奈的选择。秋叶城被人羽双方争来夺去，每一次都牵涉到旧建筑的毁灭。羽人们倒是曾经在巨木上构建空中王宫，但在被人族毁掉之后，新的树木不可能长得那么快——秘术可以加快树木的生长，但会破坏木质，造民居还可以，造王宫就可能根基不稳——所以只能勉强使用人族建筑的宫殿。

南鱼多了个心眼儿，没有把自己的长刀龙鳞带进宫里，因为在这样的场合，所有武器必然会被要求解下来由羽人代为保管。他之前假装如厕，以最快的速度把刀藏在了王宫外的一棵树上。他也不太明白自己为什么要这样做，婚礼原本应当是喜乐祥和的，但他脑子里始终有某种直觉在提醒他，一定要留点儿后手，也许会有什么事发生。

“您的刀呢？”陪同他的羽人注意到他空手回来。

“今天是去王宫参加婚礼，反正刀也不能带进去，所以我放回屋里了。”南鱼回答。驿馆就在王宫旁边，这个谎倒是没太大破绽。

羽族的婚礼和人族的有很大不同。但凡人族想要办什么喜庆大事，一定要追求热闹和排场，不放个几百斤鞭炮绝不算完。热热闹闹、喧喧嚷嚷，事毕留下遍地狼藉，那是人族的典型作风。

羽人们的习惯截然不同，他们更追求一种礼仪上的完美。羽族是一个喜好洁净和安宁的种族，不会选择像人族那样无节制地闹腾。当然了，那些动不动就祈求天神庇佑、祈求森林之神赐福的仪式，也实在是冗长得有点儿不像样。羽人们看来早就习惯了这种折腾，无论仪式多么漫长无聊都能安之若素。南鱼坐在席间却苦不堪言，觉得自己全身上下都要石化了。

他真是想不明白，对着一个虚无缥缈的神灵也能唱上小半个对时的祝词——而且都是他半个字也听不明白的古羽族语——那个白发苍苍的祭司也不觉得累？看看周围，除了他之外，其他宾客全都是羽人，所以估计感到受罪的只有他一个罢了。尤其当在场的羽人们随着祭祀对象的轮番出场而不断露出虔诚表情的时候，南鱼悲愤地想：果然我还是个异族异类啊。

唯一好看的是仪式行将结束时所安排的祭拜天神的舞蹈。那些跳舞的羽人女子个个都长得很好看，舞姿更是轻盈灵动，相当养眼。而当这段舞蹈结束后，新婚夫妇就将正式亮相，在祭司的主持下完成他们的婚礼，成为合法夫妻。

现场静了下来，只能听到轻柔舒缓的羽族音乐。当沐沉语出现时，在场所有人都眼前一亮。她没有穿东陆的服装，而是穿着羽族传统的轻纱长裙。这是羽人们在节日的时候才会穿的盛装，样式繁复，前后衣襟长可及地，褶皱处轻盈下坠，然后在风的吹动下轻逸招展，飘飘若仙。沐沉语本来身材就比较修长，晃眼一看，几乎会令人误认为她就是一个羽人。

南鱼也产生了这样的错觉，直到新婚夫妇走向通往礼台的长长的台阶、经过他身畔的时候。他敏锐地察觉到，沐沉语脸上矜持的微笑中蕴含着一些别样的情绪。那是一种很淡的伤感，但又掺杂着某种释然，像是终于完成了某件大事一样。

一定有什么事情要发生，而且一定是不好的事情。南鱼下意识地伸手去摸腰刀，这才想起，那把名叫龙鳞的刀已经被藏在宫外的某棵树上了。真是糟糕，他郁闷地倒了一杯羽族特有的水果酒，往喉咙里灌了下去。

第三章
欺骗

云轻瑶感受到了一种恨意，强烈的恨意，这样的恨意在她的一生中几乎还从来没有产生过。纬翔空，这个年纪轻轻就身居高位的羽族俊杰，这个面目英俊、笑容和蔼的年轻人，在她眼里却有如恶魔。“不管我接下来要去哪儿，”她想，“我和这个人之间的这笔账，一定要算一算。”

云轻瑶呆呆地看着经世常，过了好半天才反应过来："你说什么？凡是我拜访过的秘术师，都被抓起来了？"

"至少我差点儿就被抓起来。"经世常长叹着，"所以我没有猜错的话，大概你是上别人的当了。有人在以保护秘术师的名义行事，真实的打算是把宁州境内所有的自由秘术师全都抓起来。"

"宁州境内所有的自由秘术师？"云轻瑶又是一愣，"为什么要这样做？"

"我最近听到一个传闻，"经世常说，"民间出现了一个奇怪的组织，他们有一个非常庞大的计划，与秘术有关。据说，这个秘术如果成功了，将足以动摇整个宁州皇朝的统治。羽皇做了那么多年的努力，第一次把宁州的政权牢牢把握在自己的手里，肯定不能让这种事情发生。"

"一个秘术的成功，会动摇整个宁州的统治？"云轻瑶缓缓摇摇头，"就我对秘术的了解来看，这样的秘术恐怕是不存在的。我从没听说过什么秘术具备这样大的威力，除非是在神话传说里的天神降世。"

“这不是神话传说，而是事实，”经世常说，“否则他们不可能干出这样的事：抓捕宁州所有的秘术师。整个宁州有实力的自由秘术师至少有好几百人，要把这好几百人秘密地抓走还不让人知道，得动用多少人力物力才能实现？羽皇真的是在害怕啊。”

云轻瑶茫然地点点头又摇摇头：“对不起，我现在顾不得仔细去想这件事，我的脑子里很乱……”

“我明白的。”经世常拍拍她的肩膀表示安慰，“这件事怪不得你，你本来也是一番好意，被人欺骗这种事情实在是再寻常不过了，我年轻时也不是没有被人骗过。接下来，你打算怎么办？”

“我不知道。”云轻瑶依然摇头，这几乎成了她重遇经世常之后唯一能做出的动作，“你呢？你打算去哪里？”

“我只能尝试着逃命，能逃到哪里算哪里。”经世常苦笑一声，“我没有猜错的话，羽皇已经张开了一张天罗地网，整个宁州的秘术师只怕都在劫难逃。即便你发现了他们的阴谋，他们也会有别的途径去搜寻秘术师们。”

云轻瑶沉默不语，或者说，她完全不知道自己该说些什么。也许在宁南城的这些年头，一切都太顺利了，官府尊敬她，民众崇拜她，让她一点点失去了应有的警惕。纬翔空这个人的名气是如此之大，甚至连她这样不关心世事的人都曾经听说过：老师的好友纬苍然有这么一个儿子，心狠手辣、不择手段，虽然只有二十来岁，但已经是人见人畏的角色了。但在见面之后，这个人始终表现得彬彬有礼，而且对她的照料十分周全，甚至近乎温柔，让她完全没有警觉，以至于觉得这个人还算不错。她甚至产生了这样的感觉：这个人大概是除了老师之外，第一个算得上是自己的朋友的人。

但她错了，错得非常非常厉害。传闻是真的，纬翔空的确不是善类，他利用父辈的关系取得自己的信任，然后始终把自己骗得团团转，玩弄于股掌之间，而自己还恍然不觉。现在回想起来，当初针对自己的那场假车夫的刺杀，一定也是纬翔空布的局。他果然是残忍异常，对自己的手下，也能毫不犹豫地发箭重伤之。

云轻瑶感受到了一种恨意，强烈的恨意，这样的恨意在她的一生中几乎还从来没有产生过。纬翔空，这个年纪轻轻就身居高位的羽族俊杰，这个面目英俊、笑容和蔼的年轻人，在她眼里却有如恶魔。“不管我接下来要去哪儿，”她想，“我和这个人之间的这笔账，一定要算一算。”

她把自己身上所有的金钱或者能换钱的东西都掏出来留给了经世常，然后快速回到驿馆，以免纬翔空发现她曾经出门。运气不错，纬翔空出门的时间很长，当他回来的时候，已经到了晚饭时间。

“我带回来一些新鲜的上品水果，羽皇赐的。”纬翔空说，“今晚的餐桌可以加一点儿料了。”

云轻瑶木然地点点头，心里很是紧张，担心自己的面部表情可能会暴露一些什么。但她很快发现，这个担心是多余的，由于自己在纬翔空面前从来都不苟言笑，纬翔空对自己那张始终板着的面孔早就习以为常了。

晚餐的餐桌上照例只有云轻瑶和纬翔空两人。羽人的等级观念是非常强的，纬翔空的下属们都在其他房间进餐，只有云轻瑶作为重要的客人，才有资格和他同坐一桌。纬翔空看起来心情很不错，甚至喝了好几杯酒，平时在公务期间，他从来是滴酒不沾。让他大感意外的是，云轻瑶竟然也喝了一杯酒。

“我实在没有想到，你竟然也会喝酒。”纬翔空斜眼看着云轻瑶，笑了起来。

“在很多时候，喝酒会让人的脑子不清醒，”云轻瑶又倒了一杯酒，“但在另外的某些时候，酒能够调动人的情绪，让人做出一些过去不敢做的事情，比如现在……”

她把这杯酒一饮而尽，然后把空酒杯在手心里转了一转。纬翔空忽然感受到一种异样，周围的空气似乎变得凝滞起来，划过皮肤时竟然有诡异的触感。他心知不妙，想要站起身来，发现全身被一种软绵绵却又坚韧无比的力道压制着，无论如何都站不起来。

“我也研究过很多秘术师和武士之间对战的战例，”云轻瑶说，“秘术的发动是需要准备时间的，而武士拔剑可以在瞬间完成。所以如果秘术师和武士发生了战斗，先下手为强是基本原则。如果让你先开弓，我可能已经死了十次了，但现在，是我先放出了秘术。”

纬翔空仍然有点儿不明白：“先下手为强？你想做什么，和我较量一下吗？”他的手一滑，手里的酒杯跌到地上，啪的一声摔碎了。

云轻瑶一笑："没用的，我同时施加了音障术，你就是在这里点燃一个爆竹，你的手下也听不到。"

纬翔空坐直了身子，捡起餐盘里的一颗葡萄放进嘴里，缓缓地咀嚼着："我明白了。你已经知道了，对吗？"

"今天我出门了，见到了很多当兵的在追杀经世常，就是我们昨天见到的那个秘术师。"云轻瑶说，"你还有什么借口和说辞吗？"

她摊开手心，上面跳动起一团紫色的火焰，不一会儿火焰消失，又变成了一个透明的冰球。

"我从来没有杀过人，但也许今天就要破例了。你是想要被烧成灰烬呢，还是像你那个假冒杀手的手下一样被冻僵呢？或者，用风刃割断你的喉咙，让你像一个光荣的战士那样死去？"

纬翔空暗中运了很多次力，但都没有什么效果。诚如云轻瑶所说，秘术师对武士，抢占先机最为关键。如果两人公平决斗，以他丰富的实战经验，云轻瑶早就变成一具死尸了。偏偏他完全没有料到云轻瑶会抢先发难，现在全身的力量都被秘术压制住，根本无法发力。

"我认栽了。"他叹了口气，索性舒舒服服地把身子往椅背上一靠，放弃了抵抗，"你说得没错，我利用你寻找到的所有秘术师，都被关起来了。而且我已经提前向你询问了一批名单，再加上那些本身就在皇室和官府掌控之下的，也就是说，宁州至少有一半以上的秘术师都可能会被羽皇控制起来。"

"你还真是坦诚啊，我本来做好了听你说谎话抵赖的打算。"云轻瑶说，"既然这样，我想你也死而无憾了。"

"死在你手下，我没有什么遗憾。"纬翔空说，"但在此之前，我希望你能听我最后说几句话。除了秘术之外，你对九州的一切都不了解，但有些东西我希望你能了解。当然，如果你怀疑我是为了拖延时间，那你就动手吧。"

云轻瑶微微犹豫了一下："拖延时间也不会有用的，我已经布好了阵，秘术能在任何时间发动。你说吧。"

"我从父亲那里得知他和你的老师是故交之后，就决定利用你。"纬翔空说，“而利用你的目的，是为了把所有的羽族秘术师都控制起来。这很难，但又不得不做，因为羽族正面临一个空前的大危机，羽皇的统治、城邦的安宁都有可能化为乌有。”

“经世常也提到了这个危机。那到底是什么？”云轻瑶问。

“羽族的历史已经有几千年了，产生了许多绵延至今的姓氏，”纬翔空说，“自从晁朝皇帝将十姓赐予羽族的十大家族之后，千百年来，羽族的王朝和城邦无论怎么更替，始终都未曾脱离开这十姓的统治。”

“我知道十姓。”云轻瑶说，“虽然我记不全，不过我知道，我的姓氏‘云’和你的姓氏‘纬’，都属于十姓之一。”

“风羽经天翼，鹤雪纬云汤，是为羽族十姓。”纬翔空说，“这十大家族的规模都很庞大，也有很多分支，历史上甚至出现过羽姓与羽姓争雄、翼氏和翼氏火并的场面。但总体而言，羽族的整个上层规划以及连带的种族走向，都系于十姓的身上。可以说，十姓就是羽族在九州乱世中存活的基础，十姓在，羽族就在。”

“十姓在，羽族就在……”云轻瑶低声重复了一遍，体味着这句话。

纬翔空接着说：“但是，十姓之外的姓氏并不都乐于接受十姓的统治，历史上也出现过不少叛乱。其中，有七家下层的姓氏曾经联合起来，煽动低贱的羽民参与其中，有几次影响很大的叛乱，差点儿就动摇了十姓的根基。当然了，由于实力方面的差距，他们最终还是失败了。但那七姓的后人并没有放弃努力，就在今年，他们又有了新的计划。”

“这就是这一次你们抓捕秘术师的根源，对吗？”云轻瑶问。

“对。羽皇的斥候发现七姓人家又有密谋的可能性，而且就在我去宁南城找你之前的几天，七姓的家主不约而同地离开了家。由于消息互通方面的延迟，当我们得知七姓是一起行动时已经太晚了，而且他们沿途使用了秘术来对抗追踪，所以最终我们也无法知道他们在哪里集会、会议的内容究竟是什么。但是，有一名斥候冒死给我们送回来了另一则消息。据他说，这一次集会，牵头者是下层七姓中的陆姓后人。这一次的行动非同小可，他已经从上古邪书《魅灵之书》中找到了一些独特的秘术，可以帮助他们获得一举扭转乾坤的力量。”

云轻瑶一惊："这么说，此事和《魅灵之书》有关是真的了？"

纬翔空点点头："的确是真的。而且陆姓后人还提到，他们所获得的这个秘术还有一定的缺陷，必须经过改进后才能大规模运用。所以他要去多多联系宁州各地的秘术师，请他们想办法找出完善这个秘术的方法。"

"到底是什么秘术？"云轻瑶忍不住问，"我从来没有听说过有哪一种秘术可以动摇一个皇朝的统治。我听说过的最极端的战例，也不过是有秘术师运用大杀伤性的秘术，一次杀死了上千名武士，但这样的情况极为罕见，因为拥有那种强大精神力的秘术师几百年也未必能出一个。光拥有某种秘术，没有精神力做基础，是不管用的。"

"这个秘术到底是什么，只有陆姓的家主才知道。"纬翔空说，"除此之外，我们在各地的斥候掌握了充分的信息，证明七姓后人已经在悄悄地囤积武器，联系其他的下层羽民。更为可怕的是，这样的事情本来在过去由各城邦领主就可以镇压，但现在城邦领主们按兵不动，因为他们对现在受制于羽皇的局面也很不满，想要多观望一下形势，争取坐收渔利，削弱羽皇的权力，回到各城邦占据主导的时代。"

"也就是说，一个不小心，就会是一场席卷整个宁州的大战？"云轻瑶长出了一口气，"怪不得你们要这样如临大敌，宁可把所有的秘术师都先抓起来以绝后患。"

"这的确是无奈的选择。"纬翔空说，"羽皇的统治不能动摇，十姓的根基不能被摧毁。"

"你们这些人哪，真不知道你们究竟想的是什么！"云轻瑶叹息着，"什么皇朝、城邦、上层贵族、底层贱民……真的有那么重要吗？我的老师经常在我面前嘲笑羽族，说我们好面子胜过一切，尊重上下等级甚于尊重自己的生命。为了这些毫无意义的虚妄等级与头衔，你们就可以硬生生地在同一种族的人之间划分出鸿沟，下层羽民不能和上层贵族通婚什么的，硬生生地制造出仇恨和对立。这是何苦？大家都是羽人，不能够相亲相爱地在一起吗？不能够平等地共同生存吗？"

"这是何苦？"纬翔空的眼睛里闪动着嘲弄的光芒，"你问我这是何苦？

你真的想知道吗？你真的以为羽族的生存有那么容易，你真的以为羽族的高低贵贱是毫无意义的摆设？”

他坚定地摇了摇头：“你错了。你从你的老师那里得来的一知半解的论调，正说明你从来都不了解你自己的种族！我们羽人先天骨质中空，肌肉力量不足，如果和其他种族正面对抗，即便是面对河络的旅鼠骑兵，也不可能占到丝毫便宜，更不用提夸父族那样惊人的力量和人族恐怖的人海战术！可我们羽人为什么能存活至今，为什么能占据着宁州和澜州的广大土地，和其余种族相抗？”

“因为我们能凝出羽翼，因为我们可以飞翔！”他的声音越来越高，“当我们居高临下地射出我们的箭支时，我们就是天与地的统治者，无人能够抵挡！但是羽族的飞翔能力也是有很大局限的，大多数羽人只能一年飞行一次或者一个月飞行一次，消耗的精神力又极大，这在战争中的用处是很小的。要和敌人对抗，我们必须有大量能每天起飞甚至随时随地起飞的精英，而这依靠的是什么，你知道吗？”

云轻瑶脸色惨白，过了好久才低声回答：“血统。”

“不错，就是血统！”纬翔空咆哮着，两眼血红，“只有血统纯正高贵的羽人，才能保持强大的飞行能力！这就是为什么羽族一定要划分出高低贵贱，这就是为什么贵族和贱民不能通婚，这就是为什么只占人口很少数的十姓必须始终高高在上，因为这是我们整个种族存活的根本！那不是什么虚荣，不是什么摆设，不是什么对自己同胞的刻意分化和压迫，不是什么拿给外人看的笑话，这是血统，羽族永远不能放弃的血统！当他族的铁蹄践踏到我们的森林时，只有血统纯正的羽人战士才能用飞翔的羽翼拯救这个种族的命运！所以我们必须维护这种血统的基础，哪怕它让人不快甚至令人作呕，我们也别无选择！”

他喘了一口气，声音渐渐归于平静：“否则的话，我们早就被人族的骑兵踏成肉酱，和泥土混在一起，再也分不开了。你只钻研秘术史，但你实在应该好好看一看九州的历史，血淋淋地用刀枪和战火写成的历史，看一看我们羽族是怎样一代一代不断受到敌人欺凌的，看一看你的先辈们是怎样在屈辱中一次又一次顽强地活下来延续我们的种族的。当你熟悉了那段历史，你就不会再对我们如此看重血统而感到惊讶了，因为当飞翔者的血统不再纯正时，等待我们的，只会是灭族之祸。”

云轻瑶久久不语。她过去从来没有想到过这样的问题，内心深处也一直认同老师那带着挖苦腔调的看法。可现在，纬翔空的话给了她前所未有的震动。她头一次发现，原来自己一直沉迷的秘术世界并不是这个世界的全部，九州大地是一本血淋淋的书，是由每一个种族的鲜血写就的。这本书里面只有仇恨，毫无温情。

“现在，该说的我都说完了，你动手吧。”纬翔空平静地说，“但我希望，在杀死我之后，你能够时时记住，你是一个羽人，你的秘术应该为你的种族效力。我调查过，你是从澜州迁居到宁州的，而你已经记不清楚你的童年了，我希望你最好再仔细回忆一下。每一个从澜州来到宁州的羽人，几乎都有过异族带给他们的伤痛的过往，我不相信你是个例外。”

“异族带给我的……伤痛过往？”云轻瑶喃喃自语着，不知不觉陷入了对往事的追索之中。我到底来自何方？我的父母在哪里？我的童年是什么样的？一个个问号交织在一起，形成了一张密密的罗网，把她网在其中。

突然，好像闪电划过夜空，她捕捉到了一点儿记忆碎片。她看见了天空，在明月的照耀下温柔如丝缎的天空，她看见了无数飞翔的洁白羽翼，在夜空中自由翱翔。突然，羽翼消失了，天空变得漆黑如墨，那些羽人一个个像石头一样坠落在地上，摔得粉身碎骨。

……是它干的……

……它还活着……

……它还活着……

云轻瑶的头快要裂开了，她蓦地发出一声凄厉的尖叫，转身跌跌撞撞地冲出门去。施加在纬翔空身上的秘术顿时消失了，他立即抓起了弓箭，稳稳地瞄准了云轻瑶的后心。但不知为什么，他并没有抓住这个机会开弓射击，而是犹豫了许久之后，慢慢地把弓箭放了下来。他只是目送着云轻瑶渐渐跑远，目光中渐渐混杂了一种无法言说的怜悯。

“这是我一生中第一次手软啊，”他有些自嘲地说，“可惜你也不会感到荣幸。”

新婚夫妇一步步地走到了礼台上，到了这时候，那种过于肃穆甚至令人觉得压抑的气氛才开始松动。宫廷里的秘术师们使用秘术变化出了无数的花朵，从天上纷纷扬扬地撒落下来，宾客们也开始一齐欢呼。

先前的氛围让南鱼眼珠子都不敢随便乱转，现在他才趁着这个时候观察了一下与这桩婚姻相关的几位重要人物。新郎天惊翼高大英挺，目光炯炯有神，一看就是个杰出的人物。只是他的脸上并没有太多喜色，估计他对这样的政治婚姻也并不是太在意，甚至懒得去假装出高兴的样子，反正大家看重的都只是婚姻之外的东西。南鱼不由得又有点儿为沐沉语婚后的生活担忧起来。

而他的父亲，澜州莱米克城邦的领主天恒与则显得城府深很多，是那种锋芒并不外露的人物。他的身材比自己的儿子矮不少，看起来完全像是一个慈祥和蔼的父亲，脸上挂着满意而祥和的笑容。南鱼知道，能够吞并掉澜州的其他几个城邦，进而和宁州羽皇相互制衡，这个外貌平凡的老人必定有着极其不平凡的手段。

礼台很高，台阶也很漫长，但还是有走完的时候。这对新婚夫妻终于站在了礼台的最高处，接受宾客们的祝贺。祭司把一只镶嵌着宝石的束发金环交给天惊翼，只要新郎把这只金环戴在新娘的头上，婚姻就正式缔结。天惊翼并没有犹豫，伸手接过金环，准备给沐沉语佩戴起来。

就在这时候，清脆的喊叫声忽然从宾客席位里传来："不可以！你不能嫁给他！"

这一声喊使用的是东陆语，但多年来的交流融合使大多数羽人都能听懂东陆语言，更遑论将东陆语作为必修科目的上层贵族们。人们都立即扭头，将诧异的目光投向了发出喊声的人。

喊出这一声的人，是来自宁州某个小城邦的使者。这个城邦小到很多人连它的名字都记不住，更不必说认识这位使者了。这位使者一直低着头，沉默地坐在宴席之中，也不和他人说话搭腔，活像一块石头。谁也想不到，在即将礼成的这一刻，她突然冒出来喊了这么一嗓子，还真有点儿石破天惊的效果。

天恒与在这个时候展现出了他老到的经验。他迅速地摆手制止了几名打算冲上前的侍卫，温和地说："这桩婚姻已经得到了天神的庇佑和承认，请客人不要说无意义的话了。"然后他向自己的儿子打了个手势，示意他继续。

但那名使者竟然又开口了，而这句话的效果比刚才那一句更具有轰动效应："不是无意义的话。新娘不应该是她，你们弄错人了。"

天恒与皱了皱眉头，还没来得及说话，礼台上的沐沉语忽然身子一颤，失声惊呼起来："是你？"

天惊翼用疑惑的目光看着眼前这个只差最后一步就能成为自己妻子的人，但沐沉语并没有多看他一眼，而是转身奔下了高高的礼台。一时间举座哗然，人们看着这个突然像是发了疯的新娘，都有些不知所措。

倒是天恒与已经意识到其中必然有什么隐情，示意卫兵们不必行动，自己则大踏步走到了前方，注视着沐沉语的一举一动。只见沐沉语一路越跑越快，当发现身上的礼裙妨碍奔跑之后，竟然毫不犹豫地伸手把裙裾撕掉，露出穿在里面的紧身华族服饰。这个举动相当失礼，但人们在惊愕中，已经顾不得这小小的细节了。

沐沉语一口气跑到了那个说话的使者面前，端详了她一下，忽然伸出手，把她浅灰色的长发揪了下来，露出一头乌发，然后又从对方的脸上扯下一张面具，现出了对方本来的样貌。

这是一张很典型的东陆女子的脸，比沐沉语更年轻一些，也更瘦削一些，给人一种楚楚可怜的感觉，与沐沉语身上的刚强之气截然不同。但是单从脸形上看，她的眉目和沐沉语有着诸多相似之处，"姐妹"这两个字一瞬间出现在近旁看清了两人脸孔的人们的脑海里。

“你来这儿干什么？”沐沉语显得相当恼怒，声调都变了。

“我必须来。这里是我该来的地方，而不是你该来的。”女子轻声回答。

“你在胡说些什么？快滚回去！”沐沉语几乎有点儿手足无措，转过身来对着天恒与说：“领主大人！这是个不知道从哪儿跑来的疯子，请赶走她，继续完成我的婚礼！”

天恒与摇了摇头：“我觉得，有必要让她把话说完。”他的语声依然温和，但有着一种令人无法违抗的强大气势，以至沐沉语一时间无言以对。那个女子离开座席，走向天恒与。卫士们想要阻拦她，天恒与却摆手表示不必。

女子来到距离天恒与只有几步远的地方，忽然俯身拜倒在地：“尊敬的领主，我才是东陆楚国的清平公主沐沉语，那个应该和您的儿子成婚的人。而这个人……她只是假冒的而已。”

在一片惊诧的议论喧哗声中，只有天恒与依然保持着完全的冷静与理智：“假冒的？那么她到底是谁？”

“她是我的姐姐，楚国萱平公主，沐闲歌。”

听到这里，南鱼慢慢理清了一点儿头绪。那个箭术神通、武艺高强的女子，并不是真正的沐沉语，而是沐闲歌，沐沉语的姐姐。眼前这个假冒使者、看起来娇弱可人的女子，才是真正应该嫁给天惊翼的人。

于是问题来了：沐闲歌为什么要冒充自己的妹妹来完成这桩婚事？要做到这一步可不容易，她需要瞒过那么多卫士，把自己的妹妹掉包出来，还要一直躲在马车里不轻易露面，以免被人认出——她图的是什么？

自己进入澜州这才多长时间啊，就已经遇上两起掉包案了，难道冒充他人是澜州的流行病吗？南鱼很是无奈，同时他的好奇心也起来了，想要看看眼前这一幕将会如何收场。

真正的沐沉语，那个娇弱柔美的女子，站起身来对着自己的姐姐凄然一笑：“你在半路上偷袭我、把我绑架出去的时候，我就已经猜到你的想法了。虽然从小到大，有什么坏事总是安在你的身上，而我一次次躲在背后得享太平，但我知道，你从来没有恨过我，始终把自己当成那个应该保护我一生的姐姐。”

沐闲歌没有说话，但头已经低垂下去，几滴眼泪滑出她的眼眶，落在地上。沐沉语接着说：“但是你承受的已经太多了，我不能把一切都推到你一个人的肩膀上。无论从哪一方面，你都比我强许多，你应该能去挑选你所爱的人，而不是像我这样……”

她不再说下去，默默地向着礼台走去，这已经是这一天中第二个女子踏上礼台的台阶了，但两次的气氛截然不同。当假冒妹妹的沐闲歌走上台阶时，一切都是欢快的、喜悦的，符合一个婚礼进入最高潮时的氛围；而现在，在听完了姐妹两人短短的几句对话后，人们都大致明白了发生了什么，而由于个人经历的不同，每个人心里的感触也是各异，有人惊奇，有人同情，有人不解，有人感伤。秘术师变化出的花瓣此刻都已经落完，撒落了一地暗淡的色泽。

天惊翼耸了耸肩。对他而言，这姐妹俩他娶谁都是一样。虽然真正的沐沉语走上来的时候，脸上犹带泪痕，他也并不介意。把束发金环给她戴上吧，一切就都尘埃落定了。莱米克城邦将因此多出一个东陆的人族强援，在这个战争一触即发的混乱世道，多一个盟友就是多了一条坚实的臂膀。

所有人的视线都集中在了沐沉语仿佛能被一阵风吹倒的柔弱的背影上，就连老成持重的天恒与，眼神里也略略掺杂了一点儿伤感。似乎只有南鱼一个人的思路与众不同，想到了点儿别的。

真正的沐沉语是一个不会武功的柔弱女子，他完全可以看出来这一点。按照刚才两人的对话，沐闲歌半道上偷偷劫出了自己的妹妹，然后以身相替。她自己整天躲在马车里不出来，偶尔露头的时候只要稍作掩饰，瞒过护卫队是完全有可能的。但是沐沉语……沐沉语是怎么摇身变成宁州小城邦的使节，混到这里来的？

南鱼忽然觉得自己出了一身的冷汗。显而易见，作为一位娇生惯养的公主，沐沉语是不可能仅靠自己的能力一路来到这里的。沐闲歌很可能提前安排了人护送妹妹回国，但她绝不会让人把妹妹送到秋叶城来。也就是说，有别人把她送到了这里，还让她装扮成了来自宁州的使节，没有露出半点儿破绽！

这个“别人”，这么做的目的是什么？仅仅是秉着伟大的节操做好事吗？

他的视线迅速移向了宾客席，移向了沐沉语先前所在的位置。他注意到当沐沉语发声喝止婚礼的时候，她身边还有一名同伴。但现在，那个同伴已经不见了！

南鱼只觉得头皮一阵发麻。他在人群中努力寻找，果然看到了那名同伴。他正在悄悄地、一步步地移动，移向某一个方向……领主天恒与所在的方向。

而他的右手，已经悄悄缩回了衣袖里。

“领主，当心刺客！”南鱼不顾一切地大喊起来，双臂一振，推开拦在身前的若干人，这些人都踉踉跄跄地摔倒在地上。在他还没来得及冲到领主身前的时候，那名刺客已经出手了，他的袖口处微微闪过几道寒光，暗器的破空之声随之响起。

糟糕！已经来不及了！南鱼心里一沉。伴随着那一声轻响，天恒与痛哼一声，左手捂住了自己的右肩，鲜血从指缝间流了出来。

南鱼松了一口气，看来自己那一声喊还是有作用的。这几件暗器没有命中要害，天恒与凭借本能的反应做出了躲闪，只被击伤了肩部。他回过头去看那名刺客，才发现刺客一击不中之后，已经软绵绵地倒在了地上，一动也不动。

“他已经服毒自尽了！”奔上前去检查的宫廷卫兵高声汇报说。

无论是沐沉语还是沐闲歌，都被这突如其来的刺杀惊呆了。而天惊翼的反应也不慢，他近乎轻柔地捉住了沐沉语的双手。

“看起来，我们的婚事需要暂时推迟了。”他说。

与此同时，礼台之下的沐闲歌也被几名羽人用弓箭制住。虽然拥有一身好武艺，但沐闲歌并没有抵抗，只是一脸茫然，显然还没有想明白这名刺客到底从何而来，意味着什么。

唯一不见了的人是南鱼。当卫兵们想起寻找这个喊破刺客行踪，并且护送了“新娘”的人族时，他已经消失得无影无踪了。

目睹了刺杀发生，南鱼脑子里只有一个念头很明晰：这下子，两姐妹身上的嫌疑可就大了。而自己，作为护送沐闲歌来此处的“英雄”，恐怕转眼间就有变成狗熊的危险。逃，必须得逃。

趁着人们一片混乱地拥向受伤的领主，他转过身来，迅速从王宫里钻出来，找到那棵藏刀的大树，爬上去把龙鳞取了出来。手里握着龙鳞，他顿时感觉踏实了很多，禁不住长长地出了一口气。

接着他悄悄翻墙进入驿馆，在远处观望。果然不出所料，他所居住的房间已经被羽人们包围起来了。此时此刻，没有谁会去顾及是他喊了那救了领主性命的一嗓子，与沐氏姐妹有关的人，通通都是嫌疑人。他暗自庆幸自己提前把龙鳞藏到了树上，而不是交给王宫的卫兵，或者留在驿馆里。

他翻出驿馆，找到一棵枝叶繁茂的大树，爬上去藏在树顶，然后开始犯愁：接下来应该怎么办？自己本来肩负着寻找神器的重任，应该在秋叶城找到第二个联系人，现在人影子还没见到，就先莫名其妙被牵扯进了一桩刺杀领主的大案子里，真是一笔糊涂账。

当然了，眼下最明智的选择就是什么都不管，先想办法找到联系人，问出和神器相关的第二条线索，然后离开秋叶去往宁州，走得越快越好。毕竟找到神器，对抗那个师父口中的邪魔，才是眼前的重中之重，别的事情都可以放一放。

但他又下不了这个一走了之的决心。他忘不了婚礼上姐妹俩凄楚的眼神。她们生在帝王之家，却并不能享受到幸福，而是一生都不能自主，完全被当成政治的工具。那样的眼神，真的很容易令人生出奋起保护之的欲望。

可是凭自己的能力，真的能把她们救出来吗？那不是某座东陆小城的土牢，而是澜州羽人的都城，涉嫌刺杀领主的人必然会被投入天牢严加看管，搞不好人救不出来，还得把自己的区区小命给搭进去。

应该怎么办？南鱼举棋不定，忽而打算直接去寻找联系人，忽而打算冒险救两姐妹。最后，他索性从树上扯下了一根带着不少树叶的树枝，开始一片片地往下扯树叶。

“救人，不救人，救人，不救人，救人，不救人……”他每扯下一片树叶就数一句，眼看着树枝上剩下的叶片越来越少。等到最后一片树叶被扯下来的时候，刚好数到了“不救人”。

南鱼怔怔地看着光秃秃的树枝，想要在上面再找出一片树叶来，但看来看去，都只是一根光秃的树枝。他叹了口气，突然用力把这根树枝折成了两段，与此同时，嘴里补了一句：“救人！”

“这才算数对了嘛。”南鱼满意地抛下这根倒霉的树枝，往身后一根粗大的树枝上一靠，闭上了眼睛。他需要养足精神，晚上才能有力气去救人。

3

云轻瑶在黑夜中沿着道路狂奔。她本来就不认识雁都的路，所以也根本不管自己究竟跑到了什么地方，只顾闷着头向前，丝毫也不敢回头。

“我害了宁州的秘术师们，”她想着，“但我不能去惩罚欺骗了我的人，因为他并不是为了一己私利，而是为了维护羽族的生存。可是他没有错，难道错都在我吗？我学了那么多年的秘术，究竟又是为了什么？”

一个接一个的问号在脑海里浮现，所有的问题都无法得到解答，而那一点点回忆起来的童年的片段更是如同惊雷，不断地炸响着。记忆一遍又一遍地重复，天空中的羽人一次又一次地摔下来，粉身碎骨，血的气息越来越浓烈。

不知不觉中，她已经跑到了城郊的一条河边，这才停下来不住喘息。这一通疯狂的奔跑触发了她的精神力，此刻身上的精神力忽涨忽落，有如海潮奔涌，让她十分难受。

她慢慢调息，想要平复体内的异动，但她惊恐地发现，这一股精神力已经不受她的控制了。也许是这一夜的情绪波动太大，也许那一小段突然被翻出的记忆惊扰了她的心神，现在她想要压制住躁动的精神力似乎已经很难了。十多年来，她除了秘术之外什么也不想，孜孜不倦地提升着自己的精神力，体内积蓄的力量已经相当强大。而现在，那些纯净的精神力如洪水一波波地冲击着身体的堤坝，光凭意志力已经无法抵挡了。

这时候，如果河边还有其他人在，就会看见云轻瑶浑身闪现着七彩的光芒，那是一部分精神力在爆发中溢出体外。而她自己，也正被这种七彩的光芒所震慑——不是因为精神力失控感到害怕，而是因为她突然又捡拾到了一段消逝已久的记忆。

藤蔓……光芒……藤蔓围成的区域里，七色光芒闪烁不定，那么美丽，那么妖艳，同时也那么邪恶。

那道光……七彩的光……

她终于支撑不住，晕了过去，一头栽进河水里。

羽人的身子很轻，掉到河里也不会很快下沉。云轻瑶的身体随着流动的河水不断沉浮着，冰冷的河水一点点地平复了她体内躁动不安的精神力，使昏迷中的云轻瑶慢慢产生错觉，觉得自己好像在云端翱翔，处于一种非常舒服的状态。事实上，云轻瑶虽然体质上佳，每天都能凝出羽翼，但在她的一生中，几乎就没有真正飞起来过。从七岁第一次凝出羽翼开始，每一次，当她拍动着羽翼升上天空时，一种强烈的恐惧感就会随之而生，飞得越高，心里就越怕，终于到了最后，她会因为压制不住那种内心深处的恐慌而不得不匆匆降落，沮丧地看着那些洁白的羽毛化作一道蓝光，最终什么也剩不下。

过去她一直不懂自己为什么会害怕飞翔，害怕高空，现在却隐隐约约懂得了。毫无疑问，那段被封存的记忆一直在她的潜意识里作怪，让她担心自己升到高处就再也无法落下来，最终摔成一摊肉泥。那么多羽人，那么多矫健的羽翼，却都碎裂成粉尘——那样的场景，的确可以在人的心里留下终生的阴影。

云轻瑶昏昏沉沉地沿河漂流下去，到了天明的时候才开始有了一点儿清醒。她挣扎着用秘术给自己的身体套上了一层能够漂浮的气泡，事实证明这个举动相当明智。没过多久，前方的河流变得异常湍急，靠着这层气泡的保护，她才安然渡过了那一段，然后在路过一片浅滩时，伸手抓住一块大石头，一点点地上了岸。

在河水里漂流了一夜，这里已经是远离雁都的另一处所在了——当然，以云轻瑶的地理知识，就算是清醒地漂一夜也不可能知道这里是什么地方。她挣扎着利用太阳系秘术让身体发热，一点儿一点儿蒸发掉身上的河水，以免着凉生病。水汽散发开来，她的全身都被白汽笼罩着。

等到白汽完全散尽，衣服和头发也干透了，浑身暖烘烘的，非常舒服。云轻瑶惬意地伸了个懒腰，这才突然发现身边已经围了十多个羽人。这些羽人和她平常见惯了的宁南城里衣饰整洁、外表光鲜的居民可不一样，他们一个个衣着粗陋、尘土满面，眉目中透出一种凶恶，手里还都拿着兵刃。这些羽人围住了她，估计也是不太明白她身上不断冒出的白汽究竟是怎么回事，所以谨慎地与她保持着距离。

"你们是什么人？"云轻瑶很随意地问，同时暗暗在手心里绘出了秘术印纹。她虽然和外界接触不多，但看见这些面相凶狠、手拿兵器的羽人，自然本能地想到提前做好防范的措施。

"你是什么人？怎么会到这里来？"一名羽人反问，"你是怎么通过恶龙滩的？"

所谓恶龙滩，多半指的就是那一段异常湍急的河流。云轻瑶懒得去解释那个看似简单实则很难运用的秘术，淡淡地回答："没什么难的，反正我过来了。这是哪儿？"

羽人们你看看我，我看看你，没有谁回答，眼神里的警惕意味更浓了。忽然一个羽人叫了起来："我想起她是谁了，难怪觉得面熟呢！她是宁南城最有名气的一个女秘术师，姓云，官府有事经常去求她！搞不好……搞不好她是官府派来的！"

哗啦哗啦一阵乱响，羽人们纷纷举起了手中的兵器，搭上了弓，对准云轻瑶。云轻瑶摇摇头："我不是官府派来的。"

说完这句话，她向前迈了一步。羽人们震慑于她秘术高手的威名，都跟着向后退了一步，同时更捏紧了手里的武器。

云轻瑶眉头一皱："我不是告诉你们，我不是官府派来的吗？你们还拦着我干什么？"

这是她日常行为中的准则，说出来的话就算话，并且天然认为所有人都应当有这种准则。但这句话刚刚出口，她马上想到了，这个准则早已被她曾经信赖的纬翔空打得粉碎。人是不诚实的动物，谁都有可能说谎话欺骗人，所以谁都不会轻易相信别人，这才是这个世界的真相。

她一阵悲从中来，忽然就怔怔地流下了眼泪。围住她的羽人们更加摸不着头脑，既不敢放她走，也不敢上前动手。

“行了，别再围住别人不放了。”一个声音忽然响起，“云小姐向来是不会说谎的，你们别把她和官府的爪牙混同起来。”

这句话说得很随意，甚至带有几分懒洋洋的味道，但具有特殊的效力。羽人们立即就放下兵器退得远远的。云轻瑶一回头，看见一个肤色苍白、略带病容的年轻羽人正在向她走来。这个羽人看年纪也就二十多岁，但自然而然地给人一种成熟老练的感觉，脸上带着的笑容也很亲切。

“人族有一句话：东西南北中，来的都是客。”他说，“云小姐来到黑鹰寨，就是客人，不能没了礼数。”

由于严苛的等级制度，下层羽民的生活通常都较为艰苦，而通婚方面的限制更使得这种贫困一代又一代地延续下去。所以和人族一样，羽族也存在着大量盗匪，黑鹰寨就是这其中名气比较大的一个。

最初，黑鹰寨只不过是无数个趁着时局混乱，占据山头打劫客商的小山寨之一，这样的山寨能否存在下去，完全看附近城邦领主的心情。假如领主决心要拔除，这样的小山寨面对正规部队根本就不堪一击。而那些由下层羽民构成的匪徒也并不会在乎，假如在某次清剿中侥幸没有死，就另外找个匪帮投奔，横竖不过是混口饭吃。

直到五年前，在羽皇兼并收服各地城邦的战争中，一个名叫摩奇克的小城邦被羽皇的军队攻破，老领主秋雁和他四个儿子中的三个相继战死。几位忠心耿耿的将军率领着残余的几百人，流亡到黑鹰寨所在的这片森林，发现该地背靠险滩急流，易守难攻，是一个适合驻守的好地方，于是攻占了黑鹰寨，收服了这里的土匪，打算以此处为据点东山再起。就在这时候，老领主仅存的第四个儿子——一直在宁州各地游历的秋落闻讯赶了回来。

秋落从小身体就不太好，一直病恹恹的，虽然使用了很多大补的药物，但并没有让他变得强壮起来。而他的性格也和父兄们大不相同，当他的三个哥哥为了未来领主之位开始纷争的时候，他就撂下一句话："这个领主的位置，还未必能存续多长时间呢，三位哥哥慢慢争，我这个病人是绝对不会染指的。"然后翩然离去。而现在，国破人亡，他反倒成了最后活着的秋氏后裔。

"羽皇的统一已经是无法阻挡的了，在这种时候，选择再去和他硬拼很不明智，"秋落说，"不如就在此地占山为王算了。"

"你疯了？"统军的将领们非常生气，"秋姓虽然不是羽族十姓之一，但历史上始终都在贵族之列，摩奇克城邦更是已经延续了七百多年。现在你身为秋姓唯一的后裔，怎么能自甘堕落去做土匪？"

"要么做土匪活下去，要么重新竖起摩奇克城邦的大旗，被羽皇碾成粉尘，"秋落微笑着说，"摆在我们面前的，也就是这两条路而已。各位将军想要为荣誉而死，那也可以，不过拜托留给我一半人马，至少我还可以在自甘堕落中苟延残喘一阵子。"

将军们狠狠地瞪着他，但他已经大大方方地承认自己"自甘堕落"了，他们反而没什么话可说。最后的结局是，有几名将军视荣誉为生命，率领着三百士兵打了一场胜算为零的反击战，在荣誉中奉献出了自己的生命，为摩奇克城邦奏出了最后一首华彩而悲壮的乐章。而秋落从此待在黑鹰寨，用了一两年时间，把这个山寨经营得风生水起，已经拥有了上千兵力，其中不乏飞行能力出众者。他拒绝了一切招安，而这个有上千兵力的山寨也让朝廷不愿意付出大代价去攻打，因此一直生存了下来。

随着势力的不断扩大，也有人建议秋落索性扯起旗帜，重新恢复摩奇克城邦。但秋落毫不犹豫地拒绝了："别开玩笑了，这年头建立城邦有什么好处？自己能被人称两天'领主'很好玩儿吗？还是慢慢等着吧，这年头的城邦领主个个都像手里捧着烧红的炭火，反倒是土匪有土匪的好处，身处乱世的夹缝之中，谁也不愿意浪费兵力去碰你。"

事实证明，秋落的判断非常明智。不论是羽皇还是野心犹存的城邦领主们，都认为花费大力气去拔除一个土匪窝太不划算，会因此折损自身实力，让敌人们有可乘之机。结果黑鹰寨不断发展，现在已经拥有了两千多兵力，堪称宁州最大的土匪窝。

尤其令人哭笑不得的是，虽然土匪数量足够多，但秋落并没有花太多精力去整顿军备，用他自己的话来说，当土匪越来越像军队的时候，就离死不远了。所以他宁可让土匪们就这么松散着。不过说来也怪，他越是不花力气去操练手下，手下们反而越发对他充满尊敬、令行禁止。因为他们心里很清楚，如果不是有秋落出色的操持，这个黑鹰寨说不定早就灭亡了。在如今这个纷乱的世道里，能活命才是正道，所以跟着秋落走不会有错。

“怪不得我看你的手下们军容不整，个个都像标准的土匪。”云轻瑶评价说。

“只有让别人轻视你，才能多几分生存的把握啊。”秋落说，“我也挺佩服你的。说实话，我们山寨的伙食实在不怎么样，新鲜蔬果太少，也亏得你能把这么多肉都吃下去。”

“吃什么对我而言并没有什么重要的，能填饱肚子就行。”云轻瑶说，“其实从理论上来说，肉食更能让人长力气，你们做土匪的，天天在外面劫道，不能缺了力气。”

她的确吃饱了。饿了整整一夜之后，土匪窝里的饮食也让她觉得十分受用。只是她实在不知道该怎么向秋落解释清楚，自己到底是怎么来到这里的。

“三句两句很难说得清楚。”她对秋落说。

秋落一笑：“你说不清楚，也许我可以结合之前得到的情报猜一猜。”

“情报？什么情报？”云轻瑶问，“你们土匪还关心那些？”

“九州各地发生的一切事情，对我都可以是有用的情报。”秋落说，“万事万物都是有联系的，殇州一个夸父打一个喷嚏，没准儿就能和羽皇下一步的剿匪计划产生联系。所以我在这座山寨里，最看重的就是情报。”

“那你得到了些什么和我有关的情报？”云轻瑶问。

“不太多，但有一些。”秋落说，“我只知道澜州虎翼司的麻烦人物纬翔空被羽皇紧急借调到了宁州，而他所干的第一件事情就是去宁南城找你。在此之后，他和你一起从宁南城出发，先后拜访了……”

秋落信口说来，云轻瑶却越听越觉得心惊。假如这是一个国家的斥候机构讲出他们的行踪，她不会觉得有什么异样，但眼前这个人只是个土匪头子，手下率领的不过是一些打家劫舍的匪徒，却能够对她这一个多月来的行迹了如指掌。她进一步想到，即便是纬翔空，恐怕也不会料到有人在这样追踪他吧?

“……一直到昨天，你都和他在一块儿，一起来到雁都城，”秋落接着说，“所以今天见到你的时候，我也觉得很惊奇，怎么才一天工夫，你就这么狼狈地出现在我的地盘，而且还是从水路过来的。要知道，从上游下来有一段叫作恶龙滩的急流路段，寻常的船只是根本过不去的。”

“我没有坐船，从头到尾都是漂过来的，只不过用了秘术保证自己不会沉下去而已。”云轻瑶说，“我在河边晕过去了，漂了足足一夜，才在你们这里上岸。”

“看来，你发现那位纬大人暗中抓捕秘术师的阴谋了。”秋落若有所思。

云轻瑶又是一惊：“你是怎么知道的?”

秋落一摊手：“这很容易推理嘛。你身为一个对秘术如痴如狂的秘术师，带他去寻找宁州其他的秘术高手，目的肯定不是为了害他们。而纬翔空既然做出了伤害他们的事儿，你们就迟早会闹翻呗。”

云轻瑶无言以对。是啊，本来是很简单的事，可自己为什么不能想得更深一些呢?

她发了好一阵子愣，直到秋落问她：“接下来你有什么打算?”

云轻瑶又被问住了，想了很久，茫然地摇摇头：“我……我没有什么地方可去，也不知道该去哪儿。”

她的确不知道该去哪儿。再回雁都去能有什么用呢? 杀了纬翔空吗? 既然昨晚下不了手，再回去一次，仍然下不了手。回到宁南吗? 被纬翔空欺骗之后，她已经再也不愿意和官府的人有任何往来了。去找老师? 可那一天在极度的震惊下，自己根本忘记了向经世常打听老师的下落。

“我没有地方可去。”她重复了一遍。

秋落的眼里闪过一丝狡黠的光芒：“如果是这样的话，你有兴趣留在这里帮我一个忙吗？反正你无处可去，索性待在这里，也不是什么坏事。”

云轻瑶无可无不可：“在哪里都一样。但你要我帮什么忙？”

秋落叹了口气：“你也看到了，我的这帮手下，武艺什么的倒还过得去，但都没有受到过秘术的培训。以黑鹰寨的发展速度，迟早有一天会和官兵发生摩擦，到时候，他们的秘术师会让我们非常头疼。我希望你能教给我的人一点儿粗浅的秘术知识，让他们在遇到秘术师的时候，能有一点点应对的经验和方法。”

云轻瑶沉吟了一会儿：“这个倒没什么难的。不过，我有个问题要问你：盗匪是不是很坏的人？或者你们是故事里说的那样……劫富济贫的侠盗？”她对于盗匪的了解也就仅限于此了。

秋落哑然失笑：“我们是强盗，是土匪，是山贼，随便怎么说都可以，但我绝对不会把‘侠’字安在自己的头上。抢劫就是抢劫，说一千道一万也是霸占别人的东西，无论再怎么济贫，既然首要目的是填饱自己的肚子，扯什么侠不侠的就是彻头彻尾的伪善。我的原则很简单，宁可做真正的坏人，也不要做伪善的王八蛋。所以，你要是觉得我们很坏，不愿意留下来，我也很理解，而且随时可以派人送你走。”

云轻瑶又犹豫了一会儿，忽然展颜一笑：“既然这样，我在这里留下来吧。”

“看来，你更情愿和坏人待在一起？”秋落眨巴着眼睛。

“至少坏人会把他们的坏放在表面上，”云轻瑶说，“即便有一天被他们出卖，我也会觉得接受起来更容易一些。”

“这是一个非常不错的理由。”秋落快活地说，然后转身喊了起来，“申平！马上给我收拾一间干净的屋子出来给云小姐住。记住，一定要绝对干净，别弄得像你们三天不洗的脸似的！”

等到名叫申平的匪徒跑出去十来步之后，秋落忽然又把他叫住了：“算了，你们的狗窝要收拾干净也真不容易，你马上带人，给云小姐新建一间屋子！”

4

南鱼在树上伸展开肢体。居然真的舒舒服服地睡了一觉，醒来后，天已经黑了。接下来应该展开伟大的营救行动了，但摆在眼前有两个问题：第一，姐妹俩关在哪儿？第二，这个“哪儿”究竟是哪儿——他好像压根儿就不知道秋叶城任何一个关人的地方在哪里。

这两个问题都足够令人头疼，南鱼想了一会儿，觉得实在是理不出头绪，决定冒险进入王宫去探查。正准备从树上下来，树下忽然传来一阵脚步声，他连忙缩身，视线往下看去。

这一看真是喜出望外，从树下走过的这个人相当眼熟，正是白天在王宫里见到过的一名卫兵的头目。现在他带着两个人，行色匆匆，不知道要去干什么，自己大可以一路跟踪，找僻静处把三个人一并撂倒了，再向他逼问。虽然以一敌三，但南鱼对自己的身手相当有信心。以羽人瘦弱的身板儿，他完全有能力在几招之内把他们收拾掉。

南鱼悄悄跳下树来，无声无息地远远跟在后面。但是跟得越久，他越觉得有点儿不对劲儿：这三个人专拣着偏僻的小路走，已经远离王宫附近了。转念一想，关押重犯的大牢当然应该越偏僻越好，总不能立在闹市吧？

很快，就连跟在那名头目身后的两名卫兵也发现了不妥之处：“副翼领，我们怎么走到这里来了，难道我们不是应该去……”

这名卫兵还没有把话说完，就和他的同伴一起被黑暗中突然飞出来的两条长鞭卷住了咽喉。在他们拼命挣扎却发不出声的时候，两支箭穿透了他们的身体。长鞭这才收了回去，两具毫无生气的尸体倒在了地上。

南鱼连忙停住脚步，然后悄悄向后退去。他注意到，在这起富于效率的谋杀发生时，被称为“副翼领”的那名头目并没有做出丝毫反应，显得镇定自若。等到自己的两名手下都断了气儿，他才慢悠悠地检查了一下尸体，对着黑暗中说：“答应你的事，我已经办到了。”

“干得不错。”一个声音回答说。

“这次栽赃能成功吗？”副翼领问。

“回头检查你这两名手下的尸体时，自然会发现他们身上的箭支都来自楚国。这只不过是一点儿佐餐的小菜而已。总而言之，早点儿把罪状坐实了，把那两个丫头杀死，莱米克城邦和楚国之间的仇恨就无论如何都化解不了了。”黑暗中的声音回答道。

“本来今天的婚礼才是最好的机会，”副翼领恨恨地说，“如果能直接把领主杀死，那就什么问题都解决了。现在，还得我想办法潜入天牢去杀死那两个女人。”

“杀死两名公主也足够了。”那个声音说，“从来没有什么计划是可以无懈可击地完成的，总会遇到波折。不过我倒是很想知道，那个最后关头发声警告了领主的人，到底是干什么的？”

“他就是击败了你收买的那支伏兵、救了公主一命的人。”副翼领说，“现在只知道他的名字叫南鱼，身份来历一无所知。不过他来到澜州，似乎是和几十年前的某个神秘组织有关，我还没来得及做调查。”

“这可以交给我。”黑暗里的声音说，“他既然是个人族，由我来查可能会更方便一些。现在你快点儿去吧，一定要在今夜杀死那两个女人，让两国的关系彻底破裂！”

南鱼心里惊怒交集，他已经听明白了，从那场森林里的围杀开始，到安排人把沐沉语带到婚礼现场、刺杀天恒与，一直到现在收买副翼领去杀害沐氏姐妹，这是一个策划周详的阴谋。虽然那个黑暗中的声音并没有在对话里显露身份，但很容易判断出，这是另外一个人族国家的斥候，安排这一系列行动的原因绝不仅仅是想要谁的命，而是要想尽一切办法破坏楚国和莱米克城邦之间的关系，让它们不但无法结盟，还要反过来成为死敌。

在白天的刺杀中，天恒与只是肩膀受了伤，并无大碍。以他的老谋深算，肯定不会轻易处死两姐妹，反而会尽力想办法弥合关系，甚至可能对刺杀避而不谈，再来一场婚礼。敌人显然也考虑到了这一点，所以不准备再给楚国和莱米克城邦修复关系的机会，而要直截了当地杀死沐氏姐妹，把双方推向仇恨的深渊。

“幸好被我碰上了。”南鱼想。他暗自庆幸自己做出了救出两姐妹的决定，无论怎样，这至少能挽救她们的性命，至于避免国家矛盾之类的倒是附加产物了。他闪身到一旁，等待着黑暗中的人离去，副翼领开始往回走，他这才悄悄地跟了上去。

天牢在秋叶城的西北角，这里并没有种植一棵树，也不许平民居住，四下里十分空旷，找不到可以隐蔽的地方，如果再跟下去，难保不会被发现。南鱼左右看看，确认没有其他人注意，从地上拾起一粒小石子，扔到副翼领的头上。

副翼领急忙回头，却没有见到半个人影。正在疑惑的时候，一把冰冷的刀已经放在了他的脖子上：“别动！不然刀子不长眼睛！”

这位副翼领本身武功也不弱，一上来就受制，自然知道对方的厉害。他沉声问：“你是什么人？想要做什么？”

“今天白天刺杀领主的那两个娘儿们关在什么地方？”南鱼忽然灵机一动，哑着嗓子问。

“你找她们做什么？”副翼领也听出南鱼的话里对“两个娘儿们”显然不怀善意。

南鱼并不正面回答，而是把刀抵得更紧了一点儿，微微割破了对方的皮肤，一丝鲜血流了出来。“老子想拿他们做老婆，你管得着吗？”他粗俗地说，“只管带路就行了。”

“你是唐国派出来的吗？”对方的反应很快，“如果是的话，你不用这么挟持我，我已经和你们的向大人谈过了，现在就是要去……”

“向大人对你不放心，”南鱼就坡下驴，脑筋也转得很快，“所以无论如何，我得当面看着你下手。”

副翼领松了口气儿：“这很好办，到时候由你亲自下手就好了。”

南鱼硬邦邦地说：“那就得罪了。带路吧，别耍花样儿，我拔刀的速度很快。”

他把刀收回去，但仍然紧贴在副翼领的背后，做随时拔刀的架势。副翼领倒是似乎放了心，并没有丝毫异动，乖乖地在前面带路。

两人来到天牢门口。这位副翼领的地位不低，但仍然需要拿出特别手谕才能进入天牢。而一路前行，连续经过了四道门，每一道门都必须验看手谕，认手谕不认人。南鱼暗自庆幸自己运气不错，正好选中了这位副翼领，否则的话，想要只身闯过这四道门，难度实在太大。何况这天牢里的道路曲里拐弯儿，没有人带路的话，想要误打误撞地找到姐妹俩，实在是不容易。

而也只有走进了天牢，南鱼才知道，原来羽族也有那么多重犯需要关押。四道门代表着四种不同的犯罪等级，越往里走，所犯的罪就越重，而牢房也越发不见天日，潮气也更重。南鱼一路走着，只觉得自己至少经过了上百间牢房，心里暗暗吃惊。

“这些都是澜州各地的重犯，尤其政治犯不少，”副翼领像是看出了南鱼的心思，“领主统一了澜州，自然有很多人不服，也有很多人想要破坏，所以这座天牢的生意一直好得很。不过像那两个女人那样，直接卷入刺杀领主大案的人还是很少的。如果我们不动手杀掉她们，恐怕明天开始，她们就会被重刑加身进行审问，生不如死。”

南鱼悄悄打了个寒战，终于，在绕过无数个弯儿之后，他们来到了关押着沐氏姐妹的囚室。这间囚室四壁都是厚厚的石墙，没有窗户，只有石门上一道小小的窗口可以透进去一点点光。南鱼想到这两位公主，尤其是妹妹沐沉语，一直都过着锦衣玉食的生活，现在被关到这样黑暗的牢房中，恐怕也很不好受。

副翼领和典狱官交谈了几句，将对方支走，走回来时手里已经拿着一把巨大的钥匙。他坦然走在南鱼身前，把钥匙插进石门上的锁孔，转了三圈后，石门慢慢打开了。然后，他当先一步跨了进去。

南鱼跟在他背后，正准备用刀鞘把他砸晕，突然听到他惊叫一声：“怎么已经死了？”

南鱼大惊，想要推开他抢进门去。就在这时，副翼领的手腕一翻，猛地扭住了他的双手关节。羽族在力量上相对其他种族有缺陷，贴身肉搏的时候很难占到便宜，所以羽族武士往往都会苦练关节技法。这一下扭个正着，南鱼还来不及发力就已经受制，被副翼领一脚踢倒在门里，接着石门迅速被重新关上。

门外传来副翼领的冷笑声：“想要骗我可没那么容易。我不过拿话试探你一下，你居然就乖乖地上钩了。很可惜，和我联系的那个人根本就不姓向，这么轻易就被我试出来了。”

南鱼好不懊恼，这才明白自己的“将计就计”，其实是被对方再就计了一次。之后的一路上，对方都是在蓄意欺骗自己，而刚才那一句惊呼也不过是诱使自己放松警惕，以便他施展突袭。

借助石门外传进来的那点儿微光，他定睛一看，沐闲歌和沐沉语两姐妹都靠在一堆稻草上，正用疑惑的眼光看着他。他不禁苦笑一声：“真是抱歉，我本来是打算来救你们的，不过看起来，我好像和你们一样都成了阶下囚。”

沐闲歌哼了一声：“你武功倒是不错，但是脑子显然笨了点儿。我还以为，你能赶在我们被杀之前把我们救出去呢，结果你倒变成陪葬的啦。”

南鱼一怔，随即想到，沐闲歌虽然被关在牢里，但肯定已经分析过形势，也猜到必然会有人来这里杀她们俩。他还没来得及回话，牢门外的副翼领已经阴沉沉地笑了起来：“有很多亲热的话想要说吧？别着急，等我送你们上路之后，你们有的是时间慢慢说。”

说完，他拿出一个吹管，对着石门上那个小小的窗口吹进来一缕白烟，然后迅速用一块儿布封住了窗口。那缕白烟缓缓地飘进来，慢慢地扩散开，虽然速度并不快，但牢里的三个人完全无路可逃，似乎只剩下等死这一条路。

沐沉语和沐闲歌面色惨白，轻轻相拥在一起，闭目待死。只听到南鱼轻笑了一声：“要等死吗？现在似乎还早了一点儿吧？”

沐闲歌一愣，扭头望去，发现南鱼正站在墙边，手里握着他的那把刀。她不由得冷哼一声：“开什么玩笑？你这把刀就算再锋利，也不可能砍穿那么厚的墙……右手？你怎么换右手握刀了？”

的确，眼前的南鱼并不像惯常那样，用他的左手握刀，而是使用了他平时根本不用的右手。他脸上带着一种奇特的神情，嘴里不知道默默念着些什么。突然，他右手的肌肉一下子膨胀起来，将袖子刺啦一声撑得粉碎。

此时那股毒烟已经飘散到了囚牢里的每一处角落，三个人都不得不屏住呼吸。南鱼的右臂变得比平常粗了足有一倍，高高地举起龙鳞刀。而在右手的持握之下，黑黝黝的龙鳞竟然隐隐闪现出了淡红色的光芒。

这是一把魂印兵器！沐闲歌在心中叫了起来，一把拉过妹妹躲到了一旁。只见南鱼向前跨出一大步，高举起右手中的龙鳞，向着那堵厚厚的外墙，狠狠地劈了下去。虽然他的口中不能呼喝出声，但龙鳞发出一阵虎啸龙吟般的啸声，一道红光划过黑暗陈腐的空气，重重地击在墙上。

天崩地裂般的崩塌之声后，足有数尺厚的石墙竟然被劈开了一个大洞。南鱼收刀入鞘，一言不发，拉过两姐妹开始向外疾奔。

这座天牢自从修建好之后，越狱的犯人倒也不少，只是他们要么是从牢门口里应外合冲出，要么是想办法挖地道潜逃，像这样硬生生在石墙上打穿一个大洞的玩儿法，当真还闻所未闻。看守监狱的卫兵们反而产生了混乱，找来找去没能找到犯人出逃的路径，三人得以较为顺利地离开了天牢范围。

借助夜色的掩护，三人不敢停留，一口气向着秋叶城外狂奔而去。南鱼把不会武功的沐沉语背在背上，和沐闲歌一起跑了足足半夜后，进入了一片茂密的森林里，这才停了下来。沐闲歌靠在一棵树上，不住地喘息着，觉得一颗心像打鼓一样跳个不停，胃里也是不住地翻腾。在吐出了几口酸水之后，她才觉得稍微好过一些，直起腰来，正打算问问南鱼他的右臂和那把魂印兵器是怎么回事，却听见妹妹惊叫一声："你怎么啦？"

沐闲歌回头一看，只见南鱼背靠着一棵树坐在地上，呼吸急促，面孔已经有些扭曲了。他的右臂已经恢复到正常的粗细，颜色却很不正常，明显发黑。而他的人已经意识不清，无论沐沉语怎么呼唤，都没有什么反应。

"这是怎么回事？"沐沉语焦急地问。

"恐怕是中毒了。"沐闲歌回答。

"中毒？是监狱里的那股毒烟吗？"

"不是，恐怕是他藏在右手臂里面的。"沐闲歌蹲下来小心地察看着南鱼的状况，"他的这把刀本身就很锋利了，但没有想到，它竟然还是一把魂印兵器，藏着更加强大的力量。南鱼是一个纯粹的武士，不懂得秘术，没有办法驾驭魂印兵器，但也许是考虑到某些极端情况下——比如救我们出来时——不得不使用，他在右臂里嵌入了一块墨晶石。”

墨晶石是一种墨色的石头，它是一种特殊的矿物质，来自地下矿物的提炼。纯净的墨晶石可以大幅提升人的精神力——就这一点来说，与天空中坠下来的星流石碎片效果相似。但这种石头本身毒性很大，会对人的身体造成很大伤害，所以是一种充满诱惑力的双刃剑。一般情况下，使用墨晶石要有秘术师配合，利用秘术压制住石头的毒性，以减轻伤害。

“像他这样，完全没有秘术师协助，自己强行使用墨晶石，就会直接中毒。”沐闲歌说。

“我明白了，他为了救我们，使用了墨晶石。”沐沉语忍不住流下了眼泪，“现在应该怎么办呢？”

“至少哭是没有什么用的。”沐闲歌冷冷地说，“撕一块布绑住他的上臂，扎得越紧越好，防止毒性继续向上蔓延。”

沐沉语从自己的衣袖上撕下一块布，按姐姐指点的位置，用力捆绑住南鱼的右臂，自己白皙的双手都勒出了红印。沐闲歌则拿起早已沉寂下来的龙鳞，抽刀出鞘，一咬牙，在南鱼的右臂上割了下去。

锐利的刀锋瞬间划破了南鱼的皮肤，血液流了出来。奇怪的是，从外表看去手臂皮肤是黑色的，但流出来的血液是鲜红的，确切地说，是一种很不正常的红色，红得过于鲜亮了，像是画画用的颜料，而且非常浓稠。

血液不断地流出来，在地上流成了一摊，黏稠的血液慢慢有了被稀释的感觉，那种不自然的亮红色也慢慢暗了，血液的颜色渐渐趋向正常。但南鱼的嘴唇已经开始发白，面色更是苍白如纸。

“他失血过多，有点儿危险，不能再放了。”沐闲歌果断地替他把伤口止住血包起来，“这样已经能保证他暂时不死了。我去附近找一找有没有解毒的草药，但这里是澜州，植被和瀚州草原上完全不一样……算了，我还是去找找有没有羽人居住的地方，求他们帮帮忙。”

“去求羽人？”沐沉语一愣。

“不去的话，就只能看着他死掉。”沐闲歌说，“别忘了，他救了你的命。”

她顿了顿，又轻声补了一句：“救了我两次。”

她把昏迷不醒的南鱼留给妹妹照看，自己开始慢慢地向密林深处搜索。她一面走，一面在树木上刻着记号，以防在森林中迷失方向。她是在一望无垠的瀚州大草原上长大的，往往兴之所至，纵马狂奔一下就是好几十里地，而森林的幽静压抑则让她多少有些不适应。

好在她也习惯了一个人探索路径。沐闲歌是由鬼弓骑士的后人抚养长大的。那是一群天生的猎手和战士，尤其注重培养后代独立生存的能力，以便使他们长大后能在任何艰险的环境中独立作战。

走着走着，她忽然发现前方有一堆灰烬，不由得有些疑惑。上前仔细一看，明显是人为堆出的火堆，燃尽之后留下了这些灰烬。

这可有些不寻常。羽人以森林为家，向来最注意的就是保护森林，除非是在村庄里划定的绝对安全的地方，否则绝对不容许在森林中生火。眼前出现这堆灰烬，要么说明有几个羽人发疯了，要么说明……前方有人族出没。

她一阵兴奋，但随即发觉这种兴奋没有什么道理。能够出现在澜州森林里的人族，显然不会是寻常之辈，是好是坏难讲得很。她听说过，有些人族专门冒险进入澜州绑架女性羽人，送回人族的地方卖作歌舞伎。在人口买卖的市场上，男性羽人一向不受青睐，因为他们身体瘦弱，无法做苦力，卖到角斗场也不能肉搏，而给他们一张弓又太危险了。但是女性羽人一向生意不错，因为她们身体轻盈灵巧，加上发色与瞳孔颜色带来的异族风情，非常适合培养成歌舞伎。

“要是碰上了这样的人贩子，我就得好好收拾他们一下，再抢走他们随身的药品。”沐闲歌对自己说。她摸了一下，灰烬还有一点儿余温，说明那帮人并没有走远。于是她探寻着地上的足迹，跟了过去。

地上的脚步很杂乱，说明颇有那么几个人。沐闲歌有点儿后悔自己没有把南鱼的那把刀带在身边，现在赤手空拳，如果人贩子们都是全副武装，那还很不好对付呢。她看了看周围，折下一根粗细差不多的硬树枝拿在手里，又从地上捡了几块石头备用。在草原上的时候，她并不只学过射箭，扔石头也是一绝。

拿着粗陋武器的沐闲歌慢慢靠近了那群人，她已经可以隐隐听到他们的说话声了。她快步从树丛间穿过，躲在一棵大树背后向前窥探，终于看到了那些人的身影。没错，这是一群人族，有七八个人，但是……

他们根本不是什么人贩子，身边也并没有押着什么绑架来的羽族姑娘。这些人个个衣衫褴褛、瘦弱不堪，但还是可以勉强看出，他们身上的破衣烂衫都是囚服。

这是一群从羽族的监狱里逃出来的人族俘虏。

第四章
战火将临

贵族阶级和非贵族阶级的分化，历史上一次又一次地掀起不安的波澜，尤其在面对外族侵略的时候，这样的内部矛盾经常严重分化我们的实力，使我们羽人陷入内外交困之中。难道你没有看出来吗？羽族的等级划分，看起来固若金汤，实则早已危如累卵，迟早会迎来大规模内乱的那一天！

1

风羽经天翼、鹤雪纬云汤，这十个字说的是羽族势力最大的十个姓氏。这当中，雁都风氏尤其是大大有名，历史上建立过好几个风氏王朝，即便在没有称王的年代里，风氏也一直是能左右羽族政局的举足轻重的力量。

当然了，所谓树大招风，以风家的势力，不招惹一些仇敌是不可能的。只是绝大多数敌人从实力上来讲和风氏都相差太远，经不起三招两式就败下阵来。唯有一个敌人，前前后后和风家纠缠了好几百年，虽然从来未曾真正击溃风家，但也能始终不落下风，这就是宁南云氏。风云两家的恩怨，几乎成了一直伴随着羽族走向前方的主旋律。但他们并不知道，这样的争斗持续不了多久了，很快他们就将不得不联起手来，为了对抗真正足以将他们吞噬的大敌而并肩作战。

当然，那是后话。至少在故事进行到现在这个阶段的时候，那个恐怖的敌人还没有出现，而雁都城，再一次成了风云相争的战场。

这一天下午，正是雁都城南的街市最热闹的时候。前面提过，羽族的传统观念是轻视商业，而雁都又是一个总体上偏传统的城市，所以城里的商铺数量大大少于宁南城。这些商铺主要集中在城南的仿东陆的街市上，而且，清一色的都是羽人的店铺。

街市上行走着的，除了平民外，倒有一多半是来自雁都各大贵族的家仆。羽族的平民大体上还是奉行生活自给自足，只有贵族们才有足够的金钱去购买那些价值不菲的各色商品。

一个面色冷峻的青年羽人从远处走向了这条街市，他行色匆匆，脚下步速很快。在他身后不远处，有七八个羽人保持着和他同样的步速，似乎是在紧紧盯着他。年轻羽人加快了步伐，忽然，他在人群中跑了起来。追踪他的人发现了他的异动，也跟着跑起来，并且边跑边喊："站住！"

这个羽人或许在今天可以起飞，但他不敢，因为一旦飞起来，就会成为利箭或者秘术的靶子。所以他很聪明地在人群中穿来绕去，力图让对方因害怕误伤而不敢发箭。但他对对方的凶狠程度显然估算错误，在追赶了几十步并发现这样会被越落越远之后，一名追赶者开始用手指在空气中绘制秘术印纹，然后他的袖子一下子鼓胀起来。

"都滚开！不然死了白死！"他大吼着，甩动了衣袖，一阵阵恍如弓箭飞行般的声音从他的袖口传出。他前方两个挡路的普通羽民忽然发出凄惨的痛叫，倒在了地上，一个捂住右腿，一个捂住左肩，鲜血从指缝间流了出来。

这是驱使空气进行攻击的风刃术，亘白系的入门级秘术。其他羽人甭管明不明白这个秘术，看到有人受伤流血，也都惊慌起来，拼命向道路两边挤去，大路中央顿时空了出来。追兵们没了阻碍，很快缩短了与奔逃者之间的距离，一道道风刃向他背后发去。

这名被追赶的羽人身手灵活，耳朵里分辨着风刃的来处，迅速躲闪着，但这样的躲闪减慢了他的速度。眼看快要被追上了，他猛地从背后抽出弓来，嗖嗖几箭向对方射去，然后趁着对方闪避时，钻进了路旁一家专卖东陆丝绸的绸缎庄。店铺里面传出几声惊呼，几个羽人被摔了出来。

追兵们刚来到门口，里面就连续射出几支利箭，而且相当有准头儿，他们不敢硬闯进去，只能兵分两路，前门后门把敌人的逃路堵死，然后开始对着里面喊话。

“姓云的，你逃不掉了，劝你赶紧出来投降吧！”一个羽人高喊道。

“你们有本事可以进来抓我。”门里姓云的羽人冷冰冰地回答。

“你不要再存什么脱逃的妄想了，”门外的羽人说，“你们姓云的居然敢跑到我风家宅院里卧底，胆子不小。可惜的是，无论你得到了什么，都不可能活着回到宁南城了。”

这几句话说完，人们才听明白，这是一群风家的人在捉拿一个潜伏的云氏奸细。风云两家的事，羽皇说了话都不管用，旁人哪敢沾染？本来有看热闹的，这会儿听清了这是风云两家的纠葛，也都忙不迭地散去了。

只有被从绸缎庄里扔出来的掌柜和伙计叫苦不迭。东陆的绸缎历来受到羽族贵族夫人小姐的青睐，所以这店里的绸缎挺值钱的，他们唯恐会有什么损失。但面对如狼似虎的风家子弟和困兽犹斗的云氏奸细，他们有几名脑袋敢去阻止？只能在一旁提心吊胆地干看着而已。

双方僵持了一阵子，另一名风家子弟走到了前方，右手伸出，一团火苗呼地从他手心跳动出来。他对着铺子里喊道："快点儿滚出来！不然我放火把你烧成焦炭！”

风云两家各有所擅长的绝艺，风家长于秘术，云家长于弓术。这一次追到绸缎铺的风家子弟中就有好几名秘术师。这种变化火焰的秘术，来自郁非系。

一直苦着脸站在一边的掌柜立马慌了，扑上去拦住他："大爷，求你们换个地方打吧，这铺子烧不得啊！”

“烧了就烧了，风家难道还赔不起你一家铺子吗？”秘术师森然说，“快滚开！”

掌柜知道，风家当然不是赔不起，只是不会赔或者说不会全赔。过去这样的事情也发生过不少次，每一次风家的口径都一样：去向城务司报告，由城务司裁决赔付的金额。然而城务司又怎么敢得罪风家？每次算出赔偿的数额都是少得可怜，还不到损失的一半。而风氏这样的大贵族，在雁都城基本可以横着走，能在一年半载之内，大发慈悲把这一小半钱赔出来就不错了。

掌柜的快要急哭了，他还想做最后的尝试和对方沟通，却已经被另一名风氏子弟不耐烦地一把揪过来，推倒在地。那名郁非秘术师上前一步，高举右手，手心中烈焰升腾，眼看就要放出烈火把绸缎铺子点燃。

就在这时候，这名秘术师陡然发出一声痛叫，手心的火焰一瞬间消失了。紧接着，他用左手捂住了右手，脸上露出痛楚的表情。

人们看得很明白，他的右手掌心已经被一支长箭射穿了。但此时铺子里的那名云氏奸细正被严密监视着，并没有向外射箭，这支箭从何而来呢?

“箭头已经掰掉了，而且正好错开了骨头，只是皮肉伤。”一个沉稳的声音说道。

随着这句话，一个中年羽人走到了风氏子弟的面前。他看着有四十来岁，气度雍容，目光中更是有一种让他人折服的独特力量。他的手里握着一张加长特制的硬弓，比寻常的羽族弓弩射程远出近三分之一，这样的弓，普通羽族射手甚至没有力量拉开。

“那是纬苍然……纬大人!”有人低声惊呼起来。

本来已经做好动手准备的风家人，听到“纬苍然”这三个字，顿时有些不知所措。在如今的宁州，很少有人没听过虎翼司总监察纬苍然的名字。这位总监察当年从城务司的小捕快干起，因为侦破了搁置十余年的星相师失踪案和雁都城隐身人案而名声大振。此后的数年里，他一直兢兢业业地在虎翼司工作，屡屡破获各种大案，用一句俗得不能再俗的话来说，他是货真价实地为了保护羽族人民的生活安宁而鞠躬尽瘁。现在虽然已经是总监察了，很多案子他仍然亲力亲为，而且他为人端方正直，身上没有过任何负面新闻，极得民心。再加上现在他又有了一个名气越来越大的儿子，更是引人注目。

而纬苍然几乎也成了雁都城里唯一敢于招惹风家的人，由于他名声甚大，风氏也不敢轻易动他。风家人见到他，虽然未必像是老鼠见了猫，但一定也是心里疙疙瘩瘩极不痛快。

比如现在这些风氏子弟的脸色就都很复杂，既厌恶，又不敢得罪。被射穿手心的郁非术士更是强忍着怒火，退回去包扎伤口，甚至没有张口骂半个字。

一名年纪稍大一点儿的风氏子弟走上前去，勉强行了个礼：“纬大人，我们又见面了。”

“风胜先生，你好。”和他骄傲冷酷的儿子纬翔空不一样，纬苍然待人从来和善有礼，“这家铺子是你们风家的吗？”

“不是。”风胜摇摇头。

“那就不能烧。”纬苍然说。他年轻时沉默寡言惜字如金，能用一个字表达的意思绝不说第二个字，经常能把试图和他对话的人气得半死。成婚之后，或许是因为娶了一个性格活泼的妻子的缘故，他说话稍微多了一些，至少不会像年轻时那样有时甚至令人产生理解障碍，但仍然难改简洁精练的风格。

“可是……里面有一个我们非抓不可的奸细。”风胜赔着笑脸，“如果发生了什么损失，我们一定会包赔的。”

“经营一个铺子不易，”纬苍然不为所动，“即便从头再来，也很艰难。我说了，不能烧，不过我会给你们一个交代。”

他转身面向因为他的出现而围上来看热闹的民众：“都躲到一旁去，把路让出来。”

百姓们对他说出的话毫不怀疑，乖乖地闪到路旁，把大路空了出来。纬苍然重新把弓背回到背上，身子一闪，竟然钻进了绸缎铺子，里面立即响起了几声令人心惊肉跳的弓弦响。须臾，一个身影从里面摔了出来，正是那个遭到追赶的云氏奸细。接着，纬苍然不慌不忙地走了出来，手里握着三支箭。他竟然空着手就把这个弓术了得的、一群人都捉不住的奸细制伏了，而且下手轻重恰到好处，只是制伏对方，完全没有给他造成额外伤害，这就保证了双方的公平。这是他行事的典型风格。

“现在，你可以开始逃了，沿着这条路跑吧。”纬苍然对立即从地上弹起来、仍然有点儿摸不清状况的云氏奸细说。然后，他对目瞪口呆的风氏子弟说：“你们开始追吧。”

双方一逃一追地跑远了。解决了这件事之后，纬苍然回身骑上他的坐骑，驰回了家。虽然他已经身居高位且名望卓著，但并没有为自己兴建什么豪宅，仍然居住在传统的树屋中，只是在树屋外多建了一片院子，那是为他的妻子雷冰特地建造的。雷冰年轻时在九州各地有过长时间的游历，喜欢东陆风格的建筑。

而现在，院子外面拴着一匹马。纬苍然见到这匹马，就知道是他的儿子纬翔空回来了。他把马交给仆人，走进了院子。

纬翔空已经坐在了花园里，正在和母亲说话，见到纬苍然回来立即站起身来："父亲，我回来了。"

"回来就好，已经有小半年没回来看过了吧，"他说完这句话，忽然皱起眉头，"怎么了？"

"没什么，一个多月之前被别人用秘术限制了身体。秘术师说，需要养一段时间，才能完全消除秘术对身体的伤害。"脸色不太好看的纬翔空说。

"以你现在的功夫，还能用秘术伤到你，那也相当了得了。"纬苍然若有所思，"是什么人？"

"宁南城的一名秘术师。"纬翔空简单地说。

"女秘术师，云轻瑶？"纬苍然问。

"什么都瞒不过你啊，父亲。"纬翔空笑了起来。

"你现在名气大得很，就算我们不去打听，你的事情一样也会钻到我们耳朵里来。"雷冰说。她年轻时就以美貌著称，现在看起来仍像只有三十多岁，活脱儿像是纬翔空的姐姐。只是她看着儿子的目光中充满慈爱，倒是蛮符合母亲的身份。

纬苍然哼了一声："手段偏激、行事狠辣，缺了仁善之心，这样的名气，越大越无益。"

纬翔空并不回嘴，脸上笑容也不变。这些年来他很少回家，就是不愿意听到父亲的数落。父亲一生为人正直，这并不是什么坏事，但在纬翔空眼中就是太过拘泥小节，出了什么事首先想到的都是律法如何如何。他自己却与父亲不同，在他的眼里，律法的条条框框太过死板，缺乏灵活性，根本不足以应付各种复杂的情况。纬翔空相信，乱世用重典，不择手段的人才能获取最终的胜利。所以这些年来，虽然他表面上总是对父亲很恭顺，但心里很清楚，父子之间的隔阂已经越来越深了。

雷冰却不同。雷冰年轻时身世坎坷，际遇复杂，受过不少苦，身上自然比纬苍然多出一些玩世不恭，也多一些蔑视规条的叛逆。虽然她偶尔也会觉得儿子出手确实狠辣了一点儿，但多数时候，她还是站在儿子这一边。无论如何，儿子用雷厉风行的手段渐渐成了一个精英人物，做母亲的肯定会在心里喜悦无限。

所以现在儿子不回嘴，跳出来和稀泥的还是雷冰："行了行了，儿子难得回来一趟，先吃饭吧，别一见面就光顾着训人。"

纬苍然通常很尊重妻子的意见，所以果然闭上嘴不再多说。夜色渐渐笼罩了雁都城，宴厅里已经摆好了以新鲜蔬果和鱼类为主的羽族特色的家宴。一家三口坐在餐桌旁，雷冰不停地向儿子提着问题，又不停地给纬苍然夹菜，但她很快发现，气氛依旧不对。父子两人仿佛早有某种默契，今天夜里，他们是一定会做直接交锋的，作为妻子和母亲，她夹在当中再怎么调停也无济于事。

因为她了解自己的丈夫，也了解自己的儿子。丈夫虽然很尊重她，但在某些大事上，是一定会坚持己见的。至于儿子，年纪不大但也早有自己的主意。

所以她最后只能长叹一声，放下筷子，拎起一壶水果酒走了出去。走到宴厅门口时，她回过头来："你们爷儿俩，别把房子拆了啊。"

2

黑鹰寨的生活居然一点儿也不难熬，从某种角度来说，甚至还有点儿舒适。云轻瑶觉得自己开始有些适应这里的环境了。

黑鹰寨的匪徒们都对秋落有着绝对的尊敬，秋落说什么，他们都会遵从。既然秋落要求所有人都必须敬重云轻瑶，他们也就不折不扣地执行。

他们只用了一天时间，就为云轻瑶专门建造了一间新屋子，干净透亮，坐北朝南，离河边也很近。一日三餐都有人为她送来，在秋落的特别交代下，都是尽量寻找来瓜果蔬菜。

于是她开始向秋落精挑细选出来的学员们教授秘术的基本原理。九州的秘术，从根本上来说，是消耗自身的精神力，和天空中的星辰取得感应，借用星辰之力来施术，所以她首先得向他们灌输一些天文学上的基础知识，否则连星辰的方位都找不到，谈何感应呢？

她大概一生也没有向人说过那么多话，奇怪的是，她居然很快就安之若素了。匪徒们虽然粗豪，但绝不意味着他们就很笨，正相反，秋落挑选出来的学员头脑都相当聪明，领悟也很快。虽然由于年龄和长期习武的关系，他们在精神力方面可能取得的进展十分有限，不可能成为高明的秘术师，但只要掌握了秘术原理，他们在遇到秘术师的时候就能多一些应付的方法，这正是秋落所需要的。

大半个月之后，需要教授的入门内容已经基本讲完了，剩下的都是各自的练习了。秘术这种东西，想要精进十分困难，但只是讲授原理则很容易，于是，云轻瑶开始无事可做了。

“你想要回到宁南城，或者去别的什么地方，我随时可以派人送你。”秋落说。

“我不想回去，也没有什么地方可以去，”云轻瑶说，“我可以在这里多留一些时间吗？”

秋落笑了起来：“当然可以。你想留到什么时候，就留到什么时候。”

于是，云轻瑶就继续留在了黑鹰寨。

她依旧不是太喜欢和别人说话。授课完毕之后，她又回到了过去那种一天也难得和人说上一句话的状态。每天大多数时间，她都会把自己关在屋子里，依旧钻研着秘术。虽然书籍都放在宁南城的屋子里，但那些书的内容基本都在她的脑子里了，就是没有书也没有关系。

只是每天傍晚的时候，她都会来到河边闲坐，一直盯着奔涌的河水发呆，直到夕阳完全消失在地平线之下为止。黑鹰寨的匪徒们每到这时候就会离得远远的，不敢过去惊扰她。事实上，就算他们真的过去了，云轻瑶也完全不会注意到他们。

这一天，她又在河边坐下。春日渐渐过去，初夏的河水欢快地奔腾着，发出低低的吼叫声。云轻瑶的视线好像停留在浪花上，又好像穿过浪花，正在看着碎裂的夕阳倒影。和过去几天一样，没有任何人来打扰她，甚至匪徒们路过附近的时候都会放轻脚步，整个世界仿佛就只有她一个人还存在。

太阳的脚步很慢，但最终还是有完全消失的那一刻。当西天的最后一抹血红色渐渐融入黑色的夜幕，云轻瑶站了起来。就在这时候，她看见远处有一些火把的亮光。那些火把正急急忙忙向着她靠近，她知道有什么事发生了，于是迎了上去。

“云小姐！”跑过来的是秋落的得力助手申平，他跑得满头大汗，一脸的焦急，“寨主请您赶紧过去一下，有一位兄弟中了秘术。”

云轻瑶在一间充满了药味儿的病房里，见到了那个被秘术伤害的黑鹰寨的匪徒。他躺在床上，艰难而微弱地呼吸着，从脸上并不能看出什么来，但当秋落把盖在他身上的被子掀开后，她的眼前陡然出现了木头的色泽。

这个人的整个下半身都已经呈现出枯木的色泽与质感，用手按上去，可以感受到树皮一样的粗糙质地，并且在烛火下能清晰分辨出树皮的脉络。如果仔细盯着看一会儿就能发现，这些树木的质地和尚未变成树木的上半身之间，那道界限正在悄然地上移，也就是说，这个人的身体正在一点点地被这种诡异的木色所吞噬。按现在的速度看，再过一个对时，他的全身都将变成木头。

“他是怎么变成这样的？”云轻瑶问。

“这是我们派在外面的探子之一，”秋落说，“他正在跟踪几个很可疑的人，并且发现他们进了一间屋子。他来到门外，想要偷听，结果手不小心触到了门板，就中招了。”

云轻瑶怔住了。施加在门板上的秘术？她立即想起一两个月之前，在纬翔空前来找她之前，她帮助宁南城官府解决的最后一个秘术案件。当时也是有人在门上施加了各种各样的防护咒，以防止被人窃听。这两件事，会不会有一定的联系呢？

“这个……有办法治疗吗？”秋落看着云轻瑶的脸色问道。

“我不知道。这种秘术很古老，我所知的解法也只是书上记载的，从来没有实践过。”云轻瑶说，“我试试看吧。”

她的手开始绘制秘术印纹，嘴里低低念着咒语。淡黄色的光芒在她手上慢慢亮了起来。云轻瑶轻轻把双手按在伤者的身上，那团黄光就像液体一样流淌，并且慢慢延伸，覆盖了伤者的全身。随着云轻瑶不断地念咒，黄色的光芒越来越深、越来越亮，但伤者身上的木纹丝毫没有减退的迹象。

云轻瑶神色不变，立即更换了一种秘术，一团淡紫色的烟雾从指间缓缓流出，从伤者的鼻端进入。但情况仍然没有丝毫缓解。

她又接连变换了三四种秘术，仍然没能取得效果。最后她不知做了点儿什么，手指头上突然出现了一道伤口，鲜血滴落在了伤者的腿上。意外的一幕出现了，鲜血所滴到的那一处位置，树皮的颜色明显减退了，渐渐露出了一点点皮肤的光泽。

“果然，需要用人血。”云轻瑶说，“好在你们人多，每人滴上一些，他就能醒过来了。但是这种秘术很难根除，前前后后还会复发好几次——你们需要多流出一些血液了。”

黑鹰寨人多势众，找上一大帮子人献出一点儿血倒不是什么难题。申平连忙安排人手，匪徒们都踊跃争先。云轻瑶向着秋落招了招手，示意他跟自己出去。两人又走回到河边，云轻瑶问：“这个人是怎么中招的？谁下手的，他看清楚了吗？”

秋落的神情很难得的有些阴郁：“你也看出这秘术非同小可了？我们遇到了一件很麻烦的事，不是对我们黑鹰寨不利，而是……可能给整个羽族都带来灾祸。你听我从头讲起。”

云轻瑶点点头。两人在河边找了块石头坐下，耳中只听到河水奔流不息。秋落停了一会儿，开口说：“我不太明白你对羽族的历史了解多少……”

“过去完全不了解，现在知道了一点点，”云轻瑶说，“都是纬翔空告诉我的。听他讲完之后，我的脑子里就乱得很。”

“那他一定给你讲过羽族十姓和七姓叛乱的事情吧？”秋落问。

云轻瑶点点头。

秋落说：“那就好办了。简单地说，我派在外面的斥候们发现七姓后人有所异动，这一点和纬翔空的发现是一致的。但我和纬翔空不同，绝大多数时候，我需要的只是观察，所以在纬翔空迫不及待地对羽族的秘术师们下手的时候，我的人仍然密切关注着七姓后人以及与之相关的一些人的动向。”

云轻瑶的目光黯淡了下去。纬翔空利用她筛寻秘术师并一一抓捕，这是她心上永远抹不掉的一道伤口，虽然过去了很多时日，可提到这件事，她还是觉得心里一痛。

秋落看出她的情绪，安慰说：“我说过了，这种事不能怪你的，即便没有你，以纬翔空的能力，他也能从别的渠道找到办法去寻找秘术师们。说正事吧，我的人发现，虽然宁州的秘术师一个个地被逮捕，但七姓后人没有丝毫反应，也没有试图找任何一个秘术师对他们进行保护。我开始感觉到不对，加强了人手，并由此发现了问题。”

“什么问题？”云轻瑶问。

“七姓后人在用各种各样的方法，偷偷从宁州之外运人进来。”秋落说，“这当中有些人长着羽人的相貌，自然可以大摇大摆进入宁州；剩下一些长得像人族的，或者长得像河络的，他们就偷偷把这些人装在货船或是运货的马车里，送入宁州。”

云轻瑶注意到秋落的用词，他并没有说“这当中有些是羽人，有些是人族，有些是河络”，而是说“长得像”，这样的措辞显然别有深意。联想到那个受伤的斥候遭遇的古怪而邪恶的秘术，忽然，她有了答案。

“他们在寻求魅的帮助！”云轻瑶说，“难怪他们没有寻找羽族秘术师，纬翔空找错了方向。魅族秘术师的精神力比其他种族都高，能力也可能更为强大。从一开始，七姓后人就打定主意，要接受魅的支援。”

“你说得不错，”秋落叹息一声，“我那个受伤的兄弟，就是在跟踪一名魅族秘术师时被发现，这才被秘术所伤。现在综合我所得到的各方面的信息，至少有五六十名这样的秘术师已经悄悄进入了宁州。五六十名一流的秘术师聚合在一起，能发挥出多么强大的战斗力啊！”

“那最多也不过相当于几千人的军队。”云轻瑶说，“七姓后人和羽皇实力悬殊，就算七姓后人这边多增加五六十名秘术师，哪怕增加到一两百个，也未必能拉近双方的实力对比。”

“是啊，这也是我一直在想的问题。”秋落说，“这些秘术师的到来，的确能大大增强他们的实力，但并不能从根本上改变他们所处的劣势。七姓的上一次叛乱，已经是好几百年前的事情了。从那一次惨败之后，他们就一直休养生息，而且据我所知还传下了非常严格的家训：若无必胜的把握，决不能再轻易行动。”

“百儿八十个秘术师，怎么可能带来必胜的把握？”云轻瑶缓缓摇头，“我想不明白。”

“我也想不明白。可是据我掌握到的情报，这一次七姓后人信心十足。”秋落说，“所以我还是相当担忧的。一旦七姓后人真的发起了叛乱，那将会是一团席卷整个宁州乃至澜州的烈焰，所有的羽人，不管贵族还是平民，不管十姓、七姓还是其他姓氏，都将身不由己地卷入这场大动乱。对羽人而言，这不会是一场胜利，只会是一场灾难。而我最担心的是，我们黑鹰寨在这样的动荡中会有怎样的命运，实在难讲得很。”

“你和纬翔空真是截然不同的两个人啊，”云轻瑶说，“他关心的是羽族的未来、羽人的命运，而你关心的是你这个小小的寨子。”

秋落微微一笑：“我不喜欢想得那么大、那么远，那样太累了。我从小就身体不好，为此一直被我的兄弟们所轻视，但到了争夺领主之位的时候，他们依然把我算作潜在的威胁。我没有办法，只好明确地告诉他们，我对领主之位不感兴趣，只想周游天下，然后离开我的城邦去四处游历。我不喜欢当领主是真的，但我说我喜欢周游天下是假的。我只想待在我的城邦里，吃饭睡觉，和漂亮姑娘约会，过着惬意的日子，但就是这样的日子我都无法得到。后来我们的城邦被灭了，父亲和哥哥们都死了，剩下的残兵败将来到了黑鹰寨。我到这里来找他们，本以为他们会就此安心留在这儿，而我可以傍着他们享点儿福。没想到将军们一定要实践军人的荣誉和城邦的尊严，非要以卵击石去和羽皇进行最后一战。结果没有办法，我成了黑鹰寨的寨主，每天为了部下的吃喝拉撒担心，终究还是得不到我想要的清闲生活。”

“清闲生活没那么容易的，”云轻瑶说，“我也过了很长一段时间的清闲日子，但最后麻烦还是找上了我。也许人活着就注定躲不开麻烦吧。”

“所以我不想给自己找更多的麻烦了，”秋落说，“能把黑鹰寨维护好就不错了。什么羽族的未来、天下的前途，我真是没兴趣去想。”

两天之后，在使用了大量血液浇灌之后，那名受伤的斥候终于开始有所好转，虽然身体依然虚弱，但身上已经再看不到那些树皮的痕迹了。但这时候，又有两名斥候遭到了秘术攻击，其中一名遭受了很严重的冻伤，另一名七窍不停地流血，怎么都止不住。云轻瑶想方设法替他们医治好了。

秋落很担忧：“他们的警惕性非常高，可想而知，所谋划的行动一定也非常大。可我现在想尽一切办法，也打探不到他们的阴谋核心究竟是什么。你精通秘术，能够猜到有什么可以一下子扭转战局的强大秘术吗？”

“这一点纬翔空也早就问过我。”云轻瑶说，“我始终想不通，因为秘术的威力和施术者的精神力息息相关，并不是学会一种秘术就能发挥出最强的威力。这几十名魅族秘术师，除非每一名都能达到传说中辰月教长老的那种精神力，才有可能以一敌千，扭转战局。但那是不可能的。如果随便什么秘术师都能修炼到那样的层次，岂不是单靠辰月教自己就可以一统天下了？！”

“那如果不是他们自己出手呢？”秋落想了很久之后，忽然说，“我知道，秘术当中有很多辅助性的秘术，可以帮助他人增强战斗力，就好比我们羽族的姬武神……”

云轻瑶想了很久，依然摇头：“那些辅助性的秘术大多只能对小规模作战起作用，因为即便是辅助性秘术，仍然要大量消耗精神力。比如‘铜皮铁骨’，可以把一名战士的皮肤和肌肉变得更加坚硬结实，抵挡一些普通的进攻，但遇到力量足够大的攻击时，仍然不是刀枪不入的。而且一名秘术师充其量一次也就能为不到十名战士施加秘术，然后精神力就会耗尽。姬武神的泰格里斯之舞也是同理，虽然能使多人同时起飞，但代价是姬武神本人永远失去精神力。如果涉及成千上万人的大规模作战，这样的辅助性秘术收效不会太大。”

“这就实在难想了。”秋落苦恼地抱着头，“现在我的心成天悬着，完全不知道黑鹰寨可能会遇到什么，也不知道应该如何应付。”

“这对你很重要吗？”云轻瑶忽然问。

“很重要。”秋落点点头，“现在我的命就是和黑鹰寨捆绑在一起的。”

“那好，我帮你。”云轻瑶毫不犹豫地说，“我的老师见多识广，胜过我十倍，我会去找他，向他询问，也许他能猜到一些真相。不过他的行踪飘忽不定，不知道现在会在何方，我需要你利用你的情报网先把他找出来。”

“没问题！”秋落精神大振，“请问，你老师的尊姓大名是……”

“他是一个人族，名字叫君无行，”云轻瑶说，“君子的君，轻薄无行的无行。”

“原来是他！”秋落莞尔，“不过，这真是个好名字。”

“他自己也总这么说……”

3

在澜州的茂密丛林里，竟然出现了人族的战俘。沐闲歌看着他们瘦弱的背影，心里生出了很多感慨。近些年来，人羽两族虽然并未发生大规模战争，但在边境等敏感区域，小规模冲突并不少见，自然也就会有战俘存在。她亲眼见到过被抓到宛州去的羽族俘虏，一个个都被折磨得不成人形。所以她也完全可以想象，这些自己的同胞在澜州受了多少罪。

不过现在不是感慨的时候，最要紧的是找到人医治南鱼。她咳嗽一声，现身走出来。几名战俘如同惊弓之鸟，立即转身，举起了手里的粗大树枝作为武器，等看到森林里钻出一个人族的美貌女子，都是惊疑不定。

“三言两语说不清楚。”沐闲歌急急地说，“总之我也正在被羽人追赶，我们可以合力一起逃命，逃出澜州羽人的领地。我身上有可以换钱的首饰，但现在，我需要先医治我一名中毒的同伴，你们有谁懂医术或者认识澜州的草药吗？”

“我被俘之前是一名随军医官，来到澜州的时候也向当地人学习过，认识一些草药，”俘虏们相互对望着，过了好久，一个中年俘虏终于开口说道，

“但在这片森林里未必有合用的。”

“总之，先请你跟我去看看吧！”沐闲歌喜出望外。

她带着这几名人族俘虏回到南鱼待着的地方，一边走一边大致讲了一下三人逃亡的经过。很凑巧，这几个人也是来自楚国，听说沐闲歌的身份之后当场就要跪拜，被她阻止了。

“大家同在患难中，别这么多礼了。”她说，“你们又是怎么被抓到这里来的？是因为边境战争被俘虏的吗？”

“我们是跟随一个使团来到这里的。”那名曾做过医官的俘虏说，“大概是在你们这桩婚事之前，楚国最后一次遣使来到澜州，已经是六年前的事情了。就在那一次，双方彻底闹翻了，整个使团的人都被莱米克城邦的人扣下来，一直关押着。”

“啊，我明白了！”沐闲歌恍然大悟。六年前的那件事情她也曾听闻过，那正是人族和羽族关系从僵化到急剧恶化的开始。当时传回来的说法是整个使团都被杀害了，没想到只是被关押。尽管如此，想想这些人六年的艰辛，也实在令人喟然不已。

“我们本来有六十个人，六年时间，只有我们八个活了下来。”医官淡淡地说，“说起来，还得感谢你们的越狱，正是因为你们三人引开了大部分追兵，我们才有了可乘之机。”

沐闲歌说不出话来，知道无论什么安慰的话语都不足以抚慰他们所遭受的苦痛，只能默默地在前面带路。很快，她顺着自己沿路做下的记号找到了来时的地方，当她一眼看到自己的妹妹和南鱼时，不由得微微一愣。

沐沉语正紧紧地把昏迷的南鱼抱在怀里。由于失血过多，南鱼的嘴唇都已经发白，身子不住地颤抖着，而沐沉语显然正在用体温为他取暖。沐闲歌在瀚州草原上长大，蛮族人民风开放，男女爱慕便不会像东陆人那样扭扭捏捏，她也没少见到过类似的场面，何况眼下的情景和情爱没有半点儿关系，只是一个救命之举。但不知怎么，沐闲歌心里微微一酸，感觉很不自然。

名叫洪方的医官俯下身检查了一下南鱼的状况，回头对沐闲歌说：“他的情况很不好，光靠森林里找的草药也没法治好，必须找一个能安顿下来的地方细细调养。”

“可是我们现在还在被人追捕，到哪儿去找地方安顿调养呢？”沐闲歌很是焦急。

“我们已经发现了一个羽人的村庄，规模并不大，”洪方说，“以公主您的武功，带着我们八个，应该有办法挟持他们，为我们找一个暂时容身的地方。”

沐闲歌心里一紧，她明白洪方所说的是什么意思，那将会是更加激化羽人们的仇恨的做法，后果难以预料。可是现在，这或许是唯一可行的方案，否则南鱼就会死。

南鱼不能死，她在心里说，南鱼无论如何都不能死。

“就这么办吧！”她狠狠心说道。

他们做了一个简易的担架，把南鱼放在上面。洪方在前面带路，不久，一行人来到了那个羽族村庄外。十分凑巧，这一天似乎是这个村庄的某个节日，村里人都聚集在树屋外的集会空地上。羽族是一个仪式繁多的种族，一年到头总有各种各样的祭祀活动，从各种各样的神明到列祖列宗都在祭祀范围内。

“看到了吧，这个村子人很少，尤其青壮年不多，”洪方说，“你应该可以很轻易地制住村长。只要挟持了村长，一切就都好办了。”

沐闲歌点点头。除了让沐沉语带着南鱼留在远处，一行九人分散成扇面，悄悄向着那集会的空地靠近。洪方等人看准时机，忽然现身大声呼喝。羽人们见到来了几个衣衫褴褛的人族，青壮年们都慌忙冲出来准备御敌。就在这时候，他们听到一个女子的高呼：“住手！不然你们的村长就没命了！”

那是沐闲歌。趁着人们的注意力被吸引，她以最快的速度绕行到了祭台上，龙鳞出鞘，抵住了村长的咽喉。如洪方所料，村民们不得不妥协，但沐闲歌可以看到羽人们仇恨的目光就像一道道烈火。

可她别无选择，她硬起心肠和羽人们对视着，现在她不得不这样做。

这之后，南鱼得到了一间干净的树屋养伤。在洪方等人的逼迫下，村长和其他村民交出了他们珍藏着的一些药物，用来给南鱼治伤和驱尽余毒。两天之后，南鱼终于醒了过来，他有些疑惑地看着身下干净的床铺和身前一直照料着他的沐沉语。

“别动！”沐沉语轻轻拦住他，“你的伤还没好，多躺一会儿吧。”

南鱼慢慢回忆起来之前发生的事情。他只记得自己在天牢里借助墨晶石的力量唤醒了龙鳞，劈开了天牢厚重的石壁，接下来的事情就记不清了。于是他问：“这不是羽人的树屋吗？我怎么会到这里来了？”

沐沉语喂他喝了几口水，然后把沐闲歌等人如何像强盗一样“霸占”这个村庄的过程讲了一遍。她有些担心地看着南鱼：“你不会生气吧？我姐姐做事的确是稍微霸道了一点儿，可她是真心想要救你啊，我们没有别的办法了。”

“我不会怪她的，”南鱼咧嘴一笑，“我又不是道学先生，如果为了救你们姐妹的命，我自己说不定也会这么做。为了救我，你姐姐居然不惜去扮演强盗，真是难为她了。”

“是你先救了我们……”沐沉语抿嘴一笑，放下心来。

她并不知道，自己的姐姐就在屋外听着两人的谈话。当听到南鱼说“真是难为她了”时，沐闲歌轻轻吐出一口气，忽然觉得眼圈儿一红，有些说不清道不明的情愫涌上心头。她晃晃脑袋，听着妹妹轻言细语而又充满喜悦地和南鱼说话，脸上现出一个含意复杂的笑容，转过身，走下了树屋。

洪方是一个医术不错的医官，同时也很有些智谋，无怪乎会被列入使团，出使莱米克城邦。这几天里，每一天他都会安排人手紧盯着羽人们的劳作与狩猎，以防有人偷偷逃到其他村子或者森林之外去求援。除此之外，他逼迫着羽人狩猎，烤制干肉条，又准备了若干面饼和常用药物，以备逃亡路上所需。

“有你这样的管家真好啊，”沐闲歌说，“换了我，还真是想不到这么细。”

洪方微微一笑：“被关押的六年里，每一天我都在想着逃亡，这些细节早就烂熟于心了。而且，和我们博爱而热爱和平的南鱼公子不一样，我对羽人毫无好感，折磨他们我不会有半点儿内疚。不过，逃离澜州是一条漫长而艰辛的道路，两位公主金枝玉叶，可得做好吃苦的准备。”

“我可是在瀚州草原上骑马打猎长大的！”沐闲歌哼了一声，“我曾经被暴风雪围困，只能挤在羊群里取暖，没什么我吃不了的苦！”

又过了几天，南鱼的伤势痊愈了，他在村中的空地上挥舞着龙鳞，自我感觉神清气爽。沐沉语安静地坐在一旁看着他。

“你和你姐姐真是不一样。”南鱼对她说，“她好像是一刻也闲不住的那种人，而你好像在什么地方都能坐得住。”

“姐姐比我能干一百倍，比我强一百倍。”沐沉语说，“我从小到大就没有任何用处，就好像一个摆放在屋子里的花瓶。而姐姐吃了很多苦，其中有一大半都是为了照顾我。比如当年去瀚州做人质，就是她硬生生抢着要去的。我有生以来最有用处的时候大概就是这次被送到澜州来和亲，这可能是我唯一能为我的国家出点儿力的机会，结果还搞砸了。”

“也不能这么说，”南鱼摇摇头，“刺杀的事情是谁也预料不到的。无论怎样，把女人当作国家政治的牺牲品，这样的事情我很不喜欢。所以最后你没能嫁给领主的儿子，我还是觉得蛮高兴的。”

他想到什么就说什么，沐沉语却不知想到了点儿什么，脸上浮现出一丝红晕。她定了定神，问南鱼：“我还没问过你呢，你到澜州来是为了什么呢？”

南鱼想了想：“这个问题你姐姐也问过我，为了不向她撒谎，我没有回答。不过现在我们都已经是共患难的交情了，我可以告诉你一点儿。我需要在羽族的地盘寻找一样东西，那样东西干系巨大，很可能会改变九州的命运。很抱歉，我不能具体告诉你我要找什么。”

沐沉语沉默了一阵子，南鱼有些不安：“真的很抱歉，不过这件事确实……”

“你误会了，”沐沉语摇摇头，“我指的不是这个。我只是想到，既然你身上负担着那么沉重的任务，还要为了我们姐妹俩耽误时间，还差点儿害得你……我觉得很内疚。”

南鱼摆摆手：“千万别这么说，其实我从小就是这么不大分轻重，老是爱管闲事。我师父把这个任务交给我的时候很是犹豫了一阵子，但最后他还是决定由我去完成，他说我就是命星所指定的那一个人，我这种好管闲事的性格也许反而能带来额外的好运气。虽然我现在还没有看出半点儿好运气的兆头，但师父说的话，我总是相信的。”

"你的师父真是个有意思的人。"沐沉语说，"那你到底是从什么地方来的呢？"

南鱼又是一阵犹豫，还没来得及开口，忽然看见洪方从村口处急急忙忙地跑过来。他知道出事了，赶紧和沐沉语一起迎上去。沐闲歌也赶忙跑了过来。

"来了一群很奇怪的羽人，"洪方气喘吁吁地说，"官兵不像官兵，土匪不像土匪，但都带着武器。他们指名要见村长，我们该怎么办？"

"告诉他们村长病了，没办法见客。"南鱼出主意说。

"我在村口就是这么交代羽人们的，但那群人很坚定，说是他们到病床前见村长就行了。总而言之，无论如何都一定要见到村长！"洪方焦急地说。

"他们有多少人？我们拼得过吗？"沐闲歌问。

"来了十多个，不知道武功的深浅。"洪方说，"我们动手也许可以取胜，但不能保证全歼敌人，更不能保证村里的羽人不会偷偷溜走几个。只要消息传出去，我们就完蛋了！"

"既然这样，就让他们见村长吧。"南鱼说，"给村长随便塞点儿什么东西下肚，骗他说那是毒药，命令他不许捣乱。然后，我可以戴上帽子假扮羽人跟在他身边，以防他轻举妄动。"

"也只能这样了。"洪方说。时间紧迫，来人已经快要入村了，的确不可能再细细商量，只能照着南鱼的主意办。

于是南鱼匆匆套上一件长袍，把头发藏在风帽里，然后扶着村长走了出去。村长满脸的无奈，他毕竟年事已高，没办法挣脱南鱼的挟持，而这帮人眼下看起来似乎只是想借地养伤，并没有其他伤害自己族人的举动，所以他只能强忍着怒气，任由南鱼"搀扶"着自己出去见客。

沐闲歌等人躲进了树屋，远远看着这一切。此时，那批奇怪的来客已经进入了村庄，身上穿着平民的服饰，但几乎个个都带着武器。说"几乎"，是因为还有一个人没有携带武器，此人和南鱼倒是相映成趣，都比羽人身材略矮一点儿，都用袍子尽量把面目遮起来。

“这家伙说不定也是个人族！”沐闲歌心里一动，对洪方说。

“一个人族，混在一群羽人当中，要干什么呢？”洪方皱起眉头。

除了这个长袍客之外，其余的羽人大多很年轻，只是领头的那个很是苍老，看样子比老村长也年轻不了多少。村长已经迎了上去，当他看清领头的羽人的相貌时，同样皱起了眉头：“阳墨？是你？你怎么会专程从宁州跑到这里来见我？”

“我不是专程来见你的，你只是我要见的很多人中的一个。”名叫阳墨的老年羽人说，“当然，见到你我还是很高兴的，我们得有将近三十年没见了吧，我的堂兄？”

“我算不上你的堂兄，当然，你一定要依照族谱来叫，我也不反对。”村长说，“诚实地说，我并不想见到你。你的野心让我感到害怕。我们澜州羽人的生存条件本来就比宁州要艰苦得多，我只想带着我的村民好好地活下去，不想让他们卷进无谓的冲突和战火。”

阳墨哈哈大笑：“阳胜！我的好堂兄！你果然还是那么智慧过人，我什么话都还没讲，你就已经猜到了我来这里的目的。这样也好，就不必拐弯抹角了。不错，我这次来，仍然是为了三十年前我就向你表达过的那个观点。不过，那时候它还只是一个观点，现在已经快要成为现实了。”

村长摇了摇头：“羽人的种姓划分的确对我们有些不公平，但这样的等级制度已经执行了几千年，羽民们早就习惯了，何况这当中也未必没有包含合理的成分。现在羽族虽然还维护贵族阶层和非贵族阶层之间的不平等，但至少保证了我们的自由，保证了我们生活的权利，而不会像古代曾经颁布过的《鉴空诏》那样强硬而残酷。我看不出有什么改动它的必要。”

南鱼听得心头一跳，大致猜到了这个阳墨到这里来的目的。听上去，这个阳墨一直都对羽族的等级制度十分不满意，他来到此处，多半是想要煽动村长阳胜加入他的阵营，展开一场大规模的……叛乱。

真是可怕，南鱼想，如果羽族的平民阶层和贵族阶层就此开战，那将会是多么宏大的一场战争，澜州北部和整个宁州都会被战火所席卷，而羽人们在这样的自相残杀中也不知道会死伤多少——那样也会给羽族的敌人们带来机会。人族、蛮族、夸父族，都是和羽人冲突颇多的种族，到时一定会想方设法在其中获利。想到这里，他打了个寒战。

阳墨已经接口说了下去："我的堂兄，你的眼界还是太浅了——你以为我仅仅是为了争取平民的利益才参与到这场战争中来的吗？你错了，我所做的这一切，不只是为了非贵族，而是为了我们整个种族。贵族阶级和非贵族阶级的分化，历史上一次又一次地掀起不安的波澜，尤其在面对外族侵略的时候，这样的内部矛盾经常严重分化我们的实力，使我们羽人陷入内外交困之中。难道你没有看出来吗？羽族的等级划分，看起来固若金汤，实则早已危如累卵，迟早会迎来大规模内乱的那一天！"

村长阳胜沉默了一小会儿，然后叹了口气："阳墨，我承认你说的都是事实，但是你也必须承认，现在还远没有到必须改变的那一天。改变这个流传几千年的制度，嘴上说说是十分容易的，然而一旦改变起来，我们羽人要付出的是尸骨成山、血流成河的代价。从宁州到澜州，我们的每一寸土地都将不得安宁，人民将会在饥馑和动乱中挣扎很长的岁月，长到我们足以从内部毁灭自己。这个代价，我们付不起。"

他顿了顿，又说："更何况，我现在不过是一个小小村落的村长，我的村子里青壮年总共就只有几十个，我相信他们更情愿把自己的力气用在劳作和狩猎上——你看，我们平民还得靠吃肉来果腹呢。回去吧，阳墨，战争与我无关，你也不应该牵扯其中。回去继续平静地生活吧。"

阳墨向前跨出一步，目光中充满了怜悯："阳胜，你太老了，老到不惜用谎言来搪塞我。你只是一个村长吗？难道你不是澜州阳氏的家主吗？虽然你极力想要避开权力的旋涡，躲在这里守着一个小小的村庄，但你对澜州阳氏而言，仍然是有相当的话语权的。只要你一句话，就能带动成百上千的人。"

"但我是不会去带动这成百上千的人的，"阳胜坚决地说，"我不能把这成百上千的人送进墓穴。阳墨，贵族之所以成为贵族，不只是一个虚无的封号，贵族代表着血统，而血统代表着飞翔的能力。千百年来，十姓以及其他的贵族姓氏都具备比我们更强的飞行能力，而这就是战斗力的直接体现。不管你纠集多少人，最后在那些精锐的部队面前仍然会败下阵来。这已经是被历史证明过的了，再来一次也无法改变。"

“无法改变？”阳墨的嘴角浮现出一丝残酷的冷笑，“我可不是那种为了理想而不顾现实的愣头青。阳胜，我和你差不多老了，没有青春再去重来一回了，现在我要告诉你的就是这一点：我们已经有了必胜的把握，把你所谓的贵族精锐碾得粉身碎骨的必胜的把握。”

“必胜的把握？”阳胜愣住了。

“从你的村子里挑选一个人给我，”阳墨说，“一个符合我说出的条件的人。然后我会告诉你，什么是真正的不可战胜。”

在阳墨身后，那个一直把头脸藏在长袍里的人，缓步走到了前方。

4

雷冰是一个很聪明的女人，当父子之间的矛盾还可以调和的时候，她会尽量居中调停，以免这父子俩发生直接的冲突。但某些时候，她也明白，自己在当中起不了任何作用。到了这种时候，她就只能默默地离开。

而今夜，就是这种时候。

宴厅里的仆人们也都知趣地退下，偌大的房里只剩下了纬苍然父子。纬苍然看着儿子的脸，开了口。

“我让你去找云轻瑶，通过她找到分散在宁州各地的秘术师，然后把他们保护起来，”纬苍然说，“但是你把他们都抓起来了，这不是我想要的结果。”

“但这是我想要的结果。”纬翔空说，“把他们抓起来，也是一种保护。我的人手有限，既没有工夫去和他们慢慢说理，也没有工夫派人跟在他们身边磨蹭，只能选择最有效率的方法。”

纬苍然站起身来，背着手在宴厅里踱了一会儿步。纬翔空端坐不动，目光始终跟随着父亲的背影。

“这些年来，我总是能听到对你的夸奖，尤其虎翼司内部，”纬苍然说，“他们知道我不喜欢谀辞，所以说的都是实话，我也知道你在很多事情上做得很好，但是……你太过迷信力量和权威，行事太过严厉甚至冷酷残暴，这样对你有害无益。”

“我总不能像道学先生那样去哄着他们讲道理，”纬翔空说，“对犯法的人没有道理可讲，他们只认弓箭。”

“弓箭并不是这世上的全部，”纬苍然说，“更何况，你的武艺还远远称不上羽族第一。过分迷信武力，总有一天会伤害自身的。”

纬翔空的脸上浮现出骄傲的笑容：“也许我还不如你，父亲，但即便是宁南云氏的精英们，也都不是我的对手。”

纬苍然摇了摇头：“雁都风氏，宁南云氏……你的眼界就只有这么狭窄吗？真正的高手和血统无关，你现在这么眼高于顶，真正遇上高手的时候，你才会意识到你有多么浅薄。”

纬翔空继续微笑着，没有回话。这是一种无声的抗议。很长一段时间以来，他和父亲的对话都是以这样的沉默的微笑来结束。父亲毕竟年纪大了，越来越古板了，说出来的话已经很少能让儿子听得进去了。但他仍然是父亲，纬翔空也没有什么兴趣和他硬顶到底。纬翔空会很痛快地把谈话的主导权交给父亲，离开这个家门之后，继续我行我素就好了。至于父亲说的话，只需走出家门，就可以立即抛诸脑后。

纬苍然也看出了儿子的心思，所以也不想再说下去了。他重新坐下，挥了挥手，示意这次对话结束。纬翔空站起身来，微微鞠躬，然后向门口走去，但就在这时候，纬苍然叫住了他。

“你最近和朝廷里一些强硬派的大臣走得很近，是吗？”纬苍然问。

纬翔空犹豫了一阵子，回答道：“是的，他们的一些主张，我很欣赏。”

“羽族不应该只局限在宁州和澜州北部，应该想办法向外扩张，让羽人们的森林遍布九州，对吗？”纬苍然问。

“是的，那一直也是我的理想。”纬翔空庄重地回答。

他转过身来，目光毫不躲闪地和纬苍然碰撞着：“作为一个羽人，难道你就没有设想过这样的未来吗，父亲？”

纬苍然抓起桌上的酒壶一饮而尽，然后扔下酒壶，缓缓地重新站了起来。他一步步地走到纬翔空的面前，瞪着自己的儿子：“这样的未来？我不知道。我只知道我年轻时为了办案，也曾踏遍了九州的土地，无论是宁州的百姓，还是澜州的、宛州的、中州的……他们都只想平平安安地过日子，不想让自己的家园在战火中燃烧。”

“为了种族的强盛，战火是不可避免的。”纬翔空回答说。

纬苍然笑出了声：“种族的强盛？你知道羽族历史上军力最强盛的时代是什么时候吗？”

纬翔空想了想：“军力最强盛？那大概是……第三王朝末期，鹤雪团鼎盛的年代？已经是两千多年前的事情了。”

“是的，历史传说把那个时代的鹤雪士描述得好像神话，他们能在天空中永翔，他们能从云端射箭取人性命，他们几乎可以以一人之力摧毁一支军队。”纬苍然说，“但现在呢？鹤雪团还存在吗？”

纬翔空黯然摇摇头：“早已不在。现在只有一些零星的鹤雪术留存下来，但鹤雪团……终究只是历史传说了。”

“鹤雪团曾经是异族的噩梦，但在当时的羽皇翼在天的命令下，羽族向西、向南不断发动战事。那些精英的鹤雪士在一场接一场的战争中不断损耗，最后终于完全覆灭，”纬苍然说，“这就是羽族向外扩张的结局。翼在天的皇朝是羽族最辉煌的时刻，但那辉煌无比短暂，接踵而来的就是更长时间的黑暗。拥有鹤雪团尚且如是，何况现在鹤雪早已消亡的时代呢？”

纬翔空默然低头，但很快又抬起头来：“鹤雪虽然灭亡，但羽族还在！九州六族，只有我们拥有羽翼，只有我们能飞翔在天空中，这就是天神的恩赐！我们一定能改变不断受人欺凌的命运！”

纬苍然叹息一声，不再说话。父子二人深深地对视了一会儿，纬翔空带着满脸的倔强走了出去。

纬翔空来到院子里，刚才和父亲争吵的意气还没有完全平复。他大踏步地走出院门，当眼睛看清楚面前的一切时，一下子将弓握在了手里。

门外竟然站立着一个巨大的夸父。夸父族本来就较少在殇州之外的地方出现，即便和平时期在雁都城也绝少能见到，更何况是现在这样不安定的年月。奇怪的是，就在纬苍然这座宅子的外面，居然出现了一个夸父。他的身高足足有两丈，身上围着肮脏的兽皮，手里提着一根巨大的狼牙棒，几乎有一个人的身躯那么粗大。他的双目发红，就像两盏小小的灯笼，在暗夜里放射出凶狠的光芒。

正当纬翔空奇怪这个夸父究竟从何而来的时候，对方已经发出一声狰狞的咆哮，向着他猛扑过来。巨人高高举起手中的狼牙棒，向着纬翔空当头砸下来。纬翔空急忙闪躲，狼牙棒砸在地上，发出一声巨响，地上的石板被砸得粉碎。

在闪躲开的一瞬间，纬翔空已经迅捷无比地连发出三箭，向夸父射去。此时夸父的狼牙棒还陷在土里，他顾不得闪躲，三箭都射到了他身上。但这三箭基本上都只透入了表皮，夸父怒吼一声，伸手把三支箭一把扯了出来，扔在地上，然后继续向纬翔空扑击。

这个夸父的皮肉好硬！纬翔空暗暗心惊。他自幼随父亲苦学弓术，一身本领已经有父亲的七八成真传，开弓射出的箭一向是速度快力量大，能一下穿透十多张硬牛皮，但射到这个夸父身上，就好像挠痒痒一样，根本不能造成伤害。

夸父被这三箭激发了怒气，手里狼牙棒狂舞，掀起呼呼的劲风，向纬翔空不断袭来。纬翔空展开身法，连续闪躲，其间利用躲闪的空隙又射出了数箭，但不管是命中心口、咽喉还是下腹等要害部位，对这个夸父而言，都好像只是被蚊子叮了两口。他像拔麦秸一样把射到身上的箭支拔下来扔掉，手里的攻势更猛。

夸父身高臂长，再加上狼牙棒本身也很长，攻击范围相当大，使纬翔空的躲闪十分吃力。夸父一记拦腰横扫，纬翔空虽然全力向后跳跃，腿上还是被轻轻带了一下，所幸没有伤到骨头，只是被狼牙棒上锋利的尖钩剐破了皮肉，鲜血流了出来。

纬翔空很是恼火，想要找准机会射夸父的眼睛，但夸父似乎也意识到这是他全身唯一的弱点，始终把眼睛护得相当紧。纬翔空射向双眼的几箭都被夸父及时挡住了，而他腿上的伤口还在不断流血，渐渐觉得体力有些不支。

只好用这一招了，他想。虽然这一招有些不太公平，以往在和敌人的陆地对战中，他从来没有采用过，可是现在形势危急，没有其他选择了。他扬起弓，向着夸父的双眼狠命连发四箭，趁着夸父忙于躲避的时候，他努力集中精神力，感应到明月月力的召唤，背上迅速闪动出蓝色的弧光，凝聚出了白色光亮的羽翼。

纬翔空飞了起来。他知道，此时此刻，必须利用羽人天然的优势来对付敌人了。只要高高飞翔到夜空中，这个身高臂长的夸父就对自己完全没有办法了，而自己可以居高临下地寻找对方的破绽。他在空中盘旋了两圈，等待着可以出箭直取对方双目的机会。

然而就在这时候，噩梦般的一幕出现了，纬翔空几乎不敢相信自己的眼睛——地面上的夸父突然扔掉了狼牙棒，直直地站立在地上，然后——他的双脚开始离开地面！

这个如山一般巨大的夸父，竟然飞了起来！他的背上并没有纬翔空那样的双翼，可是他飞了起来，快速地上升，直直地朝着纬翔空飞来。

那一瞬间，纬翔空只觉得全身的血液都凝固了。他的反应因此而迟滞了一瞬。而就是这瞬息之差，飞翔的夸父已经冲到了他的身前，虽然没有了狼牙棒，但那硕大的、岩石般坚硬的拳头狠狠向着纬翔空的胸口重重一击。咔嚓一声，肋骨尽碎，纬翔空只觉得五脏六腑一阵翻腾，再也无力维持凝翅的精神力，向着地面栽了下去。

砰的一声，他沉重地摔在地上，只觉得全身的骨头都要散架了，似乎每一个部位都在遭受剧痛。夸父这时候也跟着落了地。他的脚步在石板地上踏出沉重的回音，一步步地接近了纬翔空，并从地上捡起了狼牙棒。

纬翔空没有丝毫抵御能力，只能等待着死亡的降临，但他仍然倔强地睁大眼睛，死死盯着靠近的夸父。夸父发出一阵狰狞的狂笑，高高举起狼牙棒，准备当头砸下，把纬翔空的天灵盖击得粉碎。

就在这生死攸关的时刻，纬翔空忽然听到了一声弓弦响，接着一支利箭带着尖锐刺耳的呼啸之声射了过来，正中夸父的心口。这支箭的声音让纬翔空十分惊讶，因为他从来没有听过射出的箭发出这么响亮的声音。紧接着发生的事情更加离奇，刚才自己怎么放箭都无法伤害到的夸父，现在竟然被这一箭直接射穿了心脏。纬翔空猛然觉得眼前的一切景物开始扭曲变形，就像被水浸湿的图画，色彩也开始模糊不清。

嗡的一声，纬翔空发现自己的状态发生了改变，他并不是浑身受伤、奄奄一息地倒在地上，而是完好无损地站立在自己家的院门口。而身前也并没有什么夸父，只有一个黑袍人在踩着古怪的步法，躲避着箭支的攻击——那攻击来自自己的父亲，纬苍然。

纬翔空下意识地摸了摸脑袋和肋骨，终于明白过来发生了什么事。根本不存在什么向自己发起进攻的夸父，更加不存在什么能够飞上天的神一样的夸父，一切都出自……幻象。

从跨出院门的那一刻，自己就已经坠入了幻术陷阱之中，此后自己所见到的和经历的一切，都只是头脑中的虚假幻象而已。但他同时也知道，这样的全景幻术需要极高明的秘术功底，尤其是完全平滑过渡，不让中招者感受到一点点不自然，坠入术中而完全不自知，更是难上加难。这个秘术师，真是好厉害。

想到这里，他的视线投向了那个黑袍人。此人仍然在不断踏着星辰步法，凭借这种步法更多地吸收星辰力，以便和纬苍然对抗。而到了这时候，纬翔空才发现，纬苍然的武功比自己想象中的还要高强。

他已经有很多年没有看到父亲真刀真枪地和别人动手了，此时他发现，父亲的身法比自己的最快速度还要快出许多，而射箭仍然是又稳又准又快，甚至在近乎匪夷所思的角度仍能够出箭。而自己倘若身处那样的位置，即便勉强开弓，只怕也会完全找不到准头儿。刚才在幻境中射穿夸父的那一箭，无疑也是父亲对黑衣秘术师发动的直接攻击，打破了他的施术。如果再晚一步的话，幻境中的夸父砸碎了自己的脑袋，现实中的自己……很有可能精神失常甚至直接死亡。

纬翔空不由得惊出一身的冷汗，他目不转睛地看着父亲和秘术师交手，发现父亲已经逐渐占据上风。纬苍然的身法移动太快，让秘术师的秘术根本找不到目标，进而无从施展。而他射出的箭矢几乎每一箭都直取秘术师的要害，让对方不得不耗费大量精力进行躲避和抵挡。现在秘术师已经开始大口大口地喘气了，精神力显得有些难以为继。

而纬苍然并没有丝毫疲累，出箭越发凶狠。秘术师终于支撑不住，被纬苍然一箭射中左肩。这一箭力道十足，秘术师踉踉跄跄退出数步，脚下步法已经混乱。纬苍然则连补两箭，把他的双腿都贯穿了。秘术师闷哼一声，倒在地上。

纬苍然走上前去，准备把这名秘术师抓起来，却看见受了重伤的秘术师举起右手，重重一拳击打在自己的胸口上。随即他哇的一声，喷出一口鲜血，双眼忽然开始发红。

“退后！”纬苍然大喝一声。纬翔空知道他在叫自己，连忙向后退出数步。他身为虎翼司的监察使，原本发号施令惯了，但不知怎么的，父亲一发令，他就只能不自觉地完全依从。

不只是眼睛，秘术师的全身上下慢慢喷发出一种奇特的红雾，把他的身体包裹在其中。这种红雾似乎带来了一些什么特殊的作用，原本双腿受到重创的秘术师竟然摇摇晃晃地站了起来，全身上下精神力暴涨，比受伤之前的气势更强盛了一些。

如果云轻瑶在这里，就能一眼分辨出来，这是太阳系秘术中极为罕见而邪恶的一种。太阳系秘术本来大多与生长、治疗方面的效能相关，但这种秘术相当于逆用太阳系秘术，以缩短人寿命的方式，在短时间内极大地刺激精神力提高。

纬翔空当然不能分辨得如此详细，但从秘术师的举动中隐约猜到一点儿端倪。这名秘术师既然使用了此术，显然是铁了心要和纬氏父子力拼到底。想到这里，他把弓从背后取下——之前那些取弓开弓的动作都只是幻象——准备和父亲并肩作战。

纬苍然的神色仍然从容淡定，他向纬翔空摆了摆手，意思是用不着儿子来帮忙，这种自信甚至让纬翔空隐隐有些羞愧。他看到父亲稳稳地举着弓，瞄准那团渐渐散开的红雾，随时准备再射出致命的利箭。

就在此时，不知从何方又飘来了一股黑色的烟雾。这股黑雾迅速混杂到红雾当中，红雾就像是阳光下的露水一样，迅速地消退了。纬翔空看见秘术师惊慌地连续催动秘术，却始终不能再放出红雾，反而被那团黑雾牢牢地包裹在其中。秘术师的脸上现出一种舒服惬意的神情，身子却软软地倒在地上，失去了知觉。

黑雾渐渐散去，一个一身白衣的男子走了过来。月光下，纬翔空看清了这个人的脸——这是一个人族。他的年纪看起来应该和自己的父亲差不多，但那张英俊的脸始终给人一种很奇特的很年轻的感觉，就好像是青春舍不得从他身上离去。秘术师的脸上带有一种略含讥嘲的笑容，但目光中有着温和的暖意。

"兴之所至，随手替你收拾了，帮你省点儿力气。"白衣男子开口对纬苍然说，"我们好久不见啦，纬兄，你的身手还是这么好。"

"你的秘术也还是如你自吹自擂的那么管用啊，不愧是'九州最好的秘术师'。"纬苍然也笑了起来。他迎上前，和这个白衣男子亲切地拥抱在一起。

"九州最好的秘术师"？纬翔空一惊，已经猜到这个人是谁了。这个举手投足间轻描淡写地击败了一个难缠的秘术师，看来又和自己的父亲相交甚笃，此外还以"九州最好的秘术师""九州最有智慧的秘术师""九州最英俊的秘术师"自诩的男子，只可能是一个人。

那就是父母年轻时的好朋友，也是云轻瑶一直崇拜着的她的老师，名叫君无行的人族秘术大师。

第五章
血之云

无论在哪个时代，都没有人见过或者听说过红色的羽翼。然而现在，成百上千的红色羽翼竟然就这样出现在宁州的蓝天下，出现在杉右城的上空。这些羽翼聚集在一起，像是一片红云，又像是一条缓缓蠕动的鲜血之河。这当中没有美感，没有诗情画意，有的只是带着血腥味儿的残忍杀意。

1

翮力躺在床上，烦躁不安地不断翻身，却怎么也睡不着。最后他又坐了起来，抓起那张催税款的单据。

这一夜没有月亮，他也并没有点起油灯，事实上，他根本用不着看。纸上的数字他已经看过七八十遍了，早就牢牢记在了心里，不可能忘掉。

两金铢八银毫，这就是他在春季结束时需要缴纳的税款。两金铢八银毫，这并不是一个大数目。在那些大城市里，贵族们吃一桌酒席就能花上几十上百个金铢。两金铢八银毫，只怕在席上还买不到一个剖开的香瓜。

但这两金铢八银毫已经足够要他的命了。去年冬季，整个宁州都遭遇了低温的侵袭，南药城附近几座产药材的山更是大雪封山，难以进入，让惯于在冬季去寻找珍稀药材的药农们断了生计。邻居付老三冒着风雪进山碰运气，然后就无声无息地消失了，直到开春，他的尸体才在一处悬崖下面被发现，手里还紧紧握着一把已经对他毫无用处的草药。

开春之后，已经过了采药最好的季节，许多从外地来的采药人也挤到南药城来碰运气，能采到的药材比往年少了许多。翩力爬遍了各处的悬崖峭壁，好几次差点儿失足摔下去，最后所得也刚刚到往年收成的一半，刨去生活开支和还债，所剩不到一个金铢。

而眼下，需要缴的税款是两金铢八银毫，比去年又涨了四个银毫。

翩力手里捏着催税的单子，脑海里回忆着自己的一生。他发现自己活到三十五岁，仿佛就没有享受过什么快乐，生活的轨迹就是不断地进山采药，在南药城的药铺里换取最微薄的报酬，再用这点儿钱换取仅能果腹的口粮，然后在夏季到来之前为每年的采药税而发愁。

他也想要上进，可是有什么办法能够上进？他是人们通常所谓的“下三翼”的贱民，在昔年的羽皇翼在天的时代，下三翼只有当奴隶的命。后来翼在天因为《鉴空诏》被下层羽民们推翻，贵族们渐渐意识到不能对平民和贱民压迫过狠，也需要给他们留出生存的空间，下三翼才获得了自由民的权利。但他们仍然生活在各种各样的歧视中，几乎没有读书的途径，想要当兵也因为飞行能力不足而总是被剔除。

所以，翩力的家族只能祖祖辈辈在山里当药农，而且一代比一代贫困。做药农的人太多，南药城的药铺子每年都把收购价死命往下压，还动辄挑剔药材的成色，借此扣钱。与之相对，采药税却在不断地上涨。

两金铢八银毫，翩力知道自己缴不起。而缴不起税的后果是很严重的，轻则打板子关监狱，重的可能会从此被剥夺自由民的身份，成为任由贵族们使唤的奴隶。一想到这样的结局，翩力就浑身发抖。他不甘心，不甘心为了这区区两金铢八银毫变成一个奴隶。

眼下也许只有那一个办法了，翩力发狠地想。我并不想答应他，我知道这样做的结局可能很悲惨，但是……我已经没有其他选择了。

贵族们，羽族的精英们，你们不想让我翩力活下去，我也不要你们活！

檀天明抱着女儿，跪在厌火城最大的药铺门口。厌火的天气已经有些炎热了，他足足跪了一下午，几乎没有动一下，身上的衣裳已经湿透了。但他还是没有离开，仍然坚忍地跪在门口，纵然已经头昏眼花、浑身酸痛。

跪并不是解决问题的办法，但除了跪，他也想不出自己还能干什么。今年春季，厌火城流行开了一种怪病。得病的人会浑身乏力、高烧不退、眼底出血，病重一些的人就会死去。尤其是得病的小孩儿，死亡率相当高。

事态严重，朝廷从雁都城派来了御医研究这种病，总算是找到了治病的良方。这方中最重要的一味药叫金银草，本来只是一种寻常的药物，眼下却成了救命的宝贝。厌火城的市民们开始疯狂地抢购这种药物，朝廷也从外地调运来了一些。但金银草的产量本身就很低，很快就供不应求，而且价格已经涨到了令人咋舌的地步。

从这种病开始流行起，檀天明一直小心翼翼，并且提醒妻子和女儿做好防护。道理很简单，穷人生不起病。但这种病并不是你想防就防得了的，在春天即将结束的时候，女儿最终不幸染病。

檀天明把家里所有值钱的东西都卖了，把自己赖以生存的杂货铺也卖掉了，再四处求爷爷告奶奶低声下气地借钱，总算是凑足了买药的钱。然而当他抱着女儿直奔药铺时——药铺有配好的成药——药铺伙计给了他一个晴天霹雳。

“金银草即将告罄，朝廷已经有了新的规定，”药铺伙计说，“从即日起，金银草将实行配额供应，优先供应上三翼，上三翼供应完毕后，才能对其他羽民出售。”

“那什么时候才能轮到我呢？”檀天明抱着万分之一的希望问。

“至少三天内，厌火城的金银草只能对上三翼出售。”伙计回答。

“可我的女儿马上就要死了啊！”檀天明快要崩溃了。

这之后，他根本想不出任何办法，唯一能做的就是抱着女儿，跪在药铺门口，希望能有人开恩。但谁都知道这种病是致命的，在生命面前，人人都是自私的，贵族们毫不客气地提走了所有的药，没有给平民留下一根金银草。

傍晚的时候，灰暗的夕阳渐渐落下。檀天明仍旧跪着，直到有人走过来小心翼翼地对他说：“别跪了……你的女儿已经断气了。”

檀天明立刻昏了过去。

埋葬完女儿之后，檀天明失魂落魄地坐在坟边，妻子早已因为这个打击而一病不起。虽然并不是那种置人于死地的怪病，但看她的状态，只怕也比死强不了多少。檀天明回忆起过去一家三口甜蜜的生活，觉得那就像一个破碎的梦。他曾经以为，凭着自己的勤劳和精打细算，虽然只是平民阶层，他也可以和妻女一起在厌火幸福地生活下去，但一场疫情彻底终结了他的美梦。当死亡威胁来临时，有活命资格的是贵族，是血统高贵的阶层，他这样的平民注定要用自己的尸骨垫在贵族们脚下，以托起羽族的天空。

檀天明失去了女儿，失去了维持生计的杂货铺，他觉得自己在世上的挣扎已经没有什么意义了。就在这时候，他回想起了自己几天前接触到的那个人，回想起了那个人对自己说的话。很快，复仇之火在他的心中熊熊燃起。他不能让女儿白死，他不能让那些贵族踩在女儿的尸体上快乐地活下去。

他要摧毁那些羽族精英的幸福。

茌勤浑身是血地吊在经家的树屋外，身上布满了鞭痕。成群的苍蝇围着他转来转去，被他身上的脓血所吸引。

茌勤是因为自己的妹妹才被经家打成这样的。几个月前，附近乡里最有钱的经家大少爷在一次出猎过程中无意中见到了茌勤美丽的妹妹，回到家后，立即派人前来提亲。

茌家上下陷入了忧虑之中。谁都能猜到这种富贵人家的提亲意味着什么。经家大少爷不过是贪图茌勤妹妹的美貌，所以想要把她收入房中，等到玩儿腻了，立刻就会将她视若敝屣打入冷宫，让她从此在可怕的寂寞与孤独中终了此生。经大少爷已经娶了十来个姨太太了，没有谁的命运不是如此。跟了那样的人，一个女人的一生就毁了。

而茌家偏偏不敢对经家说出半个不字。经这个姓是羽族十姓之一，虽然这个经家只是青都乡下的一户土财主，但也经常会自吹自擂自己是个贵族家庭——他们好像还真是弄到了爵位，虽然只是末等男爵，但在乡下这种地方已经很了不得了。他们鱼肉乡民，欺男霸女，和地方官沆瀣一气，茌家怎么得罪得起?

但茌勤实在不甘心自己的妹妹就这样被糟蹋，他悄悄带着妹妹离开了家，想要远离青都，到其他地方去避难。逃亡的第三天，他们被经家的家丁抓住了，五花大绑地押回了乡里。当着妹妹的面，茳勤被毒打了一顿，直到他妹妹跪在地上，恳求经家大少爷饶了茳勤。她哭着说，她愿意嫁给经家少爷。

“那好，其他的花样儿一律省掉，”胖乎乎的经家大少爷满意地摸着自己圆润的下巴，“今天晚上就圆房。至于你哥哥嘛……吊一晚上，如果能侥幸不死，我就放了他。”

于是茳勤就这样被吊在了外面。虽然明知自己不可能听到，但他还是在幻觉中听到了妹妹凄厉的哭叫声，这哭声比他肉体的伤痛还要痛苦十倍，深深刺入了他的心。

很快到了长夜中最黑暗的时候，茳勤的眼前渐渐出现了幻象，他觉得自己快要挺不住了。就在这时候，突然有人出现，三招两式打倒了看守他的家丁，把他解救下来。

“你是谁？你为什么要救我？”当这位救星替他涂药的时候，他忍不住问。

“我不是为了救你，而是为了拯救所有的羽族平民。”对方回答说，“如果我告诉你，现在有一个机会，可以让平民拿起武器，把所有的贵族都打倒，把他们的尸体都踏进泥里，你愿意加入吗？”

茳勤的拳头紧紧握了起来，他凝望着经家由几十间树屋组成的空中宅院，凝望着这片黑暗的森林，坚定地回答说：“当然愿意！”

这一年的春末夏初，一股野火在宁州烧了起来，并且很快烧到了澜州。这火焰用肉眼看不到，却可以用耳朵听到。那是所有羽族平民阶层聚集在一起所发出的怒吼，那是一道历史的洪流，汹涌澎湃、无可阻挡。

在这个堪称惊天动地的历史时刻到来之际，占宁州总人口一大半的下三翼羽民都得到了特殊的指示。事实上，在叛乱的消息悄无声息地四处传播时，大多数人一开始都并不愿意加入，即便同意的人也都怀着深深的担忧，那就是，他们到底要怎样进行这一切。

“我们到底怎么做才能和上三翼的羽人抗衡啊？”他们问，“我们的飞行能力那么差，只要他们飞起来我们就完全不是对手了，地面上的人怎么能打得过飞在空中的人？”

“不必担心，这完全不会成为问题，”传递消息的人神秘地说，“我们会做好充足的准备，让上三翼大吃一惊的准备。到那个时候，你们就会发现，你们比自己想象中要强大得多！”

人们将信将疑，但不管怎么说，这一番说辞的确给人们带来了希望。对于饱受压迫和不公的人们来说，希望就像是黑夜荒原上的一点儿昏黄灯火，不管看上去多么微弱、多么遥不可及，都会吸引着他们向着那个方向迈开步伐。

夏天到了。

今天是进入夏季的第一天。在宁州东部沿海的杉右城城头，负责值守的士兵们正在懒洋洋地晒着太阳。杉右是一个已经很多年都与战事无缘的地方，原因很简单，这里距离澜州和瀚州都太远，即便打起仗，战火也很难烧到杉右来。

当然了，作为一个港口城市，杉右海域的海盗曾经全九州知名，但在过去几百年里，经过历代羽皇和城邦领主不断地清剿，这里的海盗势力大减，只能打劫一些零星的商船，再也无法对城市海防构成重大威胁了。

对于宁州的职业士兵来说，如果能换防到杉右城，实在是一个美差。这里是繁华的港口，生活条件也不错，经常能吃到新鲜的海鱼，见识到一些稀罕的物品。杉右的城防生活就像是在度假，舒适而悠闲。

所以在这个下午，当杉右城头的守兵发现遥远的天际出现了几个黑点的时候，他们并没有太放在心上。那样的高度一般的羽人都很难飞上去，所以他们认为，那些黑点很可能是海鹰，要么就是某些飞行能力特强的贵族子弟在炫耀身手，总之不必理会。

所以那些黑点在城墙的上空盘旋了很久，然后就飞远了，消失了。

大约半个对时之后，一个士兵一不小心又抬了一下头，这一回，他的眼睛睁圆了：“你们快来看，那……那是什么？”

他的同伴们一起抬头，然后一起发出惊呼：“那是什么？”

远处的天边，好像有一片巨大的云朵在向着杉右的方向高速移动过来，但这又实在不应该是云朵。其一，云朵的移动都是缓慢的，不应该有这么快，假如把天空中那些闲散的白云比作羊群的话，这朵云就是一只不安分的狂奔的羚羊；其二，这种颜色的云，分明不应该在这个时段出现，通常情况下，人们只有在朝阳初升或是夕阳将坠的时候，才会在云层中见识到这种色彩。

因为它是血红色的，在蓝色的天际和白色的云朵中，十分扎眼的血红色。

城头的守军们抬起头来，呆呆地看着这团飞速移动的血色云朵，都有些不知所措，同时心里不约而同地升起了极度不祥的预感。终于有一名军官忍不住了："我飞上去看看吧！"

这名军官的飞行体质上佳，属于每天都能有较长时间凝翼的那种，只要控制好每次飞行的时间，他的精神力允许他每天多次起飞。这已经是很接近随时随地都能起飞的鹤雪体质的飞行素质了。他很快凝出双翼，飞了上去。

迎着那片红云，军官拍打着双翼，很快就靠近了。他的耳朵里已经可以听到一阵很奇特的声音，就像是有千万只大鸟在一起扑打着翅膀。他愈加觉得有些不安，调整了一下上升高度，距离血红色的云团越来越近。终于，他可以看清楚这团红云的组成部分了。

而他的心脏几乎也在那一刻因为极度的惊惧而停止跳动。他几乎要以为自己是在做梦，正陷在一个长久的噩梦中无法自拔，但高空中划过脸庞的冷风和那越来越清晰的扑打翅膀的声音明白无误地告诉他：这不是梦。他目睹的这恐怖的场景，是真实存在的。

羽人。他看见成百上千的羽人。这些羽人聚集在一起，轻松自如地飞翔着，正在快速逼近杉右城。但是天神啊，军官想着，世上怎么可能存在这样的羽人？

他们的双翼是血红色的！正是这上千羽人血色的巨翼汇集在一起，才形成了天空中被人错认的这一团红云！血红色双翼的羽人！

这真的像是一场醒不过来的噩梦，军官悬停在半空中，脸色惨白。羽人当然是了解自己的种族特性的，他很清楚，羽族运用精神力凝聚而出的双翼，基本上都是白色的，血统越高贵、精神力越精纯，羽翼的白色也就越纯净、越亮眼，极少部分高贵血统者羽翼上会带有耀眼的光芒，看上去有如神迹。而血统越是低贱，白色羽翼就会越黯淡，有时甚至会显得很灰暗。

除此之外，还有一种极罕见的情况，那就是黑色的暗月之翼。和普通羽人不一样，拥有暗羽体质的羽人并不能感应明月的月力起飞，他们要飞起来，就必须等到暗月遮挡明月的时候。那时候，他们能感应到暗月的月力，凝聚出比明月之翼更加宽大、更加有力的黑色羽翼。而民间传说，每当黑翼出现在世间的时候，就会给这片大地带来血与火的灾难。

但是羽族从来没有红色的羽翼！无论在哪个时代，都没有人见过或者听说过红色的羽翼。然而现在，成百上千的红色羽翼竟然就这样出现在宁州的蓝天下，出现在杉右城的上空。这些羽翼聚集在一起，像是一片红云，又像是一条缓缓蠕动的鲜血之河。这当中没有美感，没有诗情画意，有的只是带着血腥味儿的残忍杀意。

军官已经可以很清晰地看清这些羽人。他们大多衣衫陈旧甚至破烂，穿着草鞋、布鞋或者光着脚，脸上带有被生活折磨的下等人的印记。但他们的神情是凶狠的，是残忍的，带有一种一往无前的可怕气势。他们手里拿着一些做工很粗糙的弓箭，完全不能和军队的军品相提并论，但从这样的弓里射出来的箭，一样能够取人性命。

“天神哪！”军官发出了最后一声凄厉的长叫，然后，一支利箭飞来，射穿了他的咽喉。

红云终于来到了杉右城的上空，并且降低了高度。这时候，不需要飞起来，城头的守军们也已经可以看清楚红云是由什么构成的了。他们也都像第一个丧命的军官那样，立即被巨大的恐惧所深深笼罩。那些拍打着巨大血翼的羽人，和他们的外形一样，可又显得那样陌生。

“魔鬼！”闻讯赶来的城守抬头看着这片压顶而来的血色的云，“这些都是——魔鬼！”

魔鬼们射出了箭支，虽然他们的弓术比不上训练有素的士兵，虽然他们的弓大多也不是军需品，但在这样居高临下的巨大优势下，第一批士兵毫无抵抗力地中箭倒地。剩下的人这才醒悟过来。

“快找掩护！”城守以下的军官们一面躲避着箭雨，一面声嘶力竭地指挥着守军，“快找掩护！传令，让城里的烈翼营和升翼营立即起飞迎敌！”

千年之前，翼在天的《鉴空诏》按照飞行能力把羽族划分为九等，后来他因为这份诏书而被平民利用暗月之日、羽族全体无法起飞的时机推翻了。不过，这样的划分方法后来还是流传下来，尤其在军中被沿用。其中，烈翼和升翼就是飞行能力最强的前两个等级；而在羽族的军队中，烈翼营和升翼营是精锐中的精锐，作战能力仅次于受特殊训练并执行特殊任务的虎翼司，是羽族最有威力的常规部队。

尽管被打了个措手不及，尽管常年训练懒散、军纪松懈，但不管怎么说，军队还是军队，底子还在。命令迅速传达到了营区，烈翼营和升翼营的士兵很快飞到了。虽然数量只有区区几十人，但几十个飞行能力强大的羽人已经足够对付成百上千的人族军队了。

可现在，他们面对的是血翼的羽人，上千名和他们一样能飞的羽人。几十对上千，数量上的劣势显而易见。

不过精锐毕竟是精锐，他们很快判断出不能和这些血翼的飞翔者正面硬拼，于是把队伍分散，三五个人聚在一起，灵活地游击作战。他们的强弓比那些平民用的猎弓射程远很多，可以一边退一边攻击，而敌人在追击的过程中，只能毫无办法地不断中箭。

烈翼营和升翼营的战术给守军们带来了希望。他们稳住阵脚，一部分人借助障碍物的掩护和敌人对射，另一部分飞行能力也不错的士兵则瞅准机会升空，配合烈翼营和升翼营跟敌人进行空中对射。杉右城的城头，箭如雨下，同一种族却有着截然不同羽翼的两批羽人相互对射着，每一支箭所射中的，都是自己的同胞。

城守的心里稍微安稳了一些，他想，这些拍打着血红翅膀的怪物不知道是从哪里得到了这样奇特的飞行能力，能够凝出红色翅膀来攻击杉右城。但他们毕竟都只是贱民，凝翅的时间有限，只要再抵挡一阵子，他们的精神力耗尽了，就只能落下来了。到时候，不论是拼射术还是拼近身搏斗，自己的士兵都能稳稳当当地占有优势。他甚至已经开始幻想，当打赢了这场艰难的战役之后，作为镇压平民叛乱的指挥者，自己有可能受到羽皇的嘉奖，甚至升官……

时间渐渐过去，无论是城守还是守城的士兵们，都发现了一个让他们难以置信的事实：那些血翼羽民的飞行能力，并没有随着时间的推移而减退！这些下三翼的贫贱阶层，本来要么是完全不会飞翔的无翼民，要么一年能飞起来一次就算很不错了，但是现在，他们已经飞行了两三个对时，还毫无疲倦之意！

而在空中飞行的白翼羽人们，都已经渐渐地支撑不住了。中三翼的士兵们首先飞不动了，飞行速度大大减慢，不少士兵因此被密密麻麻的箭雨射成了刺猬。其他士兵迫于无奈，只能降落到地面上，承受着以低处对射高处的巨大劣势。

烈翼营和升翼营的羽族精英，在经过长时间体力消耗巨大的飞行作战之后，也开始显露出疲态。他们不再能轻巧而精确地把握着射程的距离，而是被那些粗糙的弓箭逼进射程之内，很快开始遭受射杀。一个、两个……纯血统的白翼羽人不断被射落到地上，而血翼民像潮水一样源源不绝，仿佛要把杉右的天空都染成鲜血的色泽。

终于，守军们全面溃败了。在数量差距明显的情况下，他们坚持了很久，但面对那些长久飞行而毫无疲态的红色魔鬼，他们实在是无能为力了。越来越多的血翼民落在城头，从掩体后面把躲藏的守军揪出来，或者用刀砍死，或者用砖石活活砸死。杉右城的城墙上，已经变成了一片血腥的屠宰场。但守军们没有一个人逃跑，没有一个人后退，没有一个人投降，他们是高傲的羽人，他们是纯血统的高贵羽人，他们宁可战死，也不愿意用耻辱的行为来玷污自己高贵的血液。

这样的举动自然更加激发了血翼民的怒火和杀戮之意。他们下手绝不容情，所有敢于抵抗的白翼守军，只有一个下场，那就是死。

当最后一个守军几乎是被生生撕裂成碎片之后，这支血翼民的领军人物收起了血翼，骄傲地踏上了杉右的城头。他，就是当天参与七姓后人秘密会议的茳氏后人——茳图阖。

成功了，他抑制不住内心的喜悦。当陆氏后人召集那次聚会的时候，他的心里充满了疑虑，实在不能想象一群飞行能力奇差的平民如何凭借粗糙的武器去和精锐的正规军作战。但现在，他的心中再也没有任何怀疑了，有的只是胜利的狂喜和对未来的无限期待。

原本不会飞或者飞行能力不强的平民，忽然拥有了可以和历史上的鹤雪平起平坐的飞行能力，这对他们而言，将会是怎样的诱惑力？血翼的诱惑，加上生活中数之不尽的苦难所带来的仇恨，将会把越来越多的平民召到七姓后人的旗下。每攻下一座城，就相当于天然地又增加了大批部队。这可真是无比划算的买卖。

七姓后人这次商议从杉右城开始他们的第一击，也是有着很深远周密的考虑的。杉右城由于长时间没有战争，驻扎的军队必然战斗力不足，对突然遭受打击的反应也不够快，这第一场攻城战所付出的损失会比攻打其他城市小。第一战对士气的影响十分关键，如果第一战就遇到巨大阻碍，死伤很多，平民要跟随他们就会很犹豫。幸运的是，他们选对了地方，杉右的抵抗如他们预测的那样弱，不到半天工夫就彻底瓦解了。

此外，杉右是一个富裕的港口城市，夺取杉右不但可以得到一大笔军费，还可以顺势把这座临海的城市作为这次叛乱的根据地。有了杉右作为基础，以后的战事然会越来越顺利。

第三点很关键，杉右城非常适合用来杀鸡给猴看。杉右是一个贫富分化很厉害的地方，城中赚钱的产业，比如运输业、渔业、盐业等，大多掌控在几个有名的大贵族手里，而广大平民则不得不天天干着苦工，可收入极低。现在打下了杉右，正好可以激发民众的怒火，然后把城中的贵族阶层通通杀死，一举震惊整个宁州。

唯一活下来的城守被带到了茳图阖的跟前。他在眼看着自己的守军全军覆没之后，本来想挥刀自尽，却被手快的血翼民抢先制伏，五花大绑着送到茳图阖身前。这是茳图阖事先交代过的，尽量活捉这位城守。

“城守大人，这一战怎么样？”茳图阖带着踌躇满志的笑容问道。

城守往地上啐了一口，一时间不知道该怎么回答。过了很久，他才抬起头来，恶狠狠地盯着茳图阖：“早就听说当年屡次叛乱的七姓又要起兵了，可我没想到，你们竟然掌握了这样的邪术。到底是谁帮助这些平民生出这种血红的翼翅的？”

茳图阖耸耸肩："这你就不必管了。现在你已经看到了，过去你们对我们占有绝对优势，但是现在，这样的优势已经逆转了。宁州不再是你们这些高贵者的天下了，它将进入羽民统治国家的崭新时代！"

城守说不出话来了。的确，那种血统上的高贵似乎在这一刻已经荡然无存了。低贱的平民具备了比贵族们更加强大的飞行能力，或许整个羽族的历史都将改写。这一刻，城守的心里生出一种深深的无力感。以他的眼光，看不透这个种族的未来，但他的内心深处仍然藏着强烈的忧虑，不是为了自己的命运，也不是为了贵族们的命运，而是为了整个羽族。他试图从这鲜红色的羽翼中看出什么来，却又什么都找不到。最后他只能抬头向天，喃喃地说："宁州啊……又要陷入一场浩劫了吗？"

几天之后，当杉右沦陷的消息以风一般的速度刮遍了整个宁州乃至澜州，令所有的羽人都感到震惊无比的时候，杉右的城门上已经挂上了一排排人头。那些都是过去支配着杉右城的贵族的人头。

城守的人头也在其中。他圆睁着双眼，不甘心地凝望着这个已经开始变异的世界，像是在发出无声的质问。

而城内，下三翼的羽民们已经近乎癫狂。他们组成一支又一支搜查队，挨家挨户地搜查有贵族血统的人。这些人中，地位最高的一批人将会被毫不留情地处死，剩余的或者被关押，或者将成为奴隶。千百年来一直遵行的羽族血统制度，在杉右城被彻底颠倒过来。

与此同时，更多的缺乏飞行能力的平民拥向了占领军——他们自称为"血翼军"——充满渴望地要求也获得那种令人惊羡的飞翔的本领。他们并不在乎羽族的双翼本应该是纯净的白色，只要能飞起来，黑翼又如何？血翼又如何？

"不必着急，慢慢地一个个来。"茳图阖站在高处，对着兴奋万分的羽民们说，"血翼是属于所有羽族平民的，你们每一个人，都能拥有一双高飞的血翼！"

这个时代，在后世的历史书中，被称为“暗月纪”。

在九州的十二颗主星中，暗月是很特殊的一颗。它又被称为“影月”，总是在它熠熠生辉的兄弟——明月周围默默绕行，黯淡的颜色让人们很难看清它的真容，只能根据明月的圆缺，确定暗月还不容置疑地存在着。

在星相学里，暗月代表怨恨和衰老，代表崩坏和杀戮。这是一颗不祥的星星，运行在自己固定的轨道上，冷冷地俯瞰着大地，俯瞰着万物众生。

它在等待，等待着属于它的纪元的到来。它耐心地、毫不焦急地等待着，任由一个个纪元在大地上飞逝而过。终于，它等到了自己几千年来距离大地最近的时刻，从这一刻开始，历史踏入了暗月纪。

一个战火纷飞、生灵涂炭、信仰崩坏的时代。在这个时代的初期，各种各样的邪教横行，天驱、天罗、辰月等古老的教派和组织还在做着自己最后的努力。暗月纪初年的一些著名人物——羽族游侠云湛、南淮捕快安学武、辰月教教主木叶萝漪等人，就是这些教派组织在人间最后的耀眼光芒，但他们的逐渐式微已经是不可逆转的了。那时候九州大地已经发生了多场战乱，甚至原本东陆最强大的衍国因此消失。但对暗月来说，这些似乎都还不够。它还想要享受更加盛大的筵席，想要把毁灭之火燃遍九州大地的每一个角落。

如今暗月纪正走向第四个百年，这一切似乎真的要到来了。越州地火之后，那些令人毛骨悚然的血红的双翼，或许就是暗月赐给人们的又一份礼物。

宁州黑鹰寨的寨主秋落是暗月纪时代的一个智者，他早就敏锐地察觉到了世情的变动，并且力图为了黑鹰寨的生存做出种种努力。但他也很清楚，暗月就像一道无法遏制的巨轮，已经悄然碾向了九州大地，没有谁可以幸免。

“找到我的老师了吗？”云轻瑶问秋落。她并不是一个啰唆多嘴的女人，但在这样的特殊时期，她无比迫切地想要见到自己的老师君无行，所以几乎每天都要向秋落提出同样的问题。

而秋落显然有着足够耐心，每次都会认真回答："你的老师行踪太飘忽，所以暂时还没有找到。"

这也不奇怪。云轻瑶想，君无行要是那么容易就被人找到的话，反而有些不正常了。她反正也是耐得住寂寞的人，每天自己在房间里钻研着秘术，自得其乐，旁人也不去干扰她。

但她还是觉察到，秋落的情绪有些低落。这个一向充满了快乐的土匪头子，在这些天里，总是难以隐藏笑脸之下的那种忧色。

"你在担心些什么？"她问。

"我在担心，一个新的乱世已经到来了，"秋落说，"而且这个乱世的残酷与宏大也许会超出所有人的想象。"

"真是奇怪了，"云轻瑶说，"你不是只关心黑鹰寨的命运吗？"

秋落一笑："我当然只关心黑鹰寨的命运，但黑鹰寨是九州这棵大树上的一片叶子。如果整棵树都要死了，树上的一片叶子难道还有活命的机会吗？"

"你是说，这棵树会死？"云轻瑶一惊。

"我不能确定，我什么都不能确定……"秋落摇摇头，"没有谁能准确预言未来的事情，即便是星相师也不行。但综合我得到的九州各地的情报，我觉得一场很大的动荡或许难以避免了。"

云轻瑶默然了。她对九州的了解实在太少，除了秘术相关的知识，她对九州的历史、地理、人文都所知不多，她也知道自己没有能力替秋落分忧。她一次又一次地把那个储存记忆的水晶球放在自己的额头上，却总是找不到自己想要的东西。

此时此刻，她真的很想念自己的老师，虽然有一些油滑和没正形，但君无行的智慧与见识是毋庸置疑的。这一段时间以来，自己的内心郁积了许许多多疑问，也许只有老师才能为自己解惑。

运气不错，或者说秋落的情报网毕竟还是相当管用的，几天之后，君无行的下落真的被找到了。但秋落向云轻瑶汇报的时候，神情非常古怪。

"怪不得找他那么费劲儿呢，"秋落说，"令师君无行最近也在旅程当中，居无定所，所以直到他到达了自己的目的地，安顿下来，我的人才算是找到了他。好消息是，他现在所处的方位离我们非常近，省去了很多路途上的不确定因素；坏消息在于……那个地方你未必想去。"

"什么地方？"云轻瑶问。

"君无行来到了宁州，并且已经住到了雁都城他的一位老朋友的家里。"秋落说。

云轻瑶并不笨，立即就明白了秋落的意思："他住到了纬苍然的家里。"

"而且非常凑巧，纬苍然的儿子纬翔空，现在也住在家里。"秋落叹了口气。

云轻瑶转过身，看着河水里变幻无端的浪花。过了一会儿，她转过头来："无论如何，我都得去见一见我的老师。"

"我送你去。"秋落说。

"不必劳烦你亲自去，"云轻瑶说，"派一个你的手下替我指引一下方向就可以了。"

"这不单是为了你，"秋落说，"我也很想拜见一下君无行先生。更重要的是，我还想和纬苍然聊一聊——在羽族高层当中，他大概是唯一不想抓我的人。"

"那好吧。"云轻瑶无可无不可地点点头。

两天之后，两人踏入了雁都城。再次回到这座城市，云轻瑶油然想起纬翔空对自己的欺骗，心里一阵愤怒，又是一阵黯然。但她表面上还是装作若无其事，跟着秋落直奔纬苍然的住所。秋落并没有到过纬苍然的家，但他的下属已经把详细地址告诉了他。

"你的这些手下，真是能干。"云轻瑶说。

"他们离不开我，我也离不开他们，"秋落一笑，"在这个世界上，你不可能什么事都自己一个人去完成，总需要有朋友，有同伴。"

这句话说中了云轻瑶的心事。过去不觉得，但在被纬翔空欺骗过之后，她突然意识到自己很孤单，等到和秋落一比较，这种孤独的感觉就更为强烈了。纬翔空曾经是她的同伴，但即便双方没有发生龃龉，最终完成任务之后，她也要一个人离开。眼前的秋落也是如此，现在她是秋落的同伴，是黑鹰寨的贵客，但总有一天，她会离开黑鹰寨。然后做些什么？还是这样一个人孤零零地漂泊吗？

孤独这种东西是比较出来的。当她离开了老师君无行，不得不一个人独自过活的时候，她也曾感到过孤单，后来也就慢慢地习惯了这一切。现在，她发现自己又不习惯独自一人的日子了。更为可怕的是，这种感觉和当初离开君无行时截然不同。离开君无行，只是对师长的依依不舍，而现在这种空旷的感觉，究竟从何而来？是因为秋落，还是因为……那个惹人憎恨的纬翔空？

她摇摇头，不愿意再想下去。片刻之后，秋落已经带着她来到了纬苍然的家门口，但两人不敢轻易进去。

"怎么会有这么多人？"秋落皱皱眉头，"这样的话，我就不好轻易现身了。"

"你是怕会有官家的人认出你吗？"云轻瑶问，"你不是说过，你在黑鹰寨只管运筹帷幄，出去动刀动枪的事情从来都用不着你吗？"

"自从当了寨主之后，我倒是极少在外人面前露面。"秋落说，"但是在被灭国之前，我曾在九州各地游历过一段时间，所以在官府的档案里，还是有我的画像的，只是不太精确而已。眼下还是要小心为上，我们多等等吧。"

"这么多人来找纬苍然，一定是发生了什么事吧？"云轻瑶说。

"不但有事，而且是大事。"秋落说，"纬苍然从来不参与政治，也从来不去掺和羽族贵族之间的内斗，所以不管哪一个派系的贵族，至少都很信任他。如果他们来找纬苍然谈什么事，那就不会是那种党争内斗的小事了。"

事实上，这些衣饰华贵的羽人的的确确每一个都面带焦虑之色，在门外等待的时候，有的人就不停地背着手走来走去，长吁短叹。而云轻瑶这时候也想起来，进城之后看到的民众，表情似乎也不怎么对头，整个雁都城的空气仿佛都变得沉重而凝滞。看起来，在两人行进在路上时，宁州一定有事发生了。

秋落这时候也一言不发，陷入思考中。云轻瑶想，不如随便到路边拦下一个行人，张口一问不就清楚了吗？她正想行动，一抬头忽然呆住了。

身边飞着一只蝴蝶，一只五色斑斓的大蝴蝶，翅膀上的图案有若错落的繁星，十分好看。按理说，这样大的蝴蝶通常应该只在野地里出现，现在它却飞翔在了雁都城里，飞翔在云轻瑶的身边。而且这只蝴蝶显得十分大胆，半点儿也不畏惧人，绕着云轻瑶飞了一会儿后，居然就停在了她的右手衣袖上。

云轻瑶看得好奇，伸出左手想要抚摸一下这只蝴蝶。出乎她的意料，手指划过蝴蝶的身体，却什么都没有碰到，而蝴蝶的色彩在那一瞬间有了些小小的扭曲。当她的手指移开之后，蝴蝶又恢复了正常的样貌。

这是一只假蝴蝶，或者说，一个小小的幻觉游戏。但这是一个能够让云轻瑶这种水准的秘术师都完全看不出破绽，以至于把假蝴蝶误以为真的幻觉，云轻瑶并不认为九州有多少秘术师能够做到这一点。

想到这里，她连忙把视线拉远，然后就看到了一个很熟悉的身影。在纬家院子的偏门处，她的老师君无行正在微笑着向她招手。

这一天早晨，纬苍然按照多年的习惯，早起练武去了。而君无行同样也按照多年的习惯，睡了一个懒觉，醒来之后，雷冰已经在后院为他准备好了早餐。当然，从时间上来看，他大可以早饭、午饭放在一块儿解决。

这个人的性格和纬苍然截然不同，生性潇洒随意，甚至有些放浪形骸，如今虽然年纪老大不小，连徒弟都带出来了，个性却似乎并没有什么改观。说来也奇怪，他这样闲散惫懒的性子，按理说应该是修炼秘术的大敌，偏偏他就练就了一身超卓的秘术功底，尤其精研高深的谷玄秘术。

君无行在年轻时就结识了纬苍然夫妇，并且曾在纬苍然所破获的星相师失踪案中起到了很关键的作用。此后纬氏夫妇定居雁都，他却一个人在九州各地四处漂泊，直到收了云轻瑶为徒，才稍微过了那么几年安定的日子。他至今都没有婚娶，很多认识他的人都以为是他一辈子风流惯了，不想有家室牵绊，只有雷冰和纬苍然知道其中的原因。

现在君无行正在很开心地对付着雷冰为他特意准备的早餐，主要是一条烤羊腿。君无行是个饕餮之徒，在吃喝方面很有讲究，所以雷冰想方设法为他找到了肉食，让他大快朵颐。除此之外，他还很好酒，所以一壶羽族的果酒也是必不可少的。

羊腿啃了一半，君无行看来已经有点儿饱了，他放下羊腿，把嘴上和手上的油慢慢擦干净，突然开口说："为什么还不问我？"

"问你什么？"雷冰明知故问。

"行啦，在我面前你还装什么糊涂？"君无行说，"我在你家已经住了两天了，和你们两口子也说了几百上千句话了，以你的性子，应该在见到我的第一眼就问我的，但你偏偏一直憋着忍着，不嫌难受吗？"

雷冰叹了口气："我当然想问，可是又不敢问。看你还是这么一副孤家寡人的样子，我就知道，你仍然没有忘记她。你在九州各地居无定所，其实也还是想去找她。"

君无行沉默了一会儿。他端起酒杯，却并没有凑到唇边，在空中停滞了一会儿之后，又把酒杯放下了。然后他拿起了酒壶，直接往嘴里倒。

"我当然想找她，我一直都在找她，"君无行脸上一贯的懒散笑容消失了，取而代之的是一种毫不掩饰的惆怅和痛苦。在雷冰面前，他从来不用掩饰自己，"从二十多年前你我三人在南淮城分手之后，我就在找她。我踏遍了九州的每一个角落，也因此很意外地收了瑶儿为徒，除了教授瑶儿的那几年，我一直在找她。可是总也找不到。"

"我有时候甚至在想，她是不是已经不在这个世界上了呢？"君无行说，"她毕竟既不会武功又不会秘术。有时候我又想，我这样发了疯一样地寻找她是否值得？她毕竟……她毕竟曾经那样地欺骗了我，还杀死了我的朋友们。可我还是不能忘了她，怎么也忘不掉。"

雷冰轻轻拍了拍他的肩膀："可是你已经不再年轻了。你，我，苍然，我们都老了，不再像年轻时候那样，想做什么就做什么，想去哪里就去哪里。就算是你，现在不也多了一个总让你挂念的小徒弟吗？"

君无行露出了笑容："我这个徒弟，将来在秘术上的成就恐怕还要超过我，她的心，比我的更纯粹，更干净，更没有杂念。但她的内心深处还是隐藏着很多恐惧，我用秘术把那种恐惧封闭起来了，可我不知道什么时候这种封印就会消失。"

他摆摆手："不谈这些了。我在你家住了两天，把一切该拉扯的叙旧的闲话都说净了。我们喝醉了，开心了，接下来就应该为一些正事发发愁了。"

"我就知道，你突然跑到雁都来，绝不只是叙旧这么简单。"雷冰说，"是有什么很要紧的事情吧？"

"的确是相当要紧，不只关系到你们羽人，很可能还关系到整个九州的未来。"君无行说，"前天晚上死掉的那个秘术师，我相信就和此事有关，可惜他所用的秘术太伤自身，已经救不回来了。不过，没有他的口供也不要紧，我发现……"

他说到这里，忽然住了口，脸上的表情有点儿奇怪。雷冰问："你怎么了？"

"有一股很熟悉的精神力在靠近，"君无行说，"就在方圆数十丈之内，已经很近了。"

"数十丈之内？已经很近了？"雷冰活像嘴里被塞了一只羊腿，"你这个怪物，你的秘术到底修炼到什么地步了？"

"不管修炼到什么地步都没有用，"君无行满脸遗憾地叹息，"已经是九州第一了，再怎么向上也不过还是第一，这就叫作高处不胜寒哪。"

雷冰做出呕吐的表情时，君无行已经像破裂的肥皂泡一样，一眨眼就不见了。

片刻之后，君无行重新从偏门进来，身边有一个年轻美丽的羽族少女很亲昵地挽着他的胳膊。雷冰看着这一幕，心里一阵温暖。她知道，有这样一个可爱的徒弟在，君无行总不至于太过寂寞。

而跟在君无行和云轻瑶之后的秋落禁不住大吃一惊。自从和云轻瑶认识之后，这个女秘术师就始终给人以一种不食人间烟火的错觉，他做梦都想不到，有一天会看见云轻瑶伸出手去挽着一个男人。那一刻，他简直觉得云轻瑶已经不是云轻瑶了，而是完完全全换了一个人。

他甚至都隐隐约约地有点儿嫉妒这个叫作君无行的老男人。

几个人相互介绍了一下自己。当秋落说出名字时，雷冰微微一惊："你是那个……黑鹰寨的寨主？"

“我是的，夫人。”秋落对雷冰很尊敬，“我这次陪同云小姐前来，也是希望能拜访一下纬大人。不过我想，我来这里的目的，也许和君先生是一样的。”

“多半是一样的。”君无行点点头，“不过，你的手下跟踪的技巧还得再提高一些，这一路上，他们的脸我都快记熟了——要是没有你，瑶儿恐怕是很难找到我的。”

秋落神色不变：“在君先生面前，我们土匪的小花招儿当然不值得一提。”

雷冰看着秋落的脸，脸上毫不掩饰地现出一点儿愁意。秋落忙向她鞠躬：“纬夫人如果不愿意结交匪类，我这就离去，绝不敢给纬大人添任何麻烦。”

“不是那个，你放心，就算是刺杀羽皇的凶手，我们也一样敢留。”雷冰大大咧咧地说，“我只是在为我儿子发愁而已。”

“你儿子？纬翔空？”秋落不解，“他好像不管剿匪这样的小事……”

“我是说，现在他只剩下一半机会啦！”雷冰一挥手。

秋落一怔，看看仍然依偎在老师身边、完全没听到这句话的云轻瑶，立即明白了雷冰的意思。

一时间他不知道自己是该哭还是该笑，心想：早就听说纬夫人是女中英豪，果然不一般。不过……真的还有一半机会吗？

3

“挑选一个无翼民给我。”阳墨说，“我要一个无翼民，完全不能起飞的那种，而且身体条件越糟糕越好。”

阳胜犹豫了一会儿，看看阳墨，再看看那个穿长袍的男人，忽然一咬牙。

"好吧，如你所愿。"阳胜说，"萨特拉，你出来！"

随着他这一声喊，名叫萨特拉的羽人从人群中走了出来。南鱼听到阳胜直接喊那个人的羽族名字，有点儿不解。洪方倒是在这方面多一些知识，悄悄解说道："这个人很有可能是在羽族里地位最为卑贱的那种，虽然他可能也姓阳，但从来没有人给他起一个东陆名字，所以只能叫他的羽族名字了。"

连东陆名字都没有，这可真是最底层的贱民了，南鱼想。等到看清了萨特拉的相貌之后，这种感觉更为强烈了。这是一个大概四十来岁的中年羽人，身材已经佝偻了，短手短脚，穿着一身极不合身的粗布衣衫，站在人群当中都会被别人完全挡住。他的脸上甚至看不出寻常穷人特有的那种愁苦，已经完完全全呈现出某种麻木不仁。

这样的一张脸真是令人看了不舒服，南鱼想，贫困可以把人折磨成这样，就好像连灵魂都被从那具佝偻的身躯中抽离了一样。

"很好！"阳墨来到萨特拉身前，看着他的眼睛。萨特拉似乎很不习惯被人盯着眼睛看，不自觉地就低下了头。

"抬起头来，萨特拉！"阳墨大声说，"告诉我，你想不想飞起来？"

"我……飞起来？"萨特拉很是迷惑，"我怎么可能飞起来？我从来就不能飞……"

"别管你过去能不能飞，"阳墨的语声转为轻柔，"你只需要告诉我，你想不想飞？如果有可能的话，你愿不愿意飞起来？"

阳墨的语气里带有一种特别的诱惑，萨特拉茫然地抬头，看着似乎永远遥不可及的高远的天空，低下头时，双目中已经隐隐有了泪水："我想……我愿意！我当然想飞起来！"

他几乎喊了出来："有哪个羽人不想飞起来？"

"那我就让你如愿以偿吧。"阳墨说着，向后退出几步。那个遮住面目的长袍人走上前去，手从袖子里伸出，手心上亮出一块亮晶晶的小东西。

"墨晶石！"南鱼大吃一惊。他当然很熟悉这个东西，因为在他的手臂里就嵌着这么一块石头。同时，他也猜到了这个长袍人想要干什么：他是一个秘术师，想要用墨晶石激发萨特拉的精神力，让他凝出羽翼来。

可是这样做……有什么用呢？南鱼不大明白。他知道，这种用墨晶石强行激发凝翅的秘术，对受术者的身体伤害相当大，在天空中飞行一小会儿的代价，很有可能就是减损十年以上的寿命。而听阳墨的口气，他似乎是想把这种秘术作为常规手段推行到所有的平民身上，那就更没有意义了——平民精神力有限，就算依靠墨晶石凝羽，顶多也就飞行一个对时，然后就得摔下来，在训练有素的正规军面前不可能讨到任何便宜。这个阳墨，不会是发疯了吧？

他正在想着，忽然发现，秘术师手中的墨晶石开始转变颜色，墨色里竟然泛出了红光。红色的光芒越来越亮，越来越耀眼，终于，整块墨晶石都变成了血红色。血红色的墨晶石，这可是南鱼从来没见过甚至没有听说过的玩意儿。

"伸出你的手来。"秘术师沉着嗓子说。

萨特拉乖乖地伸出了左手，秘术师把血红的墨晶石用三根手指夹起来，在萨特拉的手心画了一个六芒星的形状。墨晶石割破了萨特拉的掌心，但他并没有感觉到痛苦，似乎反而有些惬意。

"现在，试一试吧，萨特拉！"阳墨的声音就像是一个宗教的传教者，充满一种邪恶的诱惑，"忘记那些飞行的规则，忘记那些你永远感应不到的明月的月力！试一试，用你自己的精神力飞起来！你能飞，你自己就能行的，试一试吧！"

萨特拉呆呆地看着自己被划破的手掌心，那个鲜红的六芒星仿佛在灼灼地燃烧，刺激着他的手掌，刺激着他的整个躯体。他忽然觉得自己好像要燃烧起来了，有一种压制不住的强大力量从心底深处奔涌而出，流遍了四肢百骸。这力量太强大了，他瘦弱的身躯几乎无法承载，急需一个突破口。

就好像被洪水拍击的堤岸，只要有一个突破口……一个突破口……

萨特拉蓦然高高仰起自己的头颅，向着太阳发出了怒吼。整个村庄的人从来没有听到过他发出这样雄浑而凶悍的吼叫。他的双膝微屈，上半身向后仰，高扬着双臂，仿佛要把自己拉扯成一张弓。

然后，他的背后溅跃出一片刺眼的红光，仿佛他全身的血管都爆裂了一样，但仔细看去就能发现，那并不是血液，而是一种比血液更加黏稠、更加接近固态的奇特物质。这一大片血光在萨特拉的背后扭曲着、延伸着、流动着，不断改变着形状，终于……

它的形态固定下来了。

翅膀！这是一双血红色的翅膀！每一片羽毛都泛着令人不安的血光，组成了一对巨大的血色羽翼。

然后萨特拉就飞了起来。血翼拍打着，赋予了羽人向上的升力，轻松地带着他的身体飞上了天空。从来没有飞起来过的无翼民，在这一刻征服了天空。他同风共舞，在蓝色的天幕中划出一道道血色的轨迹，尝试着各种各样的飞行姿态，狂喜的呐喊声隐隐从高处激荡着，传入人们的耳中。

所有人都被这一幕深深震撼了。他们终于明白了，为什么阳墨会那样充满自信，那样踌躇满志。这血色的双翼就是最好的证明。它看上去是那么邪恶，仿佛是魔鬼赐给人间的礼物；但又是那样充满诱惑力，即便打上魔鬼的烙印，也能让人为之怦然心动。

“你明白了吗，阳胜？”阳墨带着胜利者的骄傲喊道，“这就是我所说的不可战胜！只需要最短的时间，我就可以把一个无翼民改造成能够在天空中自由翱翔的精英！如果澜州和宁州的下三翼羽民全部接受这样的秘术改造，那将是多么宏大的力量！我们不只要征服宁州和澜州，我们要让血红的双翼征服全九州的每一寸土地！”

阳墨的言语中带有可怕的煽动力，从在场羽人们的表情中就可以看出这一点。在这个穷困的村子里，几乎所有的村民都属于下三翼，大多数人都只拥有在每年七夕做一次飞行的能力。而眼下，这双生在萨特拉身上的血红色的翅膀实在是让他们羡慕。虽然血色是一种能带给人不安联想的颜色，可是，只要能高飞，又有哪个羽人会在乎这一点呢?

阳胜深深地叹息了一声。他摇摇头，对着阳墨缓缓地开了口，话语里饱含着苍老和疲惫：“阳墨，你赢了。我无法再阻止你了，我的村民们，就让他们跟着你走吧。我对你只有一个小小的要求，希望你能答应。”

阳墨得意地笑了。他矜持地走到阳胜身前，用一种帝王般的语气说：“你只管提出来，阳胜，识时务者为俊杰，对于识时务的人，我们一定会尽量提供方便的。”

阳胜看着阳墨的眼睛，冷静地说：“我想请你去死。”

话音未落，他的手指已经在空气中描绘出了复杂的秘术印纹，当他说出那个“死”字的时候，灼热的气浪已经从他的身上发散而出。

阳墨大张着嘴，但连叫都叫不出来了，他的身体开始像蜡一样地熔化，连皮带肉，包括体内的骨骼，都迅速地熔化在阳胜发出的可怕的高温之下。

紧接着，阳胜大袖一挥，致命的热浪迅速席卷了阳墨带来的所有随从。他们也和阳墨一样，甚至来不及叫喊一声，就被那令人难以想象的高温彻底吞噬。

唯一的例外是那名秘术师。他在被热浪包围的一瞬间，释放出了低温的冰雾，冰雾环绕在他的身体周围，和热浪对抗着，护住了他的身体。

阳胜在这一刹那的爆发惊呆了所有人。羽人们都早已习惯了这位村长成天和蔼可亲的苍老面貌，直到这时候才想起，他是整个澜州阳氏羽人的族长，年轻时是一名非常厉害的秘术师。

而南鱼等人更为惊诧，并且在惊诧中不住地后怕。他们制伏阳胜时，几乎不费吹灰之力，之后的日子里，阳胜也并没有表现出丝毫反抗的意愿。直到这时候他们才知道，阳胜有着如此厉害的秘术功力，在这些天里，他随便找到任意一个破绽，甚至干脆就硬碰硬，都有可能把自己这边所有的人干掉。

但是他没有，他听任这些异族的强盗挟持他，利用他胁迫了整个村子的人，然后给他们提供舒适的住所，供给他们一日三餐和宝贵的药品，甚至包括阳胜自己珍藏的一些好药。在此期间，他始终都只像是一个衰迈的糟老头子，没有做一丁点儿反抗。

他到底为什么这样隐忍？难道他看出了这些人已经穷途末路，因而故意给了他们一个活命的机会？南鱼和沐闲歌等人推想着、后怕着，额头的冷汗滚滚而下，同时，一种莫名的感动也从心底悄悄涌起。

阳胜和阳墨带来的秘术师僵持起来了，对方显然也有着极其深厚的秘术功底，利用印池系的寒冰秘术对抗着阳胜的郁非系火焰秘术。高温和低温的气流在空气中相互碰撞着，谁也吞不下谁，陷入了僵局。

但是明眼人都能看出，阳胜处于劣势。他毕竟年事已高，体力不济，而且从一开始为求速胜，他就已经使出了全力。现在和这名秘术师进行长时间的比拼，让他的精神力燃烧到了极限。他的身躯在微微发抖，嘴角慢慢有鲜血流出，看来已经难以为继了。

在秘术的作用下，秘术师身上的外袍已经片片碎裂开，露出了他的面目。他果然有着人族的面容，但也可能是一个魅。此刻，他的脸上绽开了得意的笑容，因为他已经感觉到阳胜的精神力正在一点点地衰弱下去，自己距离胜利不会太远了。

但突然，他的笑容就此凝滞了。一把刀，一把锋锐的刀突破了他的秘术结界，薄薄的刀刃很轻松地割下了他的头颅。在两名秘术师燃烧着自己的精神力进行秘术比拼的时候，这把刀的突然一击，瞬间扭转了战局。

那是南鱼。在羽人们都还不知该如何是好的时候，他果断地出手了。龙鳞从包围着秘术师的寒气中侵入，精准地一刀切下了他的脑袋。龙鳞几乎是立即就覆盖上了一层厚厚的冰晶，而南鱼随即也扔下刀，捧着右臂，脸上露出痛楚的表情。他的右臂已经被冻伤了。

阳胜收了郁非火焰，虽然身体已经感觉很虚弱，还是三步并作两步来到南鱼身边，捧起了他冻伤的右臂。治愈秘术放出柔和的光芒，覆盖在冻伤的位置。南鱼只感到一阵柔和的温暖，痛楚大大减轻了。

“好了，不碍事了。”阳胜挥挥手，自己的身体却摇晃起来。沐闲歌和洪方抢上前，一左一右扶住了他。几个人族都有些尴尬，讷讷地说不出话来。

倒是阳胜笑了起来：“我早就看出你们并不是恶人，只不过是形势所逼想要找一个庇护所罢了。我年轻的时候，也曾经受过人族的恩惠，收留你们，替你们治伤，就算是向人族报恩了吧。”

“谢谢您！”沐闲歌真诚地说，想了想，又补上一句，“您真了不起。”

阳胜摇摇头：“没什么了不起的，面对这场灾难，我的力量太微弱了，完全做不了什么。”

众人默然，都知道他指的是那墨晶石变化出来的可怕的血翼。此时，萨特拉已经降落到地上，悄然收了羽翼，此前发生的一系列杀戮冲突也被居高临下的他尽收眼底。他的表情很复杂，收起血翼后就默默地走远了。

“你们快走吧，这个村子，很快就要成为危险之地了。”阳胜又说。

南鱼摇摇头：“既然我的性命是拜你所赐，我自然应该回报你。我想多留几天，帮你抵御敌人。”

说完，他忽然想起了点儿什么，从身上掏出了汤若林交给他的那串项链：“这是汤若林·杜克尔·海达洛加斯交给我的，请你相信我，我不是羽族的敌人。”

阳胜微微一怔，接过项链看了一眼，脸上的笑意更浓：“我当然相信你们不是敌人，不然你们早都成为死人了。但是这件事，不是你们留下来就可以解决的。年轻人，我看得出来，你的身上负担着很重要的使命，否则杜克尔不可能把他的项链交给你。你应该尽早去完成你的使命，而且越快越好……”

他抬起头，看着依旧蔚蓝的天幕，长长地叹了一口气：“因为羽人的世界很快就将陷入黑暗了。”

于是南鱼等人几乎是被驱逐着离开了村庄。阳胜站在村口，脸上带着含意不明的微笑，向他们招手，目送他们远去。一直到离开这片森林，南鱼都觉得那个衰迈的羽族老人还站在自己眼前，虽然脸上带着笑意，眼睛里却有着垂死雄鹰般的深沉悲哀。

那以后南鱼再没有回到过这个村子，也再没有听到过和阳胜有关的任何消息。他并不知道，在那场席卷整个羽族世界的“血翼之灾”中，阳胜坚持了很久。他联系了一切他可以信任的人，不惜一切代价地在澜州截杀着七姓后人的使者，想尽一切办法拖延着血翼的蔓延速度。在平凡的外壳中当了好几十年小村长的阳胜，重新像他年轻时那样热血澎湃、无所畏惧，像他年轻时那样充满了战斗的勇气，在澜州的森林里奔波着。

但澜州的羽人并不能理解阳胜的苦心。当越来越多的平民、贱民体会到血翼带给他们的狂喜之后，他们已经失去了判断能力。阳胜最终没有死在七姓后人或是其他血翼民的手中，而是被他自己的村民所杀。村里的年轻人看到其他村落的羽人们都可以伸展着血翼高飞于天际，心里的羡慕终于转变成对阳胜的仇恨。他们认为，是阳胜剥夺了他们自由飞翔的权利。于是在一个暗夜里，几个年轻人悄悄潜入阳胜的屋子，在他的胸口插入了一柄匕首。

阳胜并不是一个人在战斗。或许是因为和人族持续千年的鏖战使羽人们厌烦了战争，或许是因为和人族无休止的争端使羽人们不愿意把杀戮的弓箭对准自己的同族，总而言之，当血翼带来的战火漫卷了整个宁州时，澜州的战争始终维持在一个较小的规模上。族长们忧心忡忡，尽量阻止着自己的族人；平民也比宁州的羽人更多了一分疑虑，不愿意轻易接受这对看上去十分不祥的血翼。结果，当宁州血流成河时，澜州的动静要小得多。

这也为羽族保存了最为关键的有生力量。

“你还是要去秋叶城吗？”沐闲歌问。

“一定要去。”南鱼很坚决，“不管澜州和宁州到底会发生些什么，我要做的事情总得去做。”

“得了吧，如果不是阳胜极力把你赶走了，你现在还会待在那个村子里，摩拳擦掌地准备帮阳胜打架，早把你自个儿的事情忘到九霄云外了。”沐闲歌撇撇嘴，“你这个人就是这副德行，热血一上脑，大事小事完全拎不清。不过说真的，你倒是总能有好运气。”

南鱼不好意思地一笑：“那不是没有发生吗？没有发生就当它不存在好了。我沿路多管闲事，能够帮助你们俩和这些朋友离开澜州，不也很好吗？”

“你就是这么想得开……”沐闲歌咕哝着，“以后，你一定会寿比南山、儿孙满堂。”

沐闲歌和南鱼不停地说话，沐沉语却始终一言不发，眉宇间隐含着一丝惆怅。洪方猜出了她的心思，只是微微一笑：“天下没有不散的筵席，公主殿下，想开些吧。”

一行人走到了岔路口，从此处向西，可以找到通往澜州南部人族领地的路，向东北则是走回头路，继续去往秋叶城。大家必须在这里分手了。

南鱼似乎仍然不知愁滋味，他向着众人挥挥手，转过身向着东北方大踏步走去。沐闲歌看着他渐渐远去的背影，目光中充满了迷惘。

“姐姐，你应该跟他一起去。”沐沉语忽然说。

“什么？和他一起去？”沐闲歌一呆。

“我这么没用，什么也帮不上他，”沐沉语咬着嘴唇，“可是姐姐不一样。你那么聪明，武功又那么好，有你在，他成功的机会会大一些。南鱼先生……心肠太善良了，一个人行动，也许会吃亏的。”

“可是……可是……”沐闲歌有些结巴了，“可是”了半天，也说不出个所以然来。事实上，她很早就打算软磨硬泡地缠着南鱼，陪他完成他的使命——以自己的身手，绝对是他的得力臂膀。可是在那个羽人小村里等待南鱼养伤的时候，她开始犹豫了，而这样的犹豫，来自自己的妹妹看向南鱼的目光。

“没什么‘可是’的，姐姐。”沐沉语看着姐姐的眼睛，“从小到大，我们俩都能明白对方的心思，我知道你在想什么，那并不重要。人不是一串珍珠、一块翡翠，可以让来让去。南鱼先生要去做他应该做的事，而你……你也要去做你应该做的事。”

沐闲歌皱着眉头想了很久，忽然抬头看着洪方：“我就把我妹妹托付给你了，你们一定都要活着回到宛州。”

“愿以性命照顾公主殿下周全！”洪方鞠了一躬。

沐闲歌拍拍他的肩膀，没有说什么，她只是回过头，深深地望了自己的妹妹一眼，然后大踏步地向东北方向追去。

“南鱼！笨鱼！等等！”她嘴里喊着，声音渐渐远去了，“笨鱼！跑那么快干吗，赶着投胎吗……”

这一天上午来找纬苍然的人络绎不绝，而纬苍然也极富耐心，接待了所有想要求见他的达官贵胄。等到所有的客人都离去，已经是中午了，这时候他才顾得上去注意屋里多出来的两名客人。他实在没有想到，这两名客人的身份都是这么特殊，以至于他开口的时候都要斟酌好久。虽然已经比年轻时进步了不知多少，但总体而言，纬苍然在陌生人面前还是不大善言辞。

“我为我儿子的事情向你道歉。”他对云轻瑶说。现在纬翔空并不在这里，但即便他在，纬苍然也会毫不犹豫地这么说。

“啊……这不关您的事……再说也没什么可道歉的……”云轻瑶反而有些手足无措。从这第一句话，她就能够理解了，为什么眼高于顶的君无行会和纬苍然成为至交好友。

“是我建议他去向你求助的，但他曲解了我的意思。”纬苍然说，“欺骗的手段并不是不能用，我也用过，但都是用在敌人身上。”

“我倒觉得无妨，”君无行说，“这也是一个教训。对年轻人来说，一切口头上的训诫都像是吹过面庞的风，过了就算了，留不下什么印记。但一次实实在在的教训，可以让他们记一辈子。”

纬苍然点点头，又转向了秋落。刚才向云轻瑶道歉时的那种严肃收敛了一些，他的目光里多了几分欣赏：“我早就听说过你，这一代羽族的年轻人里，你是很杰出的一位。”

秋落很谦恭地笑了：“作为一个土匪头子，能得到纬大人一句称赞，真是比喝了酒还令人高兴。不过很抱歉，我这个土匪头子没办法陪您好好聊聊天了。我这一趟来，本来就是有要事想要向纬大人请教，但现在看来，我所担心的事情已经提前发生了。”

君无行点点头：“我想也是这样的。我要说的正事，还没来得及开口，就已经发生了。”

他转向纬苍然：“说说吧，到底发生了什么？”

纬苍然叹了口气，缓缓地开口说道：“我不知道该怎么形容。宁州东部的杉右城发生了叛乱，叛军是杉右附近的下三翼平民，是由当年多次叛乱的七姓后人领导的。他们攻陷了杉右城，处死了城内所有的贵族，估计战火很快就会扩大。”

“下三翼平民？”雷冰很吃惊，“他们就算人数再多，怎么能打败杉右城的精兵呢？”

“这就是当下最关键的问题。”纬苍然说，“他们获得了秘术的帮助，掌握了不亚于传说中的鹤雪团的永翔之术。而支持他们飞翔的双翼……是鲜血的颜色。”

谜底揭晓。这就是纬翔空和秋落这两个聪明的年轻人曾经绞尽脑汁去猜想的秘术的真相。遗憾的是，这个真相比他们所想象过的一切都更加恐怖、更加残忍。

雁都城这一天陷入了空前的紧张中。不只是雁都，整个宁州的大小城邦都在紧张，都在忧虑。当杉右城的消息传来时，人们最初的反应是：这是个笑话吧？下三翼平民敢造反？下三翼平民都凝聚出了血红色的翅膀？这不是讲笑话是什么？

但当各种渠道的消息都传入雁都城之后，人们不得不相信了，然后就失去了镇定。越是血统高贵者，越是感到惶惶然。对羽人来说，飞行能力就是他们生存的最大资本，和人族的军队总是招纳穷汉与贫民不同，羽族军队几乎就是一种身份的象征，只有血统高贵者才有资格加入，而能进入烈翼营和升翼营更是代表了一种骄傲。历代的羽人贵族，大多是在军旅中成长起来并博取功名的。他们并非不知道羽族等级制度的严苛，也并不是所有的贵族都认同这样的划分方式，但在他们的心中，总有一个声音在劝慰着：“别担心，那一切都是你们应得的，你们是保卫国家、保卫种族的希望，多获得一些利益也是理所应当的。”

然而一夜间，这一切存在的基础被扭曲了。平民获得了近乎永翔的能力，甚至超过了贵族，那么贵族该怎么办？还有什么面目去安然享受手里的一切？更为可怕的是，现在根本不是改变生活方式、改变社会制度的问题了，现在是贵族们的生命都在受到威胁。平民把积累了数千年的怒火彻底发泄出来了，他们要砸烂全部贵族，让他们用生命去偿还过去的不平等。

“杉右城的贵族，除了极个别逃掉的，绝大多数都被抓住了，其中不少直接被杀害，包括城主和城守。”纬苍然说，“这只是第一座城市而已。我估计很快就会有第二、第三座城市被袭击，然后战火会蔓延到整个宁州。刚才来的那些贵族，都是想让我出主意，问雁都城应该如何防御的。但我一时半会儿，怎么能想得出对付永翔的军队的防御办法？”

“他们真的要把所有的贵族都抓起来？”雷冰问。

“恐怕是的。”纬苍然说，“根据杉右传回来的最新消息，获得永翔的代价就是加入叛军的军队，听从他们的命令。最开始，很多民众并不愿意平白无故地卷入战争当中，所以相当犹豫。但永翔的诱惑力实在太大了——谁不愿意体会只有传说中最最高贵的鹤雪士才能体会到的境界呢？所以加入的人越来越多了。”

“这就像是滚雪球，越滚越大，”秋落说，“叛军很快就将势不可当。很快，我的黑鹰寨必然也会陷落，我估计会有三分之一的手下仍然忠实于我，但剩下的三分之二都抵挡不住血翼的诱惑。”

“仍然忠实于你……”云轻瑶玩味着这句话，“也就是说，作为一个和官府作对的土匪头子，你是反对叛军的。”

“我当然反对。”秋落毫不犹豫地说，“土匪只是想要讨口饭吃，又不是杀人狂。再说了，战争不可能给羽族带来丝毫好处，只能让羽人再次陷入无边的灾难。”

“可惜叛乱者不是这样想的，所以我们必须尽快找出应对的方法。”纬苍然说，“无行兄来到这里让我大大舒了一口气，我相信你的智慧。不过，我还没有问你，你是怎么预见到这些的？”

“我想，我和我们这位年轻的土匪头子一样，都是注意到了秘术师的异动。”君无行说，“作为九州第一的秘术大师，我对于精神力高于常人的人总是十分敏感的。两个月之前，我在中州的毕止港停留了一段时间，那里恰好是从中州直接走海路通往宁州的最佳出海点。连续两个晚上，我都感觉到有好几个拥有强大精神力的人从海港经过，而他们的精神力脱离我的感应范围的方向，全都是出海的方向。当第三天晚上，又有三个拥有高精神力的人经过时，我有些忍不住了。我猜测那大概是我的同行们在什么地方要搞一场热闹。我一个人正好闲得发慌，去瞧瞧热闹也好。于是我跟上了他们的船，没想到船竟然一路跑到了宁州，幸好船上的伙食还不错，我老人家也就忍了。”

君无行说得轻描淡写，但要骗过船上的人在海上航行那么久，尤其身边还有一些强大的秘术师，难度之大可想而知，此人的艺高胆大可见一斑。而不问情由、仅仅是因为好奇就跳上别人的船，一路从中州航行到宁州，性格中的放荡不羁也彰显无遗。

“真想做一个这样的人啊。”秋落喃喃自语着。

“先尽到你的责任，再去享受你的权利也不迟。我年轻的时候可是拯救了整个南淮城的大英雄！”君无行大言不惭地说，仿佛拯救南淮城的只有他一个，而与在场的纬苍然和雷冰都毫无关系。但这两人显然太熟悉他的风格了，都只是一笑置之。

君无行接着说：“船到了宁州，我跟着他们下了船，一路追踪他们，发现有一群羽人在迎接他们。我再监听他们的谈话，才听到他们商谈的事情和叛乱有关。可惜他们的警戒太严了，在打听到具体行动细节之前，我终于还是被发现了，只好离开他们，直接去往宁南城。没想到我的徒弟居然也出门了，我只能跑到雁都来打探。没想到纬兄那么走红，人人都要找你，我倒是不用再费力去找瑶儿了。”

他仍旧说得轻描淡写，但大家都可以想象，被一群秘术师和擅射的羽人发现有多么危险。而云轻瑶听到老师首先去到宁南城试图找她，眼圈儿微微一红。

“现在我们知道了，这些秘术师来到宁州，是要帮羽族平民施加秘术，以使他们获得血翼。”纬苍然说，“但这当中有一个因果的问题——这种秘术到底是谁先知道的？是秘术师们，还是策划叛乱的七姓后人？”

“这正是我感觉奇怪的第一点。”君无行严肃地说，“根据我偷听到的内容，这些秘术师是主动来到宁州为羽人们施术的。也就是说，叛乱的真正策划者并不是七姓后人，而是这些秘术师！”

所有人都不出声了。他们知道君无行的这句话意味着什么。事实上，除了涉世未深的云轻瑶之外，其他人都并不特别吃惊，秋落甚至露出了“果然如此”的表情。本来嘛，假如羽族陷入内乱，首先从中得益的，自然是异族。

“那些秘术师都是人族吗？”雷冰首先发问，“如果都是人族，那就没什么奇怪的了。”

秋落首先轻轻摇了摇头，接着是君无行说：“这正是我想要说的第二点奇怪之处，奇怪到我到现在都还想不通。那些秘术师，根据我的判断，并不是人族，全都是魅！”

纬苍然和雷冰都很吃惊，君无行接着说：“当然了，魅族的精神力比人族更强，也更适合承担这样的任务。但是问题来了：这些魅是怎么凑到一起的？”

魅族是九州六大智慧种族中最为奇特的一族，他们是由飘散在空气中的精神游丝聚积而成，之后自动选择某种他们喜欢的物种作为模板，来固定他们最终呈现在人前的外观。而一旦成形之后，他们就将几乎完全拥有该物种的体貌特征。

所以魅更接近于一个物种，而不是一个种族，他们生成的方式注定了魅族无法形成群居的群落，更遑论社会。他们只能混迹在其他种族的社会里，隐瞒着身份生活下去。魅与魅之间可以互相感知，但一般来说，他们都不大愿意招惹同类。

而眼下，一大群魅有目的地聚集在一起，并且有着统一的行动和目标。再加上他们全都是高明的秘术师，这就更加令人不安了。

纬苍然思考了很久，慢慢地说：“我想，这大概意味着一点：有人掌握了某种方法，正在把全九州的魅集合到一起来。而这么做的原因，一定是有什么大动作，这个大动作包括了授予羽族永翔的血翼，挑起羽人们的内战，但……可能不仅限于此。”

人们都感到一阵阵的毛骨悚然。宁州的危机已经出现了，但这很有可能只是一个开头，只是一篇华丽乐章的序曲。后面那长长的曲谱上究竟还有些什么内容，直到现在，仍然无人知晓。或许，整个九州的命运都已经被写入这篇血与火的长歌之中了。

“我们首先要想的是对付叛乱的血翼军！”一个声音突然响起。这个声音让云轻瑶的心里一颤。

那是纬翔空的声音。他一直没有进屋，但显然在门外听到了全部谈话。在众人陷入忧心忡忡的沉默时，他大踏步走进了屋子。

“想得再远也没有用，”他说，“现在最现实的难题摆在我们眼前。血翼军已经崛起，很快就会像草原上的野火一样把整个宁州都点燃。我们应当怎么办？”

“你的‘我们’，指的是什么？”云轻瑶冷冷地问。

这是自从上一次刀兵相见之后，云轻瑶对纬翔空说的第一句话。纬翔空看看云轻瑶，再看看站在她身边、同样目光很复杂的秋落，嘲弄般地笑了起来：“我们，当然指的是所有不想被血翼军杀死的人。”

这个答案无懈可击，当然也是标准的废话。但云轻瑶并不满足：“血翼军想杀的，只有贵族。”

“那我指的就是所有的贵族喽。”纬翔空耸耸肩。

“也就是说，你将要站在贵族的立场上，和平民展开对战？”云轻瑶步步紧逼。

“要不然怎么样？”纬翔空的脸上显得又是惊奇又是好笑，“站在贵族的立场上无所事事，然后被平民扑打着血翼从半空中射成马蜂窝？姓云的小姐，你会这么做吗？”

他把“姓云的”三个字说得很重，意在提醒对方，你也是羽族十姓之一的贵族之后。云轻瑶说不出话来了，即便是纬苍然、君无行和秋落，此刻也无话可说。纬翔空的话简单粗暴，却蕴含着颠扑不破的真理：现在就是有人要来杀你，你不保护自己还能怎么办？现在已经不是空对空地研究贵族应该怎么对待平民、平民应该如何对待贵族之类问题的时候了，而是要尽早解决迫在眉睫的危局：有人要杀你。

“先吃午饭吧。”终于，雷冰打破了死一样的沉寂，“总不能在被射死之前先饿死。”

这顿午饭的气氛异常沉闷，即便是一向乐观豁达的君无行，面对这突如其来的紧急局势，也没有太多心思去说笑话了。他一直皱着眉头，苦苦思索着什么。纬苍然向来不爱说话，雷冰只好陪着丈夫一起沉默。

而几个年轻人的情形就更加古怪了。有意无意地，纬翔空和云轻瑶的目光总会碰到一起，然后又飞快地移开，就像两粒在空中相互碰撞的石子儿。秋落则把这一切尽收眼底，却做出专注于菜肴的样子。

午饭结束之后，三位年长者宣布他们要去研讨一下眼前的形势，很快离开了，去往纬苍然居住的树屋，把三个年轻人留在了院子里。气氛似乎更加尴尬，谁都觉得后背上好像有蚂蚁在不停地爬。

"我去街上转转。"秋落忽然说，"这种严峻时刻，想来不会有谁去费心注意一个土匪头子了。雁都是个好地方，我已经好几年没来过啦，还挺想念的。"

他意味深长地拍拍云轻瑶的肩膀，向纬翔空点头示意，然后走了出去。纬翔空目送着他的背影离去，转过头来，忽然把视线转到了云轻瑶的脸上。他近乎放肆地凝视着云轻瑶的脸，让后者终于忍不住开口说："你这样看着我干什么？想再出卖我一次吗？"

纬翔空摇摇头："欺骗你的事情，是我判断错误了。我没想到他们直接绕开了羽族秘术师而求助于魅，比我想象的更可怕。我白费了两个月的心力，真是可惜，否则的话，至少能提前做一点儿准备。"

云轻瑶冷笑一声："判断错了？假如他们真的要找羽族秘术师，你就判断正确了？于是，你利用我的事情也是正确的了？"

纬翔空的神色依然温和："云小姐，你我二人在对是非的判断上存在很大差异，我并不强求你理解我，更加不强求你原谅我。我只是想要对你说一句话。"

"我在听着。"云轻瑶冷冰冰地回应说。

"跟着你的老师，立即离开雁都城。"纬翔空说，"往南南渡澜州已经来不及了，因为澜州北部也很有可能成为血翼军的天下。你们要一路往西，翻越山脉，进入瀚州境内，躲到蛮族人的地盘上去。那里至少没有血翼。"

这句话让云轻瑶感到无比意外。她已经做好了充足的心理准备，等待这个骄傲的男人的反驳。上一次，就是在她的秘术已经完全占据上风的时候，纬翔空的说辞让她完全无从反驳，最终只能无奈地离开。但她万万没料到，这一次，纬翔空会向她提出这样的要求。

“你……为什么要这么说？”过了好久，云轻瑶才发问。

“因为我不想看到你死。”纬翔空回答，“虽然你恨我，也曾想要杀死我，但是我……不想看到你死。”

“为什么……为什么你不想看到我死？”云轻瑶知道这个问题很傻，也知道答案会像火焰一样灼人，但她还是情不自禁地问道。

纬翔空举起自己的双手，看着手上因为练箭而磨出的厚厚的茧子，自嘲地笑了：“那一天夜里，你撤掉秘术冲出门去之后，我本来有机会一箭杀了你。我从来没有受过被人压制到无法还手的屈辱，也许只有杀了你，才能洗刷这种屈辱。但是当我举起弓箭之后，我生平第一次在杀人的时刻犹豫了，最终我没有发箭，任你离去。我想，在我的心里，我不愿意你死，我想要看到你好好活着，哪怕你看我的目光中只有仇恨。”

“离开宁州吧，那样才有活路，”纬翔空说，“你是一个只懂得秘术的女人，什么种族仇恨，什么种姓之乱，都和你毫无关系。离开宁州，继续钻研你的秘术，好好活下去吧。”

云轻瑶的心彻底乱了。在此之前，她从来没有过这样的感觉：混乱、无助、哀伤、惊慌……眼前的这个男人本来应该是她最讨厌的那种：高傲自大，刚愎行事，为达目的不择手段。他曾经欺骗过她，抓捕了一大批和她同样的秘术师，气得她差点儿因精神力失控而暴亡——可是现在，为什么她想到他的时候，只是觉得想哭？

“对了，你走的时候，别忘了先来找我，把翔带走。”纬翔空说，“它开始长得有点儿壮实了，虽然还是那么丑陋，但体态已经有点儿猛禽的味道了。”

云轻瑶这才想起来，两人曾经救过一只雏鹰，而且自己开玩笑地给它起名叫翔。上一次在愤懑中离开雁都后，她几乎已经把这只鸟给忘掉了，没想到纬翔空竟然还一直养着它。那一次是云轻瑶第一次觉得纬翔空身上也有一些和常人无异的温暖情感，可能也是纬翔空第一次觉得，痴迷于秘术的云轻瑶原来也有和普通女孩子一样的情怀。想到那一天自己把雏鹰捧在手心里，而纬翔空站在一旁静静凝视的场景，她的心里禁不住又是一颤。

“你……你为什么不走？”云轻瑶觉得自己的声音听起来那么不真实，就好像是从遥远的云端飘下来的，“你留下来，又能有什么用？你也可以走的。你也可以……和我一起走。”

她觉得自己可能要鼓足全身的勇气才能说出最后一句话，事实上，这句话说得很轻松、很自然，似乎她在纬翔空面前就应该说这样的话。

纬翔空的嘴角有了一丝淡淡的微笑，但目光中的坚定丝毫不减：“你能走，我不能走。这是我的荣誉、我的生命。”

他不再多说，大步走出了宴厅，留下云轻瑶一个人站在偌大的房间里。她觉得身边的一切都那么空，眼睛里却有一种想要流泪的冲动。

第六章
战火蔓延

杉右是血翼之灾爆发的起点，却远远不是终点，它只是吹响了一声嘹亮的号角，把众多在麻木中昏昏欲睡的下三翼平民都唤醒了。他们头一次意识到，原来自己也可以拿起弓箭，改变自己的命运。

杉右是血翼之灾爆发的起点，却远远不是终点，它只是吹响了一声嘹亮的号角，把众多在麻木中昏昏欲睡的下三翼平民都唤醒了。他们头一次意识到，原来自己也可以拿起弓箭，改变自己的命运。

继杉右之后，第二个被血翼军攻击的是宁州南部的另一个港口城市丰与。与杉右不同的是，丰与的灾难始于夜晚。这一夜碰巧是每个月的起飞日，所以丰与城有比杉右更多的士兵可以飞起来迎敌。但兵力上的差距仍然太过明显。能够借助明月之力飞起来的守军不过千百人，但张扬着在夜色中显得漆黑如墨的血翼的叛军，足足有四五千之众。当他们飞临丰与城上空的时候，就像是一块巨大的黑色幕布，几乎能把整个天空都遮蔽住。更何况他们的血翼是那样的有力，而且仿佛一经凝出就永远不会因为精神力的衰弱而涣散消失。在飞行能力上，叛军已经占据了绝对上风。这一夜，丰与城中的居民一直可以听到半空中传来的近乎鹰叫的奇特啸叫声，那是千万支利箭同时划破空气时发出的尖啸。到了天明时分，城墙上和城墙下都堆满了羽人的尸身，丰与的守军全军覆没，但他们也顽强地杀死了与自己数目差不多的血翼者。

关于这一战，有一个非常有意思的插曲，那就是丰与城的预备兵。丰与比杉右更靠南，理论上还是有被人族打过来的危险，所以城防一向比杉右抓得紧。除了贵族出身的人们可以成为正式的守军之外，平民中身体精壮者也被编成了预备役的民兵部队，如果遇上危急情况，这支部队也可以武装起来上战场。

但在这一个惨烈的夜晚，预备兵们并没有前往支援正在遭受围杀的正规军。事实上，当战斗的警钟敲响时，他们都抓起了弓箭，披上了皮甲，但当看到那些在皎洁的月光下高飞如恶魔的墨黑色的身影时，他们的脸上露出了复杂的表情，然后纷纷把弓箭放下。他们就那样静静地等待着，直到守军被杀光为止。

“兄弟们，也轮到我们到高处去飞啦！”一名预备兵用轻松的语气说。

后来人们总结这场战争的时候，使用了很多形容词，其中一个形容词是“很有意思”。这话放在一场死伤数万的战争身上实在有些滑稽而不庄重，但假如仔细研究一下那些具体的战役中所使用的战术，你就会发现，这四个字用得相当精确。

永翔的血翼出现，本来可以彻底改变九州的战争史。试想守军正在城墙上严密布防，长着翅膀的羽人们却轻而易举地飞越城墙，落到城里去杀人放火，那将是何等令人绝望的场景。靠双腿跑步的人不可能跟得上靠双翼飞翔的人，这是显而易见的事实。

但在这一场羽族内部的战争中，血翼军并没有采用这种简单实用的战术，他们选择的是在城头和守军硬拼。他们的飞翔能力当然还是占据优势，但自己把这种优势削弱了一大半。至少在外族的战争史研究者看来，这简直有点儿自废武功的感觉。只有羽人们自己才能明白，这当中究竟蕴含了怎样的心理。

“血翼军叛乱，目的并不仅仅是攻城略地、抢夺财富，最根本的一点是要重新构建这个种族的等级秩序。”一位后世的羽族战争史学家这样分析道，“所以对他们而言，战争的胜利似乎犹在其次，他们心里憋着的那一口气是，一定要证明自己比贵族们更强，证明平民的战斗力也能撑起羽族的天空。为了这样的证明，他们绝不滥用自己在飞行方面的优势，也尽力避免破坏城内的一切——虽然在攻打杉右的时候，这个原则被无可奈何地放弃了。

“所以这场战争，更像是古时人族的平原对战。没有战术，没有诡道，没有虚虚实实、进进退退，双方列好阵型后，就开始进行正面的冲击，武力强者取胜。这种战法愚蠢、原始，但有一种独特的高贵气质。血翼军就像是列阵在平原上的军队，他们要证明自己比对面那支军队更强，他们要证明自己有昂起头来生存的权利，他们要证明在羽族世界里不存在什么更加出色、更加能保护种族的人群。换句话说，他们要证明自己同样高贵，而证明的方式只能是硬碰硬。

“不得不承认，不管后来对这场战争如何定性，在战斗的层面上，这些血翼民至少为自己赢得了尊重。”

当然了，这场战争中也存在一些不和谐的音符。

以骆韬为例，他是宁州杜林城的一名下三翼羽民，或者说，他连羽民都算不上。由于受到做抢劫杀人犯的父亲的牵连，他被剥夺了自由民的身份，发配到杜林城做了三年官奴，然后被一家姓鹤的小贵族花钱买了回去，成为私人拥有的家奴。

家奴的生活大抵是不幸的。仆人虽然身份也卑贱，但好歹还是自由人，被逼急了还能走人；家奴却受到法律的限制，只要不被主人转卖或者驱逐，就必须终生做主人的奴仆，不管受到怎样的苛刻对待，都不能反抗，不能上诉。

但骆韬是家奴群体中极罕见的很幸运的那种，因为他遇到了一家好主人。鹤家的主人鹤居夷年轻时曾长居东陆，结交了一些力图改革的新士族，也学到了不少他们的习气。鹤居夷总觉得人与人之间不分种族、不论出身，都应该是平等的，所以他一直都对骆韬和其他几名家奴和颜悦色，给他们的待遇也算相当不错。骆韬还记得自己有一次感染了伤寒，在家里足足休养了两个月，什么事都干不了，白吃饭不说，鹤居夷还倒贴了不少药钱。通常情况下，羽族的家奴得了重病几乎就是死路一条，主人是不会舍得花钱替你治病的——重新买一个只怕也花不了那么多钱。但是鹤居夷请来大夫，救了他一命。

所以，骆韬一直对鹤居夷怀着最深的崇敬和感激。他明白，自己这条命是鹤居夷给的，自己相对而言轻松平稳的生活也是鹤居夷赐予的。作为一个没有自由身份的奴隶，骆韬有各种各样的理由死上几十次，但最终他活下来了，所以他一直都在用最深沉的忠心回报鹤氏全家。

当血翼军即将打到杜林城的消息传来时，杜林城的平民和家奴们在惊惶紧张的同时也隐隐含着期待。他们明白，杜林这样的弹丸小城，肯定无力抵御叛军，城市的沦陷不可避免。在这种情况下，他们很有可能迎来新生的机会——虽然这样的新生必定会掺杂着血腥味儿。而贵族们则知道大祸临头，之前能逃的都逃掉了，逃晚了一步的发现，血翼军已经大军围城了。此时此刻，血翼军的兵力已经超过了四万，对于人口稀少的羽族而言，四万已经是一个相当庞大的数目了。

鹤居夷没有逃。在这生死存亡的时刻，他身上那种羽族特有的高贵气质发作了。他认为，身为一个贵族，享受着比平民更多的特权，就要对羽人的社会负起相应的责任来。他一定要和这些叛军面对面，义正词严地驳斥他们。虽然用道理说通他们的可能性趋近于零，但总需要有第一个人站出来发出声音。

没有意外，杜林城在不到半个对时的时间里就被轻松攻破。这座小城甚至没有城墙，仅仅是依托森林而建，守军们在那些修建在巨大枝干上的哨位里顽强抵抗，直到被一个个射落，从高高的树端摔下去。叛军入城，照例煽动着底层民众加入他们狂热的行列，并且迅速开始组织全城范围对贵族阶层围捕，被抓到的贵族无一例外地遭到残酷的折磨，直至死亡。当他们冲到鹤居夷家时，鹤居夷已经一身正装站在门口，静静地等待着他们。平民被这样的气势所震慑，居然没有人抢着冲上前去。

然后鹤居夷开始发表演说。后世并没有流传下来这次演说的具体内容，但据目击的平民事后回忆，鹤居夷那时“正气浩然、目光如炬、毫无惧色”，痛斥了叛军的行为，也痛斥了平民愚蠢的跟从依附，指责他们的行为是在把羽族推向亡国灭种的边缘，使听者“面有愧色”。

所以他的演说没能够持续太久，一支冷箭从人群里射出，射穿了他的面颊，让他倒在地上，虽然一时不死，却再也说不出话来了。

失去了语言的力量，鹤居夷不再令人畏惧，贫民们一哄而上。就在他们能接触到鹤居夷的身体之前，一个人影突然蹿出来，手里拿着一根插门用的门闩，一阵乱打，把当先的羽人们赶跑，护住了鹤居夷。

“骆韬，你疯了？！”有认识的人喊道，“你为什么要护住这些骑在我们脖子上作威作福的贵族？”

“主人没有骑在我的脖子上作威作福！”手拿门闩的骆韬红着眼睛喊道，“我这条命是主人给的，你们想要杀主人，就先杀了我！”

“骆韬！”对方耐心地劝说，“那只不过是一些小恩小惠，目的还是要你继续臣服于他，以便他继续像牛马一样地驱使你。你要认清这些贵族的真面目，和我们站在一起！”

“我不要！”骆韬声嘶力竭地怒吼着，“我不听你们的鬼话！谁也不能动我的主人！”

人群里传来一声低叹。第二支冷箭射了出来，命中了他的心脏。骆韬高举着门闩，仰天倒下，倒在鹤居夷的身上。他的身体很快被拖开，鹤居夷终究难逃一死。

骆韬并不只是一个个案，在被血翼军攻陷的城市和森林中，几乎都存在少部分不愿意向贵族动刀，甚至站出来保护他们的人。但这样的人毕竟只是少数，不能对大局造成什么影响。即便有的平民本心并不愿意参与到这场战争中来，血翼的诱惑也显得令人难以抗拒。毕竟，自由飞翔是每一个羽民的梦想，在手心刻下一个六芒星就能展翅高飞，这样的好事，有多少人能忍心拒绝呢？

在这个火热的夏天里，战火从宁州东南的杉右城燃起，随后慢慢向着西北方向延伸。终于，两个月之后，在盛夏时节，第一座真正意义上的大城市也遭到了血翼军的进攻，那就是宁南城。

实际上，宁南城几乎可以算作宁州的第一大城市，人们对于宁南和雁都谁大谁小至今仍然有争论，但基本上，它们在伯仲之间。宁南城高墙厚，驻扎着大量精兵，城内贵族的私人武装也不少。尤其值得一提的是，其中就有势力庞大的宁南云氏。云氏多年来的传统是研习弓术，如果真的发生了攻城战，云家子弟们的战斗力肯定能发挥巨大作用，或许不亚于一支军队。而这一年宁南的城主，正好是云氏的族长云山岳，他对云家的力量拥有绝对的指挥权。

此外，还有一点有利因素，那就是宁南城平民的生活过得还算不错。宁南是一个风格偏向东陆的商业城市，商业的发达使这座城市里的等级观念相对淡薄一点儿。新兴贵族阶层喜欢这座城市的氛围，对待下层人民也比保守的老贵族们更加开明。所以，这里的平民对贵族较少存在怨恨，他们更关心的是通过自己的双手来赚钱养家。对于血翼军刮起的风暴，大多数平民并不以为然，他们觉得，能飞起来固然好，但毕竟还是存在战争中被杀的风险，还不如老老实实地过日子呢。

所以，宁南城的居民们还是对城市的防守抱有一定的乐观心态，城内的贵族青年和平民青年也有不少主动投入预备役部队，准备支援城防。距离宁南城较近的几座城邦还派来了援军——他们的领主都十分清楚，宁南是一个巨大的屏障，如果宁南被攻陷了，自己也活不下来。

为了保住宁南城，羽皇也派来了一万精兵协助城防，宁南城很快聚集了五万大军，而在这时候，血翼军的总兵力也不过七八万。虽然他们都拥有超卓的飞翔能力，但除了飞翔能力之外，其他战斗力并不强。他们毕竟都是长期处于社会下层的贫贱之民，没有接受过专门的武术训练，经常饿肚子的体质也不可能和饮食丰足的正规军相比。

双方的第一场战役在这一年的八月六日展开。那一天天气晴朗，血翼军组成的血红色的云海遮天蔽日般向着宁南城席卷而来。他们居高临下，轮番俯冲着射出箭支。但宁南城头早已突击建成了若干用厚木板构成的屏障，箭支射下来，大多被遮挡住了。

而宁南城的守军们则躲在屏障之后，通过射击孔向上射箭。为了应付高飞在天际的血翼军，宁南城准备了数百张特制的长弓，射击距离更远，不少箭支都能直接从地上射到空中的敌人。血翼军丢下了数百具尸体后，意识到这样的简单进攻实在是吃亏太大，再加上看到宁南的防守实在很严谨，即便强行飞越城墙攻入城内，对方也一定早就安排好了箭阵，更何况城内复杂的建筑物更有利于守军的隐蔽。不久，血翼军发出了退兵的号令，如血的红云像退潮一样迅速散去。这一役，血翼军死伤了五六百人，而地面守军的折损还不到一百人。

这一战并不精彩好看，也并没有什么特别大的伤亡数字，但它有着两个极其重要的意义。第一个意义在于，这是血翼军掀起叛乱之后遭遇的第一场失败，对处于紧张中的整个宁州而言，鼓舞作用是巨大的。而第二个意义则是，它催动了叛军内部的重大变化。

攻打宁南城是叛军的一次重要进军，所以鹄、棠、茳、陆四姓的领袖都齐聚军中，共同进行指挥。他们是鹄半城、棠天、茳图阖与这次叛乱的总召集人陆良羽。当首战受挫之后，四人聚在一起商量下一步的对策，陆良羽提出了一个极其惊人的建议。其他三人听完之后，都沉默了很久。

“别忘了当年的青都齐格林是怎么被毁掉的！”鹄半城首先说。

“是啊，在齐格林被烧毁之后，即便有羽族内战，我们也再没使用过火攻的战术了，”棠天说，“火对森林的伤害是最大的。我们羽人，不也曾在历次战争中受到过人族火攻的打击吗？”

即便是已经成功指挥了好几次攻城战的茳图阖，也认为应该慎重：“我们现在代表的是下层羽民的正义力量，火攻这样的手法，也许过于偏激了一点儿，会引发士兵们的反感的。别忘了，他们都来自底层，很多都直接生活在森林中，对火的反感深植在他们骨子里，对他们而言，火总是很危险的玩意儿。”

陆良羽笑了。他站起身来，伸了个懒腰，胳膊有意无意地在帐篷壁上触碰了一下。

“我们羽人的眼界，就像这顶帐篷一样，”陆良羽说，“帐篷很大，足够大了，能装下好几十个人呢。但是如果我们把帐篷划破，看到外面的森林、田野、天空和星月，才会发现，这顶小小的帐篷算什么？在整个世界中，它只是一粒微不足道的沙子。”

“你用不着这样挖苦我们，虽然那是你的爱好。”茳图阖说，“禁忌总归是禁忌，身为羽人，你不得不考虑到这一切。”

“平民不服从贵族也是禁忌，下三翼犯上作乱同样是禁忌。”陆良羽尖锐地说，“我们既然已经打破了一个禁忌，就不用在乎下一个。更何况，大规模地使用火攻，是我们羽族必然要走的路。你们想过没有，如果以后我们进攻东陆，那些人族的城防更加坚固，我们光在天空放箭，有用吗？”

“进攻东陆？”棠天一惊。

“当然要进攻东陆！”陆良羽的脸带有一种说不出的狰狞，“飞翔是天神赐给我们羽人的最宝贵的财富，而血翼可以把这笔财富的作用发挥到极致！当我们统一了宁州，统一了澜州北部，必然要利用血翼的威力把羽族的地盘向外扩张！到了那时候，光会高飞射箭可没有用，我们要掌握火攻的技术，还要掌握人族使用的攻城车。我们不仅要做天空中的袭击者，我们还要做占领者，把天启城、南淮城、北都城通通变成羽人的森林！”

“我们……能做到吗？”鹄半城轻声问。他已经被陆良羽的话语所煽动、所感染，觉得自己的血液沸腾了起来，但内心深处的疑虑仍然难以打消。他知道，历史上那些强大的风氏王朝、翼氏王朝也都没能做到征服东陆，即便拥有鹤雪团，也不过是能保境安民而已。

“我们有帮手，”陆良羽胸有成竹地说，“那些魅会帮助我们。我们只需要做一件事：把能够扔掉的过时的传统全都扔掉，迎接一个崭新的时代！”

陆良羽并不是信口胡说。三天之后的第二战，血翼军在射箭之前，先把自己的箭头点燃了。带着燃油的火箭飞到城头，很快燃起了熊熊烈焰。守军们不得不从屏障之后出来，飞起来与血翼民进行战斗。他们的弓术再高明，在这种没有掩蔽的正面对抗中，也必然会造成很多死伤。

与此同时，地面上出现了巨型的攻城车。在过去的时代，这样的攻城车出现在宁州的土地上，往往只意味着一件事情，那就是人族的入侵。但是现在，这里并没有人族的踪影，有的只是羽人对羽人。

羽人骨质中空，力量远逊于人族，所以推动这台怪兽一般的攻城车是一件很费力的事情。但平民仿佛都怀着无穷的斗志和激情，利用空中的射手们进行压制，使守军无法分身兼顾城下。他们一齐喊着号子，用力通过瘦弱的身躯把攻城车推向前方，推向那些压迫了他们千年的同族死敌，推向那道禁锢看他们幸福的城门。

轰的一声，攻城车撞到了城门上，城门猛地震颤了一下，但还没有被摧垮。血翼民齐声呐喊着，又连撞了第二次、第三次……终于，在第四次撞击之后，城门发出沉重的钝响，倒在了地上。自从宁南城兴起之后，就很快修建了这道城墙，目的是防止人族的铁蹄踏入城里。在以后的岁月里，从来没有人族能轰开这扇大门，现在却被羽人自己摧毁了。

事实上，攻破城门对于血翼军来说，实战意义并不是特别大。在城市的巷战肉搏中，缺乏正规训练的血翼民很难在宁南城的精兵面前占到便宜，伤亡可能会更大，还不如从空中进入。但这是一种象征，也是对宁南士气的严重打击。

攻城车被拖到了一边，血翼民发出胜利的喊叫声，从城门蜂拥而入，眼看就要冲进这座富饶而充满吸引力的城市。就在这时候，另一声奇特的巨大声音响了起来。

那是一声雷电的轰鸣。这一天是阴天，但天空中并没有雷雨云堆积，更何况，这声雷响并非来自天上，而是地面。随着这声雷响，冲在最前面的几十个血翼民几乎是在顷刻间被烧得全身焦黑，倒地身亡。

那是一群协助守城的秘术师。他们早就在城门后严阵以待了，当血翼民奋勇地向城门发起冲击时，他们放出了裂章系的集体秘术：雷电之网。雷电术是一种威力巨大的秘术，同时对精神力的消耗也很大，单个的秘术师难以维系较长的时间。如果多名秘术师同时施术，则可以形成长时间不间断的雷电之网。闪耀的电弧光从门洞里不断放射而出，连攻城车都被烧焦了一大半。血翼民虽然轰开了城门，但完全不能靠近，只见一具具尸体在电光中猝然倒下。

这难免令人有些迷惑。雷电之网是一个需要多人进行配合训练、达到默契才能使用的团体秘术，但是宁南城内并没有这样大型的秘术师组织，而且还有几名出色的秘术师被纬翔空抓走了。这个雷电之网的施放者究竟是谁呢?

血翼民并没有被雷电之网吓退。在后来的历史书里，专门记载了一些当时参与了叛乱的血翼民的自述。据他们说，当那双血红的羽翼在背后伸展开时，带来的不仅仅是永翔的能力，还有一种很微妙的精神刺激，能够使人头脑亢奋、热血沸腾，心里产生一种很强烈的杀戮的欲望。当这种欲望生成之后，人就会变得冲动易怒，并且不再有畏惧之心。

现在这些血翼民就毫不畏惧。他们仍然持续不断地发起冲击，城门外很快堆积起了大量尸体，但后来者跨过尸体，依旧勇猛地向前冲锋。终于，他们等到了雷电之网的施放者们精神力衰竭的时刻。要斩杀秘术师，这就是最佳的时机。秘术师的精神力耗尽还未恢复的时候，几乎是没有任何抵抗能力的。

然而他们没能获得这个机会，因为那些秘术师迅速向两边退去，把身体隐藏在了城墙之后，而紧跟着补上他们位置的，是一群身披铠甲的弓手。这些弓手手执特殊的硬弩，一轮射击之后，几乎每一支箭都命中了一名敌人！这样神准的射术，只可能出自宁南云氏的精英射手们。

最令人吃惊的并不是这些射手，也不是利用雷电之网杀死了大量血翼民的秘术师，而是——这些弓手和秘术师竟然会在同一个地方出现，并且互为援手！

因为那些射手身上佩戴着的，是宁南云氏的族徽，而秘术师们身上佩戴的，则是雁都风氏的族徽。

在这样一个特殊的时刻，风氏和云氏终于携起手来了。在彼此仇恨、相互战斗了数百年之后，为了对抗共同的强大敌人，风云两家搁置了过去的仇怨和争端，理智地选择了站在一起共同迎敌。早在血翼军抵达宁南之前，从雁都派出来的风氏精英就已经进入宁南，和云家的人会合在了一起。

雷电之网，这一招本来是风氏精心练习多年，准备用来对付他们的宿敌宁南云氏的，因为云氏的硬弓射程实在太远，唯有雷电术可以超越这一射程。现在，风氏用雷电之网来帮助过去的死敌御敌，当他们的精神力耗尽后，云氏的硬弓为他们提供了可靠的保护。

就在此时，风向也产生了变化，飞在天空中的血翼军逆风而飞，大大影响了弓箭的精确度。在地面严重受挫、空中陷于僵持的时刻，血翼军只能第二次退兵。虽然这一次，他们在空中杀伤了对方大量的兵力，但攻城总归还是失败了。而风氏和云氏毅然选择了携手作战，也大大鼓舞了宁南城的士气。

血翼军的营帐里，首次出现了怀疑和不信任的气氛。人们太迷信血翼了，总觉得拥有永翔的能力就能轻松地击败一切对手，就好像洪水淹没田野。之前数次战役的轻松获胜更加坚定了这种信心，但是坚固的宁南城让他们两次碰得头破血流。人们首次意识到，飞翔能力并不能决定一切。

陆良羽、鹄半城、棠天和茳图阖坐在一起，都有些愁眉不展。即便是一直踌躇满志的陆良羽，此时也感到了局势的困难。这毕竟只是一支由平民组成的杂牌儿部队，如果接二连三遇到挫折，士气就会飞速地降下去。他们甚至有些后悔了，不应该先进攻宁南城，如果再多扫荡一些中小城市和森林群落，累积更多的兵力，添置更多的好武器后，再来打宁南，把握也许会更大一些。

“要不然……退兵？”棠天犹豫了很久，迟迟疑疑地说，“现在我们的主力还在，损失并不大，退兵还来得及。”

“不能退兵啊，不能退！”茳图阖摇着头，“现在退兵，就是承认失败，会对我们的士气产生致命的打击，以后再要吸引平民加入我们，可就更难了。另一方面，贵族们会士气大振，即便我们再去攻打其他目标，他们的反抗也会更加剧烈。我们必须拿下宁南城，否则它会成为第一张倒下的骨牌，摧毁我们所有的辛苦营建！”

鹄半城点点头：“我们现在凭的就是一口气。这口气不能泄。而且，我更加担心一件事……”

陆良羽目光炯炯地注视着他：“你在担心什么？”

“我在担心，时间拖得越长，越可能出现某种对我们来说致命的、毁灭性的打击……”

“什么打击？”

“血翼是由秘术形成的，”鹄半城的声音听起来无比沉重，“会不会也有人找到秘术将它消解掉？”

南鱼和沐闲歌潜入秋叶城的第四天，战争的消息终于从宁州传来。秋叶城陷入了极大的不安中。平民和贵族各怀鬼胎，盘算着未来的前景，在这样的情形下，两个人族的行动反而方便了一点儿。他们把鞋子尽量垫高，穿上能蒙住头脸的长袍，掩饰他们人族的面容以及比羽族更加丰满的体态。在第四天夜里，他们终于找到了羽腾林的家。这是保管第二把钥匙的人，按照汤若林的说法，第三把钥匙也在他手里，因为第三位保管人已经去世。

考虑到获取第一把钥匙的艰辛，南鱼做好了充分的准备，也许羽腾林会拒绝交出钥匙，也许他会毫不犹豫地把两人赶出去。万不得已的时候，只能用武力胁迫了。南鱼无奈地想，我并不想这么办，但是局势不由人。这里毕竟是羽人的地盘，闹出点儿动静那可就不妙了。

但大大出乎他的意料，羽腾林半点儿都没有难为他。当他小心翼翼地表明身份、说明来意之后，羽腾林毫不犹豫地同意了。

“这真让我感到意外，”看着羽腾林翻箱倒柜地寻找那两把钥匙，南鱼忍不住说，“我还以为你会像汤若林那样，激烈地反对呢。”

“如果你早来一天，我连反对都不屑，会直接送你离开。”羽腾林费力地打开了一只看来很陈旧的箱子，“但是现在不同了。”

“什么不同了？”南鱼问。

“有两个理由。首先，宁州不再是一个安全的地方，很可能变成战火之后的一片焦土，”羽腾林说，“你们没有听到消息吗？一帮子平民不知道掌握了什么鬼方法，居然能够凝聚出永翔的血翼。现在他们要造反了，要把过去压迫他们的贵族阶层通通推翻，宁州会在很长一段时间里处于战乱之中。把神器放在那种地方，太不安全了，我宁可你把它带走。”

“你可和汤若林不大一样，”南鱼说，“他是宁可神器被毁。”

“我恐怕还是有些舍不得的，那毕竟是天神放在人间的东西，也许总有一天，我们不得不使用它。”羽腾林说。

“那你的第二个理由是什么？”沐闲歌问。

“那些血翼让我不安。”羽腾林说，“你不是告诉我，你的师父那个老浑蛋认为九州大地将出现重大的灾祸吗？现在看来，这不是瞎说胡扯。我从来没有听说过羽人能凝出血红色的翅膀，永翔于天际，我也决不相信这是一份善意的礼物，里面很可能包藏着祸心。我虽不知道神器能不能阻止这样的灾难，但至少我希望，你在寻找它们的过程中，能够找到神的启示。”

他从箱底摸出了一个层层包裹的纸包，一层层拆开后，露出两把钥匙。他把钥匙交给南鱼，南鱼掂了掂，凑在眼前仔细看看，这两把钥匙和汤若林的那一把一样，色泽暗淡，但是沉重坚硬，看不出来具体材质，无疑是真货。

“快去吧，别再迟疑了，”羽腾林又把锁的位置告诉了南鱼，“希望你能有这样的好运气，把全部六件神器都找到，解决那个可怕的邪魔。”

“我都还没敢想那么远呢。”南鱼嘿嘿一乐，“我习惯走一步算一步，能先把羽族的神器找出来，就挺不错的啦！”

南鱼带着沐闲歌走出了羽腾林的家门，一直走出去十多丈，像是有某种默契，两人的脚步一起慢了下来。

“这个老头儿在撒谎，”沐闲歌说，“他答应得太痛快了。无论是谁，把本族珍贵的神器交给异族人，都一定会觉得痛惜的。难道这两把钥匙是假的？”

“钥匙倒不是假的，不过嘛……”南鱼慢吞吞地说，“我仔细看了一下，这两把钥匙有在最近用过的痕迹，留下了一些很轻微的划痕和锈迹。尤其是锈迹，这钥匙材质古怪，原本不应该生锈的，但偏偏上面有一点儿锈渣儿，肯定是从锁孔里带出来的。这个老头儿，一定是已经背着自己的同伴们打开了锁，把这两条线索据为己有了，这两把钥匙不管打开什么，都是空的，实际上已经没有用处了。”

“那还不赶紧回去找他！”沐闲歌急了。

“别着急，”南鱼摆摆手说，“现在回去找他，不知道他会把东西藏在哪儿，没准儿他又会说瞎话哄人。但他把我们骗去开空箱子，自然知道我们找不到东西，事后会去找他麻烦，所以肯定马上就会离开这里。”

“而他一定会带走那两条线索！”沐闲歌高兴地说。

“先别高兴，”南鱼脸上很是担忧，“我很担心那两条线索和第一条线索一样，都是一颗聆贝，而他已经把它们烧了，听了，记到心里了。那可怎么办？”

沐闲歌露出凶狠的神情：“那就用酷刑逼供！”

“逼供也未必能撬出实话。”南鱼叹口气，“这个羽人老头儿很奸猾。我们碰碰运气吧。”

羽腾林并没有住树屋，而是住在一条人族风格的小巷里，没有茂密的树丛掩蔽，让监视变得很艰难。两个监视者一边注意着小屋里的动静，一边还得竖起耳朵提防有路人经过发现他们。毕竟这是羽族的城市，两个人族被羽人发现了可不大好玩儿。

运气不错，这一晚上路过的行人寥寥，而且都没有注意到两人的存在。到了半夜时分，羽腾林终于如两人所料，夹着一个包裹溜出了门。两人连忙跟了上去。

羽腾林一路前行，两人跟在身后，发现身前的道路越来越熟悉。沐闲歌终于想起来了：“这是……王宫的方向！”

“老头儿跑到王宫去干什么？”南鱼也认出了这条路，“难道他也和什么翼领之类的人物有勾结？”

羽腾林来到一处王宫的墙外，看看周围没有护卫，于是把手放在嘴唇上，惟妙惟肖地模仿了几声夜鸮的叫声。只是这几声鸮鸣很有节奏，明显是某种接头的暗号。

很快墙内传出一声很短的呼哨声。羽腾林停止了对夜鸮的模仿，立即转过身向东边走去。南鱼和沐闲歌没有紧跟上去，而是耐心地等待着。果然，一盏茶后，一个羽人从墙里越墙而出，轻轻落在地上，也向着东边走去。两人看清楚了这个羽人的脸，都吃惊不小。

“怎么会是他？”沐闲歌忍不住低声说。她看得分明，从墙里跳出来的这个羽人，可不是什么翼领副翼领之类的小角色，这个人曾经和她面对面。南鱼也对这张脸印象深刻。

他就是莱米克城邦领主天恒与的儿子，计划中沐沉语和亲后的丈夫——天惊翼。

“不管怎么样，先跟上去！”南鱼说。两人一起悄悄跟随在天惊翼的身后，向东而行，但越跟越发觉有些不对劲儿。这个人，南鱼和沐闲歌在那一天的婚礼现场都见到过，是一个身手矫健、行动敏捷的年轻人，按道理来说，奔跑姿态也应该相当轻盈才对。但是现在，他的跑步姿势显得相当僵硬和别扭，就好像身上穿着束缚衣或者绑着绳子一样，看上去相当古怪。

“也许这几天他遇到了刺客，受了伤？”沐闲歌很疑惑，“那天见到的时候，他可不是这样的动作。”

南鱼没有回答，但心里也在奇怪。不过天惊翼虽然姿势不大好看，速度却一点儿也不慢，两人又要跟踪他，又要注意不被他发现，费了很大力气。最终，天惊翼来到了城东的一片坟场。

羽族的丧葬习惯是把死者埋葬在一棵树下，他们相信，这样死者的灵魂将和大树融为一体，始终保有生命力。所以羽人们的坟场其实也就是一片郁郁葱葱的森林，和人族坟场的阴暗脏乱完全是两码事。沐闲歌忍不住想，如果真的嫁给羽人的话，至少有一个好处，就是死后能长眠在一片令人赏心悦目的森林里。

羽腾林正在坟场里等待着天惊翼。天惊翼刚刚来到他身前，他就诚惶诚恐地跪了下去。

“我的主人，我恐怕您不能再等待了，”羽腾林用十分恭敬而又略带恐惧的声音说，“对方已经找到了我，并且已经得到了第一把钥匙。我没有想到，他们的动作会这么快。”

这个称呼有点儿不大对劲儿，南鱼想。羽腾林是一个拥有高贵姓氏的自由民，他对于天惊翼的称呼，可以是“少领主”，也可以是“大人”，但绝不应该是“主人”。

“他们的动作会比你想象中还要快。”天惊翼阴森森地说，“他们所掌握的东西，远比我们要多得多。我们只能从一些零散的碎片里去推想，而他们已经掌握了整张拼图。”

天惊翼一开口说话，南鱼和沐闲歌都暗暗心惊。他们也听到过天惊翼说话的声音，他说起话来声音沉厚、不急不缓，很是悦耳，但现在，他的声音冷漠、刻板、生硬，带有一种说不出的诡异，就像是完全换了一个人。

“所以，我不敢在把东西凑齐后一起献给您了，”羽腾林说，“我不得不先把我手里的这两样先交给您，只有您才能保护它们，而我没有这个能力。”

说完，他站起身来，弓着腰把随身带着的包袱双手捧给了天惊翼。天惊翼打开包袱，看了一眼，把里面的东西取出来，塞进了袖子里。南鱼心里一动，他看得出来，那是一个羊皮纸卷，很有可能是地图之类的东西。

“虽然东西已经交给您了，我还是有些不放心，”羽腾林说，“我认为，敌人一定会伺机向它下手，最好的办法就是，把敌人彻底干掉。”

“这话说得倒是不错，”天惊翼扔掉包袱，“可是敌人在哪里呢？”

羽腾林神秘地笑了，他用一种装作极轻微，但实际上离得很远也能听到的声音说：“就在我的身后，我料定他们一定会跟来的。”

话音刚落，他并不转身，双手向后挥出，南鱼感到脚下的泥土略略有些松动。他深知不妙，一把拉过沐闲歌，向旁边跳开。两人的双脚刚刚移开，之前站立的藏身之处的地面就裂开了，一只黑色的利爪从地下直冲而出，爪子上指甲锋利，闪动着幽蓝的光芒，一看就带有剧毒。这是一种邪恶的秘术，将精神力贯注到地下的泥土里，形成毒质，然后破土而出击杀敌人，令人防不胜防。

这个貌不惊人的羽腾林竟然也是个秘术师。南鱼和沐闲歌不敢怠慢，接连躲过了好几下毒爪的进攻之后，沐闲歌从袖子里发出几支袖箭，向羽腾林射去。鬼弓骑士并不只是善于长弓，她的袖箭也快而狠，并且几乎无声无息，眼看就要射到羽腾林身上，但天惊翼横身一拦，伸出左手，很轻松地把那几支袖箭接在了手里。

沐闲歌大吃一惊。她并非没有遇到过能对付她的袖箭的敌人，但像天惊翼这样轻描淡写的还从没见到过。南鱼也看出了蹊跷，抢在沐闲歌之前拔刀向天惊翼冲去。他左手挥起龙鳞，一刀向着天惊翼横斩而去，刀上带着呼啸的劲风，力道十足。但天惊翼的应对更加令人匪夷所思，他几乎动也不动，就在龙鳞即将砍断他的腰的一瞬间，他右拳猛然下击，正好击在刀背上。南鱼只觉得一股强大的力量透过刀身传到自己的手上，整条胳膊都酸麻了，龙鳞也被荡开。他大吃一惊，连忙变招，刀刃上提，反向自下而上切向天惊翼的右手。这一次天惊翼，根本不理睬龙鳞的走向，左手伸出，直插南鱼的双目，竟然是两败俱伤的招式。

南鱼当然不肯用自己的双眼换对方一条胳膊，只能仓促收刀，身子跳开。此时，沐闲歌也和羽腾林战作一团。沐闲歌不断地试图靠近羽腾林和他肉搏，但羽腾林总能用地下的毒爪迫使她避开。沐闲歌不得已，只能不停地围着羽腾林兜圈子，体力消耗颇大。

这样打下去不妙，大大地不妙，南鱼想着，越战越是心惊。他所知道的羽族武术，要么是远距离的弓术通神，要么是近距离精巧的搏击擒拿之法，但天惊翼的武功比这两样要怪异十倍。他的每一招每一式都不依常规，而且凶狠歹毒，动不动就是交换生命的玩儿法。

这根本不是羽族的武术！羽人人口稀少，最忌讳这种以命换命的招数，而他们的高贵念头渗入骨髓，即便杀人也不可能显得这么阴毒甚至近乎……下三烂。在这样的招式的逼迫下，南鱼很快落入下风。

不能再继续下去了，这样下去两个人都得死在这儿。南鱼一发狠，就想要唤醒嵌在右臂里的墨晶石，利用龙鳞强大的魂印力量解决掉天惊翼。此举虽然后患无穷，但总比当场毙命强。然而，正当他即将念出咒语的一瞬间，不可思议的一幕出现了，正在一脚踢向他腰眼的天惊翼，动作突然出现了停滞。

那一幕，就好像是走江湖的艺人操纵的人偶，无论动作多么流畅，只要艺人突然一下子停手，木偶的动作就会立马停顿下来。

天惊翼的脚停在半空不动了，虽然只是短短的瞬间，但南鱼绝不会错过这个稍纵即逝的良机。他腾身跃起，狠狠一脚踹在了天惊翼的胸口上。这一脚运足了力道，天惊翼的身躯有如一块儿朽木，被踢出去数丈远，落在地上昏迷过去。

羽腾林见到天惊翼被击败，大为惊骇，自己的秘术也出现了刹那的停顿。沐闲歌趁着这个机会终于逼近他身前，一掌切在他的咽喉要害。羽腾林叫都没能叫出一声，喉管已经被这一掌切断了，身子软软地倒下，气绝身亡。

南鱼擦了一把汗，来到昏迷的天惊翼身边，从他身上取出了刚才那卷羊皮纸。那果然是一幅地图，不过可以看得出来，是用无数的碎片拼贴而成的，能拼得这么整齐，十分不容易。

“看来这两把钥匙所能找到的，就是这幅地图的碎片，”沐闲歌说，“我们倒算是因祸得福，让这死老头儿去费力拼图，我们捡了个现成。即便是用秘术粘贴这些碎片，也是很艰难的。”

南鱼点点头，把地图收起来，准备找个安全的地方再研究。他一扭头，又看到了倒在地上的天惊翼，不由得皱起眉头：“他的武功……可真不像是个羽人。”

“那不是他的武功。”沐闲歌说。

南鱼一惊：“不是他的武功？怎么回事？”

“你知道，我最初是打定主意要代替妹妹嫁给他的，那时候我想，反正他们的目的不就是娶一个楚国的公主嘛，不管是我还是我妹妹都一样。等到成婚后，我把实情说出来，他们多半也就只能接受了……不说这个了，扯得太远。”沐闲歌摆摆手，“为了防止成婚之后吃亏，我专门研究过天惊翼的资料。这个人的武功很高强，但从小一直严格接受的都是羽族贵族的功夫，主要是弓术和一些残存的鹤雪搏击之术。刚才那样的功夫，和羽人半点儿扯不上关系。”

“可是那样的功夫为什么会从他手里使出来？”南鱼很不明白，“难道这个天惊翼是假冒的？而且刚才他有一下突然的停滞……很古怪。”

“我也不知道。”沐闲歌说，“先不管这些，我们还是赶紧走吧，别等他醒过来，你又要去借助墨晶石了。”

“你怎么知道……好像显得我很没用似的……”南鱼灰溜溜地跟在沐闲歌身后。

有一句话两人始终都没有提，那就是是否应该杀死天惊翼灭口。其实两人心里都明白，现在是除掉天惊翼最好的机会，否则后患无穷，但他们偏偏都没有说出口。沐闲歌总觉得自己从中搅和毁掉了天惊翼的婚姻，对他有那么一点儿内疚；而南鱼则觉得今天赢得不够光彩，有那么一点儿老天眷顾的味道。他希望，有朝一日还能再和天惊翼交手，他相信自己一定能找到克制对方的方法，而不是靠这种古怪的运气。

这一夜南鱼之所以能击倒天惊翼，靠的是天惊翼那突然出现的转瞬即逝的动作停滞。他并不知道这是为什么，也不可能知道就在同一时刻，在千里之外的澜州夜沼发生的另一件事。

这一夜夜沼上空乌云密布，大雨倾盆，树影如鬼魅般摇晃，让原本阴森的沼泽地带显得更加恐怖。在这样的夜里，几乎没有什么人敢于踏入夜沼的范围，因为暴涨的雨水会让沼泽变得更加危险，你有可能在踏出任意一步之后就遭遇灭顶之灾。

偏偏就有人选择了这个夜晚闯入夜沼。不过这不是一个人族，而是一个羽人，一个羽族逃犯。这是一个对人族充满仇恨的羽人，他的全家都在澜州的人羽战争中死亡，而他也从此把自己的生命都奉献给了复仇事业。凭借出色的飞行能力，他屡次潜入澜州南部的人族居住地，杀害人族平民后又迅速逃离，手里累积的人命已经超过了五十条。而他最喜欢做的一件事，就是把追赶他的人族捕快往夜沼里引。

这一夜他故技重施。他装作失去了飞行能力，装作盲目地、忙乱地往夜沼深处钻。尽管他身体轻盈，比身后的追兵们速度要快得多，但仍然故意降速，保持着距离，始终给对方追上他的希望。身后的四名人族捕快在沼泽里艰难跋涉着，追赶着这个羽族的杀人狂。终于，他们陷入了沼泽中。

羽人停止了逃跑，大模大样地走了回来，用他所能想到的一切言语羞辱着四名拼命挣扎却越沉越快的人族，直到他们的身体完完全全被夜沼所吞噬。他发出一阵阵得意却并不含快乐的狂笑声，然后凝出羽翼，准备飞离这片死亡区域。

但是，这一天的风雨实在是太大了，加上乌云遮蔽了月亮，让他完全失去了方向感。他以为自己是在向着夜沼的边缘飞去，实际上，他越飞越接近夜沼的核心区域。

终于，他发现自己迷路了，已经来到了一片他过去从来未曾踏足的地域。关于夜沼的种种离奇传说让他的心里越来越慌，但没有星月可以参考，再加上暴雨倾盆，他根本无法找到正确的方向。

终于，他的精神力耗尽了，羽翼逐渐消失，他想要赶在羽翼完全消失前赶紧落地，但惊恐地发现大风让他根本不能降落。他的身体就像一片树叶，被狂风卷出去不知多远后，风势渐渐减小，他这才找到机会落下去。

坠落的时候，天空中正好闪过一道惊雷，把整个沼泽照得雪亮。那一瞬间他忽然发现，下方竟然是一块干地！这是绝对不可思议的，即便是在这片杀人的沼泽里真的能找到一块干地——可这一夜都在下雨啊！狂风暴雨之下，这样的干地究竟是怎么出现的？

容不得他多想了，他已经笔直地朝着那块干地坠落下去。虽然羽人的体重较轻，但以那样的速度掉下去，也是绝对不可能生还的。好在这位杀人凶犯早就对人生不抱任何希望，这样的死亡对他来说也是一种解脱。

然而，就在坠落到距离地面只有四五丈高的时候，他忽然感到了一股极柔和的阻力，就像是撞进了一团软绵绵的棉花里一样。这感觉稍纵即逝，但已经极大地减缓了他下坠的力道，使他跌到地上时虽然仍旧摔得七荤八素，断了好几根骨头，却保住了性命。

恰恰就是在他感觉到似乎撞进了棉花里的那一刻，远在千里之外的秋叶城中，天惊翼的动作出现了极短暂的停滞，使南鱼找到了可乘之机。

死里逃生的羽人在地上躺了很久，这才挣扎着缓缓爬起来，打量着周围的一切。忽然，他的眼睛睁大了，蓝色的瞳孔中映出了一个常人绝对难以想象的可怕的图景。这个早就把自己的命不当命的冷血杀手，却在这一刹那体会到了足以击穿心脏、渗透骨髓的巨大恐惧，这种恐惧来自人的灵魂深处，来自人最底层的本能。

他大张着嘴，发出了一生中的最后一声惨叫，那凄厉的叫声在夜沼久久回荡着，又很快被不停歇的风雨声所覆盖。

在战争进行的同时，那些被纬翔空逮捕并关押的自由秘术师也都被放出来了。虽然吃了不少苦，但当他们了解到整个宁州现在所处的生死危局时，还是都同意了暂时放下对皇室的仇恨——羽皇亲自接见了他们，向他们致歉——而与朝廷的秘术师、各大贵族手下的秘术师一起来研究那个改变了一切的秘术：血翼永翔之术。作为纬苍然亲自推荐的人选，身为人族的君无行也参与到了会议之中。羽族高层对于接受一个人族来参与跟羽族危亡密切相关的会议显得很勉强，只是不好驳纬苍然的面子。但秘术师们无一例外表达出了对君无行的尊敬，不过君无行并没有感到太受用。

“要是在过去，我一定会坦然接受各位的称赞乃至膜拜，”他很诚实地说，“但是现在，我没有这个脸皮。因为我对这种血翼之术的了解，也许比各位略多一些，但它的破解方法我没有找出来，完全没能找出来。”

“那就把你多了解的那一点点说出来吧。”一名秘术师说。

“事实上，我从一些古书的残片中，早就得出了这个结论。”君无行说，“这种秘术，来自古老的魅族邪书《魅灵之书》，而现在获得血翼的秘术都由魅来实施，可以间接证明这一点。”

参与讨论的都是见多识广的一流秘术师，虽然谁都没有亲眼见过《魅灵之书》，也没人有机会见识到其中记载的那些玄而又玄的恐怖秘术，但多半还是听说过一些的。

“但是我听说，撰写《魅灵之书》的根本目的，在于帮助魅族获得更多威力强大的秘术，以便保护自身，甚至消灭外族，”一名秘术师说，“他们为什么要帮助羽族来获得永翔之术呢？”

“也许是无意中的发现，然后信手记录了下来吧。”另一名秘术师猜测说。

“也有这种可能，”君无行说，“但是我倾向于做出另一种更加阴暗的猜测。”

“什么猜测？”

“这个秘术，看上去像是送给羽族的一个天大的礼物，但未必其中不会包藏着祸心。”君无行缓缓地说，“如果我是撰写《魅灵之书》的人，即便是无意中发现了这样一个很有趣的秘术，但考虑到它可能会给羽族带来的强大的提升力，甚至有可能把羽族变成从此之后九州世界的统治种族，我一定会毫不犹豫地抹去它、销毁它，而不是记录在《魅灵之书》上，给羽人这个机会。”

这话说得很有道理，羽人们纷纷点头。但问题也来了：假如这种秘术当中真的包藏了祸心，那究竟会是什么呢？大家纷纷猜测。但看现在的情形，已经好几个月了，获得永翔羽翼的羽族平民仍然活得好好的，并没有发生任何异状。

君无行挥挥手，制止了大家乱纷纷的议论：“我曾经对我的徒弟说，秘术并不是一种无限制的给予，过于强大的秘术，必然会向你自身索取很多东西，这就是为什么很多秘术都被称为邪术的原因，《魅灵之书》这样的邪书更是如此。我相信，这种秘术一定有巨大的隐患，只是不知道它会什么时候爆发而已。不过目前，既然我们还想不到如何消除这种秘术，不如现实一些，想一想怎么用秘术协助防守吧。照现在的形势发展下去，雁都城迟早也会面对血翼军的弓箭，必须提早做好打算。”

云轻瑶并没有参加这次会议。虽然君无行自信满满，认为凭她的秘术实力早已超越了大多数羽族秘术师，完全可以师徒同台唱戏，但她还是不愿意到那么多人聚集在一起的地方去说话。

秋落对此感到很意外：“前段时间你给我的人讲授秘术基础的时候，好像并没有因为人多而胆怯过。”

“那不一样。”云轻瑶低声说，“那些人都是因为我的错误才被关起来的，我没有脸去见他们。”

“首先，那并不能算是你的过错；”秋落说，“其次，现在是生死存亡的时刻，就算有过错，也没人会和你计较。”

云轻瑶想了想，仍旧摇摇头。秋落没有坚持下去，而是换了个话题："我该走了。”

云轻瑶没有感到意外："我知道你放不下你的那些弟兄。其实现在这个时局，你不如让他们解散算了。”

秋落微微一笑："我也这么想过，毕竟按照我的推测，有三分之二的人会离开黑鹰寨投奔血翼军。但是我毕竟还有剩下的三分之一，我不能扔下他们不管。就算只剩下一个人跟着我，我也得对他负责。”

“你和纬翔空其实是一路人，”云轻瑶说，“你们都把身上的责任看得比什么都重。”

“我可不如他。”秋落哈哈一乐，“他把整个羽族的兴亡都看作自己的责任，而我只想让我的土匪兄弟有饭吃。”

“我很想不明白，”云轻瑶说，“人人都有饭吃不就好了吗？为什么像他那样的人，总是要想得那么多、那么远？人族想要吞并羽族，羽人又想要消灭人族，可打打杀杀了几千年，谁也没能吞掉谁，那么多士兵，不都白死了吗？”

“那些人可没白死。”秋落一阵坏笑，“历史上如果不是发生了那么多次战争的话，我估计九州早就人口爆棚了，活在世上的人们没有饭吃，一样得打仗。所以说，战争实在是一种不可避免的东西。”

这话表面上听起来怪有道理的，但仔细推敲一下未必不是谬论。比如说，九州各地现在仍然有很多荒地未被开垦，其中不少地方就是因为处于战争敏感带，没有人敢去拓荒；又比如说，把人族、羽族、河络族的技术力量结合起来，未必不能造出能够远航的大海船，到茫茫大海中去寻找新的可供生存的陆地——这是很多地理学家都坚信不疑的。

但云轻瑶也懒得去推敲反驳了。既然世界已经习惯了在战火中运行，那就默默地忍受吧。

秋落离开了，而纬翔空一直在虎翼司忙碌着，几乎没有回来过，当然也有可能他是存心想躲开云轻瑶。加上纬苍然和君无行也在陪着秘术师们商议利用秘术增强城防的问题，纬宅每天白天的漫长时光里就只剩下云轻瑶和雷冰两人，还有那只叫翔的丑陋的小鹰。云轻瑶在雷冰面前总是很心虚，这倒不是因为她曾经差点儿把雷冰的宝贝儿子杀死，而是因为雷冰看着她的目光里总是充满了暧昧，就像看着她未来的儿媳妇，总是看得云轻瑶不自禁地脸上发烫。

而且雷冰还总喜欢拉扯着云轻瑶讲故事。平心而论，纬苍然夫妇年轻时的经历精彩而曲折，一点儿不比君无行差，云轻瑶也能听得津津有味。但雷冰总是展现出丰富的联想能力，不断地插叙到她的儿子身上，这让云轻瑶很尴尬。她也不是没有过被人提亲或是当面追求的经历，当然明白雷冰的意思，但是在自己的心里，她并没有想得太明白。

更何况还有秋落的存在。最近几个月，她对人情世故的了解可谓突飞猛进，再也不是过去那样除了秘术什么都不明白的样子了，自然也能感受到秋落对她的好感。和纬翔空比起来，秋落更加内敛成熟，自然有着另一种魅力。但是她想到秋落的时候，总像是想到了一个很令人温暖的好朋友，而想到纬翔空……那就很复杂了，总有许多说不清道不明的情绪如同水下的暗流涌动，把她的心搅成一团乱麻。

“为什么无论我怎么样修炼秘术，都不能弄明白我自己的心里究竟在想什么呢？”她问。

翔并没有回答，欢快地拍打着翅膀，飞上了天空。

就在雁都等大城市紧锣密鼓地进行备战时，宁南城攻防战也进行得越发惨烈。陆良羽又组织了两次攻城战，都被守军顽强地抵抗住了。在进行过多次交手之后，人们开始总结对付血翼军的经验，并且发现了空中贴身肉搏的独特方法。他们手执盾牌和刀剑，利用盾牌的掩护靠近血翼军的队列，然后冲入这个队列当中去。血翼军毕竟都是平民，没有练习过正规的近身搏斗技巧，阵型往往会立刻被搅得稀烂，而后排的射手们也不敢轻易射箭，因为双方的人混杂在一起，那样受到伤害的自己人或许会更多。

虽然又补充了两万援军，但宁南城这块硬骨头一直啃不下来，让血翼军的指挥官们备感头疼。第四战结束后的当天夜里，他们又在营帐里发生了争执。棠天再次提出了退兵的建议，茳图阖和鹄半城照例激烈反对。陆良羽皱着眉头站在一旁，一直没有说话。理智地说，他也觉得宁南城这块硬骨头太难啃了，或许退兵转攻别处是一个不错的主意，但茳、鹄二人的说法也不无道理，士气可鼓不可泄，而血翼会不会被人找到破解的方法也难讲得很。万一血翼被消除了，那就动摇了整支军队的根基和灵魂，平民绝不可能再和贵族的白色羽翼相抗衡。

陆良羽拿不定主意，其他三人的争吵声越来越大，这让他更加感到心烦意乱。他有些郁闷地走到营帐的尽头，真想以头撞墙，可惜身前只有软软的帐篷。就在这时候，他忽然听到身后的争吵声停止了，回过头来，看见段先生从营帐外走进来。

段先生就是最初告诉他，可以向七姓后人提供血翼之术的那个魅。他主动找到陆良羽，告诉他血翼之术的存在，劝说他重新联系七姓后人，发动了这次叛乱。但他并不具体负责实施秘术，他带来的那些秘术师进行着这项工作，而他似乎什么也不做，只是每天夜里都仰头看天，然后白天自己在纸上写画一些旁人完全看不懂的符号，似乎是在观测星相。

包括陆良羽自己在内，几位指挥官都不喜欢这个成天把自己裹在黑袍里的魅。这家伙浑身上下似乎都在散发着某种阴冷的气息，仿佛是从荒坟里爬出来的腐尸，每次一出现，都能令人不寒而栗，哪怕现在正值炎热的夏季。

他每天只管自己的事情，连住都是单独一顶帐篷，不和他带来的魅族秘术师待在一起，也从来没有向陆良羽提供过任何战略战术上的建议。今天是他第一次走进这顶议事用的帐篷，难怪四个人都会感到惊诧莫名。

“段先生，您有什么事吗？”陆良羽问。

“我是来告诉你，后天夜间，谷时之中，请准时发动第五次攻城，”段先生的声调也一贯是冷森森的，就好像刚刚从殇州万古不化的冰川中破冰而出一样，“这一次足以攻陷宁南城。”

四个人面面相觑，将信将疑。段先生给他们带来永翔的羽翼，这让他们不能不信任对方。但这个攻城时间又是怎么计算出来的呢？

“到时候你们自然会知道的，”段先生说，“我已经拟定好了战术。”

两天之后，刚刚吃了败仗的血翼军不知道为什么，十分性急地又发动了第五次攻城之战，这一次是夜战。宁南城上上下下早已在前几战中打出了信心，对于这一次攻势，他们丝毫不慌乱。

顶住了血翼民的前两拨箭雨之后，拥有强大飞行能力的羽族精兵们手拿盾牌升上了天空。论长时间飞行的能力，他们的确敌不过那魔鬼一般的血翼军；但要说短时间内的飞行技巧，他们是不会输给对方的。

但他们很快发现，这一次血翼军似乎是有点儿孤注一掷的味道，几乎就是全军出动，密密麻麻的血翼遮挡了半边天空。于是城守也果断增兵，除了负责镇守城门及其他要害位置的风云两家的精英，其他飞行能力较强的士兵都飞了起来。他们按照之前的作战部署，尽量突入血翼军的阵型之中，与他们进行贴身的砍杀。天空中血翼与白翼混杂在一起，蠕蠕而动，假如把天空看作倒置的大地的话，两支军队就好像是两种不同颜色的蚂蚁，让人看了情不自禁地心头发毛。

白翼的宁南守军明显占据了上风，他们就像是一只只的小型啮齿动物，钻进了血翼军这头巨象的体内，切割着它的身体，使一具具血翼民的尸体不断地从高空中坠落下来。贵族们用他们千年锤炼的严谨精确的刀法、剑法把一个个血翼民砍死、刺死、劈死，胜利似乎只是时间问题了。

士气高昂的守军们越战越勇，城头上的宁南城守也看出了局势有利，他果断地把最后两组能够飞上天的预备队也派了出去，打算一鼓作气歼灭敌军，让这些该死的血翼从此永远在宁州的天空中消失。

数万羽人在天空中纠缠着、厮杀着，血的气味儿弥漫了宁南城的上空。这是已经有数百年没有在宁州出现过的大场面了，在此之前，最大规模的羽人内战也不过是万人左右的对射。而这样残酷的肉搏绞杀，即便在历史上也是不多见的。

然而，就在城守以为胜局已定的时候，意外发生了。那些正在奋勇拼杀的白翼守军忽然发觉自己的双翼变得绵软无力，不再听从身体从展翼点发出的命令。他们都很吃惊，许多人下意识地想要重新凝聚一对羽翼出来，可真正的惊恐就在这时候攫住了他们的心脏。

他们感应不到明月的月力了！仿佛就在眨眼之间，一直引导他们上升、飞翔的明月之力竟然消失无踪了。天空仿佛出现了一个巨大的深渊，把明月吞进去了。

紧接着，半数以上的白翼守军都想到了明月消失的原因，绝望之感立即充满了心胸。暗月！一定是在这个最为关键的时刻，暗月跟羽人们开了一个无比残酷的玩笑。显然，那个对羽人来说最黑暗的时刻再度降临——暗月在近地点遮挡了明月，大地上将有很长一段时间无法感应到明月之力。

暗月靠近大地，这在过去的历史中也不算罕见，虽然周期不定，但短则数年，长则数十年，总会发生那么一次。如果是在平常的时刻，当高飞于天际的羽人发现明月月力被暗月抵消，羽翼消散前的残存惯性一般可以帮助他们平缓地降落在地上，虽然不能再飞起来，但也不至于一下子掉下去摔死。

但现在，在这场你死我活的战争中，白翼的羽人们根本来不及第一时间就往暗月方面去想，他们当中的很多人都以为是自己的精神力在那一瞬间发生了波动，于是选择了立即集中精神力，重新凝聚羽翼，以便继续战斗。但他们没想到，消散的羽翼再也无法重新凝聚，大批羽人战士就这样从高空中坠下，像一块块沉重的石头，在地上摔得粉身碎骨。

而那些没有在第一时间重新凝聚羽翼的羽人，虽然不至于一下子摔下去，但也难以维系原有的飞行姿态，唯一能做出的选择就是缓慢下落，争取在羽翼完全消失前安然落地。然而，他们是身处在战场上，头顶上飞翔着无数完全不受暗月影响的血翼民。

不再有血肉横飞的近距离搏杀，白翼羽人们就像退潮的海水一样，无可奈何地缓缓下降。他们不能再快速飞行，不能再转弯、急停、上升，不能再躲闪，于是便成了半空中的活靶子。血翼民不再有任何顾虑，利箭如暴风骤雨一般袭来，将失去飞行能力的羽人们一大片一大片地射落到地上。

白翼羽人们毫无办法，只能尽力把身体缩在盾牌后面，抵挡着来自空中的打击。但当他们下落到已经可以看清楚地面的时候，他们终于陷入了真正的绝望。

叛军早已准备好了大量射手，就站在地面上，等待着射杀那些落向地面的敌人，箭头上闪着金属的寒光。盾牌不可能同时遮挡上下两个方向，所以，他们的生命注定要在这个夏夜终结，终结在被暗月之力遮蔽的黑暗的夜空之下。

宁南城的主力部队被全部歼灭了。城外的原野上留下了密密麻麻的尸体，白翼民和血翼民混杂在一起，根本难以一一分清。后来血翼军只能掘出若干深坑，把所有的尸体都一起草草掩埋。

在这场战役中，唯一的好消息是风氏和云氏的精英战士们没有受到太多损失。他们奉命镇守城内要害，并没有起飞去投入战斗，所以也就没有被暗月所戕害。当城外的守军因为奇特的天象之变而全军覆没后，他们果断选择了撤退。在风氏强大秘术的掩护之下，风云两家的主力部队撤出了宁南城，一支重要的生力军得到了保存。

数日之后，遍体鳞伤的风云两家的子弟们抵达了雁都城。过去一见面就杀伐不休的两大家族，以一种奇异的姿态混杂在一起，相互搀扶照应着进入了雁都，进入了风家的领地。雁都城的人们看着这支过去做梦都想不到会出现的队伍，内心充满了悲哀。这场血翼危机让风云两家不得不联起手来，但仍然看不到化解危机的迹象。宁南城沦陷了，这座宁州南方的重镇都无法抵挡那些血红色的羽翼，雁都城能得以保全吗?

攻下宁南，对于血翼军而言，不仅仅是占据了一座宁州最大的城市那么简单。战斗关键时刻出现的暗月遮蔽明月的天象，很快就被传成了一种神迹。人们都在传说，在血翼军最危险的时刻，天象帮了忙，这说明血翼军受到了天神的眷顾。在这样的眷顾之下，似乎一切抵抗都变得没有什么意义了。就算你能把防守做到堪比宁南城的极致，又有什么用? 天灭贵族，天佑平民，一切好像就是这么简单明了。

战火在澜州北部也爆发了，不过相对而言，澜州平民对加入血翼军的兴趣并不甚浓，相反还有很多激烈的反对者，比如澜州阳氏的家主阳胜。此外，莱米克城邦的领主天恒与也是个厉害人物，他第一时间宣布废止过去的等级制度，给予平民更高的待遇，并且通过埋伏在民间的暗探不断宣传散布厌战的言论。所以，澜州的战争进展得很不顺利。

但是对于宁州的陆良羽等人来说，澜州的一切并不重要。血翼军在宁州所向披靡，只要先彻底占领宁州，凭借可以轻松跨越海峡的血翼，拿下澜州还不是小菜一碟。

此时，其他各族势力也都在密切关注着战局的发展。尤其是和羽人发生战争最多的人族。他们一边为了羽族发生如此大规模的内乱而幸灾乐祸，一边也在计算着借此机会入侵宁州的可能性。但最终，并没有任何一家势力轻举妄动。这一方面是因为血翼军的威力早已通过各种途径传入他们的耳中，不可能没有畏惧之心，另一方面也是不想弄巧成拙。外力入侵很可能使本来已经分裂的羽族社会重新团结起来先一致对外，那可是不识时务的蠢货才会做出来的事情。所以，他们都选择了静观其变。

随着血翼军的连战连胜，最初的幸灾乐祸转化为深深的忧虑。无论华族还是蛮族，都太畏惧那些飞翔于高空的精灵了，永翔的血翼把这种恐惧无限放大。人族开始扩充军备，积极修筑防御工事，研究射程更远的对空弓弩，随时准备迎战血翼。甚至一些本来一触即发的国家之间的摩擦，也因此而暂时降温。

血翼，终于把整个九州都全面调动起来了。

自从宁南之战的具体战况传到雁都之后，云轻瑶就开始整夜整夜地做噩梦。那些从高空中坠下来活活摔死的宁南守军，再次掀起了她心中的波澜，尘封已久的记忆又开始蠢蠢欲动。她总是在梦里回到一片水汽弥漫的沼泽地里，回到一个似乎很熟悉的小小的羽族村落。梦里的她还是个孩童，正在仰起头，看着一大群羽人从天上坠下，摔成肉泥。每到这时候，她总是大叫一声，从纬家客房的床上坐起来，浑身上下都被冷汗浸透了。

除此之外，在某些梦境的角落里，她还捕捉到了其他一些残片。她好像看到了军队，看到了成群结队的秘术师，看到了一些老弱病残的羽人走向远方的背影。而下一个场景，她好像突然坐在了一堆尸体当中，茫然地看着血色的天空。

不行，我一定要找老师好好问问了，她想。过去问起的时候，君无行总是答非所问，从来没有正面回答过。现在，她已经不堪忍受那些噩梦的困扰。她需要找到答案。

我想要知道我的过去。

通往宁州的道路异常艰辛。整个澜州北部处处充满了不安定的因素。血翼军的使者们在四处劝诱平民加入部队，领主的斥候在四处搜捕这些使者，搅得鸡飞狗跳、乱七八糟。

这使得两个人族在澜州的行程倍加艰难。一想到还有更艰难的宁州的行程，沐闲歌就觉得头痛欲裂。南鱼实在是个对一切事情都充满乐观期待的人，用他自己的话来说："车到山前必有路。"

这话未必正确，但在特定的条件和时间下，"人到海边自有船"倒是应验了。汤若林在临死之前把自己的项链留给了南鱼，并告诉他，如果他要找船渡过霍苓海峡去往北面的宁州，可以到海边寻找一个被人称作旷老大的船夫。

他们几经波折，找到了旷老大，旷老大也同意了用船把两人带到宁州去。但这位旷老大并不是盏省油的灯，一路上嘴里叽叽歪歪说个不停，丝毫不掩饰他对人族的刻骨仇恨。

"也就是我答应了汤长老，我们羽人总是信守承诺的，"旷老大一开口总是这一句，"要不然的话，我在海边发现了你们俩，我就一刀一个把你们宰了，扔到海里去喂鱼。"

"你来试试，看看到底谁能宰掉谁！"沐闲歌沉不住气，挽起袖子就想动手。但南鱼每次都把她拦了下来。说起来，南鱼的涵养真是一流，无论旷老大怎么在甲板上、船舱里嘟嘟囔囔地数落着人族的种种罪恶，怎么描述他年轻时曾经怎样收拾过撞到他手里的人，怎么表达"我们羽人迟早有一天要把宛州、中州、瀚州都变成我们的森林"的野望狂想，南鱼都半点儿不动怒。有时候，他甚至专门跑到旷老大身边坐下，兴致勃勃地听着旷老大唠叨，这让沐闲歌实在怀疑此人有点儿受虐倾向。好在霍苓海峡不算太宽，一天工夫就到了，不然，她恐怕真的抑制不住把旷老大揪出来大卸八块的冲动。

旷老大找了一处僻静的地方靠岸，以免撞上其他羽人。下船的时候，他仍然黑着脸，对两人没什么好脸色。沐闲歌忍无可忍，下船之前，在船板上悄悄印了一脚，然后满脸笑容地跳到岸上，目送着骂骂咧咧的旷老大远去。南鱼站在她身边，看着船走远了，叹了口气："你这是何苦呢？虽然是小渔船，这一艘船也不便宜啊。"

"我已经够对得起他的了，"沐闲歌说，"我用的力道，能够保证他的船在浅海时就破掉，以他的水性，游到岸上不成问题，不行的话凝翅飞也行。要是让他到了海峡中央才发现船破，那他就死定啦，只能沉到海底下去做梦征服宛州了。"

她扭过头看着南鱼："我说，你倒是脾气好得要死，居然就一直听着那个老扁毛大放狗屁！你到底还是不是人啊？"

南鱼一笑："没什么，我就是对这些普通民众的想法很感兴趣。我一路来到澜州，路上也结识了不少人。羽人骂人族，河络骂人族，人族反过来骂羽人和河络……其实战争什么的，受苦的都是老百姓。旷老大说起人族咬牙切齿，澜州的人族百姓说起羽人，那也是一肚子的火，有的人就因为在森林里生了一堆火，就可能被羽人的羽哨一箭射死。百姓不会去分辨给他们带来苦难的究竟是官家还是平民，他们能记住的，只有种族的仇恨。"

"你的脑袋就喜欢想这些乱七八糟的，"沐闲歌撇撇嘴，"现在我们俩都被羽人仇恨着，还是赶紧走吧！对了，我们到底是要去哪一座城市啊？"

"宁南城。"南鱼回答。

此时宁州南部的好几座城市都已经被血翼军占领，而大军正在向宁南进发。南鱼和沐闲歌白天躲藏，然后利用夜晚全力赶路，总算赶在血翼军到达之前偷偷溜进了宁南。他们照例把全身上下裹在长袍里，以免被羽人认出。但接下来的事情就很麻烦了。他们要找的第四个联系人云仲非的住处似乎遭遇了火灾，竟然只剩下一片瓦砾。南鱼冒险去向街坊打听，这才得知，这里果然在两个月前遭遇了意外的火灾，原住户已经搬离了，具体搬到哪里可就不知道了。

南鱼愁眉苦脸地走回去。好在这一路进城两人细心观察，发现有不少宅子都是人去屋空，猜测到是因为人羽关系紧张，人族的商人都提前离开以便避祸。这倒给他们提供了极大的方便。两人找到一间空宅子躲了进去，以他们的身手，夜间出去偷盗一些食物绝非难事，何况这位公主出身的沐闲歌似乎对一切违法犯罪的事情都兴趣浓厚，说到去偷食物就精神大振，每每一力承担，不需要南鱼再出马。

“好歹也是堂堂公主，为什么会把偷窃当成乐趣呢？”南鱼两眼望天，表示无奈。

“因为好玩儿嘛！”沐闲歌说，“总比听你唠叨百姓疾苦强。”

“我也是因为觉得好玩儿，”南鱼说，“我过去很少接触到那些活生生的民众，对他们的生存状态也一无所知。”

“听这口气，你活像是个王子储君什么的，”沐闲歌有点儿怀疑地看了他一眼，“是不是总被关在王宫什么的地方，以至于都见不到外人？”

南鱼扑哧一笑：“你看我这个样子，像什么王子吗？我只是从小就跟着师父学艺，几乎就没有离开过学艺的地方，很多事情都没有见过、经历过。”

沐闲歌这才释然，想想的确如此，很多传说中的高人隐士都喜欢躲到某个外人找不到的深林幽谷里，要么自己修炼一些绝世神功，要么培养一些厉害的门人。这样的故事一向只在小说和评书里能看到听到，没想到南鱼这条有时候看来绝顶聪明有时候又相当糊涂的笨鱼，竟然就是这么被培养出来的。

“不过，你的师父派你出来执行这个任务实在是有点儿……矮子当中拔将军，”沐闲歌毫不客气地说，“你不是要找到神器拯救九州吗？虽然我觉得这可能只是你的师父在发神经……但就算是发神经，按道理来说，至少也得找一个可靠点儿的人吧？像你这样四处乱管闲事、脑子一热就把正事忘了的性子，怎么能让人放心？”

南鱼毫不生气：“的确是挺让人不放心的，但我的师父是一个星相大师，他也许是看出来了我走到哪里都有好运气吧。比如现在，虽然我在澜州的行程乱七八糟，但是我很碰巧地认识了两位人族大国的公主，以后我到了人族的地盘，她们多半会给我行一点儿方便吧？”

“想得美！”沐闲歌哼了一声，“谁知道你这么笨，能不能有命活到那一天呢。不过说真的，不只你的师父奇怪，你这个人更奇怪。看你这副性情，怎么也不像是那种把天下安危担到自己身上的英雄豪杰。”

“我这个人吧，有时候热血上涌，大概会有那么一点儿英雄豪杰的影子。”南鱼想起自己当天是如何慷慨陈词说动了汤若林的，“但大多数时候，我不太喜欢想那么多。师父把任务交给我，我就一点点去做，走一步算一步，能够完成固然好，完不成就当自己四处游历增长见识好了。”

“我还以为，你如果完不成就得如丧考妣，吃不香睡不着呢。”沐闲歌失望地说。

“人力有穷尽，总有做不到的事情，那有什么好奇怪的？”南鱼耸耸肩，“尽人事，听天命，但求问心无愧就好了。我本来就是个普通人，能拯救天下固然好，不能就算了呗。”

“你就不怕真有一天像你师父说的那样，九州被什么乱七八糟的邪魔毁灭了，于是天下人都怪罪到你的头上？”沐闲歌问。

“他们怪我没道理呀，凭什么九州的命运那么大的一副担子，非要压在我一个人身上不可？我是神吗？”南鱼反问。

沐闲歌听了这番话，若有所思，过了一会儿，她点点头：“我开始有点儿明白你师父为什么要挑选你了。你遇事不钻牛角尖，懂得变通，也许反而比那种满脑子救世主情结的人更有用。对了，这么长时间了，你还一直没有跟我详细说说这件神器到底是怎么回事。当然，如果你一定不肯说，我也不会勉强你。”

“你说这话，不就是在勉强我吗……”南鱼干笑一声，“以前不告诉你，是因为你们和此事无关。现在你在帮我，我当然不用隐瞒你了。但是说句实在话，我能告诉你的其实也没有多少，这件事，师父本来交代得就很简单。而我一向有两个习惯：师父交代的事情不多问，师父交代的事情一定要努力完成。”

“那岂不是在遛傻子？”沐闲歌摇摇头，“那你知道多少就说多少吧。”

“我的师父是一个非常了不起的人，”南鱼的口气里充满了崇拜，“九州大地上的一切知识似乎他都精通。我们这些师兄弟，只需要学会他的一门本事，就觉得受用不尽了。但师父一直都说，他最大的能力在于对星相的理解，他总说，他能够从星辰的运行中看到大地的命运。”

“这不就是个老神棍吗……”沐闲歌极小声地嘀咕了一句。

南鱼没有听到，沉浸在回忆中：“几个月之前，师父忽然显得很忧虑，成天心事重重，我们都不知道发生了什么。后来有一天，他把我叫到身边，告诉了我一件往事。他对我说，二十年前，他在夜观天象的时候，察觉到在澜州的夜沼方向，出现过一次异乎寻常的精神力的爆炸，那样强大的精神力，是凡人绝对不可能达到的。而从那一夜开始，九州的星相运行就出现了许多细微的变化。我的老师据此判断，夜沼发生了什么大事，可能是有一些很古怪的东西诞生了。他后来曾经派人去查探过，但又什么都没能找到。

“而到了二十年之后，也就是师父忧心忡忡的那段时间，他发现天象出现了大的变动，将会有影响到整个九州的重大灾难发生。他相信，这件事一定和那个未知的邪魔有着重大关系。所以他立即做出决定，一方面联系他的旧日相识去夜沼附近仔细探访，一方面派我出来寻找神器，防患于未然。”

“联系旧日相识？为什么不派其他弟子？是担心他们应付不了吗？”沐闲歌问。

“因为他们的某些能力还不足。”南鱼含含糊糊地说。

沐闲歌没有追问，换了个问题：“那神器呢？又是怎么回事？”

“师父并没有细说。”南鱼说，“我只知道，师父在年轻的时候，曾经花了很长一段时间去追寻这些神器。那是六件从上古时代流传下来的神器，分别由九州的六个智慧种族保藏。据师父说，这六件神器合在一起，将会激发出超乎想象的巨大力量，甚至超越曾经在大地上引起过深重灾难的另一件神器‘海之渊’。师父是一个淡泊出世的人，那时候只是证实了神器的存在就心满意足，半点儿也没有想到要占有。但现在，他意识到，也许只有这些神器才能阻止这场灾难。”

“可是，连这个邪魔究竟是什么样、有多大能力都不知道，就把希望寄托在虚无缥缈的神器上，是不是想得太远了？”沐闲歌忍不住说。

“那是你没有真正见识过神器的威力，所以把这些东西都当成了逸闻怪谈。”南鱼说，“可是我见过当年‘海之渊’使用过后的遗迹，那是一种你几乎难以想象的可怕的力量。而且，我相信我的师父，他既然从星相上预见了这一切的发生，就绝不会成为空谈。”

南鱼的脸上带有一种深深的虔诚，从小在异地长大的沐闲歌能够理解，这种对抚养自己的人所持有的独特信任实在是出自人的本能。所以，她也很难得地没有讥笑南鱼，虽然内心深处仍然觉得要走遍九州，找齐六族的什么神器实在是过于艰难了。

“好吧，你要找，我就陪你找到底。”她像抚摸小狗一样拍拍南鱼的脑袋，“现在，乖，赶快去睡觉吧。”

两人在宁南城住了没几天，血翼军就到了。沐闲歌幸灾乐祸，巴不得看到羽人们自相残杀，最好是城里城外都死个干干净净。南鱼却想到，要是血翼军破城而入，大肆搜捕贵族们，肯定会一一清查这些空宅，到时候自己和沐闲歌又不得不四处奔波躲避，万一被羽人们发现，那多半就死定了，于是一时间发起愁来。

之后的日子里，他一有空儿就偷偷溜出去，想赶在城破前寻找到云仲非的下落。但由于种族之隔，每次只能偷偷摸摸在僻静之处找到人问，问话间唯恐被认出不是羽人，自然是希望渺茫。宁南城是云氏的大本营，全城姓云的不知道有多少，寻常路人原本也不可能听说过这个人。

倒是在这段时间里，血翼军看不出半点儿能够攻破宁南的迹象，接连发起了好几次攻城，都以失败告终。云氏派来的大批秘术师让城里的人们胆气越发壮了起来。

万万没想到，奇特的天象会站在血翼军一边给他们以直接的帮助。由于在暗月之夜失去了羽翼，宁南守军几乎在一夜间被全歼，风云两家的子弟不得已只能撤退，以便保存实力。而来不及逃跑的贵族都被困在城里，一个一个被抓出来，或杀害，或关押，或发配为奴。

贵族们当然会躲，抓贵族的人当然也会搜，于是南鱼和沐闲歌倒了大霉，成天风声鹤唳，不断转移、不断躲藏。两人都很机警，屡屡在危险的时刻成功逃开，只是这样忙于东躲西藏，有时候连肚子都填不饱，自然顾不上找人了。

但他们万万没有想到，运气会在这样糟糕的时刻莫名其妙地跳出来眷顾他们。也许只能用沐闲歌的话来解释："你这条笨鱼总是有点儿狗屎运。"

这一天两人又找到了一间空置的小屋，屋子很小，不大像是生意人住的，倒有可能是被血翼军所引诱的普通平民，抛掉住所出城投敌而留下的。不管怎么样，能有个地方落脚总是好的，两人求之不得地躲了进去。只是这间屋子实在太小了，里面也只能摆得下一张床。

这张床当然被沐闲歌毫不客气地霸占了，南鱼也不会去和她争，只是在地上铺上稻草睡了一夜。醒来之后，他觉得浑身骨头都在酸痛，而这间小屋子更是闷得很，他实在忍不住了，撇下还在床上呼呼大睡的沐闲歌，出门到街上去走走。

这时候天刚刚亮，按道理大街上应该没什么人，但南鱼没走出几步远，就发现前方走来了一大群人，他连忙侧身闪到一边，眼睛暗暗观察。片刻后，他已经判断出了这群人是干什么的。

那是一群宁南城的贵族以及押送他们的血翼军。这样的贵族通常算不上"罪大恶极"，所以逃过了死罪，但被当众羞辱一番甚至施以刑罚是在所难免的，而平民对这样的节目总是很感兴趣。因此通常在"节目"上演的当天一大早，这些过去的贵族就会被驱赶到集会地点，等待民众去围观。

这样的场景总是让南鱼感到很不舒服，但就在他准备离开的时候，押送者中传来的一声呼喊让他一下子停住了脚步。

"云仲非！老实点儿！"一个血翼民怒喝道，"不是告诉你要低着头走路吗？"

云仲非！这正是南鱼要找的第四名联系人。倒真是得来全不费功夫。南鱼转过头，向人群里细细看去。那群被俘获的贵族都被绳子绑着，衣服肮脏不堪，一个个低垂着头，不言不语，唯有这个云仲非是个例外。他的身材异常高大，比一般的羽人看上去更强壮，虽然已经满头白发了，但双目精光四射，实在令人不敢小觑。而他也是贵族群中唯一高昂着头的，配合着他的身高，的确有着十足的傲气，难怪血翼民会看他不满。

“低着头走路？”云仲非的目光中充满鄙夷，“那是你们下三翼贱民，老子可没那么低贱！”

这番话显然是故意要激怒那些下三翼的血翼民。刚才说话的羽人怒不可遏，狠狠一脚踢到了云仲非的腰间，云仲非闷哼一声，脸上却没有丝毫表情，身子也几乎没有摇晃，但眼神里添了几分愤怒的恨意。血翼民被他瞪了一眼，不知怎么的，竟然心里发慌，嘴上又骂了两句，却不敢再踢他了。

这个云仲非倒是个硬骨头，南鱼想。但并不是每一个血翼民都像刚才那个那样胆怯，另外两名血翼民闻声走到了云仲非身边，斜着眼看他："姓云的！你是想造反吗？"

云仲非冷冷地回答："造反的不是我，而是你们这些贱民！"

他一口一个贱民，似乎是存心要激起血翼民的火气。几个血翼民忍无可忍，冲上前去对他拳打脚踢。云仲非昂然而立，但时间久了，终于还是被打倒在地上，嘴里吐出鲜血。他始终努力昂起头，并不发出一声呻吟。

“喂，这个云仲非快要被打死了！”南鱼耳边忽然响起沐闲歌的声音，“咱们得救救他。”

“你怎么来了？”南鱼一愣。

“你这一晚上不停地翻来翻去长吁短叹，我怎么睡得着？”沐闲歌轻蔑地说，“一个大男人，睡睡硬地有那么难受吗……”

“行啦，别批判我啦，”南鱼哭笑不得，“趁着现在人还不多，咱们赶快救人吧！”

片刻后，云仲非已经被带到了两人藏身的小屋，而押解那些贵族的八名血翼民全都被打昏过去，被押的贵族趁机一哄而散。

云仲非被拳打脚踢那么久，身上伤痕累累，但他很是硬气，南鱼替他敷药时始终咬着牙不喊痛，连沐闲歌都不禁有些佩服。

“多谢二位。你们两个人族，为什么要在这种时刻到宁南城来管闲事呢？”擦完药后，云仲非忽然说。

“我们是来找您的。”南鱼说着，把龙鳞递到他面前。云仲非看了一眼龙鳞，并没有显得太吃惊。

“果然是那个老怪物啊。”他叹息着，“看看现在这些贱民的模样，也许真的到了神器现世的非常时期了。”

“您同意了？”南鱼十分惊喜，又有点儿担心云仲非如此爽快，或许和羽腾林一样，都是在耍花招儿。但看他刚才力抗血翼民的那种不屈和倔强，又觉得他不像是那种人。

“不同意也不行。”云仲非说，“落在你的手里，你好歹还会珍惜，要是落到那些红毛的贱民手里，可就不知道结局如何了。所以，你一定要想办法把钥匙抢回来。”

“钥匙落到他们手里了？”南鱼又是一惊。

“和我的财产一起，都被贱民抄没了。”云仲非说，“不过，他们肯定看不出这把钥匙的贵重，所以多半还和我的其他物件在一起，没有被瓜分。贱民都是贪财的，肯定先去分有钱人家的金银财宝，我那点儿东西，他们还顾不上呢。”

云仲非一口一个贱民，显然对这些反叛的下三翼平民痛恨至极。南鱼知道自己无法劝解，只是打听清楚了财产收敛的地方，以及钥匙所对应的那把锁的具体藏处，就和沐闲歌一道靠在一旁养神，准备晚上去寻找。云仲非这时候却站了起来，走到门口。

“你要去哪儿？”沐闲歌问。

“我被这帮臭贱民捆了好几天，这口鸟气憋够了，”云仲非捏着自己的指关节，“现在要去找找他们的麻烦。”

“那不就是送死吗？”沐闲歌皱起眉头，“我看你的武功很不错，完全可以找机会溜出城去，逃到雁都城或者别的什么地方。”

“那是你们的想法。”云仲非摇摇头，“现在我们面对的，是羽族内部的灾难，而那些所谓的贵族，在和平之风的吹拂下，早就变得懦弱不堪，一面对贱民的弓箭，就迫不及待地举手投降。总要有人发出自己的怒吼声才行，哪怕再微弱，也是有用的。”

沐闲歌叹了口气，不再说什么，看着这个老人高大的背影消失在门外，回过头来对南鱼耸耸肩：“羽人果然是个死心眼儿的种族。”

“每一个种族都会有很多这样的死心眼儿，”南鱼说，“所以没有哪一个种族是可以被征服的。”

第七章
逆天之罚

一夜之间，这种希望化为泡影。羽族没有得到振兴，正相反，羽族遭受到了巨大到无法想象的打击。五个月的短暂辉煌不过是场可笑的梦，梦醒之后，现实更加黑暗。

1

宁南城被攻破后，血翼军迅速向北推进，很快到达了距离雁都城城南只有三十里的地方驻扎。但他们并没有轻易发动进攻。这毕竟是羽族的都城、整个宁州的中心，城墙坚厚，兵精粮足，城内还有风云两家的全部精锐以及临时从各地赶来的援军，血翼军并没有胜利的把握。

而雁都城内也正在进行着紧张的备战。秘术师们准备了一些可以和武士们配合起来使用的秘术，工匠们研究着专门用来对付血翼民的防空机械，农民们也在全力加固着城防。更重要的在于，在宁南城被攻破之后，雁都城不再抱有任何幻想、任何轻敌、任何侥幸了。从羽皇到普通的守城士兵，个个都做好了最坏的打算。这一战，或许将直接决定羽族未来的命运，人们几乎不敢想象，假如将来的羽人都不再有洁白的羽翼，而是通通变成了这样的血翼民时，羽族的明天会是怎样的。

云轻瑶倒是并没有感觉到什么恐惧，生死对她而言，一向不是那么值得挂怀的东西。她只是越来越感到孤独。她姓云，理论上也应该属于血统高贵的大姓贵族，而且虽然由于胆怯而不敢飞，但她的体质几乎每天都能感应到明月月力的召唤。另一方面，老师告诉过她，她来自夜沼的一个早已被毁掉的小村庄，后来的生活轨迹也和贵族们全然不相干，所以她的出身似乎又应该是平民。

当然，她过去从来没有关心过贵族和平民之间的恩恩怨怨，甚至种族观念都淡薄得不像话。但自从纬翔空那一夜向她讲了那么多高贵血统的意义之后，她很难控制自己不去思考这些问题。她忘不了那一夜纬翔空的那种眼神，那是一种真正的毫不畏惧生死的眼神，即便是在随时可能被秘术杀死的时候，他想得更多的，仍然是整个羽族，而不是他自己。

按道理来说，这样的人和云轻瑶实在是相距太远了，但不知道为什么，她的心里总存着这个人的影子，总是在幻想中勾勒出纬翔空举弓瞄准了她的后心却又最终放下的场景。这个场景往往让她心头一颤，一些奇特而难以捉摸的情愫悄悄涌起。

这天夜里，她又陷入了那个轮回般的噩梦，依然是那个夜沼的小村落，依然是从高空坠下的羽人，洁白的羽翼最终都化为地上的血泥。她看到年幼的自己夹在人群里，向着远方慢慢行进，前方是夜沼弥漫开来的永不消散的迷雾。她看着那个瘦弱的背影消失在白色的雾气中，想要伸手去捞，却又怎么也抓不住……

醒来后，她发现自己压根儿没有睡多久，才刚刚到午夜时分，离天亮至少还有几个对时，却怎么也睡不着了，于是索性起身，到院子里去走走。刚走出院门，就看见老师君无行正疲惫地从门外进来。君无行这些日子忙着和秘术师们研究守城的秘术，以及可能存在的消解血翼的秘术，总要隔好几天才能回来一次，即便回来也是在深更半夜。

“您累坏了，应该好好休息几天。”云轻瑶替君无行掸去身上的尘土，“现在已经不是您二十岁为所欲为的时候了。”

君无行眼窝深陷，双目里布满血丝。他伸出手，在云轻瑶的头上轻轻拍了一下：“胡说！老子觉得自己还年轻得很！”不过，他还是任由云轻瑶牵着到他的卧房里坐下。一小会儿后，云轻瑶端着热水盆走了进来。

“您的头发已经可以拧出油来啦！”云轻瑶说，“再这样下去，就不是全九州最英俊的秘术师了。”

君无行笑了笑，温顺地任由云轻瑶摆布。等到云轻瑶替他擦干了洗净的头发，他忽然说：“你有心事，很重的心事。”

云轻瑶怔了怔，没有开口否认。君无行又说：“你有话想要问我，但又觉得我太累了，所以不愿意问出口。但是你放心，你的老师不是豆腐做的，如果连陪自己的徒弟说几句话的精力都没有，那就可以直接去撞墙自尽了。”

云轻瑶嫣然一笑，在君无行身边坐下，轻声说：“其实我一直都想问问您……我的身世到底是怎么样的？您捡到我之前，在我身上究竟发生过什么事情？”

君无行没有感到意外：“我就知道你会问这个。我一直不告诉你，当然是有原因的，但是现在你已经长大了，而且……也许我们都会在战争中死去，到了说真话的时候了。”

云轻瑶没有问君无行为什么不离开，这原本是羽族的内战，和他这个人族没什么关系，而以他的秘术，如果想要离开的话，什么样的军队都不可能留住他。她很清楚，为了自己，为了纬苍然和雷冰，君无行是一定会战斗到最后一刻的，这就是自己的老师，平时看起来放荡不羁毫无正形，内心却有一团火在燃烧。

“那一年，我得到了一个消息，有很多秘术师都去了夜沼聚集，不知道想要做什么。”君无行回忆说，“那时候我正好一个人无事可做，想到这件事，觉得很好奇，于是就去了澜州。但我到晚了，当我来到夜沼的时候，那里已经发生了一些怪事，秘术师们或死或失去意识，一大群士兵在那里收拾残局。在此之前，我曾经感应到了一次很强烈的星辰力爆发，那样的爆发，就算集合几百名秘术师也不可能做到，除非是应用了大块的星流石碎片，或者其他连我也无法知晓的方式。遗憾的是，我只晚了不足半天。当我到达的时候，那股星辰力已经完全消失，半点儿也感应不到了。而你的村子，就是在星辰力爆发的那天夜里被毁掉的，那一夜正好也是你们羽族的起飞日。从现场的情状分析，我只能做出这样的猜测：就是那股巨大的星辰力产生了某种激荡的作用，使飞上天空的羽人们的精神力发生了爆燃。当这种爆燃结束后，他们的精神力完全耗尽，无法再维持羽翼，所以活活摔死了。根据村里的长老告诉我的情况，村里的青壮年几乎在那一夜尽数丧生，其中……就包括你的父母。”

云轻瑶面色苍白，双手无意识地紧紧绞在一起。原来那个梦果然是真的，她想，原来父母是那样死的，所有人都是那样死的，可是……为什么在这么多年的时间里，什么都不记得了呢？

君无行看出了她的心思：“你之所以不记得了，是我用秘术封闭了你的记忆，不是为了让你忘却父母死去的惨状，而是为了另一件更可怕的事情。现在，我解开这段封闭，你自己看吧。”

就像是一潭死气沉沉的黑色池水突然被风吹皱了，池水荡漾着，水面上的黑色渐渐褪去，逐渐露出各种各样奇妙的倒影。

云轻瑶趴在池水旁边，在倒影里寻找到了自己的影子。她不但能够清晰地看见往昔的场景，还能够听到那些纷乱嘈杂的声音。尘封的记忆在这一刻被打开了，那些声、光、影有若潮水，汹涌澎湃地把她淹没在其中。

四岁的云轻瑶跟随着村里剩下的大人，向着北方行进。按照长老的安排，他们将要穿越夜沼，再经过澜州南部的人族聚居区，在澜州北部的羽族地域寻找新的定居方向。这条线路，即便是让青壮年来走也并不轻松，何况这只是一群老弱妇孺。但他们别无选择，失去了壮劳力，在夜沼只能等死，北迁是唯一的活路，即便这条活路的两旁注定要留下许许多多白骨。

当他们在夜沼艰难跋涉到第三天的时候，忽然听到身后传来纷乱的脚步声。回过头的时候，他们看到一个淡得几乎透明的影子从他们身前一闪而过，没等回过神儿来，就看见那群人族士兵和一些新派来的秘术师正在穷追不舍地追赶那个影子。秘术师们发出各种各样的秘术，那个淡淡的影子似乎受到了阻碍，速度越来越慢，眼看就要被追上了。

就在此时，逃难的羽人们忽然浑身一震，手里拿着的行李噼里啪啦地掉在地上。而他们的眼神也开始变得奇怪，眼珠里蕴含的生机再也看不见了，取而代之的是一种灰色的僵硬和麻木。一个年仅七岁的小男孩儿木然地转过身，扬起手来，忽然掌心发出了呼啸的声音。

风刃。这个七岁男孩儿的手里放出了风刃。并且从声音来判断，这风刃的威力绝不亚于修炼了至少二十年的亘白秘术师。看不见的风刃从空气中划过，一名冲在最前面的士兵当即被拦腰切成了两段。他的上半身落到地上的时候，两条腿还继续向前冲出了数步，垂死的双目里流露出的是不可思议的惊恐。

其他羽人也都放出了秘术。他们只是一些贫苦的平民，一辈子也没有学过秘术，但在这个时刻，他们一个个都像是高明的秘术师，郁非火系、印池冰系、裂章雷电系、亘白风系……各种各样不同的秘术不可思议地借助他们的双手施放了出来，都具备绝大的威力。这相当于几十名秘术师同时发起攻击，而且还抢占了先机，令那些追赶者完全猝不及防。片刻之后，追赶的士兵和秘术师都被屠杀干净，没有留下半个活口。

但是更残酷的一幕发生在这之后——当追兵全部被屠灭之后，村民们开始了自相残杀！他们把秘术全都释放在了自己的亲人身上。如果是正经经过修炼的秘术师，对秘术攻击还能有一定的抵御能力，但这些全都是普普通通的村民，一遭到秘术的打击，几乎就是必死。前后只不过片刻的工夫，村民们就以各式各样的方式倒在地上，被自己人放出的秘术杀害。

只剩下了最后一个人。那就是云轻瑶。这里不存在什么能力高下，云轻瑶能留在最后，靠的就是运气。简单地说，她年纪太小、个子太矮了，旁人失去理智地对杀时，往往都忽略了她，而她放出的秘术也没有人能够抵挡。所以到了最后，所有逃难的羽人都被杀尽，只留下了她一个。

云轻瑶的脸上没有悲哀，没有愤怒，没有震惊，有的仍然是那种冰一样的冷酷和麻木。她看了看遍地的死尸，忽然高举起右手，在手心里凝聚了一个暗月系的死亡诅咒，准备向着自己的脑袋拍下去。假如这一下拍中了，她就会立即死去。

但这一下终究没有拍下去。千钧一发的时刻，一个年轻的人族忽然从某种障眼术里现身，以谷玄系最具杀伤力的秘术向着远处那道淡淡的影子攻去。他的精神力在那一瞬间爆发到一个很强的境地，影子似乎受到了惊吓，没有再逗留，像风一样地逃离了。

年轻的秘术师并没有追赶。他只是环顾着地上那些失去生命的躯体，最后把视线停留在了云轻瑶的身上。随着影子的离去，云轻瑶在一瞬间恢复了知觉，她闻着扑鼻而来的血腥气味，看着突然变成死尸的亲人们，完完全全地惊呆了。

“当你们混战的时候，我根本不敢出手，”君无行说，“道理很简单，那个影子或许是身体还有什么缺陷，不能自己释放攻击性的秘术，却能够通过强大的精神力操控他人的身体，并通过他们的身体施放秘术，这就是他一路被追赶，直到遇上你们才有机会反击的原因。当时如果我现身攻击他，他一定会立即操纵所有村民向我发起进攻，我肯定抵挡不了。所以，我只能等待最后一刻，当他已经没有那么多傀儡可以操纵的时候，我才能去对付他。”

“我明白您的意思，”云轻瑶轻声说，“您没有能力拯救其他人，所以打定主意，救一个算一个，而那个人……很碰巧就是我。”

“很抱歉，我救不了更多的人。”君无行说，“那个怪物身上的精神力是匪夷所思的，被他操纵的村民，几乎每一个都能接近我的实力，哪怕两人联手，我都敌不过，所以只可能救最后一个人。”

“我当然不会怪您，”云轻瑶说，“贸然逞英雄的结果就是一个也救不了，还得赔上您的性命，您做得很对。我只是没想到，我竟然是……我竟然是……”

她站起身来，声音微微有些哽咽。那些都是她的亲人，却从高空中失去羽翼跌落摔死；那些都是她的亲人，却被一个怪物操纵着自相残杀而死。而自己的手上，其实是沾满了亲人的鲜血。她不知道在那短暂的混乱时刻里，由她的手发出的秘术究竟杀害了多少人，她也不敢去想。头脑里回忆起那一段的时候，就觉得自己的身体像是木偶，虽然眼睛能看到、耳朵能听到，却什么都不能操控。

她也明白了为什么君无行要封闭那一段记忆。那实在是太残酷了，根本不是一个四岁的小女孩儿能承受的，如果任由那段记忆不断在脑海中盘旋，她也许会疯掉。那一刹那，她对自己的老师充满了感激。作为一个惯于独来独往、无牵无挂的自由秘术师，他完全可以对自己不管不顾，转身走开，或者哪怕是把自己带出夜沼，随便找个人家收养也就是了。但他没有那样做，而是把自己带出夜沼，收养了自己，毫无保留地传授秘术，把自己这个羽人小女孩儿抚养长大。

云轻瑶转过身来，跪在地上，头轻轻地放在君无行的腿上。君无行知道她心里在想什么，叹了口气，温柔地抚摸着她的长发。虽然多年来一直独身，但在他心里，云轻瑶和他的女儿没什么差别。当他苦苦寻找自己的爱人却没有结果的时候，这个女儿就是他心灵最大的慰藉。

“别说那些酸溜溜的感谢的话，我不爱听，听了浑身起鸡皮疙瘩。”君无行说，“那些年你把我伺候得挺好，就当是我给自己找了个听话的使唤丫头，咱俩扯平啦。”

云轻瑶扑哧一笑，心里也明白，这样的感情用言语来表述，反而显得俗气。过了一会儿，她的眼神里又充满了迷茫：“可是，那个影子一样的怪物，究竟是什么啊？”

“我也不知道。”君无行说，“唯一能确定的是，这个怪物跟那次精神力爆炸有关系。当然它或许并非诞生于此，而是更早就存在——不要问我为什么，我的直觉告诉我，这不是一个新生的力量。至于那些秘术师怎样发现了那个怪物，为什么会在那里聚集，用什么方法造成了那次爆炸，我一无所知。这些年来，我也一直关心着九州各地的动向，不知道那个怪物会不会在某个时刻再次现身。就凭他能在一刹那控制那么多人的精神力的本事，如果他真的有心做什么勾当，那必将是一场巨大的灾难。”

云轻瑶忽然身子一震：“这次的血翼之灾，会不会就是他干出来的？”

“很有可能。”君无行说，“但我们没有证据，只是捕风捉影而已。”

他把云轻瑶扶起来，端详着她清丽的面容，忽然说：“你究竟是喜欢纬翔空，还是那个秋落？”

这话问得好不突然，半点儿征兆都没有，云轻瑶的脸一下子涨得通红。她只觉得连头顶都在发烫，一颗心怦怦乱跳，不知道该怎么回答才好。

“其实倒也不必告诉我，你自己的心里知道答案就行了。”君无行说，“我今天赶在半夜里回来，其实是有很重要的事要告诉你。”

“很重要的事？”云轻瑶忽然有了一点儿不祥的预感。

“我们研究了这么多天，始终没有找到消解血翼的办法，”君无行说，“但是，很多打击血翼军的方法已经开始施行了。其中有一个方案，虽然不能把已经拥有血翼体质的羽人重新变成无翼民，但可以阻止更多的人成为血翼民。这种方法其实说起来很简单，那就是，把会使用这种秘术的秘术师通通杀掉。”

云轻瑶心里一紧，隐隐有点儿明白君无行想要说什么了。果然他接着说：“我们的斥候已经打探出来了，目前这支军队里一共有六十八名秘术师，他们在利用一种墨色的石头——我怀疑就是越州河络开发出的能源矿石墨晶石——不停地转化血翼民。如果能把他们全歼固然最好，能够杀伤其中的大部分，也能大大延缓对方增兵的速度。不过，他们深藏在敌营的中央，有重兵保护，普通的精兵是没有可能靠近他们的。所以现在，已经有一批武学世家的羽族精英集合起来了，他们的目标很简单——不顾性命地尽可能刺杀那些魅族秘术师，杀一个算一个。这几乎就是一条有去无回的死路。”

“我明白了，”云轻瑶的声音好像已经不是她自己的了，“他……他也在其中，对吗？”

“他是领队之一。”君无行说，“现在他们在城南集结，很快就要出发。之所以选在今夜，是因为今夜并不是起飞日，敌人的防范会松一点儿。你还有时间去见他一面……”

云轻瑶飞了起来。她一直都是那么害怕飞翔，那么害怕那种高空中的空旷感觉和那种突然下坠的错觉，但在这一刻，她什么也不管，什么也不顾，展开双翼在雁都城的天空中高速飞翔，任由初秋的风从耳边掠过。过去她不在乎血统，此刻她无比感激自己的血统——至少这云氏的高贵血统能让她在不是起飞日的日子也能飞起来，为她多争取一点点时间。

羽人们已经集结到了一起，人数大约有三百。这当中包括了虎翼司中飞行能力最强、武艺最高的一批青年精锐，也包括了风氏、云氏、羽氏、翼氏等纯血统大家族的精英。上一次有如此一批最优秀的羽族战士集合在一起，恐怕得上溯到几百年前的战争年代了。

他们都知道自己此行生还的可能性微乎其微，但没有人脸上露出惧色。那种深植于骨髓的骄傲荡漾在每一个人的眉宇之间，使他们的内心深处充满了力量。实际上，他们所面对的，是一个千古的谜题，永远也找不到答案的谜题。在这道谜题面前，无论是贵族还是平民，都很难用对错是非去衡量。这是属于整个种族的悖论，或许唯一能化解这种悖论的方法，就是彼此的热血，从同胞身上流出来的热血。

纬翔空很醒目地站在队伍的最前方。距离出发大约还有一刻钟的时间，他还有一点儿小空闲来清醒自己的头脑，做一些只属于临死者的回忆。不知道为什么，此时此刻，他回忆起的并不是自己过去那些辉煌的功绩，也不是那一场场生死边缘的战斗，他的脑海里出现最多的，是雁都城里的那间树屋和树屋下的小院子。他曾经那么讨厌那个小院子，那么想要远走高飞，永远不要再听到父亲的唠叨。现在，他却无比怀念那些繁茂的枝叶、那些花园里鲜花的芬芳和父亲最爱喝的清茶的味道。

这些天里，他思考了许多。血翼军的崛起当然和他没什么关系，但那些疯狂到不顾性命的平民，让他产生了很大的触动。他本来是那样坚定地拥护羽族的等级制度，并且坚信一切错误和罪恶都可以通过力量去压制。现在他的观念开始动摇，他开始想到，羽人们花费了几千年来维系血统的纯洁，让所有的贵族都以为自己是羽族的守护者，理所应当地享受平民阶级的奉献，但这种高贵的幻觉在一瞬间就被血翼打得粉碎。那些做法都是错误的吗？羽族其实有更加轻易、更加平等的方式去追寻种族的强大和安宁吗？难道这个悲哀的种族就是在这样的弥天大谎中，一代代延续下来的吗？

他甚至开始想，像现在这样激烈的抵抗，又能有多大的意义呢？但这个念头被他强压下去了。血翼军并不是单纯的平民了，在一场场的战斗之后，他们也逐渐变得残暴好杀，与贵族阶级已经势不两立。羽皇尝试着派去了三名使者，甚至都没有见到对方的领袖就被逐了回来。如今双方只有对立和仇恨，连谈判的机会都不存在了。如今唯一的路就是死战到底，直到有一方坚持不下去为止。

各种各样的念头在脑海里飞快地闪过，最后他想到的，是一张女子的面孔。那双带着怨恨和失望的眼睛，总是让他难以忘怀，让他怅然若失。“你留下来，又能有什么用？你也可以走的。你也可以和我一起走。”这是一句他无论如何都忘不了的话。

不过他很快又想到，今天的这场刺杀行动凶险异常，也许他离开了雁都城之后就再也无法回来了，以后大概再也见不到她了。人生在世，离别总是在所难免，就这样静静地走开吧。

纬翔空自嘲地笑了笑，忽然看见天空中有一道白影飞过。那道白影落下时，警惕的战士们纷纷搭好了箭。但纬翔空打出手势，阻止了他们。他脸上带着奇异的表情，迎上前去。

“是想赶着来见我最后一面吗？”他微笑着问。夜色中的云轻瑶刚刚收了羽翼，洁白的光晕还在身上围绕，没有完全消散，这让她看起来更增添了几分脱俗的美丽，让他止不住地心跳加速。

“我本来是这么想的，”云轻瑶说，“但是后来我想，最后一面这种东西，难道真的有什么意义吗？”

她向前踏出一步，张开双臂，毫不羞赧地轻轻抱住了纬翔空。这是她一生中第一次伸手去抱一个男人。过去她觉得这样的动作对她而言是绝对不可能做出的，现在，这似乎是她唯一能做的事。

纬翔空像是怔住了，过了一会儿，他有些僵硬地伸出双手，把身前的女子拥入怀中，那温软的感觉让他觉得呼吸都要停滞了。女子的长发拂过他的手掌，带来冰凉柔和的触感，芬芳的气息令他沉醉。似乎就在几个月前，两个人一个操纵着秘术，一个拿着弓箭，用仇恨的目光对望着，都想要置对方于死地；现在，他们却在这个死亡气息弥漫的夜里静静地相拥，平静得好像什么都没有发生过，平静得好像什么都不会发生。

一股热流从背后传入了体内，纬翔空微微一惊，紧接着发现，这股热流并没有任何攻击性。温和而坚忍的精神力就像是温热的流水，透过云轻瑶的双手传入了纬翔空的身体。一种奇妙的感觉萦绕着他的全身，他忽然发现，自己手上的皮肤泛出了某种异样的光泽。而云轻瑶显得十分疲累，呼吸也粗重起来。

最后她松开了手，脸色变得异常苍白，喘息着说：“现在你的身体，相当于已经穿上了一件没有重量的铠甲，既能抵挡寻常的刀枪弓箭，也能抵挡一些常见的秘术。我能为你做的，只有这么多了。我不要什么最后的见面，我要你活着回来。活着回来，这一切才有意义。”

纬翔空说不出话来。他凝视着云轻瑶的双眼，在她的额头上轻轻一吻，然后转过身，发出了出发的号令。羽人们默默地跟随着他们的头领，在这个没有月光的漆黑夜晚凝出了洁白的羽翼。羽族的精英们展开了纯净的光之羽，离开了地面，向着墨黑的苍穹飞去。当他们的背影终于消失在远方的夜幕中时，就好像是一大片划过天际的璀璨流星。那才是真正属于羽人的双翼，是那些血红色的羽翼永远都无法比肩的高贵和圣洁。

直到这时候，云轻瑶的眼泪才终于落了下来。

2

南鱼和沐闲歌并没有费太大力气就找到了第四把钥匙。如云仲非所言，血翼民忙着瓜分值钱的财产去了，像他这样的没落贵族的东西，暂时还没顾得上去翻找。倒是开锁颇费了一些周折，因为这把锁的位置在宁南城中心的一棵百年古树上，白天人来人往，不可能接近。

他们只能又多等了一个白天，在深夜的时候找到了那棵树。南鱼灵巧地爬到树高约四分之三的位置，摸索着找到了那个隐蔽的锁孔，从中取出了第四条线索。

这样的话，全部四条线索已经凑齐。第一条是那句没头没尾的话，两人暂时猜不到这句话代表着什么；第二条和第三条分别是无数的羊皮碎片，已经被羽腾林找到并拼成了完整的地图，这无疑是重中之重；第四条刚刚取到手，是一组羽族的古文字，两人只能猜测，这组文字也许对应着什么密码。

接下来需要做的，就是按照地图去寻找埋藏神器的地点了。但这是一个十分麻烦的地点，让他们一想起来就忍不住要皱眉头。

“我们真是跟血翼军有缘啊，”沐闲歌说，“他们打宁南，我们就跑到宁南城来；他们接下来打雁都，我们又得去雁都城迎接他们。”

“雁都可比宁南更不容易藏身……但好坏也得去啊。”南鱼说，“还是相信一下我的好运气吧。”

话说得轻松，想要混进雁都城却不是件容易的事。宁南沦陷之后，整个雁都城上上下下都震动不已，也都打起了全副精神准备迎战。为了防止血翼军的斥候渗透进来窃取军情，雁都城的城禁十分严格，入城者一律严格盘查身份。

南鱼和沐闲歌这两个异族自然是拿不出能够进城的合法身份证明的，所以只能在城外像流浪的野狗一样无助地徘徊。好在南鱼通过若干天的仔细观察，发现近期每一天都会有运粮队进入雁都，以便给这座城市囤积足够的军粮，为长期战争做准备。两人想办法躲到了一车粮草中，有惊无险地混进了城。

雁都城里比他们想象的要宁静得多。除了城内走动的军人明显增多之外，民众都显得很是镇定。但可以想象，在这样平静的水面之下，实际上是暗流涌动。雁都城的繁华也许稍逊于和平时期的宁南，但它是宁州人口最多的城市。这里不只聚集了大量的贵族阶层，相对应的，还有着为贵族们服务的大量平民和奴隶。现在他们虽然表面上仍旧不动声色地继续为贵族们提供服务，任对方差遣，但在他们的心里，未必就没有半点儿波澜。血翼的诱惑、平等的诱惑、自由的诱惑……等到真开战的时候，他们只需要悄悄地使一点儿坏，就足够守城的贵族们头疼的了。

所以羽皇也在这一时刻无可奈何地颁布了不少妥协的新政令，大幅提高了平民的地位和待遇。毕竟血翼虽然诱人，战死的危险也是实实在在的，贵族们希望通过这些好处让城里的平民能够安心于和平安宁的生活，不要被血翼军所蛊惑。与此同时，他们还加强了城内的警戒，防止有血翼民混进来做一些动摇民心的勾当。

这些警戒让刚做完野狗的南鱼和沐闲歌又变成了两只老鼠，只能在雁都城的阴暗地带不停地窜来窜去，半点儿阳光都不能见。按照之前的计划，只要快速找到神器再遁走就行了，但现实远远没有理想中那么顺利，说得直白一点儿就是：找不到神器。

“你确定是这里吗？”沐闲歌问。

“你已经问了第二十六次了，”连南鱼这样的好脾气先生都有点儿不耐烦了，“喏，地图在这里，你自己拿过去看吧。”

沐闲歌展开地图，虽然她也明白，再看一百遍也看不出什么名堂。地图上明白无误地标注着“雁都禁林”四个字，不管正着看、倒着看、横着看、竖着看，终归都是雁都禁林。

这里也许是雁都城内最神圣的地方，供奉的是在历次战争中为了羽族而牺牲的英魂。这里并不能算作坟场，因为英雄们往往连尸骨都没有存留下来，这只是一种形式上的纪念而已，但这座禁林比坟场更加肃穆庄重。直入云霄的高大树木犹如城墙般挺立着，即便在冬日里也始终墨绿如翠；千年不散的云气萦绕其中，就像是英灵们仍然在人间巡视。即便是这两个人族，来到这片羽人的神圣之地，也不禁肃然起敬。

本来这里倒可以做一个藏身之所，反正羽人们也不会轻易踏入，但禁林里的肃杀之气实在令人感到不舒服。两人在禁林里挨了一夜，几乎没有睡实，似乎总觉得那些在林间盘绕的夜风像是死者的咆哮，醒来后更是全身骨头都在痛。这之后，两人再也不敢在禁林里过夜了。

当前最大的问题在于——这幅地图的标注有些不对。这上面清清楚楚地画出了一条条的路径、岔道、机关点，但是循着地图走进禁林，发现所有的道路压根儿不存在，更不必提什么机关了。

“会不会是地道？”沐闲歌说，“也许表面上的这一片禁林只是个幌子，实际上在底下挖了什么地道？”

“也有可能，我们试试吧。”南鱼说。他在城里偷来了掘土用的锄头，和沐闲歌在禁林里试着挖掘了好几次。不管挖多深，所能见到的都只有瓷实的泥土，他们除了累得腰酸背痛之外，一无所获。

两人陷入了困惑中，但又实在想不通原因。沐闲歌甚至认为，两人上了羽腾林的当了，那个老浑蛋搞不好就是专门弄了一张假地图来糊弄他们。但南鱼回忆着羽腾林和天惊翼对话时的场面，又觉得不太像，而这张地图从材质来看也十分古老，羊皮都发黄了，应该是真货。

他们又把另外两条线索和这张图结合起来，怀疑是不是带有什么暗示或者特殊的解读方法，但分析来分析去，仍然是不得要领。

南鱼甚至冒险绑架了一个羽族的教书先生，让他翻译那些古文。但教书先生告诉他们，这些文字都只是单个的字符，拼在一起毫无意义。他们就像故事里守着一座金库却找不到钥匙的倒霉蛋，绞尽脑汁、殚精竭虑，却只能看着日子一天天过去，徒叹奈何。

"也许等到血翼军打进来的时候，我们俩还这么干坐在这里发呆。"沐闲歌双手托腮，一脸的麻木。

南鱼抬起头，看着渐渐发亮的天空，默然无语。

与此同时，在雁都城的另一端，云轻瑶也正坐在房里等待着天亮，等待着城外的消息传回来。她耗费了自己全部的精神力去为纬翔空施加护体术，连重新凝翅的能力都没有了，幸好有一名为勇士们送行的军官把坐骑借给了她，不然她只能走路回去。

回到纬家的小院子里的时候，她发现纬苍然夫妇也正坐在院子里。纬苍然仍旧是一脸的平静，但云轻瑶能看出来，他的目光中隐隐含有一种莫名的苍凉，而雷冰则是把焦虑和忧伤明白无误地写在了脸上。云轻瑶无法想象，在眼看着自己的儿子如飞蛾扑火般投向死亡的时候，纬翔空的父母心中究竟会有怎样的煎熬，那种感觉，也许就像是用烧红的烙铁烙在心上一样。

但他们都没有阻止自己的儿子，即便是雷冰，也没有说出半个不字。那是纬翔空的骄傲和尊严，也是纬苍然和雷冰的骄傲和尊严，就如同开弓的箭，是不能回头的。

夫妇二人和云轻瑶对视着。他们似乎也猜到了云轻瑶为什么而出门，目光中微微流露出亲切的笑意。云轻瑶想要说点儿什么，却发现此时此刻，似乎说什么都是多余的。她只能强忍着泪水，从夫妇俩身边走过，走回自己的屋子。回身关门的那一刻，她看见纬苍然和雷冰依偎在一起，那背影是那么孤独和凄凉，就像是两尊不会动的石像。

隔壁传来君无行的呼噜声。他实在是太累了，这些日子以来，大概每天睡眠不会超过两个对时。云轻瑶没有睡意，她知道坐在初秋的夜色中的纬苍然夫妇也不会有睡意，三个人唯一能做的就是等待，等待着天色发白，等待着那一声惊心动魄的敲门声。

云轻瑶从来没有觉得时间原来可以这么漫长，也从来没有觉得夜晚原来可以这么安静，就好像每一滴露水滴落在地上都能听得清清楚楚。在这样难熬的等待中，她的头脑里难免会生出各种各样过去不曾有过的稀奇古怪的念头，这其中最离奇的一条是这样的：如果他能活着回来，我宁可终生不再碰秘术！

只有真正到了极端的绝境里，人才会发现，什么才是最重要的，云轻瑶自嘲地想着。

就这样慢慢挨到了天明，云轻瑶忽然听到院外的天空中有一阵羽翼翻飞的声音。那一定是报信的人！她霍然站起来，冲出门去，只看见纬苍然和雷冰也都站起来了。雷冰的身子颤抖着，紧靠在丈夫身上，似乎已经无力再站立。

天空中的信使开始下落。看来他非常明白纬苍然夫妇的心思，已经顾不得敲门的礼节了，直接落在了院子里。他一边收起羽翼，一边高声喊道："恭喜纬大人！他没死！虽然重伤，但是没死！"

雷冰的身子摇晃了几下，软软地向地上倒去，被纬苍然一把扶住了。云轻瑶觉得自己应该体会到一阵冲破一切的狂喜，事实上，她甚至没有来得及感到喜悦，只是觉得有一块压在心头的大石头被人移开了。失去了这块石头的重压，她的全身一阵轻松，这才感受到耗尽精神力和一夜艰辛等待所带来的席卷一切的疲惫感。她摇摇晃晃地走回屋里，几乎是扑倒在床上，已经分不清自己究竟算是睡过去还是晕过去了。

三百名死士最终一共只有二十三人活着回来，纬翔空很幸运的是其中之一。死士们诛杀了六十八名秘术师中的六十四人，这是一个绝对辉煌的战绩，而这其中有十二人是纬翔空一手包办的，云轻瑶倾尽全力给他施加的护体秘术起到了巨大的作用。面对突如其来的夜袭，血翼民盲目地起飞应战，但完全跟不上对方飞翔的舞步，反倒是阻碍了秘术师们使用秘术进行自卫。

尽管如此，毕竟敌我力量太悬殊了，尤其当敌方首领下令不顾一切只管往空中放箭、不在乎误伤己方士兵之后。但三百死士完全不顾这一切，拼命地追击着秘术师，宁可自己全身中箭，也要把最后一箭射向那些为祸的根源。这当中的主力军就是纬翔空。经过云轻瑶施术，他的皮肤在一段时间里变得异常坚韧，可以抵挡普通的弓箭射击，这使得他可以短暂地无所顾忌地追击秘术师们。对方很快也看出了他身上的异状，为了对付他，拿出了力量更大、射速更快的强弓，秘术师们也配合着向他发起攻击。

这一切说起来冗长，但都只发生于短短的弹指之间。片刻之后，大多数秘术师都已经被射死，剩余的几人带着伤，被密密麻麻的军队护卫起来，再追击也只是徒送性命，于是剩余的死士明智地选择了突围。纬翔空毫不犹豫地跟在队尾进行保护，当队伍飞离营地达到安全地带后，他在半空中就陷入昏迷，向着地面栽了下去。好在他的同伴及时拖住了他，把他带回了城。血翼军一路追杀到城外，被城防的强弓射下了数百人后，只能选择退却。

纬翔空身上一共中了七箭，左臂被秘术师的火焰烧伤，右腿则受了冻伤，但是他竟然还活着，没有死，这简直是个奇迹。而对这样的奇迹最欣喜若狂的，无疑就是雷冰了。

“娘，我不是三岁的小孩子了，”仍旧很虚弱的纬翔空哀叹着说，“是不是稍微给我留点儿形象？”

“我可管不了那么多！你就算活到八十岁，还不是老娘生出来的！”雷冰斩钉截铁地说，手里依然抚摸着大难不死的儿子的银色长发。她这些天几乎天天都泡在伤兵诊疗所里，眼睛死死地盯着纬翔空，好像生怕儿子一眨眼工夫就消失不见一样。

纬苍然只来看过两次，每次待的时间并不长，然后就去协助安排城防了。他并没有多说什么话，也许在他和纬翔空的心里都明白，父子俩不需要再多说什么了。随着血翼危机的升级，过去总是水火不容的纬苍然和纬翔空慢慢开始变得亲近了，过去隔在心里的冰块儿慢慢消融，这让雷冰十分开心。

云轻瑶也来过一次。她一到，雷冰就很知趣地躲出去了。在很长一段时间里，两人之间并没有说一句话，只是默默对视着，似乎该说的话都已经包含在目光中了。

最后纬翔空笑了起来："不得不承认，你的秘术真是太管用了，不然我已经死几十次了，上次你想杀我没杀成，现在反倒是救了我的命。"

云轻瑶摇摇头："那是你命大……"很奇怪，纬翔空去刺杀魅族秘术师的那一夜，她牵肠挂肚、夜不能寐，现在面对依然活着的纬翔空，反而不知道该说什么好。她又想起了那天晚上，自己主动的那个拥抱，似乎就是这个拥抱让她在纬翔空面前局促难安，好像矮了一截。她甚至想，如果纬翔空拿这件事来取笑她的话，她就立马摔门出去。

好在纬翔空很有绅士风度，绝口不提那件事，而是把话题岔开了："这一次你立了大功。如果没有你的帮助，我肯定杀不了那么多秘术师。其实，你也完全可以和你的老师一起，去为城防做一些事。"

这话反而让云轻瑶感到不快。她想着，刚刚从生到死走了一圈儿回来，能不能不要一张口就谈这些？难道我们俩之间，就只有这些干巴巴的城防、杀敌什么的可以谈吗？但她毕竟几乎没有什么和男人打交道的经验，想了想，还是闷闷地回答："……那好吧。反正你立了这样的功劳，也可以弥补以前诱捕那些秘术师的错误了。"

纬翔空微微一笑，完全不介意云轻瑶的嘲讽："等到击败了血翼军，你完全可以把我交给那些秘术师，让他们用秘术修理我一顿。但是现在不行，现在所有人都必须同心协力……"

这就是云轻瑶和纬翔空的对话。很是奇怪，以前纬翔空骗着云轻瑶随他四处奔走的时候，倒是有着各种各样的闲话可以说，让云轻瑶长了不少见识，尽管那些见识最后都得存进水晶球里去，不然她慢慢地都会忘掉。但是现在，纬翔空除了谈守城还是谈守城，听得云轻瑶好不气闷。除了偶尔插嘴说两句翔的近况，她也不知道该如何找些新话题来谈，在病床前站了一会儿，最后还是找个借口离开了。纬翔空并没有留她。

她之前生怕纬翔空提到那天夜里的事情，以免尴尬，现在走在路上却感到无比气闷，甚至隐约希望他们的话头就是从这里谈起的。她很清醒地记得那时候的每一处细节，纬翔空明明是伸出手来，回抱了她，而且抱得很紧，现在却为什么能那样若无其事地和自己只谈“正事”？难道那不过是人之将死其言也善，一旦不死，那一瞬间的激情就会化为乌有？

我在你心里面，究竟算是什么呢？云轻瑶想着，却怎么也找不到答案。回到纬宅，她抱起那个水晶球，从里面找出过去的那些记忆，在自己不知道纬翔空欺骗自己的时候和他一同在宁州各地奔走时的记忆。她感受着那时候轻松无虑的心境，脸上的表情时而温柔，时而僵硬。

云轻瑶考虑了两天，还是听从了纬翔空的建议，每天陪着君无行一起去商讨秘术。秘术师们这些日子里成果斐然，已经研究出了多项用以对付血翼军的秘术。

比如他们将亘白风系秘术施加到箭支上，制造出了一批带有秘术印记的特殊利箭，射程之远令人咋舌，正好用来对付飞行能力强大的血翼军；比如他们研究出了多人合力操纵云团的大型秘术，可以利用天空中的云团形成旋涡气流来破坏血翼军的飞行，甚至还能在云层中直接制造雷电；比如他们还能以秘术化生出一种奇特的藤蔓，外皮坚韧且不易燃烧，如果用这种藤蔓覆盖城头，即便对方使用火攻也可以防得住。甚至还有一些相当邪门儿的招数，比如可以把普通的信鸽利用秘术转变成身带剧毒性情暴躁的毒鸟，利用这种鸽子可以对血翼民造成不小的杀伤。

这些主意，有一小半都是君无行提出来的。对云轻瑶来说，心里早就存在着“老师是这片大陆上最聪明的秘术师”的认知，所以并不感到惊讶。但羽族的秘术师们都是惊佩不已，慢慢地已经把君无行当成了他们的主心骨。羽皇甚至都提出要接见君无行，以示对这位跨种族友人的嘉奖，却被纬苍然非常明智地劝阻住了。

“我的这位朋友，脑后一向有反骨，”纬苍然对羽皇说，“要是见了他，他说出一些难听的话来，反而不大好，还是让他和秘术师们待在一起吧。”

羽皇翼宁安既然有着统一宁州的大才，自然也不是凡俗人等，笑了笑，接受了纬苍然的意见。他听说君无行好酒，下旨赐了他几瓶御供的好酒。君无行十分满意："你们这个羽皇，真是上道儿！改天我找他喝酒去！"

当然他只是说说而已，成天忙于秘术研究，大概也不会有那个时间。但纬苍然忍不住想，以羽皇的豪情，搞不好真的会和君无行成为朋友，到时候，君无行在宁州恐怕就要无法无天了……这个万万不行！

这些日子里，各种协助守城的秘术基本研究妥当，剩下就是在应用上面的细节琢磨了，君无行把此事交给其他秘术师去动脑子，自己则专心想一件事：血翼的缺陷究竟是什么？

对于秘术，他一向坚持这样的观点，越是威力强大的秘术，越会向施术人索取高昂的代价。秘术从来就不是慷慨赠予的善者，过度运用秘术从来都不会有好结果。

但这种血翼术似乎是唯一的例外。从血翼军在夏季的第一天起事到现在，已经过去四个多月的时间了，没有人能看出血翼术究竟给人带来了什么样的负面效应。这是不是就意味着，这种秘术完全不会对羽人的身体造成任何伤害？

逆天。这是君无行这些日子里想得最多的两个字。血翼之术，无论从哪方面来看，都绝对是逆天而行，但为什么不会造成灾害呢？他绝不相信出自《魅灵之书》这等邪书的黑暗秘术是没有缺陷的，但这样的缺陷，究竟隐藏在哪里呢？

君无行苦苦思索着，就这样一直到了秋天过去一半的时候，时局骤然发生了不可思议的转折。君无行一直思考却一直没有得到的答案，在这个时候自己浮出了水面。这个答案的黑暗与恐怖，在很长一段时间里都让全体羽人思之惊心动魄。

棟岳从血翼军开始起事就加入了这支叛军。没有办法，他在杉右城做丫鬟的未婚妻被主人家看上了，三天两头地受到骚扰。主人各种明示暗示都做尽之后，索性开始赤裸裸地威胁，如果棟岳的未婚妻抵死不从，他就要剥夺她的自由民身份，让她变成奴隶。主人并不是官府中人，但作为一个贵族，和官府素来往来密切，要捏造罪名陷害一个平民小丫鬟，把她的自由民身份剥夺掉，甚至把她全家的自由民身份剥夺掉，并不是什么难事。

棟岳一向对自己的人生没有太大的想法，他一直以来的朴素愿望就是好好打鱼、好好赚钱，早一点儿把青梅竹马的未婚妻娶回家，然后生儿育女，为棟家传宗接代，然后儿子好好打鱼、好好赚钱，娶一个老婆回家，然后生儿育女，继续为棟家传宗接代……但现在，该死的贵族连他这么一点点的人生期望都要践踏，那可真是是可忍孰不可忍了。

在把未婚妻悄悄带到乡下藏好之后，棟岳立即投靠了正在悄悄吸引平民加入的血翼军，获得了那双能够高飞的血翼。他知道，主人一定不会放过一个逃跑的丫鬟，迟早都能抓住她，唯一能解决问题的方法就是加入血翼军，彻底把这些贵族摧毁掉。

事情进展得很顺利，血翼军很快攻下了毫无防备的杉右城。棟岳在这一战中手臂中了一箭，但他毫不在意，拔掉箭包扎好伤口，马上带着同伴们匆匆杀到了未婚妻主人家的府邸。当他一刀砍掉主人的头颅之后，体会到的是前所未有的快意。他觉得自己的人生展开了全新的一页，也许自己以后能做出比一辈子打鱼更加了不起的事业来。当然了，娶个老婆传宗接代的原始目标是不能更改的。

抱着与棟岳类似的目的加入血翼军的年轻羽族平民有很多。虽然原因各不相同，但目的都差不多，他们都希望早点儿把压迫了自己一辈子的贵族阶层掀翻在地，过上自由自在的生活，讨老婆抱孩子。

血翼军的统领们也充分考虑到了士兵们的这种情绪。在第三个月打下宁南城之后，他们并没有急于继续向北进犯，而是给了士兵们宝贵的两天时间，让他们可以和自己的妻子或是情人团聚。

血翼民欢欣鼓舞，尤其是那些血气方刚的年轻人，男欢女爱的最原始本能与生儿育女的愿望混杂在一起，让他们在那两天中消耗了大量体力，以至于部队不得不把开拔的时间又推迟了一天，否则半数士兵已经累得快飞不动了。不管怎样，他们在这两天之后，心里已经留下了希望，觉得就算战死，至少身后也能有后代祭奠了。

雁都城的防守做得非常严密，血翼军始终不敢贸然进攻，只是一直驻扎在外等待。无奈等待的时间一长，羽人们对家的思念开始汹涌泛滥，家信像雪花一样送回了宁州各地，而回信也多如牛毛。

楝岳算算时间，该是有某个好消息传来的时候了。他深吸了一口气，带着极幸福的期待拆开了信封，但信上的内容给了他当头一棒。已经不再是未婚妻而是楝岳夫人的女人在信里失望地说，她等了两个月，并没有丝毫怀孕的迹象。

他娘的！楝岳很失望，这天晚上悄悄弄了点儿酒，找了一堆同乡一起喝酒解闷儿。血翼军毕竟不是正规军队，军纪一向都不怎么严，对于军中喝酒这样的小事，巡逻队一般都是睁一只眼闭一只眼。

"他妈的，眼看着雁都城这么难打，老子送命不要紧，就想给我们楝家留个后。"楝岳坐在地上，手里捏着酒壶郁闷地说，"结果我媳妇偏偏没怀上！真他妈倒霉！"

"你不是一个人在倒霉，我也一样，"他的一位同乡说，"家里刚刚来了信，肚子里一点儿反应也没有！"

"我也是！"另一位同乡说，"而且我被编入部队比较晚，入伍之前还和老婆一块儿待了快有十天，也没怀上！"

当第四个人、第五个人、第六个人张口抱怨之后，楝岳看着一直欲言又止的第七个人说："旷辉，你怎么了？有话就说，一起刀头舔血的兄弟，有什么要藏头露尾的。"

旷辉还是个光棍儿，没老婆可抱怨，但脸色也不好，又犹豫了一下，他终于把话说了出来："楝大哥，你们都听说没有，外头到处都在说，这个血翼之术……没法儿传宗接代……你说，不会是真的吧？"

其余几人本来都满腹心事地各自灌酒，并没有特别在意旷辉的发言。然而，一旦意识到他在说什么，顿时都是一僵。

楝岳是第一个反应过来的，跳起身来一把揪住了旷辉："谁说的？妈的，哪个杂种造这种谣？！这他妈……想死？"

要不是这个消息已经憋在心里两三天了，旷辉也不乐意在同乡们都心情躁郁的时候说不讨喜的话。可这个说法实在太惊人了，而且现实让他不能不心惊肉跳——

在场一共只有九个人，其中三个是单身汉，怎么会有这样的巧合，六个想要孩子的已婚男人同时没能成功？

被楝岳这一把几乎拉倒，旷辉也有些恼羞成怒，他一把推开楝岳，大声说："造谣？外头都传了多少天了，也就是上头怕动摇军心，不让咱们知道！前几天出去征粮的弟兄回来说，现在外头的老人说什么都不准儿孙投军，绿桑有个老太太为这撞死在了招兵人住的树屋外，他们亲眼看见出殡……"

所有人的脸上都写满了不安，脑海里刹那间以光一般的速度掠过了种种怪异的联想，令他们头皮发麻，浑身大汗。

"快回去，把兄弟们都叫醒问问！"楝岳咬牙切齿地说，"把所有人都叫醒，问！"

"只要能有一个人……能有一个人的女人怀孕了就没事了！"另一个同乡有些磕磕巴巴地说，"有一个人，就，就能说明不是那样的……一定不会是那样的！是谣言！哈哈！"

没有人陪他笑，因为他的笑容实在比哭还难看。天空中阴云密布，看不到一丝星月的光辉，就好像天之神展开了宽阔的黑色幕布，把这片大地上的光亮全都遮挡了一样。

第二天，这个噩梦般的事实迅速传遍了整个营区。它就像是一团烈火，让所有触碰到的人都被烫得立即跳起来，呼天抢地、咒日骂娘。它又像是一块冰，让所有人在短暂的思考后，如坠冰窟、呆若木鸡。

整个上午，营区里几乎没有别的事情被谈论，所有人见面之后都只会问出同一个问题："你家里的怀上了吗？"然后发问者会看到对方扭曲的面孔。

越来越多的失望让答案越来越令人胆寒。除去分布在已经被攻占的城市里的守军，这支大军里光是参战士兵就有十万之众，除此之外，还有数量远远多于军队本身的后勤部队，这当中的大多数人为了行动方便也都接受了血翼的馈赠。经过人们自发的疯狂询问和汇总之后，结论已经浮出了水面。

接受了血翼之术的羽人们，失去了生育能力！他们虽然拥有了傲人的飞翔能力，但将永远不可能享受天伦之乐，永远不可能繁衍后代。他们的有生之年固然能够征服天空，但没有任何办法把这种伟大的征服传递下去。他们就像是荒芜的雪原里的一堆篝火，猛烈燃烧时固然能放射出耀眼灼人的光和热，但当热量燃尽之后，就会彻底地化为死灰，彻底地被掩盖在冰雪之下，再也没有复燃的可能性。

这个有史以来最能飞翔的羽人种群，终将断子绝孙。

消息也传进了陆良羽等人的耳朵里。他们的第一反应是想要弹压不断扩散的恐慌和愤怒，但很快反应过来：这种事情怎么可能压得下去？生育后代，对大多数羽人而言，或许是一生中最为重要的任务和目标，假如连这一权利都被剥夺的话，那用什么样的诱惑也不可能制止怒火的燃烧了。

“你确定，真的每一个血翼民……每一个，都无法生育？”陆良羽擦着额头的冷汗问，“不是那帮狗贵族放出的谣言？之前不是他们也放出过各种谣言……”

“这次恐怕不能用‘谣言’来解释了。”棠天叹息着，努力挤出一个笑容，“数万人中，只有十一个人是例外。即便这十一个例外都和偷情无关，但几万人里只有十一个人逃过，这样的比例也几乎没有意义，基本就等于零。”

“怎么会出这种事！”鹄半城狠狠一拳砸在桌子上，“按计划，今天下午就应该发动全面突袭的，现在怎么可能收束人心！”

的确，他们已经制订了相当周密的计划，准备在当天傍晚发动一次让雁都城意想不到的攻城战，争取一击致命。但现在，人心浮动的血翼军已经不可能承担起这样一次任务了。

“段先生！去找段先生问个明白！”茳图阖叫道。纬翔空等人的夜袭虽然杀死了大部分魅族秘术师，但段先生并没有受到伤害。

“不错，快去找段先生！”陆良羽点点头。此时此刻，唯一的希望就是找到段先生，看看他能不能拿出办法来。现在血翼民虽然已经被惊惶、茫然、愤怒、哀伤、痛悔等诸多感情所缠绕，但毕竟还没有走向哗变报复的那一步，而这一步之遥的关系也都在秘术师们身上：血翼是他们变出来的，那他们能不能把血翼消除掉？消除了血翼，生育能力什么的是不是就可以回来了？虽然这个希望有点儿微茫，但毕竟是最后的一根救命稻草了。血翼民就像是陷在美梦中不愿意醒来的孩子，执着地抓住这根救命稻草，希望有奇迹出现。

四人一起几乎是奔跑着来到了段先生居住的营帐，一进帐，他们就呆住了。段先生早已踪影不见，空空荡荡的床铺上放着一张字条。陆良羽深吸一口气，一步步地靠近，手颤抖着伸向字条。他知道，他的命运就在这张字条上。

陆先生：

血翼为逆天之术，无法消解，血翼民也无法再生育。请你立即传出话去，就说失去的生育能力有办法恢复，新的秘术师已经在来宁州的路上了，以此暂时稳住人们的情绪。然后，你们赶快逃吧，这是我给你们的最后忠告。

段

四个人面面相觑，都有一种想要破口大骂的冲动。从这张字条可以看出来，血翼之术的这个致命危害，段先生从一开始就知道！但这个王八蛋竟然只字不提，反而一路从南向北，把大批大批羽人都变成了无法生育的血翼民。然后，当这个秘密终于被揭穿的时候，他……溜掉了。

他简直就像是一个童话故事里的顽童，兴致勃勃地花费了极大的精力，完成了一个旁人难以想象的空前绝后的超级恶作剧，然后快快活活地消失，把严重的后果留给旁人。

这个后果严重到什么地步呢？羽族的人口本来就比人族少得多，宁州的总人口大概有两百万左右，其中处于育龄的青壮年男子不过有几十万人。现在，这几十万人中的至少一半失去了生育能力。再加上血翼军这次叛乱已经造成的大量杀伤，其中绝大多数也都是育龄的白翼民青年。这一场大恶作剧，实际上已经重创了羽族的人口，这个影响的长远性将会在十多年之后展现出来。到了那时候，羽族将会由于青年人数的锐减而陷入可怕的人荒和兵荒。如果人族借机起兵攻打羽人，羽人也许根本无力抵挡，就此遭遇灭族之祸。

我们成了整个种族的罪人！这是四个人在那一瞬间共同的心思。七姓后人并不仅仅希望摧毁羽族的等级制度，他们还有更加宽广的野心，希望羽人的森林能够向着宁州和澜州以外的土地延伸。历史上总是遭遇到各种屈辱的羽族，似乎在那么短短的五个月里，在血翼的飞舞中看到了复兴的希望，看到了扬眉吐气的希望，看到了雄霸九州的希望。

然而一夜间，这种希望化为泡影。羽族没有得到振兴，正相反，羽族遭受到了巨大到无法想象的打击。五个月的短暂辉煌不过是场可笑的梦，梦醒之后，现实更加黑暗。

陆良羽一屁股坐在地上，仿佛全身的力气都被那张小小的字条抽空了。他想要哭，却不知道自己该哭些什么；想要笑，又觉得自己已经荒谬到连笑都失去了意义。他回想着陆氏一族几百年来的苦心经营和坚忍等待，回想着自己在时隔一百三十三年后重新召开七姓会议时的豪情万丈，回想着血翼军铺天盖地而来时的磅礴气势。他以为他可以开创这个种族的崭新时代，把自己的名字从此镌刻在羽人的历史中——现在他真的做到了把名字写入史书，但留下的，必将是千古的骂名。

“我们都是罪人。”棠天忽然说。此时此刻，他反而平静下来了。四个人都在彼此的目光中看到了那种最深沉的绝望。段先生在字条上建议他们立即逃跑，但他们能逃到哪里去？只要在这个世界上存在一天，他们就是罪人，无论逃到哪里都无法洗清的罪人。

“那个段先生……难道他的目的就是要祸害整个羽族？”茳图阖喃喃自语，“又或者，羽族只不过是他的第一个目标？”

没有人回应，也没有人有力气再去想更多。沉重的负罪感压垮了一切，让他们甚至不愿意再去思考更多。所以他们也更加不可能触碰到段先生的意图，而这个意图的真正面目，以及段先生背后的主使者的真正面目，要到很久以后，才能为世人所知。

那是一个绝对令人惊骇和震撼的真相。

这一天的晚些时候，血翼军的大营里终于发生了哗变。愤怒的血翼民无处发泄，只能前去向信誓旦旦把他们骗入军中、结果可能导致他们丧失生育能力的统帅们问个究竟。奇怪的是，统帅们并不在他们的营帐里。血翼民四处搜寻，最后在段先生的帐篷里发现了他们。

段先生消失了，段先生的手下也消失了。营帐里倒着四具尸体：陆良羽、鹄半城、棠天和茳图阖。正是这四个人欺骗了宁州的平民，把他们推向这个无底的深渊，但现在，平民连复仇的机会都没有了。他们已经自我了断，在悔恨中结束了自己的生命。

这一夜，血翼营里的喧嚣声达到了顶点。人们哭泣，人们喊叫，人们摧毁着他们能找到的一切东西，把四位统帅的尸体作践成了碎片。但这些能有什么用？失去了的东西，再怎么也找不回来了。

许多羽人在那种几乎要把心脏都挤破的郁闷之下展开了血翼，在天空中漫无目的地飞翔，似乎是要通过这样的方式来发泄心中的怒火。血翼是强大的，支撑着他们在空中狂舞，但丝毫不能改变他们的处境。

“我们去把那些贵族都杀光！都是他们害的！”这个提议很快得到了响应。大约有三分之一的血翼民在激愤中完全失去了理智，盲目地带着弓箭向雁都城发起了冲击。没有战术，没有阵型，没有指挥，也没有秘术的支援，这几万名一盘散沙般的血翼民，展开了这次血翼危机中的最后一战。结果是很容易想象的，面对严阵以待的精锐守军，狂乱中的血翼军徒劳地俯冲，徒劳地射击，然后在弓箭和秘术的打击下纷纷坠落，尸体在城头上下铺起了厚厚的一层，鲜血流成了河，血腥气很多天都没有消散。

而剩余的血翼民则枯坐在营地里，不知所措。毕竟失去生育能力并不是立即就要他们的命，稍微理智地想一想，自己的生命还有好几十年，就算没有了后代，也没必要现在就去送死。他们只是回顾着自己的一生，回顾着祖先曾经有过的苦难蹉跎，发现这狗日的历史无论怎样绕来绕去，都不能给他们的命运带来新的转机。仿佛身为羽族的一员，注定就只能沉浸在无穷无尽的苦难之中，区别只是苦难的方式罢了。还有更多人想到，血翼军这回算是垮了，不可能再有高昂的士气去和贵族们对抗，那么羽皇收束河山、秋后算账似乎也是不可避免的了。这五个月用生命发起的抗争，最终仍然回到了原地，或者说，更加糟糕。

逃跑吗？如果是十个人百十个人，逃散到广袤的森林里去，也许能避得过搜捕。但现在血翼军的战斗部队仍然剩下数万人，还有数量更多的后勤部队。这么多人，往哪里逃，往哪里藏？

继续战争，建立一个独立的城邦吗？从兵力来说，并非没有可能性，以血翼民的飞翔能力，如果占据一片森林只求自保，那也是难以攻破的。但是，这样一个注定在几十年后因为没有后代而烟消云散的城邦，有什么意义呢？徒劳地制造更多的杀伤、更多的灾祸，徒劳地让羽族陷入内部的残杀中，图的是什么？

血翼民茫然无措。夜幕渐渐降临，秋夜的寒意降临在整个大营之上，但几乎没有几个人想到生火取暖。人们默默地挤靠在一起，用体温温暖着同伴们。这样一支数千年来从未有过的最具战斗力的羽族军队，在这个深秋的夜晚陷入死一般的寂静。所有人都在想着同一个问题：难道我们真的命中注定被天神所厌弃吗？

也不知道是谁起的头，大营里慢慢响起了一片悲歌。最开始的时候只是一两个人无意识地哼哼，很快，仿佛是一片被星星之火点燃的枯草原，所有人都开始唱起来了。

这是一首古老的羽族歌谣，古老到人们从来不知道它的作者是谁，是在什么年代作成的。人们只知道，在颁布《鉴空诏》的羽皇翼在天被推翻时，那些饥馑中的下三翼贱民，正是唱着这首歌，用瘦弱的身躯拿起木棍、石头等最简单的工具，在漫天飞雪中开始了反抗之战，并最终战胜了不可一世的上三翼精英，摧毁了翼氏王朝。从此之后，这首歌就像是有了生命，始终如幽灵般飘荡在贱民的心中，从来不曾消失。

“无翼无衣，无草无田，无意无心，无边无际……大雪苍茫，谁暖我足，相亲故里，家园别去……伐木为薪，折骨拄地，天分九穹，岂有高低。有光有火，有死有生，有血有命，有兄有弟……”

《寒衣调》伴随着羽人们的泪水，在漆黑的夜空中久久回荡，有如风的呜咽。

血翼的真相，要到这一天晚些时候才会传回到雁都城中。所以这一天上午的时候，秘术师们照例在一起集会。这是一间以奇妙的秘术构建而成的木屋，由几棵大树围成了广阔的空间，再以秘术驱使大树的枝叶向中间伸展，组成顶棚，其结合之严密在大雨中也不会漏下一滴雨水。这样的地方，倒是正好适合秘术师们使用。

这一天讨论的主题是研究一种地面防守的利器，用来对付对方的攻城车。有人建议用火，有人建议用水，正在各抒己见。不知道为什么，与会的秘术师大多对烟果粉颇为迷恋，似乎这种呛人的烟雾真的有提神醒脑的作用，于是木屋里烟雾弥漫，就好像发生了火灾。

云轻瑶就感觉不到什么提神醒脑，她只觉得自己的脑袋都被熏得发疼了。眼看会议还要无休止地进行下去，她实在忍不了了，便钻出门去透透气。她大步行走着，很快走到了木屋所在的这片小树林的边缘。

一阵树叶的天然清香传入鼻端，她禁不住深深吸了口气，好像要把被迫吸进肺里的那些浊气都通通置换掉。正感觉心旷神怡的时候，她忽然发现，不远处有几个人影悄悄穿行于林间。

树屋外面并没有安排几名卫兵，道理很简单，一屋子都是高明的秘术大师，既不大可能有人靠近偷听，更不可能有谁能伤了这些人——那简直是自投罗网。所以能在这片树林里穿进穿出的，都是一些普通的侍者，负责递送茶水饮食什么的，他们的行踪自然光明正大，不可能那样鬼鬼祟祟。

那到底是什么人偷偷潜入树林呢？云轻瑶有些好奇，难道是血翼军派进来偷听的斥候？她倒是半点儿也不紧张，那一屋子的秘术师，加在一起能抵得过一支军队，区区几个人怎么可能造成什么危害？所以她只是用秘术消除自己的脚步声，慢慢也跟着靠近，想要看看对方究竟是何许人也，以及自己机警的老师君无行会在这些人靠近到什么地步的时候发现他们。

那几个人慢慢靠近了木屋，但隔着还有几十步的时候，停住了脚步。这个距离上，如果不是特别留意，即便是秘术师们，也未必能察觉，因为现在，秘术师们的心思都用在讨论上呢。

这时候云轻瑶也看清楚了，那几个人都是羽人，个个身手矫健，身上背着刀剑弓箭之类的武器，应该都是武士。他们想要干什么？难道仅凭这几个武士就想要挑战几十名秘术师吗？

她正在疑惑，忽然发现一名武士从身上掏出了一只看不清材质的方形匣子。他高举起匣子，奋力一扔，匣子很准确地掉落到了木屋的门口。而匣子落地的声音，肯定会引起秘术师们的注意。

难道是炸药？云轻瑶一惊，转念一想还是不对。她在研究秘术的过程中，也对这个时代的火药运用有一些粗浅的了解。以目前的制造水平而言，那么一只小小的匣子里，如果装的真是炸药，破坏力是很有限的，更何况还隔着木屋坚硬的外墙，能够炸伤几个人就算不错了吧。

正在纳闷儿，一个身背羽箭的武士已经弯弓搭箭，一箭射了出去，把匣子射破了，里面露出一小块儿乌黑的物体，表面完全不能反射光泽，但云轻瑶看得分明，那个东西好像……同时具备固体和液体的性质，呈规则的多面体结构，仔细看起来，体表又似乎在缓缓地蠕动膨胀。

她正在思考着，自己究竟曾经在哪里见到过类似物体的描述，那个东西突然爆裂开了。一声巨响后，没有火焰，没有硝烟，没有刺眼的光亮，爆裂后的物体立即消失得无影无踪，就好像对周围的一切没有任何影响。

如果换一个人，的确是不可能看出任何影响。但云轻瑶是一个秘术师，对精神力的变化十分敏感，就在那一瞬间，她立即明白了爆炸后究竟发生了什么。

木屋里本来坐满了秘术师，他们都有着高涨的精神力，但在爆炸发生之后，那些精神力立即消失了，彻彻底底地消失了，就仿佛一滴水落入了海洋中，半点儿痕迹也没能留下。

而云轻瑶也立即猜到了那块爆炸的物体究竟是什么：那是一块经过特殊处理的谷玄星流石碎片！谷玄代表着终结和消亡，对一切秘术、一切精神力和星辰力都有着强大的消解作用。这一块星流石碎片在木匣被射破后，加在其上的封印解除，它立刻爆裂开来，化为乌有，与此同时……

在它附近若干丈距离内的一切精神力，都被瞬间吸干了，受害者正好就是木屋里的秘术师们。也就是说，在一段时间里，这些秘术师都将失去自己的秘术功力，至于多长时间能恢复，就看个人修为的深厚了。即便达到了君无行这样的程度，想要恢复个一两成的精神力以便和人交手，至少也需要两三天。

但现在，前来杀害这些秘术师的杀手，已经到了距离只有数丈的地方。他们是绝不会等待两三天的，也许只需要给他们两三次眨眼的时间，就足够了。

这是血翼军精心策划的一次内外夹攻的计划。他们知道雁都城的防守可能会达到什么样的程度，所以从叛乱还没开始的时候，七姓之中，陆良羽、鹄半城、棠天和茳图阖这四人主持战争，旷姓后人旷通坐镇后方，霄氏家主霄克远和阳氏家主阳闵则早早地混入了雁都城。他们带来了自己精心培养的家族武士，在雁都城里潜伏下来，随时准备在战事开始后在城里制造混乱。而那块谷玄星流石碎片，则是魅族秘术师段先生给他们送去的，专门用来对付协助守城的秘术师。因为对血翼军来说，攻城最大的障碍可能就来自这些秘术师。

这次攻击蓄谋已久，击杀秘术师只是其中的一个环节。除此之外，在雁都城的其他几个重要地点，也都发生了诸如纵火、暗杀、投毒之类的行动。其中最多的就是纵火，一方面声势较大，另一方面羽族历来对火较为敏感。雁都毕竟太重要了，重要到血翼军不得不抛开一切的原则和禁忌，只求速胜。即便在此过程中犯下一些罪过，只要能掌握了政权，回头也可以弥补。

这原本是一个无懈可击的计划，完全可以将雁都推向内外交困的境地；只有一点是城内的潜伏者们万万没有想到的：城外的大营里发生了剧变，陆良羽等人已经不可能在同时率领大军发动攻城战，以形成内外夹攻之势了。命运跟血翼军开了一个残酷的玩笑，倘若能提前一天行动，也许他们就真的能攻下雁都城。但现在，城外的军队已成散沙，只留下城里完全不知道城外发生的一切的潜伏者，还在按照原定的时间准时行动。

而对雁都城里的人们来说，和潜伏者们一样，他们此刻也并不知道城外血翼大营里的变化，突如其来的多处警报让全城陷入了混乱之中。那些冲天而起的浓烟很能令人联想起城市被攻破的场景，甚至想到当年青都齐格林被焚毁的历史惨剧。

秘术师们尤其惊怒交加，转瞬间，他们就从雁都最具杀伤力的团体沦为一帮失去了任何能力的废物。九州的武术和秘术在修炼过程中难以兼容，对控制精神力的要求几乎截然相反，千百年来就不曾听说过能做到魔武双修的异人。眼前这一群秘术师，精神力在身的时候威风凛凛、生人莫近，一旦失去施放秘术的能力，就好像老虎被拔了牙、雄鹰被折了翅膀。这当中，君无行由于年轻时的奇遇，还有着一套足以逃生保命的诡异步法，而其他秘术师基本上连快速逃跑的能力都没有了。他们冲出木屋，仍旧有些不知所措。

只有君无行敏感地意识到了发生了什么，他大喊道："快点儿分散逃走！"

但已经太晚了，血翼军派出的几名杀手已经占据了有利的位置，封住了人们逃跑的路线。率先奔出的两名秘术师刚刚跑出几步，就被两箭命中后心，倒地而亡。另一名秘术师则被一个武士拦住，挥刀拦腰砍成了两段。失去秘术的秘术师，脆弱得令人可怜。

"别管死伤，逃出去一个算一个！"君无行继续大喊大叫地指挥着。而他自己则从一名秘术师手里抢过一把与其说是武器、不如说是工艺品的小刀，踩着飘忽不定的步法，直冲到一名武士跟前，挥刀向他的咽喉处割过去。

这名武士没有想到，一个失去了精神力的秘术师还能有这么快的步子，等反应过来时，刀锋已经划破了皮肤。他吓了一大跳，拼命向后一跃，喉咙上留下一道浅浅的伤口。

君无行大呼可惜。他的身法固然足够快，但出刀的速度和准头儿就不能和练武的人相比了，加上这把刀也不够锋利，没能一击致命。一旦对方有了警惕之心，他这纯靠步法的攻势就很难奏效了。

而且，此刻的君无行只有能力缠住一名杀手，但来的一共有七个人。剩下六人无所顾忌，大施杀手，转眼已经有十来名秘术师倒地，非死即重伤。君无行十分焦虑，但也无计可施。就在这时候，他忽然感受到了一股正在急剧膨胀的精神力，显然是有某个秘术师正在把自己的力量燃烧到顶点。他立即反应过来：并不是所有的秘术师都中招了，至少还有一个人，一个刚才被呛人的烟果粉熏出去的人，他的徒弟——云轻瑶。

突然，站在西北角的那名杀手动作停滞下来，脸上现出十分古怪的神情。当啷一声，他握在手里的长枪落在了地上，身躯开始剧烈地颤抖。紧跟着，他的皮肤上开始浮现出青色的条纹，很快蔓延到全身，连圆睁的双眼都闪现出瘆人的青光。他大张着嘴，发出一声撕心裂肺的痛苦喊叫，然后整个身体竟然像是一个漏水的大皮囊，开始不断地渗出水来。而他的身躯则随着高速的脱水变得越来越矮小、越来越畸形，最终轰的一声倒在地上，扭曲一阵之后，不再动弹了。

这是印池系的高级秘术，能够使中术者迅速脱水而亡。当这名杀手倒下后，其他六人慌忙抬眼四下寻找，终于发现了站在不远处的一块儿坡地上的云轻瑶。而这时，她的第二道秘术印纹也已经绘制完毕，纤手轻挥处，一道惨白的电光如惊雷般劈出，在空气中划出长长的轨迹，将第二名武士瞬间烧成了焦炭。

但她已经没有时间去杀死第三名武士了。剩余的五人看出她的厉害，彼此心意相通，毫不犹豫地舍弃了其他秘术师，向她猛扑过来。失去了偷袭的便利，云轻瑶将不得不正面硬抗这五名武艺高强的武士，而对方的目的就是在最短的时间里将她击杀，然后他们只要展翼飞翔，就还有时间去追杀剩余的秘术师。

以一敌五，如果是精神力全满的君无行，那倒是没什么问题；如果是另一名能力和云轻瑶相若且实战经验丰富的秘术师，也不难自保。偏偏云轻瑶空有一身高明秘术，却极少和人动手，之前对付纬翔空派来的假车夫时就因为紧张过度，差点儿一下子把对方冻死，现在看着五人扑来，心里一慌，连应该采用什么秘术都拿不定主意了。而高手相争，一瞬间的犹豫就足够要命了。

千钧一发之际，君无行冷静的声音在不远处响起："印池冰盾！"

云轻瑶顾不得多想，依法施为，一道宽阔的冰墙立即出现在身前，五人的武器都深深扎入了冰墙中，一时间拔不出来，而云轻瑶已经趁着这个时机飞奔开来。

"烈焰火海！""狂风之触！""裂地飞石！"君无行不断指挥着云轻瑶转换着各种各样的秘术，转瞬间她已经和五名武士交手了十余个回合。君无行的指挥当然是高明的，但毕竟总要稍微慢一点儿，而五名武士铁了心要先诛杀云轻瑶，对君无行不管不顾。他徒自焦急，却没有能力去插手。

又过了几个回合，云轻瑶终于在秘术转换中留下了微小的缝隙，在君无行还来不及发出下一步指令之前，一名武士迅速逼近，长剑刺向她的胸口。云轻瑶极力躲闪，左臂还是被划伤了，鲜血立刻流了出来。

君无行叹了口气，知道这个法子不怎么管用了，思索了片刻，大吼一声："虚空泥潭！"

云轻瑶猛然会意，手里绘制出秘术印纹，周围的空气里立即出现了一圈若有若无的淡淡的波动，并扩大到了她身周一丈的范围之内。一名武士不管不顾地闯入这团几乎完全看不到的空气波动里，刚刚提刀欲砍，忽然觉得身前的云轻瑶动作变快了，比之前快得多，自己一刀砍下去，对方已经远离了刚才的身位。当那团水纹一般的波动随着云轻瑶的身体被带走后，他发现，云轻瑶的动作速度又恢复了原状。

"这个秘术能让我们的动作变慢！"他恍悟过来，不是云轻瑶变快了，而是自己进入雾团后变慢了。

"放弃那个娘儿们！"领头的武士喊道，"全力去追杀其他人，杀几个算几个！"

五个人相当恼火，原本完美的计划被云轻瑶这条漏网之鱼和君无行这个多嘴多舌的家伙破坏了，不但自己手上折损了两人，而且被搅得到现在也只杀死了十多人，远远没有达到目的。他们只能决定放弃云轻瑶，转而去追杀那些逃开的秘术师。

云轻瑶轻轻叹了一口气，主动散掉了身边的虚空泥潭。她深吸一口气，努力将自己的精神力提升到最大值，一下子放出了五个幽蓝色的火球。这些火球燃烧得并不炽烈，看上去有些黯淡，有如鬼火，但飞行速度相当快，很快追上了五名武士。虽然看起来不起眼儿，但它们放出的热度相当惊人，武士们马上又被逼了回来。

“你们的对手是我。”云轻瑶轻声说，“等和我打完了，你们再去找别人也不迟。”

首领的目光中充满了狰狞的杀气：“这是你自己找死，可别怨我们了。”他也看出来了，云轻瑶正在用尽全力要拖住他们，除了把她先杀死之外，也没有别的办法。

“以你的实力，操纵三个也很勉强啊，”君无行苦涩地一笑，“一下子就玩儿出五个来，不愧是我的徒弟。”

这五个幽蓝色的火球，被称为“炼狱之火”，是同时运用郁非秘术和谷玄秘术凝结而成的，威力奇大，在灼伤人的同时，还能够迅速把谷玄的消解之力传入对方体内，很快让敌人浑身脱力，失去战斗能力。当然了，既然是两种秘术杂糅的结果，必然使精神力的消耗十分巨大，以君无行的能力，也不过能同时操控五个左右。云轻瑶本来顶多能操控三个，但现在一共有五个敌人需要拖住，缺一个都不行，她别无选择，只能硬着头皮上。

武士们也看出这几个火球的厉害，他们一面全力躲闪着火球，一面艰难地绕着圈子向云轻瑶靠近。突然，首领嘴里发出一声呼哨，五人一齐向着云轻瑶疾扑而去。与此同时，云轻瑶五指一屈，五团炼狱之火也紧追着五人的后心加速飞去。

并没有什么震天动地的巨响，就好像只是一堆薪柴被点燃了一般，但炼狱之火齐齐爆裂开来，黯淡的蓝芒变得耀眼刺目，在大地上猛然爆闪。君无行也不得不暂时转头以免伤害了眼睛。蓝光散尽后，他连忙睁眼，发现五个武士当中已经有三个化为焦炭，躺在地上。

但云轻瑶的情形也大大不妙。她的右胸被一名持枪的武士一枪刺穿，鲜血已经染透了胸前的衣衫，而另一名还活着的武士手里握着弓箭，箭头正对准她的额头。云轻瑶面白如纸，虽然脸上并没有什么表情，但显然已经失去了还手之力。两名武士身上虽然有多处烧灼的伤痕，显得狼狈不堪，但杀人的力气肯定还是有的。

一刹那，君无行明白了刚才发生了什么。云轻瑶是故意中的这一枪，她没有躲闪，刻意要把五名武士都引到身前，想要让炼狱之火一起爆裂，烧死敌人。但由于精神力修为不到，苦苦支撑那么久之后已经难以为继，最后的一瞬，大约有一两个火球没能起效，也许是消失了，也许是彼此撞在了一起，最终导致杀伤力没有达到预期的效果，只烧死了三个人。

君无行展开步法，奋力冲上前去，虽然知道希望极度渺茫，但他仍然不能眼看着自己的徒弟死去。然而他的步速再快，也不可能赶上一名弓手拉弓的动作，他虽然在竭力奔跑，但也忍不住想要闭上双眼，无法目睹云轻瑶被一箭射穿头颅的惨状。

正当君无行完全陷入绝望之时，耳畔忽然劲风呼啸，一支长箭从他身侧掠过，直直飞向那名弓手，来势奇快，有若雷霆。弓手连忙回弓一挡，把这支箭磕飞，但他的身子竟然也被震得退出去两步。

君无行停住了脚步，急忙回过头去，正看见一片耀眼的白光在缓缓消失，那是飞翔后的羽人收起了羽翼。这片明亮纯净的羽翼光华来自一个浑身包裹着绷带、似乎一阵风都能把他吹倒的受了伤的羽人。但就是这个伤员，单腿跪地支撑着虚弱的身体，手里端着的强弓和搭在弓弦上的长箭如磐石般稳定。

那是纬翔空，重伤未愈的纬翔空。他高傲的脸上仍旧带着伤痕，嘴角抿得很紧，似乎是在强忍着肉体的痛楚，但他的双目冷酷镇静，没有丝毫慌乱。一箭、两箭、三箭……接连三支利箭射向了那名弓手。持枪者不得不拔出长枪，替同伴挡开了这三箭。

这小子，一定是看到这边冒起烟，立马就赶过来了，君无行欣慰地想，我的徒弟总算没有白白爱上你。

长枪拔出后，云轻瑶软软地倒在了地上，由于失血过多，已经陷入了半昏迷的状态。

纬翔空向云轻瑶的方向瞥了一眼，目光中似乎隐隐有些异样的光芒闪过。而两名杀手相互对望了一眼，在那一瞬间已经决定了战术。枪手高高举起长枪，用并不算快的速度向云轻瑶的心脏刺去，目的显然是为了让纬翔空分心。而弓手趁这个时候向纬翔空连发四箭，以纬翔空现在重伤的身体，要躲闪这四箭已经相当费劲儿，几乎没什么可能反击。

君无行心中一痛，手上已经悄悄绘制出一道秘术印纹。在这短短的时间里，他只恢复了一丁点儿精神力，要使用攻击性秘术是不可能的，但可以想办法利用秘术在这两人身上做一点儿记号。他已经盘算好了，既然没办法救云轻瑶，就只能利用自己的身法先把纬翔空救走。等自己恢复了精神力之后，就算踏遍宁州的每一寸土地，他也要把这两个杀手揪出来，用最严酷的刑罚把他们折磨至死，为自己的徒儿报仇。这种事纬苍然做不出来，但对君无行而言，为了自己珍惜的人，他不惜践踏一切、对抗一切。

但接下来发生的一幕大大超乎他的想象。纬翔空没有闪躲！他的身体并没有丝毫移动，目光注视着正在刺向云轻瑶胸口的枪尖，仿佛整个世界里就只有那个枪尖存在。然后，他以闪电般的速度搭箭，开弓！

好像是把自己全部的生命力都融到了弓箭之上，即便以君无行的眼力，也没能看清这迅若雷霆的一箭。这样的开弓速度，他只在自己的老朋友纬苍然手中见到过，没想到被纬苍然的儿子完美复制了。

他的目光随之转到两名杀手的身上。握枪的武士胸口中了一箭，咽喉中了一箭，腹部中了两箭。武士的目光中充满了惊恐，完全没有料到纬翔空会在这样的时刻选择对射，而他手中所握的长枪，枪尖距离云轻瑶的喉咙只差两寸，却再也没有力气再往前递出哪怕半分。而那名弓手则是胸口中了三箭，其中一箭正中心脏，也是立刻气绝身亡。

七箭连珠！这是那些残存至今的鹤雪术中难度极大的一招，几乎需要放箭者在开弓的一瞬间燃烧他全部的力量。而纬翔空，这个几乎只剩下半条命的重伤的武士，在这一刻完美地使出了七箭连珠，拯救了云轻瑶的性命。

君无行悚然回头，一颗心沉了下去。纬翔空的胸腹间插着四支长箭，每一支都有一半以上的箭身没入了体内。在刚才对方射箭的时刻，他本来有机会躲开，但他完全没有躲闪，而是选择了对射，目的就是为了不耽搁拯救云轻瑶的一丁点儿时间。最终他救了云轻瑶，自己却身中四箭，而且全都射在要害位置。

到了这时候，两名杀手才一前一后倒在地上。

云轻瑶也在这时候感觉到了些什么。她原本已经昏昏沉沉，觉得自己快要失去意识，但猛一睁眼，发现身边的敌人已经倒地，而远处的纬翔空身中数箭。她心里一激灵，已经猜到了刚才发生的一切。一股不知从哪里生出的力量支撑着她奋力站起身来，摇摇晃晃地扑到了纬翔空身边。

君无行长叹一声，知道以纬翔空的伤势，就算自己精神力毫无损耗，也没有什么办法。他转过身，慢慢地走开，不忍心目睹接下来将会发生的一切。

云轻瑶粗略给自己做了止血的处理，然后扶住纬翔空的身体，全力催动残存的精神力，想要使用太阳系的治愈秘术来挽救他的生命。她咬紧牙关，不顾伤口处传来的阵阵烧灼般的疼痛，恨不得把自己的生命也化为精神力，传输到纬翔空的体内。

“别费力气了，”纬翔空咳嗽一声，脸上挤出一个笑容，“秘术师也有做不到的事情，你还是抓紧治好自己吧，你的伤势也不轻。”

“别废话了！”云轻瑶暴躁地怒吼一声。她觉得自己一生中都没有像现在这样难受过，那不是什么心烦意乱、心乱如麻，而是好像整颗心都被人挖出来了，胸膛里一片空空荡荡，仿佛灵魂都要远飞而去。她恨不得自己可以吸收宁州的全部精神力，全都转化为太阳秘术，施加到纬翔空的身上。她就像一个行将溺亡的人，看到水面上浮过来一根纤细的稻草，于是伸出手去，紧紧抓住这根稻草不放。

然而，这根稻草最终仍然是会沉没的。

终于，云轻瑶感到自己输出的秘术越来越绵软，那是精神力即将耗尽的缘故。她终于放弃了，伸出手抱住纬翔空正在变得越来越冷的身体，猛然失声痛哭起来。

“你哭起来的样子没有笑起来好看。”纬翔空仍然吃力地保持着笑容，好像觉得笑容可以给云轻瑶带来安慰，“可惜的是，以后无论你是哭还是笑，我都再也见不到了。”

云轻瑶说不出话来。她知道，自己现在所说的话，将会是纬翔空在生命结束前听到的最后几句话了。看着这个曾经那样骄傲冷酷的年轻男子，就这样气息奄奄地躺在自己怀里，等待生命的终结，她发现自己除了流泪之外，已经找不出任何话可说。

“以后一定要记得……把我放进那个水晶球里，”纬翔空咳出一口血，却仍然在拼尽最后的力气跟云轻瑶说话，“没事的时候，抱着水晶球想一想我，在你的秘术世界里，给我留一个角落就好。”

云轻瑶轻轻握住纬翔空的手，贴在自己柔软的胸口上：“不必用什么水晶球。你已经在我的心里了，一直都在，直到我死去的时候才会消失。”

是的，除非我死，否则那些记忆永远也不会消失，云轻瑶在心里说。她的眼前不断闪动着那些过往的画面：两人在宁南城时的第一次互相看不顺眼的碰面；此后一路上纬翔空周到的照拂；两人收养翔时的默契与和谐；发现自己被骗后的羞辱和愤怒；纬翔空面对自己的秘术毫无惧色，仍旧慷慨激昂的神情；还有那一次生离死别的拥抱……她发现这些画面都像是被用刀刻在了自己的心上，那些深深的刻痕流淌着痛苦的鲜血，每想一次，刻痕就更深一分。

纬翔空满意地点点头：“那我就放心了。总算没有白死。对了，如果你愿意的话，以后把翔带在身边吧。虽然长得丑了点儿，但是看到它，就好像看到我一样。”

云轻瑶心如刀绞，郑重地点了点头。

纬翔空吐出一口气，把正在渐渐失去知觉的躯体枕在云轻瑶的臂弯里，闭上双眼，嘴里喃喃地说：“这一辈子都在想着守护澜州、守护宁州、守护整个羽族。到了最后，我只是守护了一个女人而已……真滑稽啊……”

“不过，我居然还觉得挺高兴的……”他说出了自己的最后一句话，惨白的嘴唇不再翕动。云轻瑶的眼泪一滴滴地落在他毫无血色的脸上。远处，雁都城里火光冲天，好像整座城市都在燃烧和哀号。

5

“喂！禁林燃起来啦！”沐闲歌扯着南鱼的耳朵大声喊道，“好像是有人放火！”

南鱼立刻从睡梦中跳了起来，揉揉眼睛，眼前是一片升腾的火光，浓烟冲天而起，覆盖着整片禁林。羽族最为神圣的雁都禁林，正在遭到焚烧。

他又向远处望去，不只是禁林，雁都城里多处都在起火。他立刻意识到，这是血翼军的内应在行动。

“羽人自己烧自己的城市啊，”沐闲歌摇摇头，“他们原本不是最不愿意用火的种族吗？一遇到战争，什么禁忌传统都是浮云了。”

“人族的战争，只怕比羽人更残酷。”南鱼说。沐闲歌没有反驳。两人看着已经烧成火海的禁林，看着大批的羽人赶过来救火，连忙躲到禁林边缘之外去。不过这个动作有点儿多余，羽人们的注意力全都在他们神圣的禁林上，不会有余暇去判断这两个到底是人还是羽人。但是禁林里的林木密集，火势迅速蔓延开来，扑救也十分艰难。看上去，这片禁林估计至少有一半要化为焦炭和青烟了。

“糟糕了，要是禁林被烧毁了，我们就更没办法找到神器了！”沐闲歌忽然想到这一点，脸上十分焦急。

南鱼却耸耸肩：“禁林不被毁，我们不也没找到吗？说不定这一场大火，反而能烧出来一条我们没有发现的地道呢。”

“你真是个天生的乐天派……”沐闲歌叹了口气，懒得再多说，索性靠着一棵树坐下，抱着纯粹旁观者的心态，看着羽人们来来回回地泼水忙碌。突然，她站了起来，一把抓住南鱼的胳膊：“看！快看！”

不用她喊，南鱼也看到了。大火中，有几棵树烧得特别快，几乎是在片刻间就化为了灰烬。禁林里的树木全都是白桦、松树、樟树之类的高大乔木，按理说绝对没有可能那么快就完全燃尽的，偏偏那些树就在南鱼的眼皮底下烧得干干净净。更奇怪的是，这些高速燃烧的树竟然都是一棵接一棵排列在一起的。很快，这些树烧完之后，留下了一条布满灰烬的通路，向着禁林深处延伸过去。

“我明白了！”南鱼低吼一声，“这些树烧光之后……就是路！”

沐闲歌恍然大悟。两人守着这片禁林，绞尽脑汁地琢磨了许久，始终不明白地图上清晰地标绘出的一条条路径究竟是什么意思，往地道的方向去猜测，也始终不得要领。而现在，这一场灾难般的大火带来了答案。

原来所谓的“道路”，就是那些特殊的树燃尽后留下的空地。这些树究竟为什么会一遇火就迅速烧光，对两人来说已然不可考证，但他们立马领会了那个他们同样百思不解的句子：门在毁灭之处。

他们之前也曾多次探讨这句话的含义，猜测是否神器的藏身之处有一道门，必须用暴力毁灭这道门，才能进入。现在他们才知道，要毁灭的不只是一道门，而是一整片庞大而宽广的森林。可以想象，对于不知道其中奥妙的人，不管怎样去猜想，都很难会大胆到点火把整片林子都烧掉吧。

当初埋藏这件神器的羽族先辈，到底是怀着怎样的用心来布置的这道机关啊，南鱼忍不住想。要得到神器，就必须摧毁亡灵安息的禁林，这到底是为了警示后人慎重地对待神器呢，还是……对这个种族怀着刻骨仇恨啊？

不过，现在也顾不得多想了。反正这把火不是自己放的，不需要有什么心理负担。南鱼转转眼珠子，从一名救火的羽人手上接过一只大水桶，装作要去扑火的样子，然后趁人不备，把这桶水往自己身上浇了一半，剩下的浇到沐闲歌的身上。两人再用湿汗巾蒙住口鼻，弓着身子冲进了火海。

他们完全不用再去看那幅碎片拼起来的地图，因为看了一两个月之后，地图上的每一处线条几乎都已经印刻在脑海中了。两人都是习武之人，身体强健，忍受着烈火带来的高温，在火场中七拐八拐，沿着那道被生生烧出来的灰烬之路，很快拐到了禁林的中心地带。此时大火还没有蔓延到这里，除了古怪燃烧的特殊树木外，其他的树都还完好，所以也没有羽人来到这里。在两人的面前，正好有一棵松树以奇快的速度迅速燃尽，露出了地面上的一块带着拉环的石板。

“那里一定有地道！”沐闲歌喊道，“快点儿拉开，都躲进去，不然我们俩要变成烤猪了！”

“我还是头一次听到漂亮女孩子这么形容自己。”南鱼摇摇头，不过还是伸手拉住了那只拉环。他下手的时候十分小心，出乎意料的是，这个金属拉环竟然还是凉的，半点儿都没有被烤热，看来材质相当特殊。他尝试着用力，发现拉环有些松动，于是继续加力，拉环带出来一根长长的金属锁链。

南鱼知道，这根锁链就是打开机关的关键，于是用力拉扯着这根锁链，地下传来一阵机关发动的金属撞击声响。南鱼气力十足，鼓足一口气连拉带拽地向外扯动，终于咯噔一声，锁链再也拉不动了。而地下传来的声音变得低沉，地面也开始微微地颤抖，机关发动了。一块金属板从地上升起，上面有一个带指针的转盘，围绕着转盘的外圈，每一个刻度上都刻着一个古老的文字符号。

南鱼拿出第四条线索，也就是那张写着一串符号的纸页，发现上面的符号果然能和转盘上的一一对应起来。他按照顺序，一一转动着转盘，让指针轮流指向那些符号。最终，当指针停在最后一个符号上时，地下传来更加清脆的一声响，石板的颤动瞬间加剧了。

沐闲歌站在一旁，颇有些期待地看着正在震颤的石板，猜想它可能立马就会陷落下去，露出那个地道的入口。那会是怎么样的一个地下世界呢？她一面紧张一面憧憬着，不知不觉站到了南鱼身边，等待着下沉。

等啊等啊，好像很漫长的等待，其实只不过就是瞬息之间。然后……两个人就一起飞了起来。

真的是飞了起来。随着机关的最终开启，那块石板并没有像沐闲歌猜测的那样下沉，而是……上升了。

并且是急速地、野蛮地、毫不讲理地上升。两人几乎还没有反应过来，就已经随着石板一起飞到了高空中，身体失去平衡，摔倒在石板上。这块石板并不是很宽，沐闲歌的身子一下子滚了出去。南鱼急忙伸手抓住她，但很快发现这个动作有点儿多余。这块石板的周围不知多远的距离都拥有了浮力，一些枝叶、石块儿、泥土就悬在虚空处，跟随着石板一起上升。两人对视着苦笑一声，不知道接下来还会发生些什么，索性背靠背地在石板上坐了下来。

很快，两人已经直升到了禁林的上空，不少羽人都看到了这奇特的一幕，甚至还有人凝翅飞了起来，想要靠近去看个究竟，但他们根本没有能力飞到那么高。这块有魔力的石板一路攀升，已经没入了云层里，然后似乎是随便拣了一个方向，开始向着远方飞去。

“我从小就一直梦想着能得到一块会飞的毯子什么的，然后带着我往九州各地乱飞，”沐闲歌扯着嗓子喊道（因为风声太大），“但我实在没有想到，我的梦想会在这样的时刻实现。”

“这根本不算你实现了梦想！”南鱼也大声喊着，“难道你梦到的那块飞毯不能由你来操纵方向吗？”

的确，这块会飞的石板根本无法操控。它只是在天空中像没头苍蝇一样四处乱撞，速度和高度都无比惊人。高处气温较低，沐闲歌已经冷到缩成一团，喷嚏连连。这时，她感到一双有力的臂膀围住了自己的身体，正在愣神儿间，发现自己已经被南鱼搂在了怀里。

沐闲歌想要挣扎，但不知怎么的，心里一热，没有动弹，乖乖地依偎在南鱼的怀里，就像一只在冬日寻找主人怀抱的怕冷的懒猫。她觉得自己的脸已经红了，身上就像发烧一样暖烘烘的，反倒不觉得有多冷了。

这样其实也不错，沐闲歌在心里悄悄地说，有些时候，不妨像这条笨鱼一样，学习一下随遇而安。她有些惬意地闭上了眼睛，只感觉高空的狂风不断从身边卷过。

南鱼心里却是在不停地叫苦。他有一种错觉，身下的石板好像是一只有生命的鸟儿，正在天空中快意恣肆地纵横驰骋，简直就像是在……过瘾。他只能但愿这只“石鸟”早点儿把瘾过足，然后考虑停下来歇息歇息什么的，不然自己和沐闲歌两人在高空中，不是冻死就是饿死。

而且最重要的是，如果没有判断错的话，这块貌不惊人的石板恐怕就是自己苦苦寻找的羽族神器了。这也太他妈的见鬼了。假如它一直这么乱飞，自己怎么能把它带回去？假如它不飞了，这么重的石板，自己又有什么能力把它弄出宁州去？

这也是两人第一次体会到飞行的感觉。他们并不是羽人，当然从来没有飞过，没想到第一次飞起来就飞得比任何一个羽人都要高。他们偶尔穿过密密的云层，偶尔从云层里穿出，可以看见地面上的一切都小得像蚂蚁，宁州茂密的森林在天空中看起来就像是小孩子的绿色涂鸦，装点着辽阔的大地。这时候，两人虽然能通过太阳勉强辨别方向，但也很难认出雁都城或者其他的羽人城市究竟在哪里。那些让整个雁都陷入混乱不安的大火，在高远的空中完全看不到，显得是那么微不足道。

突然，两人都觉得，和天与地比起来，人显得那么渺小无助。

身下的石板狂飞了足足有一两个对时，就算以南鱼强健的身体，也开始觉得很难吃得消了，何况两人的肚子也都开始咕咕叫。沐闲歌恨恨地在心里想，老娘宁可跳下去摔个粉身碎骨，也绝不被活活饿死。她忘记了，这块石板带动着一大片上升的浮力，只怕她想跳也跳不下去。

两人正无可奈何，发现石板的飞行速度终于开始一点点减慢了，高度也在不断下降。南鱼心里冒出一个古怪的念头：它的兴致已尽，或者说，飞累了？

不管怎样，石板坠了下去。穿过云层后，下方的一切逐渐清晰，沐闲歌惊呼起来：“妈的，糟糕啦！咱们俩不会做冻死鬼、饿死鬼，要做淹死鬼啦！”

是的，下方正是碧蓝色的海洋。在这短短的两个对时中，这块发了疯的石板竟然已经飞出了宁州大陆的地界，来到了东部的海洋上空。大陆就在西边，在高空中看起来似乎并不远，但如果有人想要从这个距离一路游到岸上去，几乎是个不可能完成的任务。

奇怪的是，南鱼的神情平静异常，半点儿也看不出担忧来。正相反，越是靠近海洋，他的脸上越显得信心十足。沐闲歌不知道他的这种信心从何而来，此时此刻，除了信任此人之外，好像也没有别的办法了。她长叹一声，索性继续靠在南鱼怀里，不想动了。

“我不会游泳，你会吗？”她轻声问。

“会一点儿。”南鱼的话音里带着笑意。

轰的一声巨响，水花飞溅，石板带着两个人重重地砸进了海水里。身体一接触到海水，沐闲歌就开始慌乱起来。她自幼在瀚州草原长大，确实是不会游泳，手脚一阵乱拍，嘴里已经灌进了好几口腥咸的海水。很快，南鱼的手托住了她的腰，稳稳当当地把她带到了水面上。

沐闲歌暂时松了口气儿，回头一看，大惊小怪地叫起来：“石板怎么不会沉？”

石板的确没有沉。按道理说，这么厚重的一块石板应该入水即沉，但它偏偏像一块木板一样漂浮在海面上，看起来好不怪异。

“坐上去吧，你坐上去它也沉不了。”南鱼对沐闲歌说。然后，他带着沐闲歌游向那块石板。还没有触碰到石板，仅仅是游到距离石板还有一丈的距离时，沐闲歌发现自己的身体变轻了，她推开南鱼的手，身子也并没有往下沉。

“都是这块石板干的？”沐闲歌傻眼了。

“不是石板，是石板下面藏了一件东西，”南鱼说，“禁林里那一套复杂的机关，其实是某些沉重的重物，目的就是压住这件东西。我们冒冒失失地打开机关，它就带着我们飞起来了。”

“你指的是……神器？”沐闲歌又惊又喜。

南鱼微笑着点点头，伸手到石板的下方，取出了一个小到沐闲歌都没能看清楚的东西，握在手心。然后，他另一只手拉着沐闲歌，带着她游远了一些，当游到一定距离之后，石板立即下沉，很快就消失在海水中。

“给我看看，到底是什么样的！”沐闲歌嚷嚷起来。

南鱼依言摊开手掌。一道柔和的白光在海面上亮起，神器在沐闲歌的眼前飘了起来，悬浮在半空中，莹莹地放出圣洁的光华。

这是一根羽毛，通体晶莹洁白的羽毛。

“我们找了那么久的羽族神器，竟然就是一根羽毛？”沐闲歌的眼睛瞪得就像要裂开了。

“的确只是一根小小的羽毛，但它能带着一块石板和我们俩的重量，飞到云层上面去。”南鱼回答。

两人近乎轻盈地半浮在海面上，看着这根羽毛。它看起来和羽人凝翅后的羽毛并无两样，羽人凝出的羽毛最终都会消失，神器却不会。它骄傲地悬浮在半空中，散发着令人感到肃穆的温润光芒，虽然毫不刺眼，但连正在缓缓落下的落日的余晖都不能掩盖。只是，它再也没有像之前那样在高空中乱舞。

“看起来，海水能让它安宁，否则的话，一到陆地上它又会飞起来了。”南鱼若有所思。

“这好办，我们可以做一个装满海水的容器，把它装在里面。”沐闲歌做有智慧状。

“不必那么麻烦，我直接带着它游回去就行了，走陆路太耽搁时间了。”南鱼说。

“游回去？”沐闲歌差点儿咬了自己的舌头，“你是不是刚才在天上被风吹傻了？你以为这是你们村口的小河呢？游回去？”

“你还真说对了，我们村口的小河就长这样……”南鱼神秘地一笑，“不过回去之前，我得先把你送上岸。抓紧我的手，但是小心，别碰我的背。”

最后这句话的语气不像开玩笑，沐闲歌虽然满腹狐疑，还是听从了对方的指挥，在他的侧面抓住了他的手。然后南鱼闭上双眼，仰起头颅，喉咙里忽然发出了一种奇特的声音。

这声音沉厚、苍凉、悠远，似歌而非歌，带有一种说不出来的感染力，令沐闲歌竟然忍不住有一种落泪的冲动。她慌忙收束心神，努力让自己镇定下来，耳朵里听到那绵长的歌声在一碧万顷的海面上回荡，仿佛是一种无法抗拒的召唤。

这声音，完全不是人族的喉咙可以发出来的啊！沐闲歌想着。她突然浑身一震，有点儿明白过来了。

在她的视线中，南鱼的身体开始发生变化：他的头发慢慢变成了鲜艳的紫色，身体的骨骼仿佛一点点扭曲挤压在了一起，呈现出一种流畅的流线型。他的背上慢慢冒出了坚硬的角质凸起，浑身的皮肤上冒出了闪光的鳞片。

而他的两条腿早已消失了，取而代之的是一条长长的、蛟龙一般的鱼尾——鲛尾！

南鱼是一个鲛人！

没等沐闲歌说出话来，完成了形体变化的南鱼已经开始游动起来。他就像一支划开海水的利箭，以沐闲歌难以置信的可怕速度向着海岸的方向游去。神器依然在他的手中放射着光芒。

尾声

君无行思索了很久，这才缓缓地点点头：“不错，这只是个开始而已。一个新的纪元已经到来了，我已经听到了那车轮转动的声响，它将会碾过九州大地，把一切化为灰烬。我年轻的时候总是假扮星相师骗钱，对那些真正的星相师从来不屑一顾。现在，我真正有点儿相信星命这种东西了。有些东西的到来，就像是宿命的安排，怎么也阻挡不住的。”

“原来南鱼真的就是南方的鱼的意思啊。”沐闲歌瞪着南鱼。此时她在海滩旁升起了一堆火，烤着自己湿漉漉的衣服，同时也烤着南鱼从海里抓到的海鱼。夜色中，海水里的南鱼看上去有些狰狞，不像他人形时那样和善可亲。

“是啊，我觉得这个名字没法儿更贴切了。”南鱼回答。

沐闲歌啐了一口：“难怪不管上次那个该死的扁毛怎么辱骂人族，你都半点儿不生气，原来你根本就不是人！”

“可不是，所以我听他骂人才觉得好玩儿嘛。”南鱼坏笑着回答，“陪你吃完这些烤鱼，我也该离开了，从海里一直南下。你一个人能保护自己回到宛州吗？”

沐闲歌淡淡地一笑：“多此一问，也不看看我是谁？说起来，我也明白了一个之前问过你的问题。”

“是关于为什么师父一定要派我这么个爱管闲事的家伙来完成使命的问题吧？”南鱼说，“你猜得没错，我的确体质特殊，是所有的徒弟中唯一可以永久化生双腿的人。所以他别无选择。”

沐闲歌拿起一条烤熟的鱼，咬了一口，被烫得龇牙咧嘴。她嘘着气咽下这一大口鱼肉，忽然问：“那我就在宛州等着你了。你以后去找人族的神器时，别忘了来找我。”

“我一定会去找你这位大公主提供便利的。”南鱼顺杆儿往上爬，毫不含糊。

沐闲歌凄然摇头：“我只能以个人身份帮助你。我和我妹妹，名义上是公主，实际上恐怕什么资源都动用不了。更何况，宛州和中州的政治局势远比羽人的复杂得多，到时候楚国是不是还存在恐怕都难讲。”

南鱼点点头：“这一路上你已经帮助我太多了，无论怎样我都要感谢你。”

“还有，你这一路上还得小心潜伏的敌人。”沐闲歌说，“你不是说你刚到澜州的时候，就已经有人知道你在找第一个联系人了吗？还有那个古怪的莱米克城邦的未来领主，好像也和这件事有关。也就是说，现在不只是你和你的师父，已经有另外一批人也知道了神器的存在，他们还会对你下手的。”

“不过很显然，他们知道的比我要少得多，所以他们并不能准确估计我的行动，我还是有办法对付他们的。”南鱼仍然没有丝毫惧色，就像他只是将要去九州各地旅行看风景一样。

“但愿你的好运气能一直保佑着你。”沐闲歌叹了口气。

“那就祝我们各自好运吧。”南鱼说，脸上一点儿也不显得发愁。看来无论形态怎么变化，他的性格永远都变不了，就算前方布满荆棘，他也总能从荆棘的缝隙中看到阳光。

他转过身，缓缓地向远处游去，沐闲歌突然叫住了他：“等等！还有个问题要问你！”

“什么问题？”南鱼扭过头。

沐闲歌咬着嘴唇，似乎有点儿难以启齿，但最后还是大声问道：“你是不是可以在鲛和人的形态上自由变化？”

“说自由变化有点儿夸张，毕竟挺耗精神力的。”南鱼说，“不过理论上说，的确如此。”

“那如果要你一辈子以人族的形态生活，你会愿意吗？”沐闲歌接着问。

南鱼一愣，仔细想了一阵：“这个嘛……我倒是从小就习惯了在海水里生活，不过，用双腿走路也挺好玩儿的，没什么不可以。”

“好了，我的问题问完了，”沐闲歌好像对这个答案挺满意，“现在你可以滚了！”

南鱼无声地笑了笑，头颅沉到了水下，海面上划出一道长长的水痕，消失在黑暗中的远方。

血翼民不能生育的消息很快传遍了整个宁州。

其实为了瓦解血翼军，贵族这边放出过很多关于血翼危害的谣言，只是没想到其中一个竟是真的；而如果没有这个谣言的暗地流传，几个士兵的闹腾也不太可能一夜间就传遍血翼大营。所以接到消息的那一刻，贵族们还真有些觉得这胜利来得不太真实，继而后悔没有早朝这个方向突破，否则何必死那么多人、那么多羽族前途远大的精英。

接下来，如何处置这些失败的叛军，成了一个难题。据说，有相当多的大臣和将军力主严惩叛军，杀掉一批、关起来一批，剩下的通通剥夺自由民身份，发配给官家和贵族做奴隶。他们认为，这一次的叛乱形势极度凶险，倘若不是最后关头人们无意中发现了血翼的真相，也许雁都城真的会被里应外合攻陷。所以，这一次无论如何都应当动用雷霆手段，以残酷的镇压彻底断绝贱民反抗的愿望。

但这些提案最终都被否决了，这当中起到最大作用的是虎翼司总监察纬苍然。纬苍然刚刚遭遇了丧子之痛，而他的儿子正是被血翼军潜伏在雁都城的杀手所杀害，但他在这种时刻力主对血翼民宽大处理，甚至完全赦免他们的罪过。

“如果说有罪，那么不只是血翼民有罪，你、我，全体贵族，甚至我们的祖先，都有罪！”纬苍然当着羽皇的面，毫不犹豫地把羽皇也划入了罪人的行列，“血翼之乱是一场灾难，也是一个契机，也许可以趁此机会不破不立，想办法把那些积累了千百年的仇怨化解开。羽族已经经受了太多的苦难，就不要让我们的箭头再沾满同类的鲜血了。”

最终，羽皇力排众议，采纳了纬苍然的建议，对剩余的超过十万的血翼民颁布了特赦令，赦免他们的叛逆之罪。接下来一系列针对等级制度的措施也陆续出台，虽然这些措施无论从拟订还是实施方面来说都困难重重，但羽人们仍然选择拥护它们。也许在羽人的心目中，再也不愿意看到那些血红色的羽翼出现在蓝天之上了。

血翼军被分散编入了各城邦的武装中。虽然他们注定不能生育后代，但在有生之年，他们仍然具备可观的战斗力。这场内战让羽族元气大伤，但拥有了这一大批永翔的战士，至少在军事上，羽人反而变得更强大了。

这一场灾难暂时以这样的方式化解，但没有人心里感到轻松。血翼之灾对羽族的影响是深远的，也许需要几十年的时间去化解。羽族的生育能力本来就很弱，并不能像人族那样，假如想生就可以多生。在未来的岁月里，羽人们将不得不面对人口锐减带来的一系列问题。这些沉重的负累都只能由羽族自己来承担，而将这场灾难带给羽人们的魅族秘术师，已经销声匿迹了。

谁也不知道他们在哪里藏身。

谁也不知道他们会在何方再次现身。

谁也不知道他们下次会带来什么样的礼物。

谁也不知道他们究竟想要做什么。

在这个冬季最严寒的那一天，雁都城被飘飞的白雪慢慢覆盖，远远望去，整座城市有如笼罩在白色烟雾中的童话般的仙境。那种森林和城市一体的独特美景，只有在羽人的领地里才能看得到。

傍晚时分，纬苍然撑着伞，把君无行师徒送出了雁都城的城门。雷冰没有来送行，自从纬翔空死后，她就一直卧病在床。对一个母亲而言，无论事先做好怎样的心理准备，丧子之痛终究是难以承受的。

“回去吧，”君无行拍拍纬苍然的肩膀，“回去陪着雷冰，她更需要你。”

纬苍然轻轻点了点头。儿子死后，他似乎一下子就变得苍老了许多，头上也新添了许多白发。云轻瑶一直深深低着头，根本不敢看他。

“你觉得这场大灾难一定和那个二十年前的邪魔有关吗？”纬苍然忽然问。

“我不能肯定，所以我才一定要去找到他，查个清楚。”君无行说，“我从来都不是什么忧国忧民的人，也没有什么责任心，但我不喜欢那种天下苍生都被他玩弄于股掌之间的感觉。更何况，我也很想见识一下他的秘术究竟强大到了怎样的地步。不找到他，我决不罢休。”

“我也非找到他不可。”云轻瑶这时候抬起头来，眼神里流露出一种过去从来未曾有过的杀气，“无论他有多强，我都一定要杀死他。”

“如果你们找到了他……就通知我一声吧，”纬苍然平静地说，“我也想要会会他。”

说完这句话，纬苍然转过身，踩着地上的积雪慢慢走回城去。雪花一片片落在他的头发上、衣服上，那一幕在云轻瑶眼中显得格外凄凉与孤单。她想象着这对可亲可敬的中年夫妇从此膝下不再有子，将这样坐在雁都城里那间空落落的院子里，听着春花秋叶和冬日的雪片儿扑簌簌坠地的声响，在寂寞的相互守望中一天天老去，忽然又有了想哭的冲动。她最后还是极力抑制住了这样的情绪。纬翔空去世的那一天，她觉得自己已经把所有的眼泪都哭干了，剩下的只有鲜血，只有仇恨，只有正义。

“走吧。”君无行说。云轻瑶仰起头呼哨一声，翔从空中飞了过来，落在她的肩头上。半年时间过去，这只鹰已经长得很大，并且可以飞行了。虽然喙依然是歪的，头上的肉瘤也越长越大，比寻常的雪鹰要丑陋许多，但仅存的右眼里那凌厉尖锐的眼神，还真有一些纬翔空的影子。

师徒俩带着鹰坐上纬苍然安排好的马车，车夫扬起鞭子，赶着车一路向南而去。

“老师……”云轻瑶忽然问，“这只是个开始，对吗？更大的灾难还在后面，对吗？”

君无行思索了很久，这才缓缓地点点头：“不错，这只是个开始而已。一个新的纪元已经到来了，我已经听到了那车轮转动的声响，它将会碾过九州大地，把一切化为灰烬。我年轻的时候总是假扮星相师骗钱，对那些真正的星相师从来不屑一顾。现在，我真正有点儿相信星命这种东西了。有些东西的到来，就像是宿命的安排，怎么也阻挡不住的。”

“那我们该怎么办？”云轻瑶有些忧郁地继续问。

君无行哼了一声，轻快地打了个响指：“不管是什么样的车轮，在它想要从我们的身上碾过去之前，我会先把它的轮子砸个粉碎！去他妈的！”

在车轮的吱嘎声中，马车在雪地上一路碾出深深的冰辙，雁都城渐渐成为一个遥远的影子。白雪曼舞的天幕中，月亮正在缓缓升起。

附录

名词

九州世界设定

暗月设定书

永翔之绊

七姓之殇

名 词

蔬果：羽族喜爱以天然的蔬果或植物的茎叶为食。因为森林中禁止明火，所以羽族绝少举火烹饪食物。羽族的肠胃很难消化肉类，只有鱼肉稍微好些，所以除非实在不能果腹，羽人一般不会以火烹煮肉类为食。羽族敬畏飞鸟，即便是羽族的猎手也绝不射猎飞禽，只肯射猎无翼的动物。

魅：魅是九州最为神秘的种族。生物的精神活动产生的精神游丝会聚到一定的程度就会产生独立意识，这就是魅。魅最初只是一个具有自我意识的精神体，没有物质的躯壳，称为“虚魅”。虚魅只能在精神层面与其他种族交流，所以他们往往会选择按照其他智慧种族的外形，利用外界的物质为自己制造一个躯体，这个“制造”的过程被称为“凝聚”。凝聚后有了身体的魅被称为“形魅”。凝聚可能成功，也可能失败，成功凝聚的魅往往因容貌过于美丽而被识破魅族身份，而凝聚失败的魅则可能丑陋、残疾或具有无法纠正的缺陷。形魅可以感知彼此的身份，但没有独立的社会，他们凝聚的初衷是融入其他种族。在历史上的大部分时间里，其余五族对魅族的态度都是歧视，至少是疏远的。魅族的精神力比其他种族强大，所以往往能成为秘术师；但由于身体是后天凝聚的，相对于其他种族而言协调性较差，所以魅族很少出现武士。

华族：人族是九州人口最多的种族，主要分为两个支系，即生活在东陆、以农耕文明为主的华族，以及生活在北陆瀚州、以游牧文明为主的蛮族，其中华族的人口又是蛮族的数倍。华族曾占据东陆四州，建立过数个强大的王朝，九州的通用语言就是东陆华族的语言。

鹤雪士：羽族十万选一的精英武士。羽族虽然是九州唯一能飞行的智慧种族，但他们平时并没有羽翼，要飞行时需要感应明月（极少数羽人要感应暗月）的力量，借助月力凝聚出翅膀。羽族的战斗力与飞行能力直接相关，所以飞行能力强的羽人在羽族地位崇高。在羽族中，感应月力的能力最强、几乎随时都能凝羽飞行的被称为“至羽”，但至羽耗费精神力凝羽后也会感到疲惫，飞行时间短，战斗力有限。从至羽中挑选出体质最优者，经过“鹤雪术”的训练就成为“鹤雪士”，他们不但能随时凝羽飞行，而且飞行时间长、速度快，箭法精准，战术和阵法多样，是羽族最精锐的战斗部队，天下谈之色变。鹤雪士的组织被称为“鹤雪团”，建立于羽族第二王朝（翼氏王朝）初期，在第三王朝（羽氏王朝）声望达到顶峰，后来在多次变故中逐渐衰落。

七姓：在羽族第三王朝（羽氏王朝）中后期，羽族内部曾经发生过一场空前的叛乱；平叛后，旷、霄、鹄、阳、棠、茳、陆七姓沦为贱民。后来犯有重罪的家族也往往被迫改姓七姓之一，因此七姓在羽族中代表着罪恶，低贱的政治地位数千年未曾改变。

十姓：晁朝是九州历史上第二个人族王朝，也是第一个有典籍留存的人族王朝。晁高祖完成了对当时已经探知的陆地的形式上的统一，并将这些疆土划分成中、澜、宛、越、殇、瀚、宁、云、雷九个州，“九州”的称呼就是从这时产生的。晁王朝初期，晁朝皇帝是各种族名义上的“共主”，城邦制的羽族没有能力对抗人族的军队，所以在名义上向晁帝臣服。晁高祖将“风、羽、经、天、翼、鹤、雪、纬、云、汤”十个姓氏赐予（羽族史书上则坚持称为“赠予”）羽族最为强盛的十个城邦的领主，这便是羽族十姓或称“上十家”的由来。由于坚持维护血统纯正、飞行能力较强，十姓成为羽族权势最大的贵族，始终高踞在政权的顶层。许多势力强大的家族都是十姓的分支，比如路然氏就出自鹤氏。

习武与精神力：九州世界中，物质的主神荒和精神的主神墟是对立的，所以越是修炼身体的武力值，利用精神力的能力也就越差。任何种族都不可能出现既是武功高手又是高阶术士的人物。如果同时修炼武功和秘术，结果只能是哪一个都程度有限。

辰月教长老：辰月教是九州一个古老的神秘教派，他们的教义对外界来说始终不详，只根据时隐时现的教徒的活动推测出他们主要由秘术师组成，可能信奉精神的主神墟，并且以导致世间分裂、战乱为行动目的。从另一个角度说，在历史上曾长期压制秘术传播的九州，辰月教是高阶秘术得以传承的重要力量，其教徒往往秘术高强，而长老们的秘术能力更是出神入化。

姬武神：羽族一向有“十二武神”的传说，即获得十二主星力量的武士。其中姬武神是羽族最重要的武神之一，即掌握泰格里斯之舞的羽族少女，可以通过这种舞蹈为广大范围内的羽人进行明月秘术加持，使得普通羽民也能在非起飞日中感应到明月的力量，从而凝出羽翼飞上高空，获得更高的战斗力。但在人族的蓄意破坏下，泰格里斯之舞已经失传，姬武神也成了古老的传说。

鉴空诏：羽族第三王朝（羽氏王朝）灭亡后，第二王朝（翼氏王朝）复辟。羽皇翼在天发布了《鉴空诏》，将羽族按照飞行能力分为烈翼、升翼、至翼、和翼、风翼、纯翼、青翼、刚翼、俾翼九等，上三翼成为战士，可依据军功获得爵位、财富，下三翼则从事劳作，而无法飞翔的无翼民则成为奴隶。异等间不能通婚。这道诏令的出发点是保证羽族血统的纯粹，诞育更加强大的后代，提升羽族的战斗力。但这道诏令也给占人口绝大多数的下三翼羽民带来了深重的苦难。不久，翼在天被暴乱的下三翼推翻。

血翼民无法生育：化生血翼的秘术很明显是暗月系秘术，暗月除了主怨恨、衰老之外，还直接影响生殖和血缘遗传。

关于秘术的种类：九州的秘术系统主要建立在十二主星系统基础上。由于秘术是对星辰力的感应和运用，而星辰之间多有特质、秉性的冲突，所以按照严格的设定，九州的绝大多数智慧生物每个个体只能修习一个系的秘术。精神力较强的可以在一个系的基础上涉猎性质不冲突的另一系秘术，但多半程度有限。魅族和精神力特强的羽、人、鲛可以修习两系秘术，但这样的体质十万人中才会出现一个。正常情况下不会出现一个人掌握三系或以上秘术——如《无星之夜》中掌握三系秘术的“逆神者”云纹，他的存在有着作者尚未揭示的特殊原因，而且无法复制。

化生双腿：鲛族是九州六个智慧种族中唯一生活在海洋中的。他们的下半身为流线型的鲛尾，便于游泳，却无法在陆地上行走。所以，他们在陆地上一般都是以车代步，或者用秘术将鲛尾暂时变为双腿。但化生秘术对身体有很大损害，经常要以折损寿命为代价。

九州世界设定

文 / 九州设定组

三陆七海

九州世界的地理环境包括三块大陆和七片海域。

三块大陆，即东陆、北陆、西陆。

东陆分为中、澜、宛、越四州。中州是九州世界的地理大圆中心，坐落着人族的千年帝都天启城；澜州是所有大陆的最东端，一块充满沼泽和暗雾的阴谋之土，也是魅族的发源地；宛州在东陆的西南处，江河湖泊较多；越州地貌复杂，生活着善于采掘冶炼的河络族。

北陆最东面称为宁州，是羽人世代栖息的高寒森林和雪山丘陵；中部的瀚州有着广阔的平原和其上成群迁徙的游牧部落；瀚州以西则是殇州的浩瀚雪原，那里居住着巨人族夸父族。

西陆分为云州和雷州，那里的城邦文明因大规模的瘟疫而湮没在沙漠密

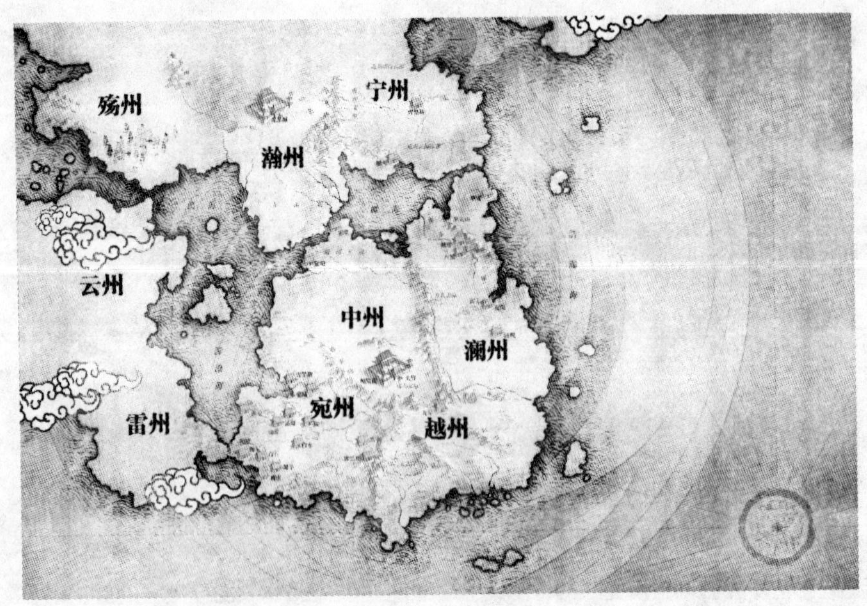

林内，后世虽有探险者不时前往，但人们对其的了解仍十分有限。

环绕九州大陆的是统称为“浩瀚洋”的广大水域。大陆邻接浩瀚洋的近海，从东北到西南依次称为溟海（宁州以东）、涩海（澜州以东）、溯洄海（越州以东和以南）、湄海（宛州以南及以西）；陆地之间是三个较浅的内海，分别称为涣海（北陆与西陆之间）、潍海（北陆与东陆之间）和滁潦海（西陆与东陆之间）。这七片海域，统称为“七海”。由于鲛族的守护，大部分海域对陆地种族来说神秘而危险。

智慧六族

九州一共有六大智慧种族，分布在三陆七海之中。它们拥有不同的外表、能力、信仰和文化，种族差异导致的矛盾一直交织在九州发展的历史长河中。

人族

数目众多，力量平均，思想复杂，精力旺盛，以其坚忍、耐力、无穷无尽的欲望和强大的繁殖力，塑造了九州最复杂、最繁华、最完备的文明。

人族有两个重要的分支，分别称为华族和蛮族。

华族主要生活在东陆，包括中州、宛州和澜州大部、越州北部，他们依托大量的农耕经济积累财富，同时发展贸易通商，拥有广博的文化吸纳能力。中州偏重农业，宛州偏重商业；富裕的中州人多是地主，而富裕的宛州人则为商人。他们蔑视其他种族的成就和生活方式，将异族视为蛮夷，他们中的伟大君主和英雄总是隐藏着以武力统一整个九州的梦想和抱负。

在暗月纪里，华族势力扩展至越州和瀚州，蛮族的部落首领和河络族的夫环至少在表面上要遵循天启的命令行动。但在鬼雾之战中，皇帝龙噙者失踪，大昆朝失去了君王，这个事实正在削弱着华族的威慑力。

蛮族生活在瀚州的原野上，追逐水草而居，马是他们最重要的工具和伙伴。动荡的生活方式造就了他们崇尚武力、劫掠成性、剽悍、残忍的性情。他们善骑射，不擅秘术和天文。他们的头发黑而略有卷曲，肤色发黄，男性蓄须，不论男女都将头发留得很长。有极少数蛮人在暴怒状态下会血液沸腾，头上生出双角，爆发出不可思议的力量。他们被认为是天神盘鞑的直系子孙，拥有盘鞑之血。

他们的最高政治体制是“库里格”大会，不论部族大小，都有机会平等地坐下来说话，实际上，在草原上还是典型的“强者为王”的强权政治。数个大部落、数百小部落之间不断相互攻杀兼并。

在暗月纪里，蛮族分为三狄三戎六个主要部落，此外还存在数十个小部落。部落不仅仅是蛮族的基本组织，而且各有其鲜明的特征。

河络族

他们只有人族一半到三分之二的身高，但是有着惊人的创造力和创造热情，他们信奉创造之神，崇拜地火，九州绝大多数跨时代的创造均出自河络之手。河络族主要分布在越州和宛州，曾经在宛州创造出惊人的城市文明，但是在人族的扩张欲望下，慢慢退居到越州的丘陵之间或者地下。

这是个有着虔诚的宗教信仰的种族，他们心思单纯而略显僵化，他们热爱生活，但因循守旧，神权和王权在很多时代中都发生过激烈的对撞。

在这个新的时代里，河络族面临矿产枯竭的困境，纯粹的手工业和冶炼业不足以应付日常的生活开支。本来爱好和平的河络为了换取粮食和生存的机会，不得不建立起一支支佣兵团，抱着为真神和部落奉献鲜血和生命的觉悟，走向战场。河络的长戟劲弩，使得他们往往成为左右战场胜负的重衡。

羽族

飞翔的种族，发祥于澜州北部，但历史上长期被华族压制，被迫北渡天拓海峡，固守北陆宁州。暗月纪时期，他们终于突破宁州，将领土扩张到了澜州北部的丛林中。

羽族能够通过感应明月星辰的力量而凝聚出羽翼飞翔，虽然受到感应能力的限制不能随时凝羽，但依旧是九州中唯一接近天空的种族。他们身材比人族略高，更加瘦削，骨质中空。他们崇拜星空，认为越接近天空的就越崇高，是一个骄傲的种族。

夸父族

失落文明的种族，居住在殇州雪原上，他们比人族高大强壮很多，身高一般可达人族的两到三倍。传说中，夸父族的祖先有着更加伟岸高大的身体，曾经在殇州北部拥有十分先进的文明，但是已被遗失。如今，大多居住在殇州南部的夸父仍在追逐着祖先的步伐，他们性格豪迈，喜怒形于色，崇拜祖先，以部落为单位缓慢地发展着。

夸父族有着追逐祖先光辉的宿命感，他们期待着重回上古，成为更加高大和智慧的夸父族，为此不惜一次次地经历考验和历练。在他们眼中，北方冻土就是祖先失落文明的关键，但在无数次的寻觅中，他们没能发现更多，直到暗月灾纪汹涌到来。

鲛族

海洋的子女。鲛族是九州六大种族中唯一生活在水中的种族，他们人身鲛尾，曲线修长，以鲛尾盘地站立时高度与人族相近。与人族相比，鲛人肤色稍显苍白，身材略瘦而高，男性看起来凶恶而女性柔美。鲛族崇拜海神，在外海中以城邦发展的鲛族拥有不可估计的文明程度。他们上岸需要特殊的秘术支持，所以与大陆上的种族很多年间都相安无事。

鲛人的陆上据点，是涣海南部的闵中山。那里山中有通海的大湖，是鲛人的常据地之一，也是传说中鲛国珍宝的会聚之所，是无数狂野航海者的梦想之地。

魅族

精神力凝聚而成的种族。九州大地上的生物所拥有的精神力，会随思考、梦境或法术等精神活动产生并发散到自然中，大量的精神力游丝会聚就可能产生魅。

最初，魅仅仅是一种具有独立意识的精神体，称为“虚魅”，只能在精神层面与其他种族交流，不具备五感；多数虚魅会参照自己感知到的生物的外形凝聚出一个物质身体，以融入社会。拥有了身体的魅称为“形魅”。魅族几乎没有自己固定的形态和文化特征，他们是九州大地上最神秘的种族。在九州六族中，魅族的精神感知能力是最强的，往往可以更轻易地感应星辰之力施放法术。

暗月纪中，魅族的凝聚开始变得更加容易，甚至有一些秘术家方面的报告称，有理由怀疑部分魅族可以实现二次乃至多次凝聚，但后者尚无定论。在这种变化的催生下，一个完全由魅构成的社会组成开始出现，并在暗月纪对外展示着自己的影响力。

十二主星

九州所在的苍茫世界是一个球面，然而这个球面有些不同寻常，因为没有任何人能证明可以向西一直走回东方，大地几乎是无限伸展的。你不回头，就永远回不到起点，前方是永无尽头的长路。承载九州的大地对其上的生物来说，几乎是无限广大的。

九州大陆所在的这一片区域，由于相对于整个球面而言十分渺小，几乎可以认为这一片大陆和海域是平的。在这块土地上空，有着各种各样的星辰在影响和主宰着地上各种生物的生活、情感和延绵。九州各大智慧种族都早早地发现了星空的奥秘，并各自设立了相关的职业对星空进行研究和解密。即使是以地火为信仰的河络族，也有着巡夜师与司辰。

人们将天空中对大地影响最大的十二颗星辰，称为十二主星：太阳、谷玄、明月、暗月、郁非、亘白、印池、填盍、岁正、密罗、寰化、裂章。

十二主星各具特质，通过对不同主星的感知，可以获得不同的力量和启示。

在暗月纪，十二主星都不可抑止地缓慢地靠近大地，对这个世界的影响暂时不可知，但灾难是否与此有关呢?

太阳

在十二主星中，最先为地上生物所知的星辰是太阳。太阳自东向西围绕大地运行，所到之处即带来无尽的光芒与纯正炽烈的精神。太阳代表光明、生长、建立，并拥有治愈、光芒和祝福的效果。

谷玄

这位黑暗的神祇和太阳处于大地的两头，以近乎相同的周期和轨道围绕大地转动，但并非永远位于太阳的对顶点。由于谷玄无法被看到，星相家们只能通过古老书卷的记载而对它略知一二。谷玄代表黑暗、终结、消亡，并可以赐予吞噬、消融和诅咒等力量。

双月（明月、暗月）

双月是天空中引人注目的一组星。它们的大小和运行轨迹都差不多，但颜色有着明显区别。银白色的被称为明月，灰黑色的被称为暗月（又叫影月）。双月的大小几乎与太阳相当，她们互相掩映的周期被称为“月”，约三十天。明月代表爱情和魅惑，暗月则代表怨恨和衰老。明月的力量在于祝福和强化，暗月的力量在于诅咒和弱化。双月在人们的繁殖中也扮演了重要的角色。明月代表了两性的结合生殖，而暗月则代表贯穿家族的血缘。

郁非

火红色的郁非，大小约为岁正的一半。他的红色光芒将其附近的天空都染上一层同样的色彩。郁非代表雄心与志向，并赐予火焰、激励等力量。

亘白

亘白的颜色正如其名，为纯正的白色，其直径与郁非相仿。亘白代表的是沉静、镇定和坚毅的精神。在诸神中，他以严格的约束而闻名。他还可以使人拥有风、大气和制约等力量。

印池

印池是一颗暗蓝色的星辰，比郁非略大。印池代表思考和冥想，引导大地上的智者探索未知和神秘的事物，由此得到无尽的智慧。严格说来，印池并不代表智慧本身。印池可以赐予水、液体的控制力和净化的力量。

填盍

土黄色的填盍是一颗大小介于郁非和岁正之间的星辰，但由于其颜色的关系，并不如比他小的郁非那样引人注目。填盍代表谨慎、细致、周密，可以赐予人们土地、稳定等作用。

岁正

青色的岁正，其直径略小于太阳，因此勤于稼穑的农人早就观察到了它的存在，按照它的运行来安排作物的栽种和收割。岁正围绕大地的运行周期被称为“年”。岁正代表平衡、循环往复的变化。岁正对植物成长的促进和抑制作用十分明显。

密罗

湖绿色的密罗是由四颗星组成的三角锥形星相，四颗星大致环绕公共中心，以复杂的方式旋转，其中心又按自己的轨道沿地平线附近呈波浪形运动，没有周期。密罗代表的是结构和组织，它促使人们在万物中寻找结构，将思维集中于这些由形式和结构所带来的整体性质，导致了各种幻象的产生。密罗可以使人拥有创造幻想的力量。

寰化

这颗橙黄色的星辰呈椭圆形，他实质上是两颗靠得极近、难以分辨的星辰。寰化代表游荡、偏离和旁观。在十二主星中，它比印池更加明晰和清醒，但它代表的是观察，而不是获取智慧。寰化可以赐予人们洞察仿造和幻象的力量。

裂章

紫红色的裂章由三颗紧密相绕的小星组成，这三颗星的相互作用使得裂章的光芒形成一个三角形。裂章代表合作。与密罗不同，裂章注重群体中的个体本身，而非由结构产生的新意义。裂章可以赐予人们使用雷电、金属和造成强化效果的能力。

暗月设定书

文／暗月工作室·苏冰 恰好

昊天族裔

羽族为九州六大智慧种族之一，发祥于澜州北部，是九州大地上文明启蒙仅晚于河络的种族，其文明发展的程度在很多方面高于人族。星流 1500 年前后，羽族已经拥有了完整的宗教体系——元极道，并在宗教支持下建立了第一个羽族王朝，这就是后世传说中十二武神护佑的黄金王朝，比人族于星流 1931 年建立的燹王朝要早四百年。但是和燹朝一样，黄金王朝没有留下足够的史料，只留给后世一个羽族横行天下的传奇。

在各族的历史记载中，羽族总是以孤傲的姿态划过天际，留下一抹纯白抑或浓黑的剪影。

羽族正是以自己的羽翼和飞翔能力扬名于九州各地的，然而事实上，并不是每一个羽人都可以自如地飞翔，也并非每一个可以飞翔的羽人都能够不知疲倦地翱游天际。这种传说与事实的偏差同羽族数千年的历史交杂，凝化为其独特的、颇有悲壮色彩的历史。

在外族眼中，羽族的宗教、文化、艺术、武技都有神秘之处，而在羽族自己心目中，这些东西都保留着最初的高贵、圣洁和传统，并以此在数千年繁衍中坚持下来。

一个在外人眼中和自己心目中完全不同的羽族，就这么一步步走进了暗月纪。

羽族简述

羽族主要分布在宁州以及澜州北部的擎梁半岛上，是飞翔的种族。

在双月的影响下，羽人的精神力可以从其展翼点散出，并凝结成一对精神体的羽翼。羽翼一般是白色的，精神力越精纯、控制力越强的人，羽翼越现纯白甚至白亮。极罕见的黑翼羽人则是暗月的子民。控制精神力形成翼形的技巧须经学习获得，否则精神力只能凝结成无规则的形状。因此一般只有思维能力和精神力相对成熟的羽人，才能凝结羽翼，而通常羽人在六岁前都很难凝羽飞行，即使凝羽飞起也极容易摔落。当月亮的影响过去后，精神力会重新回到体内，失去精神力辅助的羽翼即化成闪光的细末消散。

羽人并不是所有的时刻都能飞，按照对月力的感应能力不同，飞翔的能力也不同。大部分羽民只能在每年明月月力最盛的时刻飞翔，一天后羽翼便消失。这一天明月完全遮挡住暗月，从地面上看，明月与暗月交叠在一起，所以也有人说，这是明月与暗月在相会。那一夜明月看起来离大地十分近。这一天一般是七月七，羽人将这一天称为展翅日。不同的年份里，因为明月的轨迹不同，展翅的日子并不绝对固定，但七夕已成为羽人最盛大的节日——行过成人礼的年轻人都飞离故乡，在一天之内，寻找到新的家园。

按照对月力的感应能力，羽人分为岁羽（一年只有七夕那天可以飞翔）、儚羽（每个月月力最盛的时候可以飞翔）、至羽（每天都可以凝翅飞行）。不过，至羽平时每次只能飞翔很短的时间便需休息，不然背后羽翼消失，就会坠落摔死，毕竟凝翅是很耗费精神力的。

羽人传统上采用各城邦联合议事的政治体制，每个城市有自己的领主，多为这城市权势最大的家族族长。各城邦联合起来推选出羽王，形成羽国。羽国没有强大的集权体制，羽王的政令要听取各城邦领主的意见，经过讨论，才能施行。

羽人以天空为尊，认为生存得越高的事物越尊贵，所以星辰是他们崇敬的对象，有十二主星的概念。羽人中存在一种“元极”的哲学思想，以为天地最初是一个蛋，后变成圆球，万物以圆为轨迹。

羽人除以物易物外，明月纪时期，也用珧的叶和花瓣作为货币。由于与其他各族尤其是人族的交流日深，羽人中开始兼行人族的货币。随着价值观念的完善，羽人也越来越多地倾向于使用贵重金属充当货币，珧花渐渐被废弃，转而成为一种装饰物。

羽族的居住地多为森林之中，其中村庄和城市有很大区别：村庄依附于树林深处，每一户羽族的家庭会依靠着一棵树木搭建树屋，并以此错落有致地组成羽族的村庄；而羽族的城市虽然也可以称为森林城市，但是大多开辟出了明确的功能区，而且大部分建筑开始使用石砌建筑结构，并且发展出了高穹顶尖塔的建筑风格。

因为居住地多为森林，羽人不驯养马，也不擅骑术。不过，轻巧的身体弥补了这项缺憾，他们可以在负重较轻时进行快速的长途步行。

羽人视力极好，在射箭方面具有极为突出的天赋，因此弓箭和机弩是羽人最乐于使用的武器。由于对木材材质的了解，羽人制作弓箭的技艺也极高。经过特殊处理的弓背坚硬结实，弓弦强韧而有弹性，使得弓弩射程远而精确。优秀的鹤雪士还能用精神力凝出光华之箭，精确射杀远至一里以外的敌人。羽人展翼之日，其他种族绝不敢轻易与之为敌。

鹤雪兴衰

1. “十士九公侯”

鹤雪，这个词在羽族语里面的含义是“永恒的云”。

羽族有一句流传久远的话，叫做“鹤雪十士九公侯”，这当然不是说鹤雪士多半都可以成为公侯，那么，它的确切含义到底是什么呢？

鹤雪这种奇术的创始人名叫鹤雪翔，而且在鹤雪术发展的早期，凡是修习鹤雪术的人都改姓鹤雪，比如贲朝羽族北渡时著名的“鹤雪十三杰”，没有人知道他们本来的姓氏，只知道他们现身时全部以鹤雪为姓。因为是姓鹤雪的人创立和传承的奇术，所以叫作“鹤雪之术”。这个称谓流传下来，其后衍生出了“鹤雪士”“鹤雪团”“鹤雪翎”这些词语。

有人问：实际上，这个词的羽族发音更接近于“和煦”，为什么音译成人族语要写作“鹤雪”呢？没有特别的理由，这么写好看。当然还有一种说法是，写作“鹤雪”是因为羽族的十大赐姓里就有这两个字。我们也不排除这种可能。所谓“十大赐姓”，就是指在晁朝初年，晁高祖完成了九州形式上的统一，羽族在名义上臣服于晁朝，于是晁高祖赐了“风羽经天翼，鹤雪纬云汤”这十个字给羽族十个最大城邦的领主，作为他们在人族语言中的姓氏，这就是十大姓，也就是所谓“上十家”的由来。由此羽族掀起了一场给自家安一个人族姓氏的风潮，上十家以外的城邦贵族纷纷冠上了人族的姓，学习人族语言文字也开始盛行。其实晁高祖对羽族没安什么好心，当时羽族最强盛、最有威望的是雪氏的城邦，而晁高祖故意把宁州大都护的职务封给了羽氏，由此引起了羽族一场内讧，《晁史存遗》中称为“十年风雪”。羽族的实力在这场内乱中被极大削弱，一蹶不振长达数十年。虽然人羽两族从此交恶，但这十个赐姓和那些跟风产生的姓氏还是沿用了下来。可以肯定的是，“鹤雪”作为一个姓氏，跟上十家中的鹤氏、雪氏都没有任何关系，它早在赐姓之前就存在了，只是音译成人族的语言后这么写而已。

事实上，我们今天熟知的大多数羽族姓氏，像鹤雪、路然、展扬、烟落，都是按照羽族发音音译的，所以双音节姓氏占大多数，个别的还有多音节。既然是音译，就说明这些姓氏的人族写法读出来和羽族姓氏发音很相近。比如“烟落”，羽族读音是“衍珂洛”，中间那个读音很轻，译成人族语言时就取了一个近似音。但是十大赐姓和其后跟风产生的那些姓，比如宁、月、翦、翱、凌、雷、霄，等等，这些姓氏都是单音节，而且它们的人族和羽族两个姓氏在发音上没有任何近似。比如翼氏的羽族姓是“斯达克”，鹤氏是“默苏特”，汤氏是“德雷莫尔”，宁氏是“乌绍斯”，发音都完全无关。有些姓在意义上有关联，比如翱氏，它的羽族姓“萨多”，就是指盘旋飞行，和翱的意义是一样的；再比如翚氏，羽族姓是“格雷莫度”，是羽族传说里一种拥有五彩羽毛的神鸟，跟“翚”的意义也很像。使用这些单音节姓氏的，至少在晁朝初年都是贵族，普通羽民没有权力也没有必要取一个人族的姓。

我们为什么要特别提到这一点呢？因为对于羽族来说，飞行能力与血统直接相关，贵族血统纯正，所以更容易出现飞行能力强的人。据统计，第二王朝和第三王朝（时间跨度大致为人族贲朝中后期及胤朝）的鹤雪士半数左右出自上十家及其旁支，还有近三成出自其他贵族家庭，真正来源于普通姓氏、三代之内没有任何贵族血统的鹤雪士百中不过二三。所谓“鹤雪十士九公侯”，说的就是多数鹤雪士出身于名门世族，数千年来都是如此。细数我们熟知的鹤雪士，他们的姓氏几乎都是单音节，唯一的例外就是“路然”——路然真、路然辰、路然陌、路然轻。这是因为路然这个姓氏，根据羽族《别枝考》的记载，是十大姓中鹤姓的旁支。在星流 2724 年，也就是晁朝中期，从鹤氏中分离出来。路然氏的始祖原名叫鹤征，因为家族内部纠纷离开故里，独自到了当时还是蛮荒之地的宁州蓝湖一带，把自己的名字改成“路然因”。据《别枝考》解释，这三个字连在一起念，和羽族古语里“遗忘”一词的发音很接近。单独看，“路然”在羽族语中是晴空的意思，所以有一段时间，人族一些书里把这个姓氏翻译成“晴”，后来才统一都音译为“路然”。路然氏的郡在齐瓦格纳，人族翻译作“荣城”，就是路然因当年居住的地方，后来发展成宁州东部最大的羽族城市。

2. 鹤雪团的分裂与衰微

作为鹤雪士的组织，“鹤雪团”最早出现于星流 3491 年，并在星流 3534 年正式成为羽皇卫队，从此作为羽族最精锐战斗集团的地位就没有动摇过。鹤雪团历史上最为强盛的时期是胤朝末年，人数达到近三百人，九州为之风云变色。但是好景不长，因为“辰月之变”，暗月的力量达到历史最强，感应明月月力凝羽的鹤雪士在这时无法凝出羽翼，所以遭到了各方势力的大屠杀，几乎被灭绝。鹤雪的势力一天之内就从最高峰跌入了最低谷。

辰月之变后，幸存的鹤雪从此分为了两大支，最通俗的叫法，叫作“风系”和“路然系”。风，就是鹤雪左翼领风凌雪；路然，就是鹤雪右翼领路然真。鹤雪的最高指挥者是鹤雪首领，其下设左右翼领。鹤雪首领向异翅以非常唯美的方式死在了长空中，而风凌雪和路然真都幸存了下来，并分别将鹤雪术传承下去，所以后世鹤雪被冠以她们的姓氏。

这两支有什么不同呢?

路然系鹤雪，由路然真和其他几位幸存的鹤雪士主持训练，采用的仍然是之前世代相传的鹤雪术，虽然因为明月月力的变化而稍做了适应性改变，但无论凝羽方法还是箭法、阵法的训练，基本还是保持了辰月之变前的原貌。换句话说，路然系鹤雪，传承的是传统的、经典的、主流的鹤雪术。

而由风凌雪独自创立的风系鹤雪，使用的是完全不同于以往的全新的永翔之术！

传统鹤雪术是感应并借助明月的月力凝羽飞行；而风系的鹤雪术是感应并借助周天星辰的平衡力来凝羽飞行。也就是说，风系鹤雪术已经突破了羽族对明月的依赖，从层次上来说，是更高级别的飞行术，它可以飞得更高、更快，也完全不受双月月相的干扰。可以说，如果风系鹤雪大行其道，九州将是羽族一统天下。

但是，不知出于何种原因，风系鹤雪每代都只有一个传人，而且极少露面。因为他们飞得最快，其他人也很难找到或者追踪他们。这使得风系鹤雪显得非常神秘，于是衍生出很多关于他们的传说。

那么，风系鹤雪术是怎么发展出来的？是风凌雪创造出来的吗？

可以肯定地说：不是。因为创立这样一种突破羽族传统思维和身体本能的飞行术，不但需要非凡的洞察力和创造力，还需要有精深的天文学知识。作为战士，风凌雪天下无双；但作为学者，她显然欠缺太多。

按照野史记载，风凌雪在辰月之变以前，就因为负伤而失去了凝羽的能力，但后来她得到了龙渊阁的秘籍，不但可以再次凝羽飞行，而且飞得更高、更快。

那么野史的记载到底是不是历史的真相？所谓的龙渊阁秘籍真的存在吗？

这个，我们已经无从知道了。在风系传人的著述中，从来没有提到过风系鹤雪术这种特殊技法的由来。但我们从这些著述中可以得知的一点是：风系鹤雪术并不像传统鹤雪术那样是一套完备的技能，它有着致命的缺陷，那就是：一旦周天星辰的平衡发生些微的变化，比如很小的星辰陨落，风系鹤雪就无法继续保持凝羽飞行的状态。这个缺陷历经千年，仍然没有被有效解决。

风系鹤雪既然不喜欢出头露面，鹤雪团就成了清一色的路然系鹤雪。羽族花了近百年时间恢复鹤雪团的元气。因为风凌雪和风系鹤雪始终没有再回到宁州，象征首领权威的鹤雪翎也随着向异翅的死而不知去向。而按照鹤雪千古相传的信条，没有鹤雪翎就不能成为鹤雪首领，所以鹤雪团首领的位置从此永久空缺。鹤雪幸存者中职衔最高的就是右翼领路然真，因此，在辰月之变之后一千多年的时间内，鹤雪团最高指挥者就是右翼领。羽族以左为尊，于是“鹤雪左翼领”这个职衔就跟着取消了。

在九十多年时间里，路然真亲自主持训练了近百人。在这个时期，几乎所有的鹤雪士都改姓路然。而我们知道，风系的鹤雪也全都姓风。

鹤雪士改姓师父的姓氏，这是有传统的。早期鹤雪士都姓鹤雪，事实上他们不可能全都是同族，只能是随着师父更改了姓氏。鹤雪术的修炼过程非常严酷，小孩儿从小就进行封闭训练，入门的功课之一就是摒弃亲情，心无杂念，只服从首领的命令。首领一声令下，亲爹也照杀不误。这是因为，鹤雪士最开始都是作为杀手培养的，杀手有了感情，就不能保证箭无虚发、一击必胜了。既然亲情淡薄，那姓不姓自己家族的姓也无所谓。退役以后，他们可以恢复旧姓，但姓氏好恢复，经历和感情想恢复就难了。所以，鹤雪士虽然享有无上荣耀，代价也是显而易见的。

失去了首领的鹤雪团变得不再稳定。从辰月之变到端朝初年，近五百年时间里，鹤雪团几次出现内讧，其中规模较大的就有四次，由此也出现了几个分支，除了少数人保持“路然”的姓氏之外，又分出了月系、云系、翦系、翼系等数个分支。这些分支大都有自己的绝学，如路然系的九贯落日术、月系的疾飞、翦系的双射。分支之间关系微妙，时常摩擦，在羽族第七王朝初期（人族为端章帝在位），鹤雪团终于分崩离析，只剩了一个名存实亡的空壳，鹤雪士各自为战，继任的右翼领也不再具有号召力。很多有识之士做出了重建鹤雪团的尝试，但都没有成功。

随着风系鹤雪的出现和鹤雪团的崩裂，鹤雪研究领域出现了“狭义鹤雪”和“广义鹤雪”之争。

什么是鹤雪？鹤雪的本质特征是什么？是身负包括永翔能力和格斗技术在内的鹤雪之术就可以算作鹤雪士，还是获得了鹤雪徽章的才算鹤雪士？这就跟天驱之争一样：到底什么是天驱，秉持天驱信仰的任何人都是天驱，还是必须持有天驱指环的才算天驱？如果是后一个标准，那么鹰旗军中的绝大多数人，包括索隐在内就都不是天驱了。

在风系鹤雪出现之前，这种争论基本不存在。因为绝大多数鹤雪士都是从小在仪风营接受训练，经过艰苦卓绝的修习，完成考验，然后由羽皇授予鹤雪徽章，成为羽皇卫队中的一员。极少数鹤雪士，如风凌雪，没有进过仪风营，所有的技能都是由她师父风铃儿单独传授的，这样的修习过程比在仪风营要艰难许多，但最终她仍然完成了鹤雪的考验任务，获得了鹤雪徽章。有没有具有鹤雪技能但不拥有鹤雪徽章的人呢？可能有，但羽族可考的历史上没有记载，这说明这种人原本就是少之又少的。

但风系鹤雪出现后，问题来了——风系鹤雪没有回归鹤雪团，也始终游离于羽族王权更迭之外，不承担拱卫羽皇的职能，也不享受鹤雪特权——拥有鹤雪徽章的鹤雪士是有许多特权的，比如在他的家族被灭族时不受到任何牵连，比如退役时获得丰厚的财物，这些风系鹤雪都没有。他们倒是拥有鹤雪徽章，但那是风凌雪传下来的，不是羽皇颁赐的。那么，风系鹤雪还算不算鹤雪士呢？

和文凭不等于学术能力一样，鹤雪徽章也不等于鹤雪之术。

到了第七王朝（人族为端朝），鹤雪团名存实亡以后，越来越多的鹤雪士不再担任羽皇的卫士，羽皇也无可奈何。仪风营虽然还是鹤雪士的主要来源，但也有相当数量的鹤雪士是被单独训练的，比如路然陌，他的鹤雪徽章也不是羽皇亲授的，甚至后来羽皇要颁授一枚徽章给他，路然陌说："身无挂碍，无族可荣。"我路然陌孑然一身，没有家人可分享这种荣耀，所以获得鹤雪士的特权对我来说没有意义。因而拒绝了。再比如端威帝的挚友风翔云，一生没有到过宁州，自然也不可能获得羽皇的封赠，他的鹤雪徽章是路然陌传下来的，风翔云是路然陌的再传弟子。当越来越多我们熟悉的矫健身影没有走过或走完获得鹤雪士身份的流程，分歧就出现了：这些人算不算鹤雪呢？

学者们争论了许多年，引经据典，互不相让。最终达成了妥协——被羽皇授予鹤雪徽章、享有鹤雪士尊荣和特权的当然是鹤雪，一般称为"狭义鹤雪"；而那些掌握了鹤雪之术，但因为种种原因没有获得鹤雪徽章的，我们称为"广义鹤雪"。历史上我们所熟悉的很多人，比如木菻一、翦轻寒、慕西昆、霄柔、烟落斯年、路然陌、风翔云、鹤雪鸣，都是广义鹤雪。

鹤雪翼影在九州的长空上跃动了数千年，终因人祸而渐渐失传。到暗月纪时期，鹤雪术已经成为茶余的闲说，以及羽族永远的遗憾。

贵族与平民

1. 贵族的诞生

由于号称黄金王朝的羽族第一文明朝代几乎没有任何史料留存，我们对羽族一切文化的考察都是从星流年 2500 前后羽族重新形成聚落文化开始的。

人们对羽族的认知大多始于晁王朝建立时赐予羽族十姓。其实在此之前，羽族已有较为松散的城邦联盟制度，实力最强大的一个城邦为澜州之王，其他每一姓氏均有自己的城邦势力。实际上，这种城邦联盟中羽王的权力很小，羽族并未形成一个统一的王朝，只是以城邦为单位互有联系地各自发展着。

而羽族的贵族阶层也差不多形成于此，早期的贵族形成顺理成章——可以每天都飞翔而且飞翔得更为稳定的羽人，自然在崇尚天空的羽族中更具地位，他们就是最早的贵族。

早期的贵族依旧要从事劳动和生产，但他们在一个城邦中往往担任更重要的职司，包括狩猎的领袖、大祭司、军队最前线的战士或者城主，共同点是都没有脱离劳动生产阶层，甚至贡献了更多的生产力，这也是后世的一部分学者不认同此为贵族的诞生的原因。然而本阁认为，判断贵族的标准为所获得的地位、荣誉和特权，而非以脱离劳动阶层为时间节点。

2. 家族的诞生

随着晁朝建立，人族的皇帝在澜州的土地上插了面旗子表示此地归我所有了，这里面人族和羽族思维方式的差异就表现得比较明显。人族是只要我在这边立一面旗子建个办事处这儿就是我的了，羽族是管你谁在这儿立面旗子建个办事处我该干吗还干吗。于是，两方居然在澜州相安无事地相处了几百年，而且后世史料互不承认是对方统治，在史学界也算异谈。

不过，一贯善于钩心斗角的人族也使了一个阴招——赐姓。晁朝皇帝赐予羽族最强大的十个城邦主人“风羽经天翼鹤雪纬云汤”十姓，自此羽族拥有了人族姓氏，并且此十姓会得到晁朝皇帝授予的各种好处和特权。十姓让本来就以自我为中心的羽族各城邦更加分崩，同时，人族有意识地根据时势对十姓分别对待，各有厚薄，导致了羽族内部一直未能拧成一股力量。

正是从这个时候开始，羽族的真正贵族世家诞生。澜州东部七海部的陨灭，羽族势力东迁，整个澜州基本上都在羽族十姓的掌控之中，未受人族册封的姓氏在之后的斗争之中逐渐式微，最终十大姓氏世家牢牢占据了最优质的资源。小的城邦和家族还是存在，但是直到后世，羽族中再无其他家族自认能与十姓并驾齐驱。

此时，羽族贵族已经开始与劳动阶层分开，随着“十一选王制（即十城选王）”的完善和元极道神木园主导地位的稳固，羽族的贵族主要分为祭司和军人两种，在不需要典仪和战争的时候，他们领取属于自己姓氏的俸禄，做任何自己想做的事情——在律法和宗教允许范围之内。

3. 澜州战争的意义和羽族北迁的影响

内三海诞生，晁朝灭亡，回顾史料，不过是只言片语，然而版图变更，王朝更迭，九州最动荡的郁非纪即将来临，人族和羽族的第一次旷日持久的血战开始于澜州。

澜州战争定下了之后数千年人族羽族势力划分的基调。而从另一个角度来看，人族皇室的各种习俗、礼节等等也在这个年代传入澜州，人羽两族在激战的同时，也受到了对方文化的浸润，后世的人族轻骑兵、贵族中的歌舞乃至元极道传入中州，都源于这个时代。而人族皇室——更多是晁朝末年的皇室——的荒淫奢靡之风对羽族影响也很大，后世羽族“荼蘼花葬宴”就是人族的奢靡铺张和羽族的张狂颓废合流的产物。也就是在这一时期，羽族受人族阶层制度的影响，提高了贵族的特权和地位，使羽族贵族与平民两个阶层之间的距离彻底拉大到了不可逾越的地步。

第一次澜州战争以羽族的溃败北迁和人族迁入澜州建立燕国为终结。之后三百年澜州大部由人族占领，羽族仅仅居于擎梁半岛和宁州南部等地，人羽之间的文化交流更为广泛多样。而且，战败使得高傲的羽族意识到应该更多地主动学习人族各个方面的制度和意识形态。这个时期，随着元极道的衰落和政教分离的体制确立，羽族的贵族开始逐渐倾向于以军功巩固地位，一个大的姓氏中，除去由元极道选去的宗教成员，剩下的一代年轻人，必须有人扛起一个姓氏的贵族荣耀，通过军功来光耀自己的家族，巩固贵族地位。

这个时候，羽族的贵族世家开始逐渐膨胀。以云姓为例，除去像原乡侯云翔这样有着显赫战功的军人之外，整个云氏在宁州还有着庞大的宗族结构，其中更多的人仅仅是支撑着这个庞大家族运作的普通羽民。他们拥有贵族身份，实际上不参与任何劳作和战争，仅仅是接受羽皇派给的俸禄，日夜欢歌而已。

受到澜州战败和北迁寒土的影响，羽族内部的悲观情绪日益严重，尤其是贵族阶层，除去一心“南下澜州，收复天河故土”的年轻军人和维持着元极道最后尊严的老人之外，大部分贵族过起了日夜歌酒、放浪形骸的生活，他们崇尚花朵那种盛放一季只留寂寥的美，通过美酒和欢宴来麻醉自己一无是处和背井离乡的痛苦，只管今朝，颓废消沉。

这一段历史对后世的羽族影响极大。在鹤雪扬名于天下之后，羽族实际上很少受到外族颠覆式的进攻，所以羽族的贵族以这个时代的生活为基调，开始了数千年的歌舞欢宴、奢华颓靡的生活，当然，这依旧要除去支撑整个羽族的极少部分的贵族才俊。

4. 鹤雪现世和贵族划分的最终定型

鹤雪诞生于人族纪年的晁朝中后期，在第一次澜州战争的末期开始发挥影响力。这一支天赐的力量使羽族此后数千年一直生活在相对安稳的环境中——拥有最强威慑战力的种族，只要不妄想扩张，外族也是断然不敢主动来犯的，况且宁州的森林对各族的诱惑力都不是那么强。

鹤雪的诞生同时也促成了羽族贵族阶层的最后定型，十姓为基础的大世家每一代会有最强的一到数支获得贵族的授衔，继承祖辈留下的尊贵地位和俸禄，并支撑整个家族乃至整个羽族政权。而被选入宗教阶层和鹤雪团的家族成员则视为自动放弃贵族身份，与自己的姓氏再无关系，将自己的一生投入为羽族祈福和保卫羽皇两项事业中去。

为元极道奉献的宗教职位是终身的，而从鹤雪退役出来的羽人除可以重新获得贵族身份或者选择隐匿于齐格林的郊野之外，他们往往是高于贵族的存在，但很少动用自己的特权干涉政事和家族的决策，当然，从鹤雪团平安退役本身就是很难做到的事情。

鹤雪也会从羽族民间选拔成员，但在早期，被鹤雪选中的羽族平民退役后并不能自动获得贵族身份。他们处于尴尬的夹缝之中，不被贵族阶层接受，也无法回归曾经的平民阶层，他们大多选择了隐匿于世，或者周游九州。

5. 贵族的继承和新贵的诞生

羽族贵族与平民阶层之间巨大的鸿沟导致了羽族平民想要晋身贵族几无可能，实际上，羽族每一代都会有青年才俊因为卓越的政绩、军功等从平民晋升为贵族，这往往是伴随着放弃家庭和大的贵族世家角力而发生的。

一名羽族平民如果拥有至羽的能力和极好的机遇，晋升到了羽族核心阶层，就有可能受到当时某个急于巩固地位的羽族世家的邀请，成为该家族的养子，并由此获得更高的地位和贵族的身份。羽族的政治权力划分使得处在那个地位上的羽民根本无法拒绝这种邀请，他唯一能决定的，只是加入哪一个家族而已。选定之后，他将放弃自己原有的姓氏，成为该家族的子弟，为这个家族做出贡献，奉献自己全部的能力和忠诚。至于他曾经的家庭，则会在他宣誓为新家族效忠的同时，迁往齐格林之外的城镇中居住，新家族将会保证他曾经的父母兄弟姐妹的生活，但是他们不再有亲缘关系，他也不能再与过去的家人有任何联系，否则受到的惩罚将是致命的。

6. 羽族的内部矛盾

作为一个自鹤雪出现之后外部危机一直不是主要矛盾的种族，羽族内部常常出现各种动乱和王朝更迭，十姓均有机会问鼎羽皇，而贵族和平民之间的巨大鸿沟导致了这两个阶层之间的矛盾永远无法解决。平民成为十姓之间角力的工具，然而政权更迭之后，统治者依旧是那么一拨人，平民还是平民。羽族就这样绵延了数千年，直到暗月纪的到来。

永翔之绊

文 / 暗月工作室·恰好

飞翔是羽族心中永远的梦。前文已经提过，羽族以鹤雪闻名天下，羽族也向以飞翔震慑各族。

然而飞翔受限于各种因素始终是羽族的痛，辰月之变更是一段不愿意被忆起的历史。

风凌雪与路然真隐于世间后的那些年，鹤雪几乎名存实亡，直到路然系在第七王朝（人族端朝）中后期重兴鹤雪团，这一威名远播的群体才再次划过苍天。

但羽族自己心中十分清楚，依赖于这样的精英团队绝对是不现实的，尤其是到了暗月纪期间，河络族的器械、人族的秘术都有了更高的进展，墨晶石的开采和利用逐渐进入正轨，所迸发出的力量使羽族也感到了恐惧，他们必须寻找一个转机。

人族的皇帝“龙噙者”牧罗云天东征夜沼、就此隐遁的那一年，越州河络火环部凿穿地火，使越州近五分之一的土地沦于岩浆火石。以此为起点，殇州、中州、瀚州相继遭遇到各种巨大灾害，在这之后的数年间，宁州和澜州却相对宁静。

龙噙者的远征使羽族西部面对人族的压力骤减，在这段时间里，澜羽和宁羽都没有浪费时间，立刻进入了一个快速发展壮大的时期。

数百年来，澜州的北部和宁州被羽族控制，澜州北部的几大城邦经过长时间的争斗后，终于统一归并在了莱米克城邦的统治下，使得这一片土地上的羽民，几百年来首次处于一个统一的政权之下，而莱米克城邦的领主、天氏家族的天恒与则拥有了九州最大的羽族城邦。宁州皇室也在不动声色且充满效率地活动着，逐步削弱各城邦的统治力，逐步增强羽皇的权力，终于把权力握在了如今的羽皇、翼氏家主翼宁安的手里。

以龙噙者首次征讨蛮舞月奴并击退之为节点，羽族迎来了一个极其团结、飞速发展的时代。澜羽和锁龙城蛮舞月奴之间的关系外人无法得见，但从澜羽与东陆蛮族之间暧昧的互不交战来看，他们至少在一定程度上达成了某种共识。而宁羽更是在蛮族、人族各自受困于天灾和人祸的时候，稳定地发展出羽皇中心集权的城邦结构，羽皇的权力在数百年间首次达到了一个空前的高峰，这也使得宁州整体更趋近于一个“国家”，而非城邦联盟的形式。在一代人的努力下，宁羽有了一个非常强大的核心。

正是在这数十年间，宁澜羽族内部涌现出一批擅长飞翔的少年，羽族首次在至羽层面上的储备恢复到了第三王朝末期的高峰水平，且这一高峰是自然生成而非人力促使。羽族高层对这一现象惊喜兼有，但在暂时没有看到任何潜在危机的情况下，他们很快沉浸于野心的膨胀中。

“如果各族都陷入困境，而我们又如此稳定、迅速地发展着，并拥有一代超强能力的翔者，或许这便是我羽族纵横于整个九州大陆的时机？”

相信天恒与和翼宁安的心中，都在一瞬间闪过了类似的念头。

当然，对于羽族飞翔能力普遍提高这一现象，羽族内部并非都充斥着喜悦和野心，真正熟习羽族历史和秘法的人都会有一丝恐惧和疑虑。

在后世解封的密件中，可以发现神木园长老曾致信虎翼司总监察纬苍然，对羽族飞翔能力提升这一事件表达了自己的担忧。纬苍然随后一年也确实对宁澜羽族的很多现象进行了调查分析，在他的各种笔记和书信中可以看出，他对于最近十年间羽族居住区中“影树”生长过于繁盛一事分外留意。

同一时间，暗月纪人族秘术领域集大成的大师——君无行拒绝了天启城的邀请，没有随军参与夜沼的二次东征，而是只身前往宁州，拜会老朋友纬苍然。

在暗月纪的末期，历史学家多将此时定位“历史大关键的决定”，没有人敢说如果那次彻底大败的东征如果有君无行随行会怎样，但更没有人敢说就算去了也无济于事。

尤其是君无行在宁州准确预言了影树之灾，人们不由得想，如果让君无行提前十几年面对那个尚未达到巅峰的存在，结局会不会不一样?

但历史无法假设，对天启城无甚好感的君无行在那一年的春天接到了好友纬苍然的邀请，到达宁州，开始了对影树的检查。

影树，如影随形之树，宁澜二州的羽人村庄多植。此树生长迅速，木质坚韧，而且主干上不会有分支，在达到七尺左右的高度之后才会慢慢将枝叶扩展开来，之后还会再拔高三到五尺，就不再长高，而是将枝叶横向蔓延，覆盖住整个树木根系所囊括的区域。

在羽族的村庄，这是一种非常适合作为树屋搭建基础的树木，所以普及率极高。

同时，在羽族民间盛传着关于“影树沐月光而生，可汲取月光精华，凝聚月力”的传说，羽族民间常常将初生的孩子放置在影树树枝的尽头，沐浴月光，寄希望于因此而感应更多的月力。传说本身与人族给孩子佩戴长命锁和河络族从小推衍自己的命纹一致，都是希望以一种方式让自己的孩子更好地成长。

传说是否空穴来风不必赘述，影树确实有吸收月力的能力，当然，这样的能力并非影树独有，在羽族生活范围内还有很多，若非如此，齐格林的皇城内岂不要遍植影树了？实际上，齐格林乃至厌火、莱米克城邦等大型城市里，贵族自有一套汲取月光、帮助秘术感知等方面的休养方式，影树只不过是民间可以负担得起的一种相似手段罢了。

但在对宁州影树的考察之后，君无行得出一个惊人的结论——影树已然成为罕见的可大量汲取月力的生物了。在密集覆盖区中，羽族可以说是实际上在接受两个月亮的引导，其中一个自然是明月，而另一个就是弥散在影树覆盖范围内的明月之力。明月以影树为导向，在宁澜二州做了月力的二次放大，几乎可以断言，羽族飞翔能力的提升正是源于影树的这种变异。

纬苍然和君无行面对这一情况，不由得有些犹豫。

影树的数量并没有实质上的增加，纬苍然手下强悍的情报机构也证实，绝对没有人为力量在干涉影树的成长和增长，也就是说，基本上排除了人为使然的可能性。如果不是阴谋，而只是自然现象，羽族是否要甘之若饴地享受这一馈赠呢？

同时，现有的影树几乎与羽族的村庄融为一体，与民生休戚相关，贸然砍伐这些树木将会造成很大的混乱，羽族高层与民间的矛盾在最近数十年间其实也有所发展，这样的举动绝不可行。

最重要的是，当纬苍然把这一切上报之后，羽皇在内的高层对这件事情采取了沉默的态度，命令纬苍然停止调查，就此作罢。纬苍然和君无行只能将一切停在了调查层面。

君无行没有放弃进一步的探究，但收获不大，他大致推测出影树汲取月力的能力增强是最近三十年内的现象，而这一时间——这得益于纬苍然的大胆假设——与人族、河络族的墨晶矿交易起始时间大致吻合，差不多在那段时间，墨晶石自澜州流入宁州。由于这种矿石的使用方式大部分与火相关，所以在羽族应用并不广，但也确实很快成了民间常备的矿石。

同一时间，龙嗡者战败的消息传来，越州地火爆发，君无行留在宁州一个月时间，“明显感知影树的能量再次增长，几乎成了月力的放大器”。君无行绝不相信这是一场馈赠，并交待纬苍然要在自己能力范围内为羽族开辟一个绝对不存在影树的区域，“以备不时之需”。

之后，君无行远赴越州，查看地火之变。

他们再次相遇，就到血翼之灾的时间了。

血翼之灾由于自身的巨大缺陷而消弭。

下七姓的叛乱喧嚣而至、骤然而结，至此君无行和纬苍然才来得及回顾整个事件。

墨晶石再次出现在他们的视野中——据可靠的情报，下七姓的叛乱中，有秘术师持墨晶石来使平民获取永翔之力。

君无行为此对影树的异变和墨晶石的力量进行了一次分析，所获甚微，但是他再次推断出，影树绝不可留，否则必有巨大隐患。

但是，这一次纬苍然的报告再次被扣在了羽皇处，甚至于之后的数年，纬苍然发现各大城邦的主城中，竟然也出现了影树的身影。

血翼之灾，缘于上十姓与下七姓的矛盾，却在机缘巧合下触发了羽族对永翔的一种执念。

此时，距离羽族真正的永翔还有数年。

红色的羽翼从此再也没有在羽族历史上出现过，但真正的、更为可怕的、从外观上毫无区别的永翔之翼，正准备登上历史舞台。

七姓之殇

文 / 暗月工作室 · 恰好

五年春，传旨天下，立九州大都护，册封属官百人，列置州县。

……

九州大都护者，多以五族领其旧地。是故河络领宛州，夸父领殇，羽人领宁州，唯中州都护以金殿神武左将军兼之。……又以云雷澜越四州蛮荒故，都护府下设羁縻府州或都督府。是故，如澜州安东五镇者，皆羁縻都督也。

——《晁史 · 九州都护府书》

既分羽民十城十姓，谓之曰“风羽经天翼鹤雪纬云汤”。羽氏领宁州大都护，雪天诸姓不忿，十城划域自理如故。

……

后雪羽之争达数十年，而十姓之分深入羽族。

——《党争论》

旷、霄、鹄、阳、棠、茳、陆，凡羽民以此七姓为社，当密加注意，若有异动，可不待上命先行擒拿。

各城自行检视此七姓羽民，并一一录户，定时抽检。

——《宁羽秘档 · 燮之卷 · 小禁篇》

上十姓

晁高祖挥师扫荡天下，建立了历史上第一个并吞九州的统一王朝，随即在各州设立大都护府，并在诏封宁州大都护的同时赐下羽族十姓——风、羽、经、天、翼、鹤、雪、纬、云、汤，给羽族十大城邦的领主。此举直接导致了羽族后世无穷无尽的争端。为了“十姓之首”的身份、入主青都的资格，羽族内战连连，城邦间钩心斗角，历经数十代不曾止息。

虽然晁高祖赐姓旨在分化羽族，削弱他们的力量，但十姓本身的地位也无可置疑，十大城邦的主人在那个时代的羽族中，本就是身份和势力都居于巅峰的存在。十姓贵族不但在晁高祖的操纵下互相争斗，也潜移默化地将自己与其他羽族姓氏分化开来。虽然在人族晁王朝时代中，羽族尚未有十分严格的婚配制度，但是十姓子弟与羽族平民联姻的事情已经是少之又少了。

到了贲朝，外海倒灌，出现了分隔九州三陆的内三海。人族开始向锁河山以西推进，而势力范围早已扩张到澜州北部的羽族便沿锁河山—天河两岸—擎梁山三条防线与人族贲王朝的军队展开争斗。最终澜羽战败，被逼北渡宁州，收敛锋芒以待南归。鹤雪士的禁忌就在北渡时期被破除，一些没有贵族血统的羽族军人或者鹤雪士开始被因澜州战争而消耗严重的各大贵族世家所初步接纳，如同新鲜的血液，注入了陈腐的旧贵族世家的肌体之中。即使在这段风雨飘摇的历史中，十姓的根基仍然是稳固的，所谓变化，变的只是哪一姓的贵族更占上风。由于旧贵族阶层森严且彼此之间的明争暗斗十分激烈，即使在那个战败去国的年代，这种斗争也未见缓和，所以各大姓氏均心照不宣地采用了同一个方式来维持自己的荣光——赐姓养子。

这种方式也是后世数千年羽族十姓贵族最常用的吸纳新鲜血液的方式：在军队中寻找好苗子，暗暗收其为养子，并赐给其本家族的姓氏；对外则假称此人为货真价实的世家子弟，隐姓埋名在军队里历练，如今历练归来，重回祖姓。这种方式在贲朝中期曾一度受到一些羽族极端纯血组织的攻击，但最终在各大家族不屈不挠地坚持之下，心照不宣地沿袭下来。

之后历经人族胤夑晟端四朝，羽族十姓顽强地生存了下来，并枝叶茂盛地遍布宁澜两州，始终是羽族的核心上层阶级。但这并不意味着羽族的贵族只有十姓，事实上，即使在晁高祖赐姓的时代，羽族也有不少实力仅次于十大城邦的家族，在数千年的繁衍中，他们当中也有许多曾显赫一时。到了贲朝后期，羽族还陆续出现了不少新的贵族姓氏，他们或是原本依附于十姓的军人在羽翼丰满之后分家自立，初创姓氏，如风氏的养子之一便在自立门户后自称岚氏；或是十姓的姻亲之族或小宗分支，如路然氏之女嫁为燕氏妇，靠着路然氏的荫庇，燕氏子孙渐贵。在第三王朝和第四王朝前期（人族胤、夑两朝），过于庞大的十姓家族开始大规模地划分宗支，于是产生了一大批发源于十姓的新姓，如从翼氏分出的白氏、从经氏中分出的烟落氏，等等。到了晟、端两朝，羽族的上层阶级早已不是只有十姓，例如第七王朝的建立者便是月氏。可以说，所有的羽族贵族都与晁高祖所立的十姓世家有着千丝万缕的血统关系。

越来越多他姓的精英被吸纳入十姓世家，而十姓世家也分支出越来越多的新姓氏，这本身就是这个古老的贵族制度至今还能如此兴旺的原因。

羽族也并非毫无禁忌，自第三王朝始，直至暗月纪，羽族都一直在严苛地注视着某七个姓氏，它们在数千年间几乎从来没有机会染指过羽族上层统治，永远是下层羽民、无根民和羽族混血的代称，史称“下七姓”。

下七姓

上十姓确立之后，羽族的等级制度逐步森严，同时由于羽族本身体质的限制，他们必须追求具有较强明月月力感应能力的纯血代代传承。所以随着时代发展，羽族上层和底层之间的隔阂只会逐步加重，不会缓和。第二王朝（翼氏）有极端纯血组织残杀被收纳进贵族世家的下层羽民，第三王朝（羽氏）覆灭后，复辟的翼氏王朝以《鉴空诏》强制区分等级，种种做法无不加剧了无根民与贵族之间的矛盾。第三王朝中后期，发生了羽族史上最大规模的平民暴动，宁州各个城邦的下层羽民通过不为人所知的方式互相串联，同时举事。由于下层平民充斥于城市各个职能部门的底层，一时间，羽族各大城市几近崩溃，统治者费时一年，才将叛乱基本镇压。这场暴动的组织之严密、策划之详细，导致扫清所有城市隐患的工作，甚至花费了两代羽皇的整个统治期。

叛乱平定以后，人们注意到各地治安机构开始加强对一些姓氏的监视排查，直到百年后翼氏推翻羽氏，第二王朝复辟，人们通过一部分已经解密流出的《青都密卷》，才知道上层统治阶级在叛乱平定过程中，即已发出的一道严酷至极的指令。

“凡此七姓子民，不得纳入公职体系，不得委以民生部门重要职位，各城镇应对其严加盘查，一一辑录，以防生变。”

这里所指的“七姓”，分别是：旷、霄、鹄、阳、棠、茳、陆。从史书中推敲，这些姓氏的子民在那场叛乱中并非都居于核心地位，有的姓氏甚至完全没有参与过叛乱的记载，但是青都的决议一定有其用意。尤其尽管羽皇姓氏不断更迭，这个决议却一直未被弃置，足可见其重要性。

自第四王朝建立（人族燮王朝中期）始，羽族统治者将这种强烈的针对性再度加剧，羽族重罪犯人，黥面、去展翼点后，往往还会赐七姓之一，放逐极北。在这种大环境下，七姓的子民越来越难容于羽族社会，其中一部分人选择了更改姓氏脱离祖姓——事实上，这并没有让他们有多好过——而坚持这些姓氏的人开始远离羽族中心城市，在广袤的宁州森林里，以家族村庄的形式继续繁衍着。

所以到了暗月纪，如果说到七姓，那就只有两种可能——罪人和罪人的后代，或者是怀着强烈的阶级仇恨的极端分子。

虽然最初的缘由已不可考，但羽族确实用几千年造就了七个一定是潜在危险的姓氏，不知道这与他们的初衷是否一致。

图书在版编目（CIP）数据

九州·殇翼 / 唐缺著 . -- 长沙：湖南文艺出版社 ,2013.7
ISBN 978-7-5404-6229-1

Ⅰ.①九… Ⅱ.①唐… Ⅲ.①长篇小说－中国－当代 Ⅳ.① I247.5

中国版本图书馆 CIP 数据核字 (2013) 第 111908 号

上架建议：长篇小说·青春文学

九州·殇翼

作　　者：唐　缺
出 版 人：刘清华
责任编辑：薛　健　刘诗哲
监　　制：蔡明菲　潘　良
特约策划：邢越超
特约编辑：尹　晶
图片绘制：伊吹五月
封面设计：吕彦秋
版式设计：李　洁
内文排版：百朗文化
出版发行：湖南文艺出版社
（长沙市雨花区东二环一段 508 号　邮编：410014）
网　　址：www.hnwy.net
印　　刷：三河市鑫金马印装有限公司
经　　销：新华书店
开　　本：700mm × 1000mm　1/16
字　　数：290 千字
印　　张：19
版　　次：2013 年 7 月第 1 版
印　　次：2013 年 7 月第 1 次印刷
书　　号：ISBN 978-7-5404-6229-1
定　　价：29.80 元
（若有质量问题，请致电质量监督电话：010-84409925）